Ren Dhark®

Der Drakhon-Zyklus

Band 10

Fluchtpunkt M 53

Herausgegeben von
HAJO F. BREUER

HJB®

Ein Verzeichnis sämtlicher lieferbaren
REN DHARK-Titel und -Produkte
finden Sie auf den Seiten 349 und 350.

1. Auflage

HJB Verlag & Shop KG
Postfach 22 01 22
56544 Neuwied
Bestellungen und Abonnements:
0 26 31 – 35 48 32
0 26 31 – 35 61 00
Fax: 0 26 31 – 35 61 02
E-Mail: hjb@bernt.de
www.ren-dhark.de

Exposés: Hajo F. Breuer
Titelbild und Illustrationen:
Swen Papenbrock
Druck und Bindung:
Wiener Verlag Ges. m. b. H.

ISBN 3-930515-36-9

Vorwort

Das Jahr 2002 wird ein großes Jahr für REN DHARK. Erstmals werden sechs Buchausgaben erscheinen – was immerhin 24 Romanheften entspricht – und die vier Sonderbände machen noch einmal acht Hefte aus. Der geneigte Leser bekommt also immerhin SF-Abenteuer im Umfang von 32 Heftromanen pro Jahr. Auf diese Leistung sind wir sehr stolz, denn schließlich sind wir nur ein kleines Team, das an REN DHARK arbeitet. Aber diese Arbeit macht uns allen unendlich viel Spaß. Ich hoffe, dem Ergebnis merkt man es an.

Auch für unseren Titelhelden bahnt sich in den kommenden zwölf Monaten Großes an. Ren Dhark wird definitiv zum ersten Mal auf einen Angehörigen des Volkes treffen, das auf Terra bisher nur als »die Mysterious« bekannt ist. Es ist wirklich schade, daß Kurt Brand, der unvergessene Schöpfer der Serie, diesen großen Augenblick nicht mehr selbst miterleben kann.

Ich darf einen neuen Mann im Team der REN DHARK-Autoren begrüßen: Im gleichzeitig mit diesem Buch erscheinenden Sonderband »Die Kolonie« gibt der Amerikaner Hagen A. MacLean seinen Einstand. Das Buch bietet eine Sammlung von Kurzgeschichten aus dem RD-Kosmos, alle natürlich in Welterstveröffentlichung – zumindest, was den Abdruck angeht.

Diejenigen von Ihnen, die Zugang zum Internet haben, werden die eine oder andere Story schon von unserer Seite www.rendhark.de kennen. Denn dort gibt es schließlich regelmäßig und kostenlos jede Menge »Schmankerl« für die Freunde von REN DHARK. Doch im neuen Sonderband kommen natürlich auch Geschichten zum Abdruck, die im Internet nicht zu lesen waren und das auch niemals sein werden.

Nun aber zurück zu diesem Buch, an dem vier Autoren wie folgt beteiligt waren: Achim Mehnert beschrieb Ren Dharks Rückkehr aus Drakhon bis hin zur Sitzung der terranischen Regierung sowie die neuen Erlebnisse des machthungrigen Nomaden Priff Dozz.

Conrad Shepherds Teil beginnt mit Dharks Besuch auf dem Mond. Außerdem verfaßte er alles, was mit der Schwarzen Garde zusammenhängt. Die Ereignisse auf Hope und die weitere Entwicklung der Beziehung zwischen Juanita Gonzales und dem geheimnisvollen Jim Smith schilderte Werner K. Giesa, während sich Uwe Helmut Grave einmal mehr dem Prospektoren-Ehepaar Art und Jane Hooker widmete. Das Vergnügen, die Exposés zu diesem Buch zu schreiben, lag erneut auf meiner Seite.

Nun aber tauchen Sie ein in die phantastische Welt der Zukunft und lassen sich fesseln von den Abenteuern Ren Dharks und seiner Freunde!

Giesenkirchen, am Jahresausklang 2001
Hajo F. Breuer

Prolog

Im Archiv der Salter hat Ren Dhark die Erklärung für das Phänomen gefunden, das die Existenz der heimatlichen Milchstraße ebenso bedroht wie jene der Galaxis Drakhon, die offenbar aus einem anderen Universum stammt: Vor etwa tausend Jahren führten die Mysterious einen mörderischen Abwehrkampf gegen das Insektenvolk der Grakos. Die hatten sich einer großen Zahl von Ringraumern der Geheimnisvollen bemächtigt und setzten sie damit enorm unter Druck.

Doch die Mysterious nahmen den Kampf an, der ihnen aufgedrängt worden war, und warfen die Grakos zurück. Tatkräftig unterstützt wurden sie dabei von den Saltern. Diese Menschen stammten von der Erde und waren das Ergebnis gezielter biologischer Manipulationen der Mysterious.

Angesichts ihrer drohenden Niederlage verlegten sich die Grakos auf biologische Kriegführung und entwickelten eine Seuche, welche die »Hohen« – so wurden die Mysterious von den Saltern genannt – fast ausgerottet hätte.

Als es den Mysterious endlich gelungen war, die Seuche zu besiegen, kannten die Überlebenden kein Pardon mehr. Sie führten einen gewaltigen Vernichtungsfeldzug gegen die Grakos, dem diese sich nur noch durch kollektive Flucht in eine Hyperraumblase entziehen konnten. Von dieser unangreifbaren Festung aus bombardierten sie die Milchstraße mit harter Strahlung, um die Mysterious und ihre Hilfsvölker doch noch zu vernichten.

Die Mysterious reagierten mit der Manipulation des gigantischen Schwarzen Loches im Zentrum der Milchstraße. Sie erhöhten seine Masse und machten es damit so stark, daß es die Strahlung der Grakos aufsaugte und ihre letzte Bastion zurück aus dem Hyperraum ins Normaluniversum riß. Die nun folgende Niederlage der Grakos war verheerend, die letzten Insektenkrieger flohen in die Tiefen des Alls.

Aber die Mysterious hatten zu spät erkannt, daß die Manipula-

tion des Super Black Hole (SBH) *nicht mehr rückgängig zu machen war und weitreichende Folgen hatte. Die gigantischen Gravitationskräfte überwanden die Schranken zwischen den Dimensionen und rissen eine komplette Galaxis aus einem anderen Universum in das unsere: Drakhon.*

Als den Mysterious bewußt wurde, daß die Milchstraße zum Untergang verurteilt war, verließen sie diese Sterneninsel fluchtartig – wohin ist nicht bekannt. Ihre Geschöpfe, die Salter, ließen sie schmählich im Stich.

Sie hinterließen ihnen jedoch den Peilstrahl, mit dem sie Expeditionen an den vermutlichen Eintrittsort der fremden Galaxis in unser Universum durchführen konnten. Drakhon schwang noch eine lange Zeit zwischen seinem und unserem Universum hin und her, tauchte sozusagen in Schüben auf. Erst im Jahr 1805 irdischer Zeitrechnung manifestierte sich die Galaxis engültig in unserer Dimension.

Doch das war nur die erste Stufe der Katastrophe. Das künstlich veränderte SBH lädt die galaktischen Spannungsfelder von Milchstraße und Drakhon gegensätzlich auf. Als Folge davon hat Drakhon mehrere kürzere Transitionen in Richtung auf die Milchstraße zu gemacht. Die letzte davon verursachte die galaktische Katastrophe – den Energieschlag aus dem Hyperraum, der so viel Leid und Unheil über die Völker der Milchstraße brachte.

Und selbst sie war nur ein Vorspiel. Denn alles deutet darauf hin, daß Drakhon mit der nächsten Transition mitten in die Milchstraße hineinspringen wird. Der Untergang zweier Galaxien steht unmittelbar bevor…

1.

Erschüttert betrachtete Ren Dhark die kleine Alien-Frau.

Wer war sie? fragte er sich. *Welchem Volk gehörte sie an?* Erst einmal war er in der Galaxis Drakhon auf eine andere Vertreterin ihrer Spezies gestoßen. Auf Rah im Ruh-System. In der Pseudodunkelwolke Kurnuk, der selbstgewählten Enklave der Rahim. Es war in Golas Schloß gewesen, und die sterbende Frau war das Opfer eines Sexualverbrechens geworden, wie Manu Tschobe, der afrikanische Arzt und Hyperfunkspezialist, rasch herausgefunden hatte.

Gola. Oder Golaschonn Annkromb ugemplik Rannahaar, wie der Rahim mit vollem Namen hieß. Gemeinsam mit Kalnek(seldon Haritrantor fordenben Isakamoff) war er einer von zwei Rahim, die die Menschen empfangen hatten.

»Was ist geschehen?« fragte Ren die kleine Frau.

Sie war in Tränen aufgelöst und schluchzte unaufhörlich. Sie schien seine Anwesenheit überhaupt nicht zu registrieren. Es war offensichtlich, daß er von ihr keine Antwort erwarten konnte.

Er mußte die Rahim verständigen, überlegte er, als sein Blick sich von ihr löste und zu der Leiche wanderte. Der Leiche eines Rahim, über die gebeugt er die Frau vorgefunden hatte. Sein erster spontaner Gedanke war: *Sie hat ihn getötet!*

Jetzt war er sich dessen nicht mehr so sicher. Sie weinte nur und machte keine Anstalten zu fliehen. Er konnte auch keine Waffe sehen. Die Frau war höchstens sechzig Zentimeter groß, verfügte über große Augen und einen im Vergleich zum Körper überproportional großen Kopf. Es war unmöglich, daß ein solch kleines, schmächtiges Wesen einen der 2,20 Meter großen, dunkelhäutigen Kolosse mit bloßen Händen getötet hatte.

Aber vielleicht mittels einer angeborenen Paragabe, über die in der einen oder anderen Form ausnahmslos alle Völker in Drakhon verfügten. Wer wußte schon, welche Fähigkeit die kleinwüchsige

Frau besaß?

Ren trat an den Körper des toten Rahim heran.

Und erstarrte.

Für Sekunden glaubte er, einer Sinnestäuschung zu erliegen, aber er irrte sich nicht.

Was dort vor ihm am Boden lag war nicht, was es schien.

Denn der tote Rahim war – eine leere Hülle.

Eine Art Exoskelett, wie er rasch herausfand.

»Können Sie mir sagen, was geschehen ist?« fragte er noch einmal.

»Knur« sagte sie weinend. Dabei wagte sie nicht, ihn anzusehen.

»Knur? Ist er das?« Seine eigene Frage kam Dhark töricht vor. Am Boden lag kein Rahim. Überhaupt kein Lebewesen. Sondern lediglich eine Konstruktion mit unbekanntem Zweck.

»Ich bin Knur«, schluchzte die Frau unter Weinkrämpfen. »Das da ist mein… mein Exoskelett. Ich bin ihm entstiegen. Endlich!«

Ren entging die unendliche Erleichterung in ihrer Stimme nicht.

»Sie sind eine Rahim?«

»Ja«, erwiderte sie. »Ich bin Knur.«

Ren schüttelte verwirrt das Kopf. Das änderte alles.

Auch wenn er die Zusammenhänge noch nicht verstand. Bevor er die Frau den Rahim auslieferte, wollte er wissen, was genau hier vor sich ging. Zu intensiv hatte sich das Bild der vergewaltigten, sterbenden kleinen Frau auf Rah in seinem Gedächtnis eingebrannt.

»Kommen Sie«, forderte er sie auf. »Sie müssen hier weg. Ich werde Sie in mein Quartier bringen.«

Dann rief er Manu Tschobe.

Auch Joan Gipsy war da.

Dharks Freundin kümmerte sich um Knur, während Tschobe sie untersuchte. Der afrikanische Bordarzt der POINT OF schüttelte erleichtert den Kopf.

»Ihr fehlt nichts, jedenfalls nicht körperlich. Aber sie steht unter einer Art Schock. Das Beste für sie wäre Ruhe.«

Dhark nickte nachdenklich. Er hatte sich geirrt. Er war nicht zufällig Zeuge eines Verbrechens geworden, sondern hatte einen wichtigen Hinweis erhalten. Von Anfang an hatten die Rahim versucht, ihre Besucher hinters Licht zu führen. Schon beim ersten Anflug auf Kurnuk hatten die Paragiganten die Besatzungen von POINT OF, MAYHEM und H'LAYV mit Suggestionen überflutet, um sie fernzuhalten. Auch wenn sie sich danach als gastfreundlicher erwiesen hatten, hatten sie niemals die ganze Wahrheit gesagt.

»Jeder Ihres Volkes sieht so aus wie Sie?« wandte er sich behutsam an die kleine Frau.

Sie weinte noch immer, aber eine Riesenlast schien ihr von der Seele gefallen. Sie brachte es sogar fertig, ihm in die Augen zu schauen und seinem Blick standzuhalten.

»Das ist nicht Ihr Ernst, Dhark«, warf Manu Tschobe überrascht ein. »Wir haben doch mehr als einen Rahim erlebt.«

»Und was ist mit der Toten, die Sie untersucht haben? Schade, daß Sie dieses Ding nicht gesehen haben, Manu. Diese Hülle. Die Rahim haben uns etwas vorgemacht. Ich hätte schon viel früher drauf kommen müssen.«

Die kleine Frau hatte sich erhoben. Wie ein Kind, das Schutz suchte, klammerte sie sich an Joan.

»Es stimmt«, erklärte sie. »Wir alle leben in diesen Exoskeletten. Aus Scham, aus Feigheit.«

»Aber wieso?« fragte Joan, während sie der Rahim tröstend über den Kopf strich.

»Weil alle anderen Völker unserer Galaxis größer und kräftiger sind als wir. Selbst die Galoaner. Deshalb entwickelten unsere Vorfahren mechanisch-biologische Hüllen, die unsere eigenen körperlichen Unzulänglichkeiten wettmachen.«

Tschobe gab ein Stöhnen von sich. »Ein kollektiver Minderwertigkeitskomplex, der ein ganzes Volk befallen hat? Knur, bei uns Menschen spielt die körperliche Größe eine untergeordnete Rolle.

Niemand ist mehr wert, weil er größer ist als andere. Oder weniger, weil er kleiner ist.«

»Die Rahim sehen das offensichtlich anders«, überlegte Dhark. »So ist vielleicht auch ihre arrogante Haltung anderen Völkern gegenüber zu erklären. Möglich auch, daß sie deshalb diesen hochstehenden technischen Stand erreicht haben.«

»Überkompensation? Ja, durchaus möglich. Da sie sich von der Natur benachteiligt fühlten, setzten sie alles daran, zumindest im wissenschaftlich-technischen Bereich eine Vormachtstellung in Drakhon zu erlangen, die sie auch weit über den Standard Terras oder Galoas hinaushebt. Was ihnen bekanntlich gelungen ist, und sogar so sehr, daß sie beinahe mit den Mysterious konkurrieren können. Deshalb halten sie sich auch Sklaven, die sich aus allen anderen Völkern Drakhons rekrutieren. Damit haben sie über Jahrhunderte ihr eigenes Selbstwertgefühl gesteigert.« Tschobe stutzte. »In dem Zusammenhang fällt mir noch etwas anderes auf. Die Rahim, mit denen wir zunächst zu tun hatten, stellten sich mit ihren für unsere Begriffe endlos langen Namen vor. Sie taten das nicht, Knur.«

»Weil ich nur so heiße. Einfach Knur.« Ein neuerlicher Weinkrampf schüttelte sie. »Alle Rahim-Frauen verfügen über einen kurzen, einsilbigen Namen. Damit machen uns die Männer unseren geringen Wert bewußt.«

»Was?« Joan Gipsy schrie empört auf. »Wie meinen Sie das? Heißt das, daß bei Ihnen die Frauen nichts zählen?«

Knur schien mit sich zu kämpfen. Sie schwieg eine Weile, dann gab sie sich einen Ruck. »Bei uns haben nur die Männer Parakräfte, daher spielen wir Frauen keine Rolle in der Gesellschaft. Wir sind lediglich...«

»Lustobjekte?« vermutete der Mediziner. »Langsam wird mir einiges klar.«

Knur bejahte. Dann sprudelten die Worte nur so aus ihr heraus, als wollte sie sich alles von der Seele reden, was sie bedrückte.

Sie berichtete über die zutiefst patriarchalische Sozialstruktur der Rahim, die bei den Menschen nur Ablehnung hervorrief. Der Individualismus und die Arroganz der Rahim – allerdings nur der männlichen Rahim – anderen Völkern gegenüber war noch viel stärker ausgeprägt als angenommen. Lediglich den Shirs brachten sie Respekt entgegen. So waren die Shirs auch das einzige Volk in Drakhon, aus dessen Reihen keine parapsychisch beeinflußten Sklaven Frondienste für die Rahim leisteten.

Ihre Exoskelette verließen die Rahim fast nur für Sex, ansonsten fühlten sie sich ohne die biologisch-mechanischen Hüllen nackt und hilflos. Ihr Geschlechtsleben war für sie lediglich mit Lust verbunden, nicht mit Fortpflanzung. Da paßte ins Bild, daß kaum ein Rahim im Laufe seines 300 Jahre dauernden Lebens Kinder zeugte. Denn die wurden, bis auf wenige Ausnahmen, nur noch in staatlichen Genlabors produziert. Je nachdem, wann gerade mal wieder Bedarf für Nachwuchs bestand. Die wenigsten Rahim hatten noch Lust, sich mit einer Familie oder gar Kindererziehung zu beschäftigen. Was bei der Art, wie sie ihre Frauen behandelten, auch gar nicht möglich gewesen wäre.

Als Knur ihren Bericht beendet hatte, herrschte betretenes Schweigen. Dhark und Tschobe waren wie vor den Kopf geschlagen.

Besonders Joan Gipsy war außer sich. Sie war es auch, die schließlich als erste wieder das Wort ergriff.

»Lüstlinge!« stieß sie zornbebend aus. »Diese kleinen Drecksäcke!«

»Joan, bitte« versuchte Ren sie zu beruhigen.

»Was, Joan, bitte? Du willst sie doch wohl nicht verteidigen? In meinen Augen sind die Rahim-Männer arrogant, pervers und abscheulich. Sie schrecken ja nicht mal davor zurück, eine ihrer Frauen zu töten, wenn es ihnen in ihrem sexuellen Wahn gefällt. Wir haben es selbst erlebt.«

»Natürlich, und ich gebe dir völlig recht. Mir gefallen sie auch nicht. Nur fürchte ich, daß wir nicht umhin kommen, mit ihnen zusammenzuarbeiten. Ob uns das nun paßt oder nicht.«

Joan winkte verächtlich ab. »Der Zweck heiligt die Mittel, wie? Ich frage mich langsam, ob nicht alle Männer etwas falsch machen.« Sie warf ihm einen vorwurfsvollen Blick zu, dann wandte sie sich brüsk ab und Knur zu: »Aber warum wehren die Rahim-Frauen sich nicht gegen die Unterdrückung durch die Männer?«

»Es ist nicht möglich. Mit ihren Parakräften manipulieren die Männer uns so, wie sie uns haben wollen. Wir tragen auch die Exoskelette nur, weil sie es wollen. Sie haben selbst erfahren, über welche Parafähigkeiten unsere Männer verfügen. Wie sollen wir uns dagegen wehren?«

»Aber Ihnen ist es gelungen«, hielt Joan ihr entgegen. »Was Sie können, können Ihre Geschlechtsgenossinnen doch ebenfalls.«

Knur ließ matt den Kopf hängen.

»Ich habe das getan!«

Die Stimme ließ Dhark, Gipsy, Tschobe und Knur herumfahren.

Niemand hatte gehört, wie sich die Tür geöffnet hatte.

Ein Shir stand im Eingang, der wie alles auf dieser Welt den gigantischen Abmessungen ihrer Bewohner entsprach.

Verblüfft schauten sie ihn an.

»Was haben Sie getan?« fragte Manu Tschobe. »Wer sind Sie überhaupt?«

»Verzeihen Sie bitte mein Eindringen. Und meine Intervention. Aber ich sah einfach keine andere Möglichkeit.«

Ren winkte ab, eine Geste, die das riesenhafte Wesen nicht verstehen konnte.

Er mußte zu dem Shir aufsehen. Dessen dicker, langer Körper, der noch sehr viel größer war als der eines Elefanten, war von grünem und gelbem Fell bedeckt. Auf seinen sechs säulenartigen Stempelbeinen wirkte er bedrohlich, aber Dhark wußte, daß es sich bei den Shirs um friedliebende Wesen handelte. Der Kopf des Giganten, an dem man vergeblich das Gegenstück zu einem Mund suchte, war beinahe so flach wie das kantige Blatt eines Spatens. Drei Ohren saßen an der Oberkante, jedes über einen halben Meter groß und gelb leuchtend. Fünf tellergroße Augen reichten von

Kante zu Kante des Kopfes.

»Ich habe Knur befreit«, erklärte er, und seine Stimme klang zornig. »Ich kann nicht ertragen, wie die Rahim ihre Frauen behandeln. So entwürdigend und herablassend wie alle anderen Völker, denen sie begegnen. Ihre Art, alle anderen zu benutzen, ist abstoßend und verabscheuungswürdig.«

Dhark und Tschobe warfen sich einen kurzen Blick zu.

»Diese Herrenmentalität gefällt uns auch nicht. Aber wir können die Rahim nicht umerziehen. Erstens haben wir die Möglichkeit nicht, und zweitens steht es uns nicht zu.«

»Das kann ich auch nicht. Aber zumindest in diesem Fall konnte ich helfen. Ich habe Knur durch einen mentalen Kraftschub aus ihrer Paraversklavung befreit, und ich werde es wieder tun, wenn sich mir die Gelegenheit bietet.«

Bevor Ren darauf etwas erwidern konnte, tauchte der nächste unangemeldete Gast in seinem Quartier auf. Ein Rahim. Ren fühlte sich wie in einem Taubenschlag, besonders da der Rahim achtlos an ihm vorüberging und sich drohend vor Knur aufbaute.

»Du wirst unverzüglich mitkommen!« forderte er.

»Das wird sie nicht!« konterte der Shir mit donnernder Stimme. »Ich habe sie aus ihrer Abhängigkeit befreit, sie wird Ihnen nie wieder gehören.«

»Dann muß ich mich wohl zunächst mit Ihnen beschäftigen! Wenn Sie es so wollen... Aber Sie werden es bereuen, sich gegen einen Rahim zu stellen.«

Dhark hatte endgültig genug. Seine braunen Augen, die so gar nicht zu seinen weißblonden Haaren passen wollten, blitzten. »Jetzt reicht es! Meine Herren, Sie befinden sich in meinem Quartier, also benehmen Sie sich entsprechend! Unter Gastfreundschaft verstehe ich etwas anderes.« Er deutete auf den Rahim, sich unwillkürlich vorstellend, daß unter seinem Äußeren, das, wie sie nun wußten, nichts weiter war als ein künstlich geschaffenes Exoskelett, ebenfalls solch ein körperlich kleines Kerlchen steckte wie Knur. »Wer sind Sie überhaupt?«

»Ich bin Targobakkt Lupifranek okliporsen Sirrigant, und Knur ist meine Frau. Ich will sie zurückhaben, und ich werde sie mitnehmen.«

»Das werden Sie nicht«, wiederholte der Shir. »Außer Sie versuchen es mit Gewalt. Gegen mich.«

Ren war verwundert. Diese Aussage paßte überhaupt nicht zu einem Shir, der Gewalt strikt ablehnte. Andererseits hatte dieses Volk eine starke Abneigung gegen jegliche Unterdrückung. Es huldigte der Harmonie und dem Miteinander wie wenige andere Sternenvölker, auf die der Commander getroffen war.

Auch wenn dieser Einstellung widersprach, überlegte er, daß die Shirs sich in einem ganz speziellen Fall nicht anders verhalten hatten als die Rahim – als sie mittels ihrer eigenen Parafähigkeiten die letzten Salter hatten abstumpfen lassen, um ihnen einen friedlichen Lebensabend zu bescheiden. Daß sie dabei positive Grundabsichten hatten, änderte nichts an der Verwerflichkeit ihrer Handlungsweise.

»Ich bin nicht bereit, mich mit Ihren kleinlichen Streitigkeiten aufzuhalten«, sagte Ren Dhark entschlossen. »Wir haben eine gemeinsame Mission. Eine Mission, ohne die unsere beiden Galaxien untergehen werden. Sie ist zu wichtig, als daß sie scheitern darf, Targo. Denn wenn das geschieht, brauchen Sie sich um Knur keine Gedanken mehr zu machen. Um niemanden. Denn es wird niemand mehr am Leben sein.«

»Aber ich lasse mir von einem Shir nicht einfach meine Frau wegnehmen.«

»Sie war niemals Ihre Frau«, verteidigte sich der sechsbeinige Hüne. »Sie war lediglich Ihre Sklavin.«

»Das ist im Augenblick völlig gleichgültig«, fuhr Ren fort. Natürlich war es das nicht, tatsächlich jedoch zweitrangig. So lange zumindest, bis das für ihrer aller Überleben elementare Problem gelöst war. »Targo, Sie werden Knur nicht mitnehmen. Ich hoffe, ich habe mich klar ausgedrückt. Statt dessen verlassen Sie auf der Stelle mein Quartier. Wir sind aufeinander angewiesen, verstehen

Sie das endlich. Alles andere ist im Augenblick unwichtig. Wenn Sie das nicht einsehen, muß ich mit Gola oder Kalnek reden.«

»Na und? Kein Rahim hat dem anderen etwas zu sagen.«

»Dennoch bitte ich Sie inständig. Beenden Sie diesen Streit. Auch in Ihrem eigenen Interesse, wenn Ihnen am Fortbestand Ihrer Galaxis etwas liegt.«

Targo sagte nichts. Er schien nachzudenken. Schließlich drehte sich das kraftstrotzende Exoskelett um. »Wissen Sie was? Knur ist den Ärger nicht wert«, meinte er herablassend. »Soll sie doch bei den Shirs vergammeln. Sie wird es schon bald bedauern, aber dann will ich sie nicht mehr. Für mich gibt es genug andere Frauen.«

Bevor er aus Ren Dharks Quartier stürmte, drehte er sich noch einmal um.

»Aber die Shirs sollen sich nie wieder in die Angelegenheiten der Rahim einmischen. Nie wieder! Ansonsten gibt es keine Koalition mehr, gleichgültig welche Folgen das haben wird. Nächstes Mal werden wir die Shirs bombardieren. Sie sollen sich vorsehen, oder wir werden sie und ihre Welt zerstören, noch bevor die Kollision unserer beiden Galaxien das erledigen könnte.«

»Jetzt gehen Sie entschieden zu weit! Glauben Sie nicht, daß wir Shirs wehrlos wären. Wenn es sein muß, wissen wir uns schon zu verteidigen.«

»Lächerlich!«

»Genug jetzt! Das gilt für Sie beide! Auch die Shirs werden sich zurückhalten. Sie alle sollten endlich vernünftig werden, wenn Sie überleben wollen. Ansonsten sind Sie in Kürze tot!«

Der Shir schwieg, betreten, wie Ren glaubte.

Auch Targo sagte nichts mehr. Stumm verließ er sein Quartier.

Erleichtert atmete der Commander der Planeten auf.

Kurz darauf machten sich die S-Kreuzer zum Aufbruch von Salteria bereit.

Im Archiv der Salter wurden die letzten Untersuchungen abgeschlossen.

Ren Dhark und seine Gefährten verabschiedeten sich von Knur und den Shirs, die auf Salteria zurückblieben. Ren gab seiner Hoffnung Ausdruck, es möge zu einem Wiedersehen unter erfreulicheren Umständen kommen. Irgendwann in der Zukunft, wenn die große Gefahr für zwei Galaxien, zahlreiche Völker und unzählige Lebewesen abgewendet war.

Die Shirs wünschten ihm das Beste. Sie würden in die bevorstehenden Ereignisse nicht eingreifen können. Daher blieb ihnen einzig die Hoffnung, daß der Mann von Terra in seinen Bemühungen erfolgreich sein würde.

Fünf Raumschiffe der Rahim würden die Menschen dabei unterstützen.

Ren ließ ihnen die Koordinaten für einen Treffpunkt am Rand der Milchstraße überspielen.

Dhark richtete sich auf einen dreitägigen Rückflug ein, aber die Rahim würden viel länger brauchen, um am Rendezvouspunkt anzukommen.

Ein wenig Wehmut erfüllte ihn, als Salteria in der Schwärze des Alls zurückblieb.

Aus großer Entfernung hätte ein Betrachter den Eindruck haben können, es bei der kühnen Konstruktion, die das Weltall durcheilte, mit einem hantelförmigen Raumgiganten zu tun zu haben. Doch der Schein trog. Tatsächlich handelte es sich bei dem Gebilde, das mit hoher Geschwindigkeit von der so unerwartet aufgetauchten zweiten Galaxis Drakhon her der Milchstraße entgegenjagte, um einen kleinen Raumschiffsverband. Wie die hilflose Beute im Spinnennetz hing der galoanische Zylinderraumer im Intervallschlepp zwischen den beiden Ringraumern der Terranischen Flotte und überwand so den Leerraum zwischen den beiden Galaxien.

Doch auch das stimmte nicht ganz.

Denn längst hatten sich die ersten Sonnensysteme von Milchstraße und Drakhon ineinander geschoben und waren in Glutöfen vernichtet worden, die in Astronomischen Einheiten zählten. Das gewaltige Vernichtungspotential konnten am besten die Astrophysiker erklären. Aber auch jedem anderen an Bord der drei Schiffe war klar, was geschehen würde, wenn Drakhon den nächsten Sprung durchmachte und deckungsgleich mit der Milchstraße aus der Transition herauskam.

Völliger Untergang apokalyptischen Ausmaßes.

An Bord von POINT OF, MAYHEM und H'LAYV herrschte hektische Betriebsamkeit. Unablässig wurden die unterschiedlichsten Messungen angestellt. Besonders die astronomischen und astrophysikalischen Abteilungen hatten alle Hände voll zu tun.

Per Bildkonferenz waren sämtliche Koryphäen zusammengeschaltet, die unablässig versuchten, neue Erkenntnisse zu gewinnen oder aus den bereits gewonnenen hilfreiche Schlußfolgerungen zu ziehen.

»Die Strahlungswerte haben ein Niveau erreicht, das meine schlimmsten Befürchtungen übertrifft«, erklärte Monty Bell aus der Astrophysik der POINT OF. »Dabei sieht es nicht danach aus, als ob bereits das Endstadium erreicht sei. Sie steigen kontinuierlich weiter an, ohne daß wir eine Prognose wagen, wie weit noch.«

»Das ist mir zu vage. Kann ich das etwas genauer haben?«

Ren Dharks Gesicht wirkte wie versteinert. Regungslos hockte er in einem Sessel, nur hin und wieder warf er kurze Blicke zur Bildkugel, die in rascher Folge die umliegenden Raumsektoren zeigte.

Er spürte deutlich, wie alle Augen auf ihn gerichtet waren. Nicht wenige seiner Begleiter hatten derzeit wohl den Eindruck, daß er von ihnen abrückte. Der Commander der Planeten, der gemeinhin als unverbesserlicher Optimist galt, der gern lachte und positiv in die Zukunft schaute. Doch diese Rolle konnte er momentan nicht ausfüllen. Zu viel war in den letzten Tagen und Wochen auf ihn eingestürzt. Erkenntnisse, die kaum noch Zweifel am bevorstehenden Untergang der Menschheit ließen, wenn nicht noch ein Wunder geschah. *Doch woher sollte es kommen?* fragte er sich zum wiederholten Mal. Der sportliche, 179 Zentimeter große Endzwanziger spürte die Last der Verantwortung auf seine breiten Schultern drücken.

Die Aussiedlerprogramme der Regierung gingen ihm durch den Sinn. Millionen von Menschen mußten die Erde verlassen, um der Menschheit ein Überleben zu sichern, sollte es zu der befürchteten Großoffensive der Grakos kommen, jener unheimlichen schwarzen Schattenwesen, denen kein Leben etwas zu bedeuten schien. Doch da hatte noch niemand damit rechnen können, daß man gar nicht weit genug fliehen konnte. Eine Kollision zweier Galaxien würde kein einziges unter Millionen Sternsystemen unbeschadet überstehen.

Voller Fatalismus fragte sich Dhark, was ihm die Mühen der vergangenen Jahre eingebracht hatten. Wieso waren sie immer weitergegangen und hatten all diese Auseinandersetzungen auf sich nehmen müssen? Besonders die Giant-Herrschaft, die in manchen Teilen der Erde keinen Stein auf dem anderen gelassen hatte. Warum hatten sie sich dagegengestemmt, wenn nun doch alles Makulatur sein sollte?

Weil es unsere Natur ist! Weil wir immer noch einen Schritt weitergehen, wenn wir irgendwo angekommen sind!

Ren Dhark war sich dieser Tatsache in seltsamer Klarheit bewußt.

Und seine privaten Probleme taten ein Übriges. Denn der Commander der Planeten wurde Vater.

Joan Gipsy, die Frau, die er liebte, hatte ihn hintergangen. Trotz ihrer Versicherung, selbstverständlich zu verhüten, hatte sie das nicht getan. Aus Kalkül, aus eiskalter Berechnung. Sie hatte ihm vor wenigen Stunden gestanden, daß sie schwanger war. Weil sie hoffte, ihn damit enger an sich binden zu können, hatte sie ihm eröffnet. Weil sie wollte, daß er bei ihr auf Terra blieb, statt ständig im All unterwegs zu sein.

Doch ein Ren Dhark war kein Mann, der sich die Pistole auf die Brust setzen ließ, und schon gar nicht ließ er sich erpressen.

Ren Dhark liebte Kinder. Er war nicht grundsätzlich gegen eine eigene Familie. Doch er war ein Mann, der seine Entscheidungen selbst traf. Er hatte sich auf Joans Zusicherung verlassen, denn schließlich hatte er sie geliebt. Und sie hatte ihn zum Dank dafür schamlos hintergangen.

Möglich, daß er Joan immer noch liebte. In diesem Moment hatte er sich selbst gegenüber nicht mal eine ehrliche Antwort parat. Aber etwas in ihm war erkaltet, und das bemerkte nicht nur er selbst. Sogar sein ältester Freund Dan Riker warf ihm gelegentlich besorgte Blicke zu.

»Tut mir leid«, riß ihn Monty Bell aus seinen Gedanken, der auf der Raumfahrtakademie dereinst sein und Rikers Dozent gewesen war. Sein Freund aus Jugendtagen, den er extra für die Drakhon-Expedition angeheuert hatte. »Wir arbeiten hier mit wissenschaftlichen Fakten, und ich lasse mich nicht auf Spekulationen ein.«

»Natürlich nicht.« Ren schob das ausgeprägte Kinn nach vorn und brachte ein schwaches Lächeln zustande.

»Immerhin ist klar, daß die Intensität der Strahlenschauer so hoch ist, daß sie jedes Leben auf einem ungeschützten Planeten binnen kürzester Zeit unmöglich machen wird. Hier draußen im Leerraum an der Grenze der galaktischen Spannungsfelder ist das gleichgültig, aber jeder kann sich selbst ausrechnen, wann die Strahlung die nächsten bewohnten Planeten erreicht.«

»Dem kann ich nur zustimmen«, bestätigte Shodonn, der galoanische Chefwissenschaftler von Bord der H'LAYV aus. »Wer über keine entsprechenden Schutzschirme verfügt, wird zwangsläufig vernichtet werden. Bei uns ist kaum jemand damit ausgestattet.«

»Bei uns ebenfalls die wenigsten Welten«, überlegte Monty Bell. »Ich will gar nicht wissen, wie viele bewohnte Planeten, die wir nicht kennen, im näheren Umkreis existieren, für die es bereits keine Rettung mehr gibt.«

»Wir können uns nicht um jeden einzelnen kümmern.« Dhark hatte einen Kloß im Hals, als er die Worte aussprach. Sie klangen hart, aber sie entsprachen der Realität. Wie es aussah, war es ihnen ja nicht einmal gegeben, der Erde helfen zu können. Sie mußten eine umfassende Lösung für dieses Problem finden, von der sämtliche Völker in beiden ansonsten dem Untergang geweihten Galaxien profitieren würden.

Er hatte seine melancholische Anwandlung besiegt.

Er würde weiterkämpfen, so lange es möglich war. Solange sie noch eine Option hatten. Erst wenn gar nichts mehr ging…

Er wagte den Gedanken nicht zu Ende zu denken.

»Das Problem der Strahlung ist zweitrangig. Zunächst jedenfalls«, sprach Chris Shanton aus, was auch Ren dachte. »Vordringlich ist dafür zu sorgen, daß Drakhon eben nicht in unsere Milchstraße springt. Ansonsten brauchen wir uns um die Strahlung sowieso keine Sorgen mehr zu machen.«

»Gestatten, daß wir uns trotzdem weiter damit befassen?«

Shanton starrte Bells holographische Abbildung an. Der riesige Zweizentnermann mit den breiten Schultern und einem Bauch, den jede Schubkarre zu befördern sich geweigert hätte, wühlte mit einer Hand kopfschüttelnd in seinem dichten, verfilzten Backenbart, während sein zweiter, behaarter, keulenartiger Arm Anstalten machte, nach dem Holo zu schnappen.

»Sie können Ihre Zeit ebenso gut damit vertrödeln wie mit zynischen Bemerkungen. Wenn mir hier doch nur mal einer zuhören würde. Wir müssen das Übel an der Wurzel angehen.«

»Dann machen Sie doch einen produktiven Vorschlag!«

Shanton mußte passen. Hätte er eine Idee gehabt, wäre er längst damit an die Öffentlichkeit getreten. Er knetete seine Hände von Topfdeckelgröße ineinander und zuckte hilflos mit den Schultern.

»Schon gut, Monty«, mischte sich Ren Dhark ein, dem deutlich vor Augen geführt wurde, daß nicht nur ihn die scheinbar hoffnungslose Lage zermürbte. »Wir haben alle das gleiche Ziel, Chris. Entspannen Sie sich.«

»Wuff«, machte Jimmy, der Robothund, der seinem Herrn und Meister Shanton wie meistens nicht von der Seite wich, zustimmend. Was äußerlich wie ein vorwitziger, kleiner Scotchterrier wirkte, war in Wahrheit eine robotische Meisterleistung mit einer Vielzahl technischer Details, die der schwergewichtige Ingenieur ebenso entworfen und erbaut hatte wie – gemeinsam mit Arc Doorn – die 370 Ast-Stationen.

»Wenden wir uns also wieder den Fakten zu.« Der Astrophysiker wirkte in Gedanken versunken, während er den Kopf nach vorne neigte. Er schien einige Folien zu studieren. »Womit wir auch gleich bei Ihrem Hauptproblem wären, Shanton.«

»Sage ich doch«, brummte der ehemalige Chefmechaniker der Cattaner Kraftwerke mürrisch. »Immer muß ich die Leute mit der Nase auf das Wesentliche stoßen.«

Dan Riker konnte sich ein Grinsen nicht verkneifen. So genial Chris Shanton war, wenn es um technische Basteleien ging, so wenig Einfühlungsvermögen bewies der scherzhaft häufig als »Traum jeder Schwiegermutter« bezeichnete, grobschlächtige Kerl, wenn es darum ging, sich mal vornehm im Hintergrund zu halten statt mit der Tür ins Haus zu fallen.

»Shanton, nun lassen Sie unseren guten Monty doch endlich mal ausreden.«

Das ließ sich Bell nicht zweimal sagen. »Die Suprasensoren haben uns mit weiteren besorgniserregenden Meßergebnissen versorgt«, sprudelte er hervor. »Der Hyperraum um unsere Milchstraße lädt sich permanent mit Energie auf, der um Drakhon ebenfalls, allerdings mit gegensätzlich wirkender.«

»Mit gegensätzlich wirkender?« fragte Dan Riker. Der Chef der Terranischen Flotte hatte nie einen Hehl daraus gemacht, eine Aversion gegen die kryptischen Aussagen der Wissenschaftler zu haben. Wenn sie ihm etwas zu sagen hatten, dann bitteschön so, daß er es verstand, ohne die kleine Astrofibel bemühen zu müssen. »Geht es etwas allgemeinverständlicher?«

»Der Raum um Drakhon wird übersättigt mit ›negativer‹ 5-D-Energie, der um die Milchstraße mit ›positiver‹. Wir vermuten, daß das mit den Kraftfeldlinien der beiden Galaxien zu tun hat«, blieb ihm Monty Bell nichts schuldig. »Ein gigantisches Spannungsgefälle wird zwischen ihnen aufgebaut, das unmöglich auf Dauer stabil bleiben kann.«

»Heißt das, es besteht die Gefahr einer gegenseitigen Auslöschung wie bei Materie und Antimaterie?«

»Nein, nein, zu einer Explosion wird es nicht kommen. Die beiden Energien reagieren ja nicht miteinander, im Gegenteil, sie werden sich ergänzen.«

»Das bedeutet, daß das Spannungsgefälle einen Ausgleich erfahren wird«, griff Shodonn an Bord der H'LAYV den Faden auf. »Der wird zwangsläufig wie bei einem Über- und einem Unterdruck vonstatten gehen. Schlagartig. Wir sind zu den gleichen Resultaten gekommen.«

Der Commander der Planeten hatte die Unterhaltung schweigend über sich ergehen lassen. Als er begriff, was die Wissenschaftler verklausulierten, brachte er es auf den Punkt: »Wir sprechen von der Transition beider Galaxien in einen deckungsgleichen Raum.«

»Exakt.«

»Wann?«

»In nächster Zukunft.« Bell hob ratlos die Schultern. »Ich wiederhole mich, ich will nicht spekulieren. Aber viel Zeit bleibt uns nicht mehr.«

»Womit wir das Pferd von hinten aufgezäumt hätten«, nuschelte Chris Shanton. »Wir wußten bereits vorher, daß das geschehen wird. Zumindest waren wir ziemlich sicher. Die Frage bleibt aber die gleiche. Was unternehmen wir dagegen?«

Womit der Ingenieur die Eine-Million-Dollar-Frage gestellt hatte.

Ren Dhark brannte die Zeit unter den Nägeln, dennoch konnte er nicht den direkten Weg zur Erde wählen. Zunächst mußte er am Rand der Milchstraße auf die fünf Schiffe der verbündeten Rahim warten. Er war sicher, daß sie sich noch als wertvolle Helfer erweisen würden.

Ihm fiel eine Zentnerlast vom Herzen, als die Sensoren den Aufbau eines Wurmlochs meldeten, aus dem wenig später die bizarren Hammerschiffe der Rahim auftauchten.

Da war bereits mehr als eine Woche seit ihrem Aufbruch von Salteria vergangen.

Nach einer kurzen Orientierungsphase meldete sich Kalnek. Bei den Rahim war alles in Ordnung. Und mehr als das.

»Unsere Transitionstriebwerke sind wieder funktionsfähig«, meldete er überrascht und erfreut zugleich. »Wie gut, daß wir sie nicht demontiert haben, nachdem sie in unserer Galaxis nicht mehr funktionierten. Das bedeutet, daß wir in Ihrer Milchstraße nicht von künstlich erschaffenen Wurmlöchern abhängig sind, Dhark.«

Ren Dhark versuchte den Kontakt kurz zu halten. Er wollte unter allen Umständen so schnell wie möglich zur Erde. Mit Beziehen der Warteposition hatten sie bereits viel zu viel Zeit verschwendet.

»Wir werden trotzdem lange vor Ihnen Terra erreichen«, erwiderte er.

»Das wissen wir. Aber Sie werden uns erwarten. Darf ich um die Koordinaten bitten?«

Das war sie wieder, diese unterschwellige Arroganz, die Ren sauer aufstieß. Er konnte den Shirs ihre Aversion gegen die Rahim nicht verdenken. Denn die taten alles dafür, sich unbeliebt zu machen.

»Leon, eine Phase zur Funk-Z«, wandte sich Dhark an Leon Bebir, seinen Zweiten Offizier. »Glenn Morris soll die Sternenkarten aus dem Checkmaster zu den Rahim überspielen.«

»Vielen Dank«, sagte Kalnek tonlos. Ren vermochte nicht zu sagen, ob er wirklich dankbar war oder ob es für ihn eine Selbstverständlichkeit darstellte, daß der in ihren Augen niedere Bündnispartner seinen Wünschen so anstandslos nachkam. Es war ihm gleichgültig! Auch die Rahim würden früher oder später von ihrem hohen Roß steigen. Wenn Milchstraße und Drakhon untergingen, wäre es auch ihr Untergang. Andernfalls hätten sie sich wahrscheinlich gar nicht zu diesem Zweckbündnis durchgerungen.

Die Verabschiedung fiel kurz und wenig herzlich aus. Nur von Shodonn an Bord der H'LAYV mußte man sich nicht verabschieden. Der galoanische Chefwissenschaftler, der in den zurückliegenden Wochen zu einem verläßlichen Partner und Freund geworden war, würde den Flug im bewährten Intervallschlepp mitmachen.

»Und jetzt auf dem schnellsten Weg nach Hause!« ordnete Dhark den Aufbruch an.

Der Checkmaster übernahm die Intervallsteuerung, die den Flug von POINT OF und MAYHEM ohne die geringste Abweichung bis ins Ziel koordinierte. Nach kurzer Anlaufphase schaltete er auf Sternensog und brachte den Dreierverbund, stetig beschleunigend, auf vielfache Lichtgeschwindigkeit. Dabei bediente er sich der inzwischen bewährten Technik, die beiden Schiffe »oberhalb« der Milchstraße zu manövrieren. Da die Raumer in relativer Nähe zur »Oberfläche« der Milchstraße flogen, bekamen sie es auch nicht mit den negativen Auswirkungen des Exspects zu tun. Erst als sie ungefähr über der gedachten Verlängerung der irdischen Polachse standen, wurde der Sternensog abgeschaltet, und der kleine Schiffsverband erreichte sein Ziel mit einer einzigen Transition.

Zweiundsiebzig Stunden später hatte die Erde die beiden Ringraumer wieder.

2.

Deluge, mit einer Fläche von rund 25 200 Quadratkilometern kleinster der 31 Inselkontinente des Planeten Hope im Col-System, machte seinem Namen wieder einmal Ehre und lag unter einer schweren Regenfront, die von Osten über den Ozean herangetrieben war, nur bekam niemand in dem Höhlensystem, das sich im Inneren des bis zu 4 000 Metern hohen Gebirges befand, etwas davon mit. Auch wer die Höhlen durch den normalen Ausgang oder über den Doppelantigravschacht auf der anderen Seite des die tropische Dschungelinsel dominierenden Bergmassivs verließ, mußte nicht befürchten, innerhalb weniger Augenblicke total durchnäßt zu werden, weil sich über diesen Bereich ein kontinentales Intervallfeld spannte, das nicht nur dank der Kombination mit einem leichten Prallfeld die warme Regensintflut fernhielt, sondern auch die in den letzten Tagen wieder sprunghaft angestiegene Strahlung des galaktischen Magnetfelds.

Guliver Bligh, Sicherheitschef der vor mehr als tausend Jahren von den Mysterious errichteten unterirdischen Anlage, die von den Terranern in Besitz genommen worden war, zog in diesem Moment nichts nach draußen. In seinem Büro saß er Pan-The gegenüber, dem Tibeter, der wissenschaftlicher Leiter des Gesamtkomplexes war.

»Bligh«, sagte Pan-The, »so geht es nicht weiter. Wir müssen herausfinden, was hinter diesen Vorkommnissen steckt. Die Beschwerden häufen sich. Und über Kontinent Vier hat sich auch noch ein Intervallfeld aufgebaut, obgleich die Abteufanlage stillgelegt wurde und kein Mensch sich mehr dort befindet, der von der kosmischen Strahlung geschädigt werden könnte!«

Bligh, der schon zur Zeit der G'Loorn-Krise hier in Amt und Würden gewesen war und aus der Ferne hatte miterleben müssen, wie auf dem nur 700 Kilometer entfernten Inselkontinent Main Island die Siedlerstadt Cattan einem Strahlangriff dieser seelenfressenden Ungeheuer zum Opfer fiel, ohne daß die Terranische Flotte das verhindern konnte, hatte seither an Leibesumfang zu- und an Haarpracht abgenommen. Er lehnte sich zurück, schnipste eine Zigarette aus der Packung, nahm das Stäbchen zwischen die Lippen und entzündete es. Genußvoll inhalierte er den Rauch, blies ihn wieder aus und sagte dann: »Im Klartext, Pan-The: Auf Hope spukt's!«

Dagegen verwahrte sich der Tibeter. »Spuk ist etwas Unerklärliches, Geisterhaftes, Transzendentales, aber was sich hier abspielt, ist greifbar...«

»Und Ihren Aussagen zufolge trotzdem unerklärlich«, konterte Bligh. »Oder wie darf ich es verstehen, daß sich Geräte ein- und ausschalten, ohne daß jemand in der Nähe ist, der diese Schaltungen tätigt? Und das Intervallfeld über Kontinent Vier aktiviert sich auch nicht von selbst. Das hat es noch nie getan. Das hier über Deluge – klar, das schaltet sich von selbst ein, wenn die Strahlungswerte des galaktischen Magnetfelds eine kritische Grenze überschreiten, aber alles andere...«

»Dennoch ist der Begriff Spuk unakzeptabel«, stellte Pan-The klar. »Und ich denke, Sie sollten etwas dagegen unternehmen. Das ist schließlich Ihr Job.«

Bligh nickte.

»Ich schaue mir die Sache erst einmal genau an«, versprach er. »Inzwischen versuchen Sie Ihre aufgeregten Geister zu beruhigen und...«

»Aufgeregte Geister?« Das gefiel Pan-The schon wieder nicht. »Bligh, Sie reden von ernstzunehmenden Wissenschaftlern!«

»Sind die etwa geistlos?« Und Bligh grinste nach innen, weil er damit dem Tibeter den Wind aus den Segeln genommen hatte.

Abrupt erhob sich Pan-The. »Machen Sie diesem Spuk so schnell wie möglich ein Ende«, verlangte er, als er Blighs Büro verließ.

Der lachte erst, als die Tür geschlossen war. Jetzt hatte Pan-The den Begriff »Spuk« auch benutzt!

Aber Bligh wurde sofort wieder ernst. Zum Lachen war ihm, wenn er die Situation betrachtete, nicht wirklich zumute.

Im Industriedom, in der Maschinenhöhle und der Ringraumerhöhle – und jetzt auch noch auf Kontinent Vier – stimmte etwas nicht!

Tim Acker, Mysterious-Mathemathiker, der für seinen Doktorhut eine Dissertation über Transitionstriebwerke der Giants geschrieben hatte, war ein Gemütsmensch, solange man ihn in Ruhe ließ. Seine Halbglatze trug er mit Stolz, obgleich er erst 49 Jahre zählte, und seinen Leibesumfang hatte er sich in diesen 49 Jahren genußvoll angefressen. Darauf, die Transmitterstraßen der Mysterious entdeckt zu haben, bildete er sich nichts ein, weil das eher zufällig geschehen war, und eine besonders ruhmvolle Gestalt hatte er dabei angesichts der M-Roboter auch nicht abgegeben. Eher sprach er schon mal darüber, zusammen mit dem Prospektoren-Ehepaar Art und Jane Hooker bei einer nicht minder unfreiwilligen Zeitversetzung in die Vergangenheit die offenbar ausgestorbenen Ureinwohner Hopes kennengelernt zu haben, auch wenn das nur auf virtueller Ebene geschehen war.

Es war auch unwiederholbar.

Acker war gleich zweifacher Professor und sagenhaft verfressen. Anders konnte man seine Leidenschaft, sich alles einzuverleiben, was eßbar und schmackhaft war, nicht nennen. Dennoch hatte er mit seinem überhöhten Kampfgewicht noch nie gesundheitliche Probleme gehabt. Probleme bekamen an seinen früheren Wirkungsstätten allenfalls die Hochschul- oder Firmenkantinen, weil sie Ackers Ansprüche selten zu dessen völliger Zufriedenheit erfüllen konnten.

Im Höhlensystem von Deluge hätte das anders sein können. In der Ringraumerhöhle gab es die *Kantine* der Mysterious, die auf Gedankenbefehl jedes gewünschte Getränk und jede Speise produzieren konnte. Nur hatten die Mysterious, die vor tausend Jahren diese Kantine programmierten, Tim Ackers Geschmack nicht gekannt.

Deshalb ließ er es sich eine Menge Geld kosten, hin und wieder erlesene Köstlichkeiten von der Erde oder von anderen Planeten zu importieren.

In der Maschinenhöhle, die sich zwischen dem Industriedom mit seinen wolkenkratzerhohen Superaggregaten und der Ringraumerhöhle befand, in der ein gewisser Ren Dhark vor gerade mal sieben Jahren (die vielen längst wie eine Ewigkeit erschienen) die POINT OF entdeckt hatte, arbeitete Tim Acker an einer neuen Software für verbesserte Suprasensoren. Der Supra-C7, der seit August des vergangenen Jahres in S-Kreuzern zum Einsatz kam und gut 900mal schneller war als seine Vorgängergeneration, war nach Ackers Ansicht immer noch zu langsam, im Vergleich zu Rechnern der Mysterious, und auch die parallel entwickelten Kalkulatoriken mußten in ihrer Kapazität doch noch zu verbessern sein!

An der Geräteseite konnte Acker nicht viel machen; das war nicht sein Fachgebiet. Aber als M-Mathematiker konnte er Programme entwickeln, die aus den Prozessoren noch mehr Leistung herauskitzelten, und er konnte den Entwicklungsgruppen der Prozessorhersteller Tips geben, in welcher Richtung noch Verbesserungen an den Kristallchips möglich waren. Dabei kam er sich nicht mal als Besserwisser vor, sondern sah nur, daß er mit seinem Können neue Türen im »Compuversum« aufstoßen konnte, wie er die Welt der Rechnersysteme zu nennen pflegte.

Am liebsten hätte er für seine Arbeit den Checkmaster der POINT OF benutzt.

Das war natürlich unmöglich. Selbst wenn er zur Besatzung des Ringraumers gehört hätte, wäre es ihm kaum gestattet worden, die Kapazität des Checkmasters für seine Arbeit in dem Maße auszulasten, wie es ihm gerechtfertigt erschien. Denn die POINT OF war nicht nur Commander Ren Dharks Flaggschiff, sondern zugleich auch ein Forschungsraumer, dessen Wissenschaftler immer wieder neue kosmische Phänomene entdeckten und auszuwerten versuchten – deren Arbeit ging mit Sicherheit vor.

Also bediente sich Tim Acker der zweitbesten Lösung. Er beanspruchte das Computersystem der Mysterious in der Maschinenhöhle und hatte dort auch sein Büro eingerichtet.

Ursprünglich hatte diese Höhle wohl der Teile- und Ersatzteilproduktion für die POINT OF oder für Ringraumer überhaupt gedient. Damals, als das Höhlensystem von Ren Dhark und den anderen, die der Diktator Rocco auf den unwirtlichen Kontinent Deluge deportiert hatte, entdeckt worden war, hatten hier einbaufähige Aggregate gelegen. Dhark und seine Leute waren es gewesen, die damit die POINT OF überhaupt erst fertiggestellt hatten – die Mysterious hatten den Raumer unvollendet zurückgelassen, als sie vor tausend Jahren dem Ruf »ron wedda wi terra« folgten und aus der Galaxis verschwanden, ohne auch nur den geringsten Hinweis auf ihre Identität zurückzulassen. Unter anderem hatte es einen kompletten Triebwerkssatz gegeben, der später in terranischen Nachbauten Verwendung fand – und die Maschinenhöhle hatte weitere Triebwerkseinheiten produziert. Nur so war es möglich gewesen, die aus Tofirit konstruierten Ringraumer TERRA und EUROPA mit M-Triebwerken auszustatten; als sie auf Kiel gelegt wurden, war der Werftplanet Dockyard noch nicht entdeckt gewesen, auf dem zeitweise Ringraumer, die allerdings geringere Abmessungen aufwiesen als die POINT OF und die S-Kreuzer, im Minutentakt produziert wurden, um sie anschließend wieder abzuwracken, weil niemand sie von den »Fließbändern« holte.

Das war Vergangenheit – Dockyard produzierte nicht mehr, seit der Hyperraumblitz die Galaxis durchrast und alle M-Anlagen, die nicht durch Intervallfelder geschützt waren, unwiderruflich lahmgelegt hatte. M-Triebwerke, die sagenhaften M-Raumanzüge oder andere Gebrauchsgegenstände, die in der Raumflotte der Mysterious unverzichtbar gewesen waren, gab es seither nur noch aus der Produktion der Maschinenhöhle von Deluge auf dem Planeten Hope.

Und weil hier produziert wurde, gab es auch eine Art Logistikzentrum.

Das war erst vor kurzem entdeckt worden. Daß es existieren mußte, war jedem klar gewesen, wie es auch klar war, daß es ein ähnliches Zentrum im Industriedom gab, dessen Wolkenkratzer-Aggregate zeitweise auf Hochtouren unbekannte Güter produziert hatten, um sie über Transmitterstraßen auf andere Welten der Mysterious zu verschicken. Aber mittlerweile waren diese Aggregate wieder heruntergefahren worden. Das unbekannte Logistikzentrum hatte wohl erfaßt, daß die Zielplaneten nicht mehr in der Lage waren, die Flut von Waren anzunehmen. Wo die M-Anlagen auf irgendwelchen M-Planeten nicht von Intervallfeldern geschützt gewesen waren, waren durch die galaktische Katastrophe natürlich auch die Großtransmitter ausgefallen und konnten nichts mehr empfangen. Nur wenige Transmitter – jene, die nach dem Prinzip der Raumkrümmung durch Schwerkraftfelder arbeiteten – waren noch intakt. Zu ihnen gehörten Teile des interstellaren Transmitternetzes, das von Acker, Tschobe und anderen entdeckt und von Tschobe, dem GSO-Agenten van Haag und einigen Cyborgs teilweise erforscht worden war. Aber nicht alle dieser Transmitterstraßen funktionierten noch; nicht alle jener Planeten waren noch erreichbar.

Deluge war geschützt gewesen, als der *Blitz* durch die Milchstraße raste. Hier funktionierte nach wie vor alles einwandfrei.

Tim Acker hatte nichts dagegen einzuwenden. Er bediente sich der M-Computertechnik, als hätte er zeitlebens nichts anderes getan, und versuchte mit ihrer Hilfe Programme zu entwickeln, die terranische Suprasensoren und Kalkulatoriken bis zum Letzten ausreizen sollten.

Wogegen er etwas einzuwenden hatte, war, daß die gerade geöffnete Dose mit Shillog-Häppchen spurlos verschwunden war. Davon hatte er zwischendurch immer wieder mal ein wenig naschen wollen, aber auch die Portion Rak vom Planeten Dolmin war ebenso weg wie der utarische Grinkgog, der beim Verzehr nicht nur Euphorie erzeugte, sondern auch noch unterschiedliche

Gesänge von sich gab und auf Terra als verbotene Droge galt. Hope war nicht Terra, aber gerade den Grinkgog zu beschaffen, diesen Hochgenuß in jeder Beziehung, hatte Tim Acker eine Menge Geld gekostet. Entsprechend sauer war er, als er feststellen mußte, daß ihm irgendein selbsternannter Witzbold diese lukullischen Genüsse vor der Nase weg stibitzt hatte, während er sich zwischendurch auch mal mit seiner Arbeit befaßte.

»Den Mistkerl bring' ich um!« drohte Acker, der an sich ein äußerst friedlicher Mensch war – nur wenn es um sein Essen ging, konnte er zum Berserker werden und war dann bösen Gerüchten zufolge angeblich sogar fähig, einen Cyborg in einen stationären Orbit um den Planeten zu prügeln.

Raoul Pelletier und der Afrikaner Ivo Marcus, beide M-Mathematiker, kamen als Täter in Frage, aber beide leugneten, während der letzten halben Stunde auch nur in der Nähe des Professors gewesen zu sein. »Tim, wir sind doch keine Unmenschen und gönnen Ihnen Ihre sündhaft teuren Fressalien, und dafür, daß wir nicht in der Nähe waren, gibt es mehrere Zeugen…«

»Zeuginnen«, korrigierte Marcus die Aussage seines Kollegen und schmunzelte dabei vielsagend.

»Mich interessiert nicht, wer was mit wem zeugt, sondern wo mein Grinkgog und die anderen Sachen sind!« tobte Acker, der sich entsann, daß die hundertfünfzig Gramm Grinkgog ihn dreihundert Dollar gekostet hatten, inklusive Fracht und Steuern, aber das war es ihm wert gewesen. Ihn packte das nackte Grauen bei der Vorstellung, irgendwer, der den Wert dieser Köstlichkeit nicht zu schätzen wußte, könne jetzt den Löffel schwingen und den Grinkgog in seinen gierigen Rachen schaufeln, ohne dem Gesang der Speise auch nur einen Hauch von Beachtung zu schenken.

Vom wundervollen Geschmack mal ganz abgesehen.

»Verdammt, Tim«, sagte Marcus, »wir sind doch nicht Ihre Feinde, und wenn wir Sie auf den Arm nehmen wollten, würden wir das ganz bestimmt nicht auf diese Weise tun! Da muß sonst wer die Hand im Spiel haben. Haben Sie wirklich niemanden bemerkt, der in Ihrer Nähe war?«

»Keinen«, fauchte Acker, »und das spricht gegen Sie beide, weil Sie doch lautlose Schleicher sind, die lautlos kommen und gehen und...«

»Wir poltern ja nicht 'rum wie Sie!« protestierte Pelletier. »Wenn Sie irgendwo auftauchen, zittert der Boden ja schon nicht nur Ihres Gewichts wegen, sondern auch, weil er Sie sieht...«

Das hätte er nicht sagen dürfen.

Plötzlich glaubte er, ihm sei ein UFO ins Auge geflogen. Das UFO entpuppte sich dann als Ackers Faust, und der zweifache Professor war nun *wirklich* wütend! Er verstand absolut keinen Spaß mehr.

Raoul Pelletier auch nicht.

Er schlug nicht zurück. Sich zu prügeln war nicht seine Art, und eigentlich paßte das auch nicht zu Tim Acker. Pelletier verließ halbblind den Raum und benutzte dann sein Armbandvipho, um den Sicherheitsdienst anzurufen und Anzeige gegen Tim Acker zu erstatten.

Ivo Marcus redete auf Acker ein.

»Was sollte das denn, Tim? Pelletier hat doch nur gescherzt, aber Sie prügeln gleich los? Was ist denn in Sie gefahren?«

»Jedenfalls keine hundertfünfzig Gramm Grinkgog, für die ich immerhin dreihundert Dollar hingelegt habe...«

»Grinkgog? Ist das nicht diese utarische Teufelsdroge, die beim Verzehr lautstark gröhlt und danach...«

Da ließ der sonst so friedliche Tim Acker schon wieder die Kelle kreisen, aber Marcus bekam die ausholende Bewegung rechtzeitig mit und konnte dem Jagdhieb ausweichen, bei dem selbst der legendäre Old Shatterhand vor Neid erblaßt wäre. »Mann, Acker!« stieß er hervor. »Haben Sie jetzt endgültig den Verstand verloren?«

»Raus hier!« brüllte Acker. »Raus, oder ich pflüge Sie unter!«

Marcus zog es vor, diesem Schicksal zu entgehen.

Deluges Sicherheitsdienst erschien gleich im Doppelpack. Zwei Männer aus Blighs Truppe, beide mit Klavierträger-Schulterbreite, bauten sich vor Tim Acker auf. »Gegen Sie liegt eine Anzeige wegen Körperverletzung vor...«

»Schön, daß Sie hier sind, dann nehmen Sie mal gleich meine Anzeige wegen Diebstahl von hochwertigen und extrem teuren Lebensmitteln auf...«

Eine Viertelstunde später entschuldigte sich Tim Acker in Blighs Büro bei Pelletier und Marcus für seine körperliche Entgleisung, beschuldigte sie aber weiterhin des Diebstahls. Guliver Bligh horchte auf. »Grinkgog? Dieses utarische Teufelszeug, das auf Terra zu Recht als Droge verboten ist und...«

»Hier ist nicht Terra, und Grinkgog ist völlig harmlos!« protestierte Acker. »Sonst wären ja alle Utaren, die es mit Genuß futtern, ständig im Drogenrausch! Bligh, Alkohol und Nikotin gelten auch als Drogen, aber kommt auf Terra oder anderen unserer Welten auch nur irgendwer auf den Gedanken, sie deshalb zu verbieten? Dabei ist Nikotin für die Tel ein geradezu teuflisches Gift, das sie umbringen kann!«

Bligh sog an seiner Zigarette. »Erstens, Professor, woher wollen Sie das wissen? Zweitens: Auf Hope gibt es weder Tel noch Utaren, aber Sie haben Grinkgog importiert...«

»Woher ich das weiß? Von Doktor Maitskill, Bordarzt der POINT OF, der den Tel Dro Cimc mal behandeln mußte, weil der so töricht war, sich von einem Terraner eine Zigarette geben zu lassen und daran fast gestorben wäre...«

Bligh winkte ab.

»In einem Punkt haben Sie recht, Professor: Der Besitz und der Genuß von Grinkgog sind auf Hope nicht strafbar. Sie haben Ihre Kollegen Pelletier und Marcus angegriffen, und Ihre Kollegen haben Sie beklaut. Schätze, das gleicht sich aus. Und jetzt alle 'raus hier...«

»He, wir haben Acker nicht beklaut!« protestierte Pelletier, dessen linkes Auge prachtvoll verfärbt war, nur konnte er damit derzeit nichts sehen.

»Ich sagte: alle 'raus hier!« bellte Bligh.

Als er mit seinen beiden Mitarbeitern allein im Büro war, sagte er: »Es muß was an der Sache dran sein, und vielleicht gehört es zu dem Spuk, von dem Pan-The und andere reden. Das müssen wir unbedingt feststellen. Beobachten Sie Ihre Umgebung so intensiv wie noch nie.«

»Und Pelletiers Anzeige wegen Körperverletzung? Bei den drei Monden, sein Veilchen möchte ich nicht spazieren tragen, und daß der Professor so einen Schlag führt...«

»Die Anzeige fällt nicht unter den Tisch, sondern bleibt erst mal liegen. Vielleicht werden sich die Kontrahenten auch so wieder einig. Wenn nicht, können wir's immer noch weitergeben.«

Aber nicht, ehe wir mehr wissen, fügte er in Gedanken hinzu. Der Verdacht, daß das eine mit dem anderen zu tun hatte – der Fall Acker mit Pan-Thes Beobachtungen – wurde immer stärker.

Konverterspezialist Cliff Hamilton war bei seinen Kollegen alles andere als beliebt. Er besaß das unnachahmliche Talent, stets im falschen Moment unpassende Bemerkungen von sich zu geben, nur wenn er dann selbst verbal angegriffen wurde, fühlte er sich gleich tödlich beleidigt und neigte zur Streitlust, gepaart mit Feigheit.

Das war schon auf Main Island so gewesen und hatte sich mit zunehmendem Alter verschlimmert; deshalb hatte er sich seinerzeit auch von Cattan zum Industriedom versetzen lassen, um seinen bisherigen Kollegen nicht mehr begegnen zu müssen. Nur legte er sich mit den neuen auch gleich wieder an.

Immerhin war er durch diese Versetzung dem Strahlangriff der G'Loorn entgangen, die die Siedlerstadt mit ihren immerhin noch rund 40 000 Einwohnern im Januar 2053 in eine verwehende Glutwolke verwandelt hatten.

Bei so viel Glück akzeptierte er dann auch die mehrfachen Verweise, die Pan-The ihm erteilte, weil Hamilton offenbar nicht in der Lage war, mit seinen Kollegen friedlich zurechtzukommen. Im Lauf der Zeit zog er sich immer mehr zurück und ging den anderen aus dem Weg, wo immer das möglich war. Während der Arbeit ging das natürlich nicht.

Diese Arbeit wurde zwar recht gut bezahlt, machte ihm aber immer weniger Spaß, weil seine Kollegen natürlich auch von seiner Zurückgezogenheit nicht begeistert waren. Wie er's auch machte, ihnen war's nicht recht. Daß er vielleicht auch mal an sich selbst arbeiten sollte, auf diese Idee kam er erst gar nicht. Die anderen waren es doch, die ihn immer wieder abdrängten und nichts mit ihm zu tun haben wollten!

Mehrfach hatte er schon mit dem Gedanken gespielt, wieder nach Terra zurückzukehren, oder gar nach Babylon umzusiedeln. Aber Babylon nahm derzeit nur Einwanderer auf, die von Terra kamen, und auf Terra hatte er damals, als er mit der GALAXIS nach Hope geflogen war, alle Brücken hinter sich abgebrochen. Er wollte dorthin eigentlich auch nicht wieder zurück.

Zumal er dort mit Sicherheit weniger leicht einen Job finden und eher schlechter bezahlt werden würde. Andere Kolonialwelten kamen für ihn aber nicht in Betracht. Er war den Standard gewohnt, den er auf Hope genoß, und wollte nicht in die Primitivität zurück. Mit Grausen entsann er sich der Anfangszeit auf Main Island, als Cattan noch eine Barackenstadt aus im Eilverfahren gegossenen Notunterkünften war. Nein, noch einmal wollte er nicht wieder ganz von vorn anfangen. Ein wenig Komfort mußte schon sein, und den gab's nur im Industriedom beziehungsweise in den Mysteriousstädten auf dem Planeten Babylon, über den man sich Wunderdinge erzählte.

»Träume«, murmelte Hamilton verbissen vor sich hin. Vermutlich würde man ihn nicht einmal fortlassen von Hope. Jemand würde ihn an seinem Arbeitsplatz ersetzen müssen, und das ganze Höhlensystem war als Hochsicherheitsbereich eingestuft. Da fand man nicht so schnell vertrauenswürdige Mitarbeiter.

Zumindest diesen Status machte ihm keiner streitig.

Hamiltons Schicht begann. Er löste seinen Kollegen Risaro ab, der ihm wortlos das Pad entgegenhielt, auf dem die letzten Vorkommnisse aufgezeichnet waren. Hamilton nahm das kleine Gerät an, warf einen Blick auf die Anzeige und stellte fest, daß während Risaros Schicht nichts passiert war. Was denn auch? Die M-Konverter zu überwachen, die den Industriedom mit Energie versorgten, war ein stinklangweiliger Job. Die Technik der Mysterious kannte einfach keine Pannen, und wenn tatsächlich doch mal etwas defekt wurde, tauchten Reparaturroboter auf, um diesen Defekt blitzschnell zu beheben. Menschen bekamen davon meistens nicht einmal etwas mit, weil diese Robs über eigene Zugänge zu den Aggregaten und Konvertern verfügten.

Deshalb hatten Hamilton und andere damit begonnen, einen inaktiven M-Konverter näher zu untersuchen. Der schien nicht an die Gesamtanlage angeschlossen zu sein und bot sich daher als Forschungsobjekt an.

Mit Spezialgeräten war die Unitallhülle des Konverters geöffnet worden. Aber dann kam man mit den vorhandenen Mitteln nicht weiter. Auf Terra gab es bei Wallis Industries mehr Fortschritte. Irgendein Diaboloknackuniversalgenie namens Robert Saam sollte angeblich herausgefunden haben, wie die Energieerzeuger der Ringraumer funktionierten, aber der Bericht stand noch aus. Offenbar hatte die Terranische Flotte erst mal den dicken Daumen draufgelegt und hielt alles streng geheim.

»Idiot«, knurrte Hamilton und meinte damit Dan Riker, der damals als kleiner Leutnant der GALAXIS herumgelaufen war und heute den Flottenchef gab, weil er zufällig der beste Freund Ren Dharks war, ebenfalls einst nur ein kleiner Leutnant. Und der war als Commander der Planeten sogar Regierungschef geworden!

Na ja, auf Hope hatte er sich ja auch gleich zum Stadtpräsidenten von Cattan gemacht, kaum daß sein Gegenspieler Rocco unschädlich gemacht worden war. Daran, Leute wie Hamilton auf dem Karriereweg nach oben mitzunehmen, hatte dieser Dhark natürlich nie gedacht. Schließlich war er ja nicht mit Hamilton befreundet. Der war ja nur einer der dummen kleinen Kolonisten gewesen, während Dhark und die anderen die stolze Uniform mit dem Lametta an Schultern und Ärmeln trugen.

Risaro bezog die Bemerkung des Konverterspezialisten auf sich. »Was soll das denn schon wieder heißen, Hamilton?« fragte er schroff.

Im nächsten Moment begann in den Tiefen der Anlage ein Aggregat zu brüllen wie ein waidwund geschossener Saurier!

»Was zum Teufel haben Sie da angestellt?« fuhr Hamilton seinen Kollegen an und stellte dabei fest, woher das Brüllen kam.

Von dem Konverter, den sie untersuchten!

»Wer hat den angefahren?«

»Beherrschen Sie sich, Kollege!« fauchte Risaro wütend. »Von uns war's keiner, weil wir doch nicht wahnsinnig und lebensmüde sind…!«

Aber jemand mußte diesen Konverter innerhalb von Sekunden von Null auf Vollast geschaltet haben. Dabei war dessen Hülle immer noch geöffnet!

»Abschalten!« schrie Hamilton entsetzt. Er spurtete in Richtung der Kontrolleinheit. Neben ihm Risaro, der seinen Streit mit Hamilton vergessen hatte und nur noch die sich anbahnende Katastrophe sah.

Und er sah die Anzeigen der Kontrolle!

Die zeigten für den Konverter volle Kapazität!

Das verdammte Ding arbeitete mit maximaler Leistung!

Wohin floß die Energie, die ihm abgefordert wurde?

»Abschalten!« schrie Hamilton. Er brauchte die Instrumente nicht. Er sah den Konverter, der grell zu glühen begann. Aus der Öffnung in der Unitallhülle strahlte es unwahrscheinlich hell.

»Der kann gar nicht arbeiten! Der ist ertobit!« keuchte Risaro, während er versuchte, über die Kontrolle diesen Konverter abzuschalten. Dabei kam ihm Hamilton in die Quere. Der versuchte das gleiche, und sie kamen sich mit Händen und Fingern ins Gehege. Entschlossen stieß Risaro den anderen zurück, um selbst ungehinderten Zugriff zu haben.

Das nahm Hamilton ihm übel und beschimpfte ihn als Saboteur.

Risaros Finger flogen über Sensortasten und kippten Steuerschalter in andere Positionen, nur ließ dieser verdammte Konverter sich damit nicht abschalten, der eigentlich gar keine Energie liefern konnte, weil er *ertobit* war – ausgebrannt, leer, wie es in der Übersetzung des Mysterious-Begriffs hieß. Wäre er das nicht, hätte doch niemand versucht, die Außenhülle dieses bisher vom System abgehängten Energieerzeugers zu öffnen!

Wer immer auch diesen geöffneten Konverter jetzt angefahren hatte, mußte ein wahnsinniger Selbstmörder sein.

Risaro sah an der Anzeige, daß der Konverter sich nicht abschalten ließ.

Nicht über die Kontrolle!

Aber die verriet, daß das vertrackte Teufelsding gleich superpromptkritisch wurde – ein bösartiges Wort, das aus sich heraus schon Gefahr signalisierte.

»Alles abschalten«, keuchte Risaro und kam damit Hamilton zuvor.

Beide schalteten alles ab!

Nicht nur den einen Konverter, sondern das gesamte System!

Schlagartig wurde im Industriedom alles dunkel!

Das Brüllen des überlasteten Konverters verstummte.

Wolkenkratzerhohe Aggregate stellten ihre Tätigkeit ein. In einem insgesamt 900 Quadratkilometer umfassenden Bereich wurde *alles* abgeschaltet!

»Oh, Scheiße«, keuchte Risaro in der plötzlichen Finsternis, und in der jähen Stille klang seine Stimme überlaut wie das Donnern von Explosionen. »Was haben wir denn jetzt schon wieder angerichtet?«

»Wir? Sie, Kollege Risaro«, konnte sich Hamilton der Bemerkung nicht enthalten. »Pan-The reißt Ihnen dafür den Kopf ab...«

Im nächsten Moment wurde es wieder hell.

Nicht die Notbeleuchtung sprang an, sondern das normale, für die Mysterious typische kalte blaue Licht war wieder da, und zugleich kamen die Maschinen wieder ans Laufen. Nur der geöffnete Konverter, der gerade eben noch hatte auseinanderfliegen wollen, blieb abgeschaltet.

Im Höhlensystem von Deluge war wieder alles normal!

Professor Gerd Dongen betrat sein Büro. Der große, breitschultrige Mann, dem man seine 69 Lebensjahre nicht ansah, stutzte. Jemand mußte sich an seinem Arbeitspult zu schaffen gemacht haben. Einige Folien, auf die Dongen Notizen gekritzelt hatte – eine Angewohnheit, die der noch im vergangenen Jahrhundert geborene Wissenschaftler nie abgelegt hatte – lagen anders, als er das in Erinnerung hatte, und zwei schienen zu fehlen.

Hinter Dongen betrat Raoul Pelletier das Büro, der nicht nur M-Mathematiker war, sondern auch Transmittertechniker, darüberhinaus in Tim Ackers Team arbeitete und außerdem zusammen mit Dongen und anderen an dem Versuch brütete, einen Ferntransmittertyp der Mysterious in seiner Konstruktion zu erfassen, der teilweise auf subatomarer Basis arbeitete und deshalb galaxisweit nicht mehr einzusetzen war, seit der Hyperraumblitz in der Milchstraße eingeschlagen hatte. Aber gerade dieser Transmittertyp, der auf Hope noch funktionierte, war besonders leistungsfähig.

»Raoul, haben Sie die Unterlagen mitgenommen, die ich hier...«

Nach seiner Auseinandersetzung mit Acker bekam Pelletier die Frage in den falschen Hals. »Ich bin kein Dieb, Professor!« knurrte er Dongen zornig an. »Erst Acker, jetzt Sie – wer ist der nächste, der mir hier was anhängen will? Der Teufel soll euch alle holen!«

Auf dem Absatz drehte er sich um, stürmte aus dem Büro und knallte die Tür hinter sich zu, daß die dünnen Wände zitterten. Die Büros in der Maschinenhöhle waren von Terranern eingerichtet worden und bestanden aus großen Plastiksegmenten, die nach Bedarf variabel eingesetzt und verschoben werden konnten, um kleinere oder größere Räume zu errichten und voneinander abzuschotten. Ein ausgeklügeltes Installationssystem sorgte dafür, daß Elektrik, Datenleitungen und auch Wasserversorgung ebenso variabel einsetzbar waren und es keine Rolle spielte, ob man Zwischenwände wegnahm, neue einfügte oder vorhandene verschob. Hier hatte man auf einen Trick zurückgegriffen, den schon die Mysterious angewandt hatten, indem sie ihre Aggregate über Kontaktflächen miteinander verbanden und verschachtelten.

Was die Geheimnisvollen vor tausend Jahren gekonnt hatten, konnten die Terraner in diesem Fall erst recht.

Dongen fuhr herum und folgte Pelletier auf den Korridor, der breit genug war, Antigravplatten aneinander vorbeischweben zu lassen. »Raoul, warten Sie! Ich habe doch nur eine harmlose Frage gestellt…«

Der Frankoterraner blieb stehen und wies auf sein ziemlich blaues Auge. »So harmlos hat Acker vorhin auch angefangen… verdammt noch mal, was habt ihr alle gegen mich? Feierabend, Dongen! Suchen Sie sich einen anderen Dummen.«

»Nun hören Sie mir doch erst mal zu!« verlangte der. »Ich habe doch nicht behauptet, Sie hätten mich bestohlen! Ich sehe nur, daß jemand hinter meinem Rücken hier im Büro war…«

Jetzt kam Pelletier doch langsam zurück. »Und was fehlt?« wollte er mißtrauisch wissen.

Dongen mußte erst sortieren und prüfen. Derweil trat Norman Fargo ein. Der Transmittertechniker griff an Dongen vorbei und schaltete dessen Suprasensor ein.

»Was soll das?«

»Will nur sehen, ob da einer dran war«, sagte Fargo. »Vor einer halben Stunde stand nämlich die Tür hier eine Handbreit offen, nur konnte ich mich nicht darum kümmern, weil ich gerade was ganz anderes Dringendes zu tun hatte, aber ich weiß doch, daß Sie die Tür nie offenlassen, wenn Sie nicht im Büro sind.«

»Sie glauben also auch, daß jemand hier unbefugt eingedrungen ist?«

»Derzeit kursieren Gerüchte über rätselhafte Diebstähle, über seltsame Geschehnisse wie das vorhin, als kurz das Licht ausfiel und so weiter! Hier spukt's neuerdings, aber weil ich mir keine Gespenster vorstellen kann, bin ich sicher, daß einer dran dreht.«

»Was sagt denn Bligh dazu?« fragte Dongen. Gemeinsam mit Fargo checkte er den Suprasensor. »Moment mal... da hat es tatsächlich einen Datenzugriff gegeben! Jemand hat das Paßwort geknackt und...«

»Sicher, Professor?« fragte Fargo. »Sind Sie ganz sicher?«

»Hier! Die Zugriffszeit. Da war ich überhaupt nicht hier! Oder Sie beide?«

Einmütig schüttelten Pelletier und Fargo die Köpfe.

»Hier klaut einer Daten, nebenan bei Acker verschwinden seine heißgeliebten Fressalien... da paßt doch überhaupt nichts zusammen!« sagte Pelletier.

Die Tür stand noch offen. Draußen sauste ein Schatten vorbei.

Blitzschnell fuhr Pelletier herum, war schon draußen und sah den Pullman den Korridor zwischen den Büros entlangsausen.

»Wie kommt denn der hierher in die Maschinenhöhle? Der kann doch nur im Industriedom eingesetzt werden!«

»Das hat er wohl vergessen«, spöttelte Fargo. »Leute, hier ist was nicht nur faul, sondern oberfaul... und jetzt rufe ich Bligh an und melde ihm diese Befremdlichkeiten!«

Guliver Bligh hielt den Begriff »Befremdlichkeiten« für recht harmlos formuliert. Er selbst äußerte sich wesentlich drastischer.

Mit vier Mitarbeitern war er gerade auf Kontinent Vier gewesen. Dieser unfreundliche kleine Inselkontinent, auf dem sich in 1,4 Kilometer Tiefe ein Tofiritlager befand, hatte ihm gleich in mehrfacher Hinsicht den Schweiß aus den Poren getrieben. Nicht der tropischen Hitze wegen, die hier herrschte, sondern auch, weil die Piranhas mal wieder das Terrain zurückerobert und unter sich aufgeteilt hatten. Dabei handelte es sich nicht um Fische, sondern um Raubtiere, die ihren Namen der Tatsache verdankten, daß sie die gleichen Freßgewohnheiten wie ihre irdischen Namensgeber aufwiesen und über mörderische Gebisse verfügten, mit denen sie einen Menschen innerhalb von Sekunden in appetitliche Häppchen zerteilen konnten. Ihre Beute jagten sie mit organischen Geschossen, die sie ihr entgegenschleuderten.

»Die verfluchten Biester vermehren sich wohl durch Zellteilung!« hatte Rollins getobt, der erst vor ein paar Tagen hier gewesen war und mit seinem Blaster gewaltig unter den Bestien aufgeräumt hatte, die im Unterholz versteckt zu lauern pflegten, um dann mit nervtötendem Gebrüll ihre Überraschungsangriffe zu starten.

Schon die Mysterious hatten hier Tofiritabbau betrieben. Das rubinrote Schwermetall mit einem spezifischen Gewicht von 481,072 kg/cm^3 war möglicherweise überhaupt erst der Grund dafür gewesen, daß sie hier einen Stützpunkt errichteten und darin ihren Wissenschaftlern Margun und Sola, den größten Genies, die ihr Volk angeblich je hervorgebracht hatte, ein Forschungszentrum zur Verfügung stellten, das seinesgleichen suchte. Margun und Sola sollten angeblich als erste die physikalische Struktur des Hyperraums erfaßt haben, und sie hatten auch die POINT OF konstruiert und ihr eine Technik mitgegeben, die sonst kein Schiff der Mysterious besaß. Aber dann war vor rund tausend Jahren auch auf Hope ein Schlußstrich unter die galaktische Geschichte der Mysterious gezogen worden.

Den zweiten Schlußstrich zogen die Terraner – zumindest vorerst und nur für Kontinent Vier. Seit das Prospektorenehepaar Jane und Art Hooker im Achmed-System in einem Asteroidengürtel gigantische Tofiritvorkommen entdeckt hatte, die wesentlich leichter abzubauen waren, spielte Hope als Tofiritlieferant für Terra vorerst keine Rolle mehr. Hier war alles eingemottet worden. Trotzdem hatte sich das Intervallfeld wieder einmal über dem kleinen Inselkontinent aufgebaut!

Als der galaktische Blitz die Milchstraße durchraste, war es ebenfalls hochgefahren worden. Hier mußte eine Automatik, wie es sie auch in Deluge gab, überlichtschnell die Gefahr erfaßt und entsprechend reagiert haben. Deshalb funktionierte auch hier noch der Transmitter, über den Kontinent Vier von Deluge aus erreichbar war.

Da sich hier aber schon seit Wochen keine Menschen mehr befunden hatten, bestand für die Automatik auch kein Grund, das Intervallfeld zu erzeugen, nur um die Strahlenstürme des galaktischen Magnetfelds fernzuhalten, die von Jahr zu Jahr, jetzt schon von Monat zu Monat, immer stärker und lebensbedrohlicher wurden.

Wäre die Siedlerstadt Cattan nicht schon vor Jahren von den G'Loorn ausgelöscht worden, hätte sie spätestens jetzt aufgegeben werden müssen, weil der anfangs dort installierte Schutzschirm amphischer Konstruktion nicht mehr in der Lage war, die Strahlung fernzuhalten. Und ein Intervallfeld über Cattan zu erzeugen war mit terranischen Mitteln immer noch nicht möglich. Daß die beiden Ringraumerneubauten TERRA und EUROPA über Intervallfelder verfügten beziehungsweise verfügt hatten – auch die TERRA war der galaktischen Katastrophe zum Opfer gefallen – lag nur daran, daß man komplette Bausätze aus der Maschinenhöhle geholt und in die beiden Tofiritschiffe eingebaut hatte. Aber die Aggregate, durch welche die Intervallfelder erzeugt wurden, waren den Terranern von ihrer Konstruktion her immer noch ein Rätsel.

Abgesehen von den lästigen Piranhas war auf Kontinent Vier alles ruhig. In den unterirdischen Anlagen zum Erzabbau hatte sich nichts verändert.

Warum aber bestand dann das Intervallfeld?

Bligh und seine Leute hatten nichts entdeckt, was den Aufbau dieses künstlichen Miniweltraums rechtfertigte. Entsprechend war ihre Stimmung, als sie per Transmitter in den Industriedom zurückkehrten, und Blighs Laune sank endgültig auf den Nullpunkt, als sein Armbandvipho ansprach und er Norman Fargo von *Befremdlichkeiten* reden hörte.

Und der Pullman sollte durch die Maschinenhöhle sausen?

»Unmöglich!« behauptete Bligh. »Das kann der überhaupt nicht. Sein Aktionsradius ist ausschließlich auf den Industriedom begrenzt!«

»Haben wir auch gedacht, Bligh, aber ich habe das Ding doch mit eigenen Augen gesehen, wie es hier zwischen den Bürobarakken durchflitzte«, sagte Pelletier.

»Versuchen Sie doch mal, den Pullman zu sich zu rufen!« verlangte Bligh.

Das schnelle und komfortable Transportmittel der Mysterious, das Platz für maximal 14 Personen bot und dazu diente, diese Personen so schnell wie möglich innerhalb des Industriedoms an jeden gewünschten Ort zu bringen, reagierte auf Gedankenbefehl.

»Kommt nicht«, stellte Pelletier in der benachbarten Maschinenhöhle nach einer Minute Wartezeit fest.

»Habe ich mir gedacht!« sagte Bligh.

»Vielleicht kann er nicht reagieren, weil er gerade benutzt wird, und ich habe das Ding doch selbst hier gesehen!«

»Dann versuchen Sie's mal weiter und rufen mich an, wenn Sie doch Erfolg haben«, bat der Sicherheitschef und schaltete das Armbandvipho ab.

»Der Pullman außerhalb des Industriedoms... so ein Mumpitz!«

Dann konzentrierte er sich selbst auf den Pullman und beorderte ihn mit einem Gedankenbefehl zum Großtransmitter im Industriedom. Nur eine Minute später raste das Transportmittel mit unglaublicher Geschwindigkeit heran und bremste ruckartig vor dem Transmitterbereich.

Der Pullman, dem seinerzeit Dan Riker in Erinnerung an George Mortimer Pullman* seinen Namen gegeben hatte, bestand aus 14 perlmuttglänzenden Kugeln von je einem Meter Durchmesser, die

---

* George Mortimer Pullman, US-amerikanischer Industrieller, * 3. 3. 1831 Broncton, N. Y., † 19. 10. 1897 Chicago; baute für die Eisenbahn 1858 Schlafwagen, 1863 Speisewagen sowie den ersten Pullmanwagen (gut ausgestatteter Durchgangswagen); gründete 1867 die Pullman Car Company.

in Zweierreihe durch automatisch ausgefahrene Gestängeverbindungen ein M-Fahrzeug bildeten. Die obere Hälfte jeder Kugel war in vier Sektoren aufgeteilt. Jeder Sektor, der im Winkel von 90 Grad aufklappte, stellte dann einen für Menschen nicht sonderlich bequemen Sitz dar. Der Pullman schwebte in Ruhelage wie in Fahrt stets exakt zwei Zentimeter über dem Boden und wurde mittels einer Gedankensteuerung pilotiert, wie sie von der POINT OF und den Flash her bekannt war.

Jetzt klappten fünf der Kugeln auf – je eine für Bligh und seine vier Begleiter. Bligh nickte seinen Leuten zu und stieg ein.

Wohin? vernahm er in seinem Kopf die lautlose Anfrage der Gedankensteuerung.

Maschinenhöhle, gab er auf die gleiche Weise zurück.

Ausführung unmöglich!

Er wiederholte seinen Gedankenbefehl. Erneut verweigerte der Pullman die Ausführung.

Ringraumerhöhle, befahl Bligh.

Ausführung unmöglich!

Es konnte nicht an den Begriffen liegen. Die Gedankensteuerung erfaßte die Zielvorstellung des Passagiers unabhängig von sprachlichen Ausformulierungen. Wäre das nicht so, hätte kein Mensch die Gedankensteuerung jemals benutzen können. Der einzige, der die Sprache der Mysterious beherrschte, war Ren Dhark.

Bligh grinste stumm. *Durchgang zwischen Industriedom und Maschinenhöhle*, ordnete er an.

Verstanden, Ausführung!

Im nächsten Moment jagte der Pullman übergangslos mit hoher Geschwindigkeit los. Andruckkräfte wurden dabei nicht spürbar. Bligh fühlte sekundenlang Übelkeit in sich aufsteigen – seine Augen sahen das Tempo, sein Gehirn registrierte es, und sein Körper reagierte nicht wie gewohnt auf die rasante Beschleunigung.

Ringsum wurden die Anlagen des Industriedoms zu vorbeifliegenden Schatten. Von den Aggregaten und den Wolkenkratzermaschinen war kaum etwas zu erkennen. Innerhalb kürzester Zeit erreichte der Pullman sein Ziel, um dort ebenso abrupt wieder zu stoppen, wie er sich in Bewegung gesetzt hatte.

Hier versuchte Bligh noch einmal, den Pullman in die Maschinenhöhle zu beordern, aber auch jetzt verweigerte die Gedankensteuerung die Ausführung.

»Soviel dazu«, murmelte der Sicherheitschef, nur konnte er sich andererseits nicht vorstellen, daß ein ernstzunehmender Wissenschaftler wie Raoul Pelletier halluzinierte.

»Aussteigen, Gentlemen«, ordnete Bligh an und kletterte aus der Transportkugel. Er hatte plötzlich ein ungutes Gefühl bei der ganzen Sache.

Bisher hatte er den »Spuk« nicht richtig ernstgenommen. Aber die Meldungen häuften sich in erschreckender Form. Und alles erinnerte ihn an die Zeit, in der die beiden entarteten Cyborgs Mildan und Dordig ihr Unwesen im Industriedom getrieben hatten – Cyborgs, die von den Crekker-Tels verdreht worden waren! Cyborgs, die nicht mehr gewußt hatten, auf welcher Seite sie standen, die sich plötzlich unsichtbar machen konnten und nur sichtbar wurden, wenn man unmittelbar mit ihnen in Berührung kam – oder wenn sie unter bestimmten Lichtverhältnissen sekundenlang als Schatten sichtbar wurden!

Schatten wie Grakos…

Aber Grakos konnte es auf Hope nicht geben, und Mildan und Dordig lebten nicht mehr, wie es auch die Crekker nicht mehr gab.

Trotzdem setzte sich der Gedanke in Bligh fest, es hier mit einem ähnlichen Fall zu tun zu haben wie damals.

Trieben sich Unsichtbare in den Höhlen von Deluge herum?

Aber woher kamen sie? Wer waren sie, und was bezweckten sie mit ihren verwirrenden Aktionen?

Das wollte Guliver Bligh herausfinden.

3.

Joan Gipsy stand wie eine steinerne Statue vor ihm. In ihrem schönen Gesicht bewegte sich keine Miene. Ihr gedankenverlorener Blick schien geradewegs durch ihn hindurchzugehen. Trotzdem drückten ihre Augen Verärgerung aus. Unverständnis, weil sogar sein ungeborenes Kind seine Einstellung nicht ändern konnte.

»Heirat und mehr Privatleben«, echote er hohl. »Wie stellst du dir das vor?«

Ren Dhark hatte das Gefühl, daß die Welt sich um ihn drehte. Der Blick ihrer Augen war so kalt, so abweisend. Beinahe standen sie sich wie unversöhnliche Feinde gegenüber. War das die Frau, die er immer noch liebte? Und liebte sie ihn ebenfalls noch? Oder hatte sie, was sie wollte? Er wagte nicht einmal, die Frage auszusprechen, weil er fürchtete, noch mehr zu zerstören als ohnehin bereits kaputtgegangen war.

»Ist das so unvorstellbar für dich?« fragte Joan zurück. »Du bist doch nicht der einzige Mensch auf Erden, dem so etwas nicht zusteht. Seit Jahren treibst du dich da draußen im Weltall herum. Denk endlich mal an dich und laß andere die Kohlen aus dem Feuer holen.«

Wie mechanisch schüttelte Ren den Kopf. »Du weißt genau, daß ich das nicht akzeptieren kann. Zumindest nicht im Moment«, begehrte er auf. Unwillkürlich hob er die Stimme an, und seine Gesichtszüge verhärteten sich. »Was erwartest du von mir? Daß ich die Menschheit sich selbst überlasse?«

»Du bist doch nicht der einzige, der etwas tun kann. Wenn du dich nur selbst hören könntest. Wie ein Messias, auf dessen Erscheinen alle warten. Hältst du dich wirklich für so wichtig?«

Er starrte sie entsetzt an. Sah sie ihn wirklich so? Oder war er tatsächlich zu dem geworden, was sie ihm vorwarf, ohne es selbst zu bemerken? Jemand, der sich selbst überschätzte? Der der Ansicht war, ohne ihn ginge nichts mehr?

In Gedanken verneinte er die Frage. Er wußte, daß es nicht so war. Daß die Menschheit ihn dennoch brauchte, war eine unleugbare Tatsache, der er sich nicht aus persönlichen Motiven verschließen durfte. Besonders jetzt, in ihrer schwersten Stunde, durfte er nicht an sich denken, sondern mußte seinen eingeschlagenen Weg weitergehen.

»Jetzt wirst du unfair«, hielt er ihr entgegen. »Wir stehen kurz vor dem Weltuntergang, und du willst mich zur Untätigkeit verdammen. Das kann einfach nicht dein Ernst sein, und wenn du mich wirklich kennst, weißt du, daß du das nicht von mir verlangen kannst. Ich muß das hier durchstehen, danach haben wir Zeit, über alles zu reden. In Ruhe.«

»In Ruhe? Die hast du doch niemals!«

»Ich werde sie mir nehmen.«

Verbittert winkte sie ab. »Da kenne ich dich besser als du dich selbst. Du wirst dir niemals Ruhe gönnen, wenn du nicht hier und jetzt einen Schlußstrich ziehst. Du findest immer wieder einen neuen Grund, mich zu vertrösten. Von mir aus steh das hier durch, aber tu es ohne mich.«

Entschlossen drehte sie sich um und ging davon.

Der wolkenverhangene Himmel über dem weiten Landefeld war so grau wie Rens Gedanken.

»Joan!« rief er. »Laß uns so nicht auseinandergehen. Bleib bitte stehen!«

Sie reagierte nicht, und der Wind zerriß seine Worte.

Er sah ihr nach, wie sie in der Ferne verschwand. Aus seiner Nähe, aus seinem Leben?

Mit seinem Kind!

Ren Dhark stand noch da, als Joan Gipsy längst zu einem winzigen Punkt geworden war.

Und selbst dann war er noch eine ganze Weile unfähig, sich aus seiner Erstarrung zu lösen.

Ren Dhark hatte das Kabinett einberufen. Es war keine Überraschung für ihn, daß der Saal bis auf den letzten Platz gefüllt war. Schließlich handelte es sich nicht um eine beliebige Sitzung, bei der stets Lücken im Plenum das Desinteresse einzelner Ressortleiter deutlichmachten. Es ging um nicht mehr und nicht weniger als die Zukunft der Menschheit, und die Kabinettsmitglieder wollten die neusten Erkenntnisse nicht über Umwege erfahren, sondern direkt aus dem Mund des Commanders der Planeten.

Natürlich waren auch die Botschafter der verbündeten Völker anwesend. Denn wenn die Milchstraße unterging, waren Tel, Utaren und Nogk ebenso betroffen. Niemand würde verschont bleiben. Und auch Shodonn war anwesend, dessen Erscheinen den Delegierten einige Rätsel aufgab, bis Dhark ihn der Öffentlichkeit vorstellte. Wer Dro Cimc, der Ren an Bord der POINT OF begleitet hatte, war ebenfalls zugegen. Er hatte sich besonders erschüttert gezeigt, als er von der versuchten Invasion der abtrünnigen Tel auf Terra erfahren hatte.

Dhark nahm sich die Zeit, einen ausführlichen Bericht abzuliefern. Bereits nach wenigen Sätzen herrschte gebannte Stille im Kabinettssaal.

Er begann seine Ausführungen mit der Rückkehr der POINT OF nach Salteria, zur Welt der Shirs, die den Besuchern dank der nogkschen Paraabschirmung diesmal keine Illusionen vorgaukeln konnten, und der Bekanntschaft mit den Nomaden. Er berichtete von den Nachforschungen auf Galoa und den Hinweisen auf die mysteriösen Rahim, die so viel mit den Mysterious gemeinsam zu haben schienen. Danach die Landung auf Owid, wo man auf die in einen Krieg verstrickten Rags getroffen war, und das Intermezzo auf der Freizone Doron im Odassu-System. Immer wieder war die Expedition von der Erde auf Spuren der Rahim gestoßen, und ein ums andere Mal war man in Scharmützel mit den in ganz Drakhon unbeliebten Nomaden verwickelt worden.

Schließlich der Flug über die gewaltige Entfernung an das der Milchstraße entgegengesetzte Ende von Drakhon, wo man in der

Pseudodunkelwolke Kurnuk auf eben jene Rahim gestoßen war. Sie hatten sich als nicht identisch mit den Mysterious erwiesen, verfügten aber über eine Technik, die jener der Geheimnisvollen sehr nahekam.

Dhark registrierte die atemlose Spannung, welche die Kabinettsmitglieder befallen hatte. Viele von ihnen waren kaum einmal persönlich in den Raum hinausgekommen, daher mußten ihnen die Schilderungen des Commanders wie Märchen aus Tausendundeiner Nacht vorkommen.

Der aber gönnte weder ihnen noch sich selbst eine Pause. Er schlug den Bogen mit der Rückkehr nach Salteria.

Und den schicksalhaften Erkenntnissen, die Arc Doorn dort gewonnen hatte.

Als er die Frauen und Männer mit den Auswertungen aus den Datenbänken der Salter konfrontierte, bereitete er ihnen einen gelinden Schock. Nun trafen die sensationellen Enthüllungen sie so überraschend, wie sie im Depot der Salter die Mannschaften der beiden Ringraumer getroffen hatten.

Die Menschheit war das Ergebnis von biologischen Experimenten der Mysterious, ebenso wie die Salter, dereinst Lemurier geheißen, die von den Mysterious von Terra evakuiert worden waren, um sie zu deren Hilfsvolk zu machen.

Augenblicklich war die gespannte Stille dahin. Der Tumult, der Rens Worten folgte, war unbeschreiblich. Wild durcheinandergerufene Kommentare prasselten auf ihn ein.

»Größenwahn!« schrie jemand. »Jetzt wissen wir es endlich, die Mysterious waren größenwahnsinnig!«

»Genau! Wer das Super Black Hole im Milchstraßenzentrum manipuliert, muß vollends den Verstand verloren haben!«

»Und wir müssen die Suppe auslöffeln! Daran hätten Dharks tolle Mysterious mal denken sollen!«

Ren konnte die Aufregung gut verstehen. Auch wenn die Geheimnisvollen aus reinem Selbsterhaltungstrieb gehandelt hatten, ergriff er kein Wort zu ihrer Verteidigung. Ohnehin würde er nämlich niemanden damit erreichen. Nicht hier und nicht heute! Derlei Erklärungen hob er sich für später auf – vorausgesetzt, es gab dieses Später.

Jetzt ging es erst einmal einzig und allein darum, die Manipulation des SBH rückgängig zu machen. Ren Dhark versank in Gedanken, während im Plenarsaal heftige Diskussionen tobten. Daß viele unter den Anwesenden die, denen er so lange nachgejagt war, verfluchten, bekam er gar nicht mit. Denn in seinem Kopf schaltete eine furchtbare Gewißheit für kurze Zeit alle anderen Gedanken aus. Daß sämtliches Leben in zwei Galaxien enden würde, wenn er das gigantische Schwarze Loch im Zentrum der Milchstraße nicht in seinen ursprünglichen Zustand zurückversetzte. Doch wie sollte ihm oder irgendeinem Menschen das gelingen? Oder den Verbündeten aus Telin-Imperium, Tantal-System oder vom Planeten Esmaladan?

Ihnen allen gemeinsam würde diese Anstrengung in tausend Jahren nicht gelingen. Denn es war nicht einmal möglich, normale Schwarze Löcher zu manipulieren, geschweige denn Super Black Holes. Vor dieser Herausforderung hatten letzten Endes sogar die Mysterious kapitulieren müssen. Nachdem sie den Schaden erst einmal angerichtet hatten, waren sie nicht in der Lage gewesen, ihn zu korrigieren. Genau genommen hatten sie feige die Flucht ergriffen, nachdem sie sich selbst in diese ausweglose Situation manövriert hatten.

Ren war nahe dran, sie zu verfluchen, obwohl – oder auch weil – er große Teile seines bisherigen Lebens der Suche nach ihnen gewidmet hatte. Hektisch trat er vom Rednerpult zurück. Was er getan hatte, was seine Pflicht gewesen. Spätestens jetzt wußte jeder, worum es ging. Doch von denen, die hier anwesend waren, konnte ihm keiner bei der Problembewältigung helfen.

Da brauchte er Leute anderen Kalibers.

Als er den Raum verließ, erinnerte sein Abgang beinahe an eine Flucht.

Kurz darauf saß er im Büro von Henner Trawisheim. Ihm entging nicht, daß sein Stellvertreter ihn aufmerksam musterte.

»Ist die Lage wirklich so aussichtslos, wie es mir nach Ihrer Schilderung nun erscheinen muß?« fragte er.

»Kommt ganz darauf an, ob unsere Wissenschaftler eine Lösung finden. Vielleicht fällt den Rahim etwas ein.«

»Nach dem, was Sie mir über die erzählt haben, denken die doch vorzugsweise an sich. Aber sei's drum. Um selbst zu überleben, werden sie alles tun, was in ihrer Macht steht, um uns zu helfen.«

Dhark nickte. Er war sicher, daß sein Stellvertreter auf der Erde inzwischen zu dem gleichen Schluß gekommen war wie er. Schließlich war der Mann etwas ganz Besonderes. Aufgrund seines äußeren Erscheinungsbildes hätte ihm das niemand zugetraut. Schlank und mit seinen kurzen, dunklen Haaren wirkte er eher durchschnittlich, doch dieser Eindruck täuschte. Denn Henner Trawisheim war der einzige Cyborg auf geistiger Basis. Sein IQ lag bei 274 und war damit jedem anderen Menschen haushoch überlegen. Viele, die ihn kannten und davon wußten, fühlten sich in seiner Gegenwart deshalb unangenehm berührt. Nicht so Dhark. Er war dankbar um die geistigen Fähigkeiten seines Stellvertreters. Sie waren die beste Grundlage, die Regierungsgeschäfte mit allen wichtigen Entscheidungen am Laufen zu halten, denn er vergaß niemals etwas. Es kam hinzu, daß der Mann der reinste Workaholic war, der so gut wie kein Privatleben kannte.

Schmerzhaft wurde Ren an Joan Gipsy erinnert, aber er drängte den Gedanken beiseite.

»Es gab Probleme mit den Robonen, Henner?«

Trawisheim winkte ab. »Zum letzten Mal, hoffe ich. Erst hatten sie sich mit den rebellierenden Tel verbündet, aber das ging bekanntlich daneben. Als wir dann die von Wallis Industries entwickelten Robonenspürer aufstellten, mit denen wir sie identifizieren konnten, tauchten sie unter.«

»Womit wir zumindest ein Problem vom Hals haben.«

»Vorläufig. Die Robonen planen etwas, dessen bin ich mir sicher.« Trawisheims Gesicht hatte sich verhärtet.

Unvermittelt wechselte er das Thema.

»Etwas Erfreulicheres. Terence Wallis lädt Sie und Shodonn für das kommende Wochenende auf seinen Landsitz ein.«

»Shodonn? Der gute Wallis verliert keine Zeit.«

»Ich hatte ihn vor wenigen Minuten in der Phase. Er muß Ihre Rede verfolgt haben, fragen Sie mich bloß nicht, wie ihm das gelungen ist. Wir wissen ja um seinen Einfallsreichtum.«

»Hat er gesagt, was er will?«

Trawisheim brachte ein dünnes Lächeln zustande. »Feiern! Der Mann läßt keine Gelegenheit aus. Der tanzt noch auf den Gräbern des Weltuntergangs. Fliegen Sie hin?«

Ren zog die Stirn in Falten. Warum nicht? Er hatte nichts zu verlieren. Außerdem war Shodonn eingeladen, den der Milliardär nicht kannte. Wenn er aber um dessen wissenschaftliche Funktion wußte – und Wallis war mit Informationen stets bestens versorgt – mochte es sich womöglich auch um ein geschäftliches Treffen handeln. Denn Dhark war fast sicher, daß auch Wallis' genialer Zögling Robert Saam zugegen sein würde.

Der hatte mit der Wuchtkanone, dem Robonenspürer und diversen anderen Erfindungen bewiesen, daß da jemand ans Licht der Welt getreten war, der in seinen Leistungen als Forscher, Erfinder und Entwickler selbst einem Chris Shanton mühelos das Wasser reichen konnte. Und Wallis bot dem jungen Genie fast grenzenlose Finanzmittel für seine Forschungen.

»Ich werde mich mal dort sehen lassen«, sagte Dhark versonnen.

»Na, dann viel Spaß.«

Was man so unter einer kleinen Party versteht.

Ren Dhark stand allein vor der Bar und beobachtete das bunte Treiben. Gleich nachdem er Shodonn Terence Wallis vorgestellt hatte, hatte der den Galoaner entführt. Nun ja, eigentlich hatte er Rhaklan entführt. Shodonn war »nur« noch ein Bewußtsein, das in dem Seelenchip steckte, den Rhaklan auf seiner ausladenden Brust trug. Anscheinend unterhielten sie sich prächtig, was Ren verwunderte. Denn irgendwie mochten die drei in seinen Augen so unterschiedlichen Typen gar nicht zueinander passen. Hier Shodonn, der beflissene, eher zurückhaltende Wissenschaftler, der nur noch als Seele existierte. Dort Wallis, der erfolgreiche Geschäftsmann und umtriebige Lebemann. Dazwischen Rhaklan, etwa 180 Zentimeter groß, aber kaum schwerer als fünfzig Kilo, humanoid, mit schillernder Schuppenhaut und einem birnenförmigen Kopf, dessen hervorstechendstes Merkmal das ringförmige Sinnesorgan war, das allen Galoanern unbeschränkte Rundumsicht ermöglichte.

Dhark mußte eingestehen, daß Wallis, der vermutlich reichste Mann der Erde, ihn von Anfang an beeindruckt hatte. Schon als er – erfolgreich – versucht hatte, Dhark und Joan Gipsy zu verkuppeln. Mit seinen sechsundvierzig Jahren war der große, hochaufgeschossene Gründer und Alleininhaber von Wallis Industries zwar nicht mehr der Jüngste, doch mit seiner sportlichen Statur, dem zu einem Pferdeschwanz gebundenen, schütteren Haar und dieser beeindruckenden Mischung aus Charme, Verwegenheit und forscher Jugendlichkeit stand er bei den Damen jederzeit im Mittelpunkt des Interesses. Auch Joan gehörte zur endlos langen Liste seiner Verflossenen. Selbst jetzt, da er mit Shodonn plauderte, vermochte er sich kaum der Gunstbezeugungen seiner hochgewachsenen, vollbusigen Begleiterin zu erwehren.

Ringsum waren die von Robert Saam gebauten Billigroboter, die sogenannten *Blechmänner,* im Einsatz. Teils als Butler, teils als Wachleute. Ganze Heerscharen von ihnen steckten in Livree und versorgten Wallis' Gäste mit Getränken und erlesenen Gaumengenüssen. Selbst draußen hatte Dhark einige von ihnen bei Gartenarbeiten auf dem ausgedehnten Landsitz beobachten können.

»Schönen guten Abend!«

Ren fuhr herum. Ohne daß er es gemerkt hätte, hatte sich Chris Shanton herangeschlichen.

»Darf ich Ihnen jemanden vorstellen?«

»Jimmy? Den kenne ich bereits«, ging er auf das Spiel ein.

Vorwitzig wie eh und je schüttelte Shantons mechanisches Anhängsel den Kopf und gähnte herzhaft. »Er spricht von seiner neuen Eroberung. Wurde auch Zeit, daß der Dicke endlich mal wieder eine Freundin abbekommt. In letzter Zeit wurde er immer verdrießlicher. Ich habe schon mit dem Gedanken gespielt, ihn zum Abspecken ins Brana-Tal zu schicken. Zum körperlichen und geistigen gleichermaßen.«

»Habe ich dir nicht gesagt, du verlauste Töle sollst wenigstens heute abend mal deine Klappe halten? Ich hätte dir von vornherein das Sprachzentrum lahmlegen sollen.« Der Ingenieur trat nach dem künstlichen Vierbeiner, doch Jimmy brachte sich mit einem raschen Satz in Sicherheit. »Entschuldigen Sie das kleine Mistvieh, Dhark. Vergessen wir ihn einfach. Das hier an meiner Seite ist Melody Dubois, eine Freundin von Wallis' neuer Flamme. Besser, eine ihrer vielen Freundinnen.« Er deutete eine anzügliche Kopfbewegung an.

Natürlich hatte Ren verstanden, was er meinte. Wallis schien eine komplette Abordnung der letzten Miß-Luna-Wahlen eingeflogen zu haben. Shanton grinste zufrieden übers ganze Gesicht und prostete dem Commander der Planeten zu. Der schwergewichtige Mann war für seine Alkoholeskapaden bekannt. Vor ihm war keine Flasche sicher, so lange sich mehr darin befand als Luft. Der oberste Vertreter der Menschheit hingegen gönnte sich höchstens mal einen guten Tropfen, wenn er im Los Morenos essen ging. Über den Durst trank er nie.

Aber warum eigentlich nicht? Schließlich war das eine Feier, und er hatte keinen Grund sich zurückzuhalten. *Einfach mal abschalten,* sagte er sich. *Joan Gipsy und den ganzen Ärger vergessen*. Nickend hob er sein Glas und stieß es gegen das von Shanton.

»Auf Ihr Wohl, Miß Dubois.«

»Sie sollten sich ebenfalls vergnügen, Mister Dhark. Ah, ich sehe, da kommt ja auch schon Terence.«

In der Tat kam der Milliardär eben in Shodonns Begleitung zu ihm herübergeschlendert. Sein Ziehsohn Robert Saam und dessen

Kollegin Regina Lindenberg hatten sich ihm angeschlossen. Ren fühlte sich wie auf einem Familienfest, und da er sich von Alkohol zumeist fernhielt, stieg ihm das hochprozentige Zeug auch gleich in den Kopf.

»Ich hoffe, Sie amüsieren sich alle gut!« Wallis' gute Laune war ansteckend, besonders Shanton, in einer Hand sein Glas und die Brandyflasche zum Nachfüllen gleichzeitig balancierend, die andere Pranke mit wenig Feingefühl krampfhaft in Melody Dubois Schultern gekrallt, überschlug sich fast vor zustimmender Begeisterung. Zuweilen wurde kolportiert, daß der geniale Ingenieur seine besten Einfälle unter Alkoholeinfluß hatte. Woran durchaus etwas sein mochte, hieß es doch weiter, daß Shanton die meiste Zeit des Tages und der Nacht angetrunken war.

Was natürlich pure, boshafte Übertreibung war, wie Dhark sehr gut wußte.

»Bettina Karlsson: Ren Dhark – Ren Dhark: Bettina Karlsson. Beth, wie sie sich lieber nennt, möchte unbedingt den legendären Commander der Planeten kennenlernen«, stellte Wallis seine blonde Begleiterin vor. »Und dies ist ihre Freundin Chantal. Sie langweilt sich ein wenig.«

Ren leerte sein Glas in einem Zug. Natürlich! Wallis würde doch nicht zulassen, daß ausgerechnet sein populärster Gast als Mauerblümchen dastand. Offensichtlich hatte er beschlossen, ihn zum zweiten Mal zu verkuppeln. Also wußte er auch schon von dem Krach mit Joan. Dhark hatte es nicht anders erwartet.

»Wir haben uns eben über das SBH im Milchstraßenzentrum unterhalten«, warf Saam ein, der dem allseitigen Gegurre scheinbar nicht viel abzugewinnen wußte. Dabei entging Dhark keineswegs, daß er lediglich Augen für seine Kollegin Lindenberg hatte. »Ganz schöner Mist, den die Mysterious da gebaut haben«, formulierte er in seiner saloppen Art. »Wir müssen uns beeilen, wenn wir den wieder zurechtrücken wollen.«

»Robbie glaubt, daß die Manipulation rückgängig zu machen ist«, sagte Wallis, der seinen Zögling als einziger so nennen durfte, ohne daß Saam wütend reagierte. »Ich schreibe das seinem jugendlichen Leichtsinn zu, andererseits wissen wir alle, was er kann.«

»Was in eine Richtung funktioniert, funktioniert auch in die andere. Man muß nur den richtigen Weg finden.« Es war offensichtlich, daß auch das junge Allroundgenie dem Alkohol schon kräftig zugesprochen hatte. Wie auf Stichwort stieß er auch jetzt wieder mit Shanton an. Die beiden grinsten einander verwegen an. Sie schienen sich gesucht und gefunden zu haben.

Was für die Menschheit kein Schaden sein konnte.

Dennoch mußte Ren Wallis zustimmen. Sein Überschwang in dieser Sache rührte vom Alkohol her. »Haben Sie denn schon eine Idee?«

»Idee wäre vielleicht etwas hochgegriffen, aber ich habe mir gleich meine Gedanken gemacht. Letztlich ist alles eine Frage der Massenwirkung und ihrer Neutralisation. Das ist ein bißchen schwierig, Mr. Dhark.«

»Robbie!«

Pikiert starre Saam seinen Förderer an, dann wandte er sich an Ren. »Entschuldigung, ich wollte nicht…«

»Schon gut«, winkte der ab. »Ich bin kein Fachmann auf diesem Gebiet, aber ich habe die Raumfahrtakademie besucht. Da bleiben schon ein paar Brocken hängen.«

»Sicher«, gab sich Saam kleinlaut und warf ebenso hilfesuchende wie schmachtende Blick in Richtung Regina Lindenberg.

Ren hatte nur beiläufig registriert, wie Chantal zu ihm auf Tuchfühlung gegangen war und sich schließlich untergehakt hatte. Oder hatte er nur keine Gegenwehr gezeigt, weil ihm ihre unübersehbaren Avancen nicht ungelegen kamen? Unterbewußt legte er einen Arm um sie. Da standen sie nun in trauter Zweisamkeit, und er fragte sich, ob er nicht einen Fehler machte angesichts der Tatsache, daß in Kürze die Welt untergehen konnte und er wesentlich verzweifelter war, als er sich und den anderen zeigen wollte.

Besonders als Shanton ihm einen neuen Drink reichte, sie anstießen und gemeinsam die Gläser leerten.

»Archimedes hatte völlig Recht mit seinem Hebelzitat«, verkündete Robert Saam mit schwerer Zunge.

»Hundertprozentig!« pflichtete Chris Shanton bei. »Wenn ich auch nicht weiß, wovon der Junge redet.«

»Kein Wunder«, mußte Jimmy mal wieder seinen Kommentar abgeben. »Der Dicke weiß häufig genug ja nicht mal, wovon er selbst redet.«

»Ist doch einleuchtend, wovon ich rede«, postulierte Robert. »Gebt mir einen festen Punkt außerhalb der Erde, und ich hebe die Welt aus den Angeln. Glaubt mir, ich kann das auch! Ich kann auch ein Super Black Hole aus den Angeln heben!«

Der Alkohol hatte ihn redselig gemacht, und ein paar Stunden später ging es keinem von Wallis' übrigen Gästen besser.

Denn der Abend endete in einem heftigen Besäufnis, das für manch schweren Kopf am nächsten Morgen sorgte.

Der Commander der Planeten war dankbar, daß das Antidot so rasch wirkte. Er konnte sich nicht erinnern, je zuvor einen solchen Kater gehabt zu haben.

»Mit einem solchen Schädel paßt der Dicke durch keine Tür!« hätte Jimmy vermutlich kommentiert.

Ren Dhark war froh, daß ihm derartige Bemerkungen erspart blieben.

Nachdenklich betrachtete er die junge Frau, die tief und fest schlief. Es war die aparte Chantal. Ren war nicht sicher, ob er Terence Wallis verfluchen oder danken sollte. Die Bettdecke war über ihre bloßen Schultern gerutscht, die ihm einen vagen Eindruck davon gaben, was vergangene Nacht passiert war. Denn wirklich erinnern konnte er sich nicht. Er hatte Erinnerungslücken so groß wie der Schmidt-Krater im Meer der Ruhe.

Nachdem die Kopfschmerzen weg waren, fühlte sich Ren wie ein neuer Mensch. Seine Depressionen waren verdampft wie Eis in der Sonne, und er war voller Tatkraft.

Chris Shanton ging es nicht ganz so gut. Er glotzte aus verquollenen Augen, als Ren ihn nach längerem Warten endlich in der Phase hatte.

»Raffen Sie sich auf, Chris. Wir treffen uns in zehn Minuten bei Robert Saam.«

Der Ingenieur starrte ihn als, als hätte er den Verstand verloren. Im Hintergrund vernahm Dhark eine protestierende Stimme. Auch Shanton war also nicht allein in sein Gästezimmer gegangen.

»Bei dem Kleinen?« fragte er grinsend. »Der wird noch klinisch tot sein!«

»Ich habe zuerst mit ihm gesprochen, weil ich mir dachte, daß er eher fit ist als Sie. Er sitzt bereits wieder vor seinem Computer und berechnet die Algorithmen für die Rettung der Menschheit.«

»Die Algorithmen für...« Shanton verschluckte den Rest der unsinnigen Worte. Die Spitze hatte ihn sichtlich getroffen. »Wir treffen uns in zehn Minuten in seinem Büro.«

»Geduscht und wieder unter den Lebenden!«

»Was denken Sie denn, Dhark?«

Aus dem Hintergrund erklang freudiges Kläffen.

Chris Shanton hielt Wort. Exakte zehn Minuten später hatte auch er den Arbeitsraum erreicht, den Wallis extra für Saams Besuche auf seinem Landsitz eingerichtet hatte.

Dabei war die Bezeichnung »Arbeitsraum« die Untertreibung des Jahres. Terence Wallis hatte keine Kosten gescheut, wie immer, wenn es um die Arbeit des jungen Mannes ging. Auf dem Werksgelände in Pittsburgh konnte Robert Saam über den größten Teil eines ausgedehnten Forschungskomplexes verfügen. Mit seinem Team durfte er dort schalten und walten, wie er wollte. Sein Mentor Wallis ließ ihm völlig freie Hand bei seinen Tüfteleien. Ein Vertrauensvorschuß, den der junge Mann mehr als verdiente, wie die jüngste Vergangenheit bewiesen hatte.

Ren Dhark betrachtete die dürre Gestalt mit den wirr in alle Richtungen stehenden blonden Haaren. Robert Saam war 2032 in

Norwegen geboren worden und hatte bereits auf der Universität für Aufsehen gesorgt, weil die Professoren und Dozenten seinen Ausführungen schon nach kurzer Zeit nicht mehr folgen konnten. Die Giant-Invasion hatte er als Immuner im Keller der Universitätsbibliothek in Uppsala verbracht, ohne Kontakt zu anderen Menschen. Drei Jahre lang hatte er alles verschlungen, was ihm dort an Lesbarem in die Finger gefallen war. Wallis' Headhuntern war das junge Genie natürlich nicht entgangen, und so war Saam mit dem Versprechen auf die größtmöglichen wissenschaftlichen Forschungsmöglichkeiten für das weltweite Industriekonglomerat geködert worden.

»Meine Mitarbeiter schlafen noch«, erklärte er, daß er allein war. »Nach der Party kommen sie nicht so früh raus wie ich.«

»Ihnen scheint es ja gutzugehen, Robert«, wunderte sich Shanton. »Dabei sahen Sie gestern alles andere als gut aus. Wie lief es denn mit der Lindenberg?«

»Regina?« Saam warf ihm einen finsteren Blick zu. »Ich verstehe die Anspielung nicht.«

»Gestern abend hatten Sie nur Augen für ihre bezaubernde Assistentin. Ist ja auch kein Wunder. Ich bin schließlich auch nicht blind, und das war immerhin nicht das erste Mal, daß sie mir aufgefallen ist.«

»Aber Sie hatten auch so alle Hände voll zu tun, wie ich mich erinnere.«

»Frieden, meine Herren«, mischte sich Ren Dhark ein. »Wenn Sie wohl so freundlich wären, dieses Thema auf einen anderen Zeitpunkt zu verschieben. Wir haben wirklich Wichtigeres zu tun. Robert, Sie deuteten an, auch ein Super Black Hole – hoffentlich zitiere ich Sie nicht falsch – aus den Angeln heben zu können.«

Saam und Shanton grinsten wie auf Kommando auf die Zurechtweisung.

»Die reinsten Kindsköpfe«, bemerkte Jimmy respektlos, der seinen Schöpfer selbstverständlich wie immer begleitete. »Ich hätte nicht gedacht, daß der Dicke mal einen Gesprächspartner auf seinem Niveau findet.«

»Ist auch gar nicht so einfach«, grummelte Shanton. »Nicht jeder vermag meinen Ausführungen zu folgen.«

»Jedenfalls nicht, so lange er noch nicht eingeschult ist.«

»Noch einen Ton und ich nehme eine kleine Änderung deines Programms vor, die dich täglich dreimal um einen vergammelten Knochen betteln läßt, du Pinscher.«

Jimmy trollte sich und strich anhänglich um Saams Beine. Von Anfang an hatte er gezeigt, daß er von dem jungen Mann wesentlich mehr hielt als von seinem Schöpfer.

»Dann können wir jetzt also endlich zu den Fakten kommen.« Dhark wollte wissen, ob Saams Behauptung einen fundierten Hintergrund hatte oder ob sie lediglich seiner gelockerten Zunge zu verdanken war.

Wallis' fähigster Kopf ließ sich nicht zweimal bitten.

»Ich erklärte bereits vergangene Nacht, daß die Lösung unserer Probleme mit der Massenneutralisation zu tun hat. Auch wenn wir das damals noch nicht ahnen konnten, war der Bau der Ikosaederraumer in dieser Hinsicht eine wichtige Erfahrung. Durch sie haben wir große Fortschritte in der Manipulation von Massenwirkung gemacht. Sie erinnern sich, daß die Krux an der ganzen Sache war, die Schiffe aus reinem Tofirit bewegen zu können. In ihrem normalen Zustand wäre das unmöglich gewesen, bei einem Gewicht von fast einer halben Tonne pro Kubikzentimeter. Also mußten wir die immense Masse neutralisieren. Was uns gelungen ist. Die Entwicklung meiner Wuchtkanone verlief ja nach dem gleichen Prinzip.«

»Deshalb die vielen Maschinenräume auf den Ikos«, fuhr Shanton fort. »Denn das Problem war der hohe Energiebedarf für die Massenneutralisation, den wir mit der Standardbestückung an Meilern nicht annähernd hätten erfüllen können. Hier spielte uns in die Hände, daß wir die Ringbeschleunigertechnik der Mysterious geknackt haben.«

Die beiden Männer hatten einen von Marschall Bultons funktionsunfähigen S-Kreuzern in zwei Hälften zersägt, um einen Einblick in die Struktur der Hülle zu erhalten. Bei den langwierigen Untersuchungen war man auf den versteckten Ringbeschleuniger gestoßen und hatte schließlich die enorm hohe Bedeutung des Schwerstmetalls Tofirit erkannt, das nicht nur als Baumaterial, sondern auch als Grundstoff für die Energieerzeugung unerreichte Eigenschaften besaß.

»Ich werde die Ikosaeder variieren müssen«, führte Saam mit vor Begeisterung hochrotem Kopf aus. Er war wie ein kleiner Junge, der drauf und dran war, die vielfältigen Möglichkeiten eines neuen Spielzeugs zu entdecken. »Denn der Ring muß an der möglichst größten Stelle durch die Schiffe laufen und idealerweise sämtliche Segmente berühren. Aber das ist kein Problem.«

»Kein Problem wäre untertrieben. Aber wenn wir eine größere Schiffsproduktion erwägen, haben wir es immer noch mit nur zwanzig Bauteilen zu tun. Wir behalten also die Vorteile einer Serienfertigung in der Hand.«

»Meine Rede. Wir müssen so schnell wie möglich ein Iko-Spezialschiff bauen. Es bekommt nur einen minimalen Antrieb und dafür Massenneutralisatoren von einer Leistungsfähigkeit, wie sie die Welt noch nicht gesehen hat!«

»Damit wollen Sie dem SBH zu Leibe rücken?« Ren gab sich keine Mühe, seine Zweifel zu verbergen. »Selbst eine ganze Flotte dieser Schiffe wäre weniger als Insektenstiche gegen ein Super Black Hole. Aber eine andere astrophysikalische Tatsache konterkariert Ihre Überlegungen. Das Schwarze Loch wird Ihren Raumer aus dem Raum-Zeitgefüge reißen. Er wird im Inneren des SBH verschwinden.«

Saam schüttelte energisch den Kopf, als hätte er bereits alles berechnet, und anscheinend hatte er das tatsächlich.

»Sie vergessen die Beharrungskräfte der Iko-Raumer im Normaluniversum. Wir haben es doch beim Testflug der IKO-1 erlebt, als Colonel Clark in der Oortschen Wolke von einem Schattenraumer der Grakos angegriffen wurde. Sie haben die IKO-1 mit ihrem

Schwarzen Strahl voll erwischt, aber es ist ihnen nicht gelungen, sie aus dem Gefüge zu reißen. Ich erwarte, daß das beim Eindringen ins SBH ähnlich sein wird.«

»Trotz der wesentlich größeren Kräfte, die dort wirken?«

»Trotz der wesentlich größeren Kräfte, die dort wirken!«

»Chris, was halten Sie davon?«

Shanton deutete ein Nicken an. »Roberts Plan wäre einen Versuch wert. Das Schiff braucht lediglich einen schwachen Antrieb, dafür muß es fast vollständig von einem gigantischen Massenneutralisator ausgefüllt werden.«

Ren sah die beiden Männer nachdenklich an.

»Wenn ich Sie richtig verstehe, erwarten Sie, daß der Neutralisator einen Teil der SBH-Materie neutralisiert, die dann von der Rotation des Schwarzen Loches weggeschleudert wird.«

»So ist es«, bestätigte Saam, als handele es sich um die natürlichste Sache der Welt. »Ich habe überschlägig errechnet, daß acht solchermaßen bestückte Schiffe das SBH stark genug manipulieren könnten, daß es genügend Masse verliert, um wieder seinen ursprünglichen Zustand zu erreichen, den es vor der Manipulation durch die Mysterious hatte. Es wird dann aufhören, Drakhon weiterhin anzuziehen.«

Ren Dharks Handflächen waren feucht geworden. Er rieb sie nervös ineinander. Unwillkürlich hatte er sich von Robert Saams Begeisterung anstecken lassen. Denn wenn dessen Überlegungen zutrafen, konnten sie den drohenden Weltuntergang vielleicht doch noch abwenden.

»Einen kleinen Schönheitsfehler hat die ganze Sache aber«, riß ihn der Ingenieur in die Wirklichkeit zurück. Die ganze Zeit hatte er wie wild mit einem Taschensuprasensor gerechnet, den er jetzt hektisch durch die Luft schwenkte.

»Die Sache mußte ja einen Haken haben«, seufzte Ren.

»Ich konnte mir einfach nicht vorstellen, daß nicht auch die Mysterious auf eine solche Idee gekommen wären. Zweifellos haben sie das getan, und da sie die Milchstraße trotzdem verlassen haben, müssen wir davon ausgehen, daß sie zu dem Schluß kamen, daß der Plan nicht funktioniert.«

»Vielleicht haben diese tollen Mysterious auch mal einen Rechenfehler begangen«, begehrte Saam auf. »Warum tut eigentlich immer jeder so, als hätte es sich bei denen um Götter gehandelt?«

»Sie haben sich nicht geirrt, wie meine Berechnungen zeigen. So hervorragend ich Ihre Überlegungen auch finde, Robert, sie haben leider eine Schwachstelle. Wir wissen, daß wir uns ein Schwarzes Loch nicht als Kugel vorzustellen haben, sondern als rotierende Scheibe. Das Zentrum kann man also nur von ›oben‹ oder von ›unten‹ erreichen. Dabei werden die Gravitationskräfte aber so stark, daß die Ikos unweigerlich ins Zentrum gerissen und vernichtet würden.

Um ausreichende Wirkung auf das SBH auszuüben, müßten die Massenneutralisatoren mit der von Ihnen errechneten Kraft mindestens 28,471 Sekunden wirken. Die Ikos würden aber trotz ihrer gewaltigen Beharrungskräfte spätestens 1,934 Sekunden nach Überschreiten des Ereignishorizonts vernichtet. Das müssen auch die Mysterious erkannt haben.«

Saam raufte sich die ohnehin zerzausten Haare. Dhark warf ihm einen bangen Blick zu, während er Shantons Ergebnisse nachrechnete. Nach einer Weile nickte er mit säuerlichem Gesichtsausdruck und gab einen Fluch zum Besten, der gar nicht zu ihm paßte.

»Stimmt leider.« Wut und Verärgerung klangen aus seiner Stimme. »Aber ich bleibe dabei. Prinzipiell sind wir auf dem richtigen Weg. Auch dieses Problem läßt sich technisch lösen.«

»Und wie?«

»Ich weiß es nicht. Noch nicht.«

Ren hatte die Lippen zu einem blutleeren Strich zusammengepreßt. Anscheinend steckten sie in einer Sackgasse, auch wenn Saam die Hoffnung nicht verlieren wollte. Doch war seine Zuversicht auch realistisch? Die Regierung konnte sich nicht erlauben, die wenige kostbare Zeit, die noch zur Verfügung stand, sinnlos an Experimente mit fragwürdigem Ausgang zu verschwenden. Andererseits – welche realistisch erscheinende Alternative blieb ihr denn? Ren schob seine Zweifel beiseite und entschied sich aus dem Bauch heraus.

»Acht Schiffe, sagten Sie, Robert?«

Saam nickte.

»Bauen Sie zehn. Wir gehen auf Nummer Sicher. Wallis Industries soll so schnell wie möglich mit der Fertigstellung beginnen. Egal was es kostet.«

Denn eines war sicher: Geld konnte ohnehin keiner von ihnen mitnehmen, wenn das Unternehmen fehlschlug.

Es blieb ihm nur noch eins zu tun.

Für den morgigen Montag rief er Generalstab und Kabinett zusammen. Um alle Kraft auf die Abwendung der kosmischen Katastrophe verwenden zu können, mußte schnellstmöglich eine Entscheidung im Krieg gegen die Grakos herbeigeführt werden.

Sie mußten den Rücken frei haben.

Eine Stunde später waren die drei Männer und Jimmy auf dem Weg nach Pittsburgh, um die Iko-Neubauten zu begutachten.

Saam hatte direkt nach der Entdeckung der Ringbeschleunigertechnik die Arbeiten unterbrechen lassen, um die Schiffe auf den neuen Antrieb umzukonstruieren.

»Ich habe noch eine Idee«, verkündete er, während er Dhark und Shanton durch die Produktionshallen führte.

»Der Junge ist der reinste Quell«, plapperte Jimmy. »Da könnte sich mein Erbauer mal ein Beispiel dran nehmen.«

»Aber der kommt nur auf die Idee, robotische Läuse-Mutterschiffe zu bauen«, konterte der Ingenieur. »Ich sollte mal über eine Schrottpresse für vorlauten Hausschrott auf vier Beinen nachdenken. Also, Robert, was ist Ihnen diesmal eingefallen?«

»Ultrastarke Kampfraumer. Wenn ich mir das hier ansehe«, Saam deutete zuversichtlich in die Runde und warf dem Commander der Planeten einen von sich selbst überzeugten Seitenblick zu, »kann ich mir gut 400-Meter-Ikosaeder vorstellen. Genau das, was

Sie für den Kampf gegen die Grakos brauchen.«

Ren dachte nicht lange nach. Ohnehin würde ihm Finanzminister Lamont die Hölle heiß machen. Aber damit konnte er leben.

Jedenfalls besser als mit neuen, unerwarteten Schlägen der Grakos.

»Lassen Sie davon ebenfalls zehn Stück bauen«, entschied er. »Die Regierung hat ja Kredit bei Wallis.«

Wenn die Lage nicht so ernst gewesen wäre, hätte er über diese Vorstellung lachen können.

Die Sitzung am nächsten Tag bestätigte Dharks Befürchtungen.

Nicht nur Lamont protestierte gegen seine Anordnungen. Auch Henner Trawisheim zeigte sich uneinsichtig. Statt die Ausgaben nach der voraussichtlichen Effizienz zu bewerten, beschwerten sie sich über die Kosten.

Ren konnte es nicht mehr hören.

Besonders von seinem Stellvertreter hätte er mehr Verständnis erwartet.

Als ihm die Debatte auf die Nerven ging, schlug er mit der Faust auf den Tisch.

»Wenn irgendwer von Ihnen sterben will, bitteschön! Aber ich entscheide für die ganze Menschheit, und ich sage: lieber arm als tot.«

»So einfach geht das nicht«, hielt ihm Trawisheim entgegen. »Wir werden eine Abstimmung durchführen müssen.«

Dhark schwieg einige Sekunden. Er atmete schwer, und seine Gedanken jagten im Kreis. Denn er war sicher – gab er heute nach, war die Menschheit verloren. Und das würde er nicht zulassen, nicht nachdem er so lange für sie gekämpft hatte. Um keinen Preis. Er traf eine Entscheidung. Möglich, daß sie seine politische Karriere beendete, nachdem sowohl das Problem mit den Grakos als auch das mit Drakhon gelöst wären. Doch das war ihm gleichgültig, er konnte keine Rücksicht darauf nehmen. Er mußte jetzt seinem Gewissen folgen, mehr denn je zuvor, und er mußte im Inter-

esse der gesamten Menschheit entscheiden.

Für ihr Fortbestehen.

Für das Überleben der Erde.

Er hatte nicht erwartet, daß es jemals so weit kommen würde.

Doch nun war es soweit: Ren Dhark stand am Scheideweg.

»Hiermit mache ich von meinen Vollmachten als Commander der Planeten Gebrauch«, sagte er mit trockenem Hals. »Ich rufe die erste, niedrigste Stufe des Notstands aus.«

Seine Blicke suchten die seines Stellvertreters. Es fiel ihm nicht schwer, in dessen Gesicht zu lesen, dazu kannten sie sich zu lange und zu gut. Henner Trawisheim war wie vor den Kopf geschlagen, denn so hatte er seinen Chef noch nie erlebt.

Niemand hatte das.

Aber der konnte nicht anders handeln, wollte er ihnen noch helfen. Er konnte und durfte die Situation nicht länger schleifen lassen und irgendwie auf ein gutes Ende hoffen. Von allein würde es nicht kommen. Selbst ein völliger wirtschaftlicher Ruin der Erde wäre nichts gegen die vollständige Vernichtung zweier Galaxien.

Der Cyborg auf geistiger Basis schüttelte entsetzt den Kopf. Er war bleich geworden.

Ren wandte sich ab.

Und in diesem Moment hatte er den Eindruck, sich von seinen Freunden abzuwenden. Er konnte nur hoffen, daß sie seine Motive eines Tages verstehen würden.

Wie in Trance erlebte er die verhaltene Begeisterung seiner Offiziere. Sie war ihm unangenehm, und er hielt sie für völlig fehl am Platz. Doch zumindest die Soldaten hatten mal wieder das, was sie wollten. Was manche von ihnen auch brauchten.

Den Notstand.

Und Kriegsvorbereitungen.

Doch im Krieg befanden sie sich ja sowieso schon.

4.

Der Ringraumer jagte durch die Sternennacht.

Die Bildkugel zeigte den Weltraum in all seiner Pracht, die nicht nur aus satter Schwärze bestand, in der entfernte Lichtpunkte glitzerten. Bunte Farbenspiele bizarr geformter Materiewolken leuchteten, von Hintergrundsternen illuminiert, in unendlicher Ferne und doch zum Greifen nahe. Selbst in den Randbereichen der Projektion wurden die Sterne nicht zu hellen, dünnen Strichen, weil die Bildkugel auf vierdimensionaler Basis arbeitete und temporal-optische Effekte automatisch ausglich.

Terra war längst in Raumtiefen verschwunden, Sol nur noch ein winziger Punkt in der Ferne; ein Stern unter Tausenden.

Fasziniert betrachtete Juanita Gonzales die unglaubliche Bildwiedergabe und konnte sich nur mühsam beherrschen, nicht mit den Händen in die Bildkugel hineinzugreifen, um die Sterne zu berühren. Sie ahnte nicht, daß es vor Jahren den Menschen in der POINT OF ebenso ergangen war, als der von Ren Dhark auf dem Planeten Hope entdeckte Ringraumer seinen Jungfernflug absolvierte.

Neben ihr saß Jim Smith im Pilotensitz, bequem zurückgelehnt und die Arme vor der Brust verschränkt. Die unzähligen Sensortasten und Steuerschalter auf dem Instrumentenpult vor ihm hatte er nicht ein einziges Mal berührt, seit sie beide die Zentrale des Raumers betreten hatten und Smith das Schiff gestartet hatte.

»Gedankensteuerung«, hatte er gesagt. »Ich lenke das Raumschiff mit meinen Gedanken.«

»Kann ich das auch?« hatte Juanita gefragt.

»Hier nicht«, antwortete Smith. »Dieses Raumschiff ist in jeder Hinsicht auf mich allein eingestellt. Niemand sonst kann es benutzen, wenn ich es nicht will.«

»Willst du es nicht wollen? Für mich?« drängelte das zehnjährige Mädchen, das aus den Slums von Rio de Janeiro stammte, abenteuerlustig. »Laß es mich doch bitte mal probieren, Jim!«

»Nein. Es ist zu gefährlich«, wehrte er ab. »Du weißt nicht, worauf du achten mußt. Es ist alles ziemlich kompliziert.«

»Aber du könntest es mir doch erklären«, beharrte sie auf ihrem Wunsch.

»Tut mir leid, aber das geht nicht«, lehnte er ab. »Weißt du, wie viele Jahre man lernen muß, ein Raumschiff zu fliegen?«

»Nein.«

»Natürlich«, seufzte er. »Woher auch. Glaube mir, es dauert sehr lange.«

»Aber du sagtest doch, daß du das Raumschiff mit deinen Gedanken steuerst! Denken kann doch jeder, oder etwa nicht?«

»Sicher kann jeder denken. Aber ich müßte eine Menge von Sicherungen umstellen oder abschalten. Und dadurch würde das Raumschiff nicht mehr ganz so hundertprozentig funktionieren wie jetzt. Ich würde dir den Gefallen ja gern tun, Juanita, aber es ist zu umständlich und auch zu gefährlich.«

Sie schmollte. »Warum hast du mich denn mitgenommen, wenn ich hier nur dumm herumsitzen darf?«

Weil mir dein Parakönnen hilft, dachte er, nur verzichtete er wohlweislich darauf, das dem Mädchen zu sagen. Warum sollte er sie verletzen? Dann würde sie ihm nicht mehr helfen, und dann hätte er sie gleich auf Terra zurücklassen können – tot, nach allem, was geschehen war.

Lebend hätte sie nicht mehr auf Terra bleiben können. Zu groß war die Gefahr, daß sie ihn verraten hätte. Nicht einmal freiwillig, aber die Häscher der GSO, die hinter Smith her waren, wußten, wie sie an Informationen kamen. Und Juanita war harmlos und unbedarft. Nach dem Tod ihrer Eltern hatte sie sich in Rio durchgeschlagen, wobei ihr Parakönnen ihr eine große Hilfe war. Sie besaß die fantastische Gabe, sich gewissermaßen *unsichtbar* machen zu können!

Natürlich war das keine echte Unsichtbarkeit. Aber sie schaffte es, von anderen Personen einfach nicht wahrgenommen zu werden. Jim Smith hatte ihre Fähigkeit weiter geschult, und inzwischen konnte Juanita ihn mit in ihre Sphäre der *Unsichtbarkeit* – oder besser des *Nichtwahrgenommenwerdens* – einbeziehen.

Dennoch war er irgendwie aufgefallen, und die Galaktische Sicherheitsorganisation hatte seine Spur wieder aufgenommen, die er gründlich verwischt zu haben glaubte.

Auf der Flucht in den Amazonasdschungel hatte er dann einen weiteren Fehler gemacht, als er ein Raubreptil abwehrte und dabei eine Energieemission erzeugte, die einfach angemessen werden *mußte*. Er hatte es dann gerade noch geschafft, mit Juanita den Flash zu erreichen, mit dem er auf Terra gelandet war. Im Blitzstart hatte er den Planeten verlassen und war mit einem anderen Raumer zusammen durch eine Strukturöffnung im planetaren Schutzschirm geschlüpft, die eigens für jenes Schiff geschaltet worden war.

Er flog in seinen Ringraumer ein, den er im Ortungsschutz der Sonne zurückgelassen hatte. Er suchte die Zentrale auf und floh aus dem Sol-System, ehe Terras Raumpatrouille, die den Kurs des Flash nachrechnete, Jagd auf ihn machen konnte. Die Raumer, die man ihm hinterherschickte, hatten das Nachsehen. Der Ringraumer verschwand zwischen den Sternen.

Die Verfolger konnten ihn nicht mehr orten und seinen Fluchtkurs nicht verfolgen.

Sie flogen die Ringraumer der Mysterious, aber sie kannten sie nicht!

Sie bedienten ein paar Steuerschalter und glaubten, alles unter Kontrolle zu haben. Dabei ahnten sie nicht, was aus diesen Schiffen noch alles an Leistung und technischen Tricks herauszuholen war! Smith wußte inzwischen, daß es sich um ehemalige Robotschiffe handelte, die ursprünglich von Leitstellen auf einigen hundert Basisplaneten gesteuert worden waren und die man der Kontrolle einer dieser Leitstellen durch einen technischen Trick entzogen hatte, aber die Robotschiffe unterschieden sich nur in Kleinigkeiten von jenen, die von Lebewesen geflogen wurden.

Die Terraner in den Beute-Ringraumern konnten seinen Flug nicht orten. Sie konnten höchstens darauf warten, daß er irgendwann auf einem anderen Planeten wieder auftauchte. So, wie sie anscheinend auch gewartet hatten, nachdem er Babylon verließ.

Sie waren krankhaft mißtrauisch, und er konnte es ihnen angesichts der Lage, in welcher sich das junge, expandierende Sternenreich Terra befand, auch nicht verdenken. Er konnte froh sein, daß er es mit der GSO zu tun hatte – die stellaren Abwehrdienste anderer Völker hätten entschieden aggressiver reagiert.

»Woher hast du das Raumschiff überhaupt?« wollte Juanita wissen, nachdem Smith auf ihre vorige Frage nicht geantwortet hatte.

»Ich habe es gefunden«, sagte er.

»Wo?«

»Auf einem verlassenen Planeten. Du kennst sicher die Geschichte, wie Ren Dhark die POINT OF entdeckte, nicht wahr?« Sie nickte. Er fuhr fort: »So ähnlich war es auch bei mir, nur daß ich nicht von einem Diktator deportiert wurde. Ich habe es einfach so gefunden.«

»Und wie?«

Er schmunzelte. »So, wie man ein Glückskleeblatt findet – plötzlich sieht man es direkt vor sich und braucht sich nur zu bükken und es zu pflücken.«

»Das reimt sich«, freute sich die Zehnjährige.

Sie sah Smith an, den hochgewachsenen Mann mit den breiten Schultern, der hellen Haut und dem hellen, kurzen Haar. Sie hatte ihn gern. Er hatte sie buchstäblich aus dem Dreck und der Armut geholt, und er hatte ihr die andere Seite des Lebens gezeigt, das Schöne, das Großartige, den Luxus. Sie hatte Dinge erlebt und genossen, von denen sie vorher nicht einmal zu träumen gewagt hatte, Dinge, die nach dem Tod ihrer Eltern in noch unvorstellbarere Fernen gerückt waren als zuvor. Durch Jim war das alles anders geworden. Sie wußte jetzt, daß es auch eine andere Art des Daseins gab als den ständigen Überlebenskampf einer kleinen Vollwaisen. Sie vergaß nie, woher sie kam, aber sie genoß das

Neue, das Jim ihr eröffnete.

»Und gibt es da, wo du das Raumschiff gefunden hast, auch noch andere Dinge?« fragte sie weiter. »So wie bei Ren Dhark auf Hope?«

»Ich weiß es nicht«, sagte er. »Ich habe nicht danach gesucht. Ich habe das Raumschiff genommen und fliege damit von Stern zu Stern.«

»Muß man so ein Raumschiff nicht beim Fundbüro abliefern? Oder bei der Polizei oder bei der Regierung oder bei der Flotte? Wenn ich irgendwo in Rio eine Pistole finde oder einen Tausenddollarschein, darf ich das doch auch nicht einfach so behalten.«

»Würdest du es denn tun?«

Sie verzog das Gesicht und trat unruhig von einem Fuß auf den anderen, hielt die Hände hinter dem Rücken und rieb ihre Finger gegeneinander. Sie sah zur Seite und schien in der Bildkugel plötzlich etwas sehr Interessantes zu entdecken.

»Na?« fragte Jim. »Mal ehrlich… würdest du?«

»Das Geld, vielleicht«, rang sie sich ab, um dann energisch zu sagen: »Die Pistole aber nicht! Waffen sind böse! Damit macht man Leute tot. Niemand sollte Waffen haben.«

Jim Smith nickte. »Das meine ich auch. Das Leben wäre viel schöner, wenn man nicht ständig damit rechnen müßte, bedroht zu werden. Aber… die meisten anderen Menschen sehen das anders, und nicht nur die Menschen, auch die anderen Völker im Weltraum. Weißt du, da gibt es jemanden, der etwas haben will, was dir gehört. Du willst es ihm natürlich nicht geben. Also bricht er einen Ast vom Baum und droht, dich damit zu schlagen, wenn du es ihm nicht gibst, und vielleicht schlägt er dich auch wirklich. Damit er sich nicht traut, dich zu schlagen, besorgst du dir selbst einen noch größeren Knüppel. Er bastelt sich einen Speer, um nicht in die Reichweite deines Knüppels zu kommen. Du bastelst dir Pfeil und Bogen, um ihm zuvorzukommen, er baut eine Armbrust, du eine Steinschleuder, er eine Kanone, du eine Rakete, er einen Blaster… und so weiter. Es gibt nur zwei Arten von Lebewesen im Universum: die Gierigen und die Ängstlichen. Und beide glauben, ohne Waffen nicht existieren zu können. Die einen, um zu nehmen, und die anderen, um nicht geben zu müssen.«

»Das kann nicht sein«, sagte sie. »Es gibt doch bestimmt auch noch welche, die nicht gierig und nicht ängstlich sind. Und welche, die beschützen wollen, so wie du.«

Er hatte sie beschützt, mehr als einmal!

»Aber ich habe auch eine Waffe«, sagte er. »Und dieses Raumschiff hat Waffen. Und Ren Dhark, der Commander der Planeten, will euch alle vor den Grakos beschützen, und auch dafür muß er Waffen einsetzen. Er und die Leute, die er damit beauftragt. Die Soldaten, die Raumschiffsbesatzungen. Sie alle müssen sich mit Waffen wehren, um andere beschützen zu können.«

»Meine Eltern sind durch Waffen gestorben«, sagte Juanita leise.

»Aber du lebst, weil andere Waffen benutzten«, sagte er nach ein paar Sekunden des Schweigens. »Juanita, nicht die Waffen sind schlecht, sondern die, welche sie für Schlechtes mißbrauchen. Man kann Waffen auch als Werkzeug benutzen. Wußtest du, daß die...« er suchte nach dem passenden Wort, »die Cowboys früher ihre Revolver vorwiegend dafür benutzt haben, um mit dem Griff Nägel in Zaunpfosten zu schlagen, oder um mit dem Knallen der Schüsse die Rinder zu erschrecken und in eine bestimmte Richtung zu treiben? In Filmen wird das aber nie gezeigt, sondern nur, daß sie sich gegenseitig erschießen. Dabei ist das in Wirklichkeit nur ganz selten passiert.«

»Woher weißt du das?« fragte Juanita, die in den Luxushotels, welche sie zusammen mit Jim bewohnt hatte, auch etliche Western- und Kriminalfilme gesehen hatte.

»Ich bin eben älter als du«, sagte er, »und habe deshalb viel mehr lernen können.«

»Ich will auch viel lernen«, sagte sie ernsthaft. »Ich will so viel lernen wie du. Ich will so viel wissen wie du. Ich will das alles können, was du kannst, und ich will einmal dieses Raumschiff mit meinen Gedanken steuern können.«

»Vielleicht«, sagte er, »wenn du *sehr* viel lernst, wirst du das eines Tages auch können. Fangen wir doch gleich damit an!«

Natürlich fingen sie nicht gleich an. Smith hatte zwar eine Menge Datenträger von Terra mit an Bord seines Raumschiffs gebracht, aber zunächst machte er Juanita einigermaßen mit dem Raumer vertraut.

»Hat der auch einen Namen?« wollte sie wissen.

»Ich habe ihn EPOY genannt.«

»Was bedeutet das?«

»Es ist der Name des Planeten, auf dem ich ihn gefunden habe«, sagte Smith.

Für einen Moment hatte Juanita das Gefühl, als würde ihn dieser Name sehr tief berühren. Aber dann war dieser Moment auch schon wieder vorbei, und Jim zeigte ihr die Einrichtungen des Schiffes, ohne noch einmal auf die Namensgebung zurückzukommen.

Der 180 Meter durchmessende Ringraumer besaß acht Decks, von denen nur das obere und das untere durchgehend waren. Im Bereich des Maschinenraums mündeten die Decks 2, 3 und 4 in Deck 1 und zweigten dahinter wieder auseinander, ebenso die Decks 5, 6 und 7, die in Deck 8 mündeten. Die beiden Hauptdecks allerdings waren 4 und 5. Mannschaftsquartiere, Labors und die Medostation lagen auf Deck 5. Auf Deck 4 befanden sich an gegenüberliegenden Positionen der Ringröhre zwei Waffensteuerungen, die unabhängig voneinander agieren und jeweils das komplette Waffensystem des Raumers kontrollieren konnten; gegenüber dem Maschinenraum war die Kommandozentrale installiert, die mit 25 mal 25 Metern Grundfläche und einer Höhe von 8 Metern sowohl von den Decks 4 als auch 5 her erreichbar war. In jener Höhe gab es sich eine Galerie, die einen geschlossenen Ring um die gesamte Zentrale bildete.

Smith quartierte das Mädchen in einem der Räume auf Deck 5

ein. »Nicht sonderlich geräumig, nicht so komfortabel wie in den Hotels auf Terra, aber es spricht auch nichts dagegen, wenn du dir weitere Räume nimmst, falls du mehr Platz brauchst. Es ist ja sonst niemand an Bord.«

»Ich brauche doch gar nicht so viel«, sagte die Zehnjährige. Durch den ständigen Existenzkampf in den Slums von Rio de Janeiro war sie an winzige Überlebensräume gewohnt, und der Ausflug in die Welt der Schönen und Reichen hatte sie nicht größenwahnsinnig werden lassen. Als Waise früh über ihr Alter hinaus gereift, war ihr klar, daß es nicht ständig so luxuriös weitergehen konnte wie in Alamo Gordo. Das einzige, was sie wirklich brauchte, war ein fester Halt. Und den gab ihr derzeit Jim Smith.

Die Kabinengröße war akzeptabel. Es war mehr, als ihr in der kleinen Baracke ihrer Eltern zur Verfügung gestanden hatte. Natürlich konnte der Raum nicht mit einer Hotelsuite konkurrieren, aber wer brauchte die schon? Und was den Zimmerservice anging: Die EPOY verfügte über eine »Kantine«, die auf gedankliche Vorstellung hin jede gewünschte Speise und jedes Getränk produzierte.

Was Juanita prompt zu der Bemerkung veranlaßte, wenn sie doch mit ihren Gedanken die Kantine steuern könne, warum dann nicht auch das Raumschiff?

Jim Smith grinste.

»Um etwas Schmackhaftes zum Essen zu bestellen, mußt du dir nur vorstellen können, wie es aussieht und wie es schmeckt, aber um ein Raumschiff fliegen zu können, mußt du wissen, wie es funktioniert«, wies er ihre Hoffnung sofort zurück.

»Dann laß es mich lernen, sofort!«

»Später«, sagte er. »Ich muß erst mal die Datenträger und ihre Inhalte sichten und sortieren, die ich von Terra mitgebracht habe. Sobald ich damit fertig bin, fangen wir an, ja? Vorher mach dich mit dem Raumschiff vertraut. Und – du kannst hier in deiner Kabine auch eine Bildkugel wie in der Zentrale erzeugen, nur ist sie hier viel kleiner. So um die 30 Zentimeter, glaube ich.«

Juanita probierte das natürlich sofort aus – und vor ihr entstand auf ihren gedanklichen Wunsch hin eine verkleinerte Ausgabe der Zentrale-Bildkugel. Aber selbst in dieser Miniausführung war der Anblick immer noch berauschend.

Smith ließ das Mädchen allein. Er hatte noch einiges zu tun...

Später saß er zurückgelehnt in seiner eigenen Kabine. Er dachte nach. Die Datenträger, die er von Terra und zuvor schon von Babylon mitgebracht hatte, waren nicht nur als Schulungsmaterial für das parabegabte Mädchen geeignet...

Wieder fragte er sich, ob er Juanita künftig überhaupt noch brauchte. Das Risiko, Terra aufzusuchen, hatte sich für ihn gelohnt, und dort war ihm das Mädchen eine wertvolle Hilfe gewesen. Aber hatte er inzwischen nicht schon beinahe alles, was er hier in Erfahrung bringen wollte, gesammelt?

Jedoch... er war noch nicht ganz fertig. Vielleicht brauchte er sie ja noch.

Er dachte zurück an die Umstände, unter denen er seine Reise begonnen hatte. Er hatte nicht geahnt, was ihn wirklich erwartete. Und jetzt steckte er mittendrin.

Und alles – *alles* – war so völlig *anders*, als er es sich ausgemalt hatte...

Als die »Nachtphase« begann, hatte Jim Smith sich von Juanita verabschiedet und ihr eindringlich klargemacht, daß sie in den »Nachtstunden« ihr Quartier nicht verlassen sollte. Zuerst hatte sie gemeutert – es war doch absolut nicht einzusehen, daß man ab einer bestimmten Zeit im Bett liegen und schlafen mußte, nur weil man Kind war, während die Erwachsenen noch fröhlich Feste feierten! Aber den Zahn hatte Jim ihr schnell gezogen. »Ich verlange ja nicht, daß du während der ganzen Schlafperiode tatsächlich im Bett liegst und so tust, als würdest du schlafen – aber zumindest ich will und werde schlafen! Und wenn du dann im Schiff herumturnst und möglicherweise irgendwelche Einstellungen veränderst…«

»Traust du mir nicht?« schmollte sie.

»Es geht hier nicht um Vertrauen, sondern um Sicherheit«, sagte er. »Also – bitte bleibe in den ›Nachtstunden‹ in deiner Kabine. Das dient übrigens auch deiner eigenen Sicherheit.«

»Ist dein Raumschiff etwa gefährlich? Beißt es?« fragte sie spöttisch.

»Ich sagte dir schon, daß es auf mich persönlich eingestellt ist, mit allen seinen Sicherheitseinrichtungen. Ich weiß selbst nicht, was passieren kann. Also bleibe lieber in der Kabine, bis wir wieder ›Tag‹ haben, ja?«

Halbherzig nuschelte sie etwas, das sowohl ein Ja als auch ein Nein sein konnte. Und zu diesem Zeitpunkt war ihr ohnehin so ziemlich alles egal. Sie war müde und wie erschlagen von all den Eindrücken, die in den letzten Stunden auf sie eingestürmt waren. Also legte sie sich erst einmal hin und schlief auch tatsächlich rasch ein; daß Jim Smith die Kabine verließ, bekam sie nicht mehr mit.

Aber irgendwann in der »Nacht«, die vom Schiff simuliert wurde, indem zumindest in den Korridoren die Beleuchtung erheblich abgedämpft wurde, erwachten Juanita und ihre Neugier wieder.

Sie schlüpfte in ihre Kleidung und verließ die Kabine. *Ich muß ganz genau aufpassen*, erkannte sie, *um zu meinem Quartier zurückzukommen*. Jim hatte sie zwar durch das Raumschiff geführt, aber sie hatte sehr genau festgestellt, daß er ihr bei weitem nicht alles gezeigt, sondern einige Decks ausgespart hatte. Warum?

Was verbarg sich dort? Warum wollte er es ihr nicht zeigen?

Sie konnte sich einfach nicht vorstellen, daß es in Jims Nähe etwas gab, das tatsächlich gefährlich für sie war. Er beschützte sie doch immer, warum also sollte er sie einer Gefahr aussetzen?

Daran, daß es in der Religionsgeschichte eines großen Teiles der Menschheit einen Weltenschöpfer gab, der seine »Adam« und »Eva« genannten Kreationen in Versuchung führte, indem er sie genau dort ansiedelte, wo sie es am leichtesten hatten, dieser Versuchung nachzugeben, obgleich es in der von ihm geschaffenen Welt Milliarden besserer, sicherer Orte gegeben hätte, dachte sie in diesem Moment nicht explizit, obgleich sie von ihren Eltern, solange die lebten, christlich erzogen worden war. Allerdings hatte sie nie so richtig begriffen, warum ein als barmherzig und gnädig beschriebener Gott seine eigene Schöpfung wie ein jähzorniges Kind per Sintflut vernichtete, nur weil die von ihm geschaffenen Menschen nicht ganz so wollten wie ihr göttlicher Führer.

Jim Smith hatte für sie etwas von einem Gott. Doch mit diesem Gott, zu dem so viele Menschen beteten und dem sie blind vertrauten, mochte sie ihn nicht vergleichen. Jim hatte sie bestimmt nicht aufgefordert, in ihrer Kabine zu bleiben, um sie in Versuchung zu führen und zu bestrafen, wenn sie schwach wurde.

Ihre eigene Neugier war es, die sie in Versuchung führte!

Also machte sie sich daran, das zu erkunden, was ihr großer, väterlicher Freund Jim ihr nicht gezeigt hatte.

Natürlich wollte sie dabei nicht von ihm erwischt werden. Deshalb machte sie sich »unsichtbar«. Dank der Übungen mit Jim stellte es kein Problem mehr für sie dar, diese Fähigkeit bewußt anzuwenden. Er hatte zwar gesagt, er selbst werde sich zum Schlafen hinlegen, und sie konnte sich auch nicht vorstellen, daß er sie belog, aber wer konnte schon genau wissen, was Erwachsene taten?

Zuerst schritt sie die Wege ab, die sie gemeinsam mit Jim durch das Schiff gegangen war. Das dauerte eine Weile, aber sie wollte sicher sein, daß sie sich nicht verirrte. Deshalb wollte sie die Wege durch das Schiff besser kennenlernen. Dabei erreichte sie eine große Halle, die der Zentrale offenbar genau gegenüber lag, auf der anderen Seite der Ringröhre. Hier vereinigten sich sechs der acht Decks.

Das mußte der Maschinenraum sein.

Auch hier gab es eine Bildkugel, wie Juanita fasziniert feststellte, und sie war ebenso groß wie die in der Zentrale, nicht so klein wie in der Kabine. Die dreidimensionale Projektion zeigte, daß die EPOY immer noch mit hoher Überlichtgeschwindigkeit durch den Sternendschungel raste. Die Sterne in der Umgebung standen jetzt etwas dichter beisammen als noch vor ein paar Stunden. Und es waren viel mehr als zuvor.

Aber es gab noch viel mehr interessante Dinge. Große Kontrollpulte, deren Anzeigen Juanita nicht verstand. In der Zentrale der EPOY hatte sie darauf nicht geachtet; jetzt fiel es ihr um so stärker auf: Die Schriftzeichen – und auch Zahlen? Sie konnte sie nicht unterscheiden – waren ihr völlig unbekannt. Sie hatte zwar Lesen und Schreiben gelernt, und sie hatte auch in irgendwelchen Magazinen, die ihren Weg in Rios Slums gefunden hatten, seltsame Schriftzeichen gesehen, die »japanisch« oder »arabisch« sein sollten und die sie nicht entziffern konnte – sie hatte sich gefragt, was das sollte; wer brauchte denn eine Schrift, die man nicht lesen konnte? – aber das hier war etwas noch ganz anderes und schon dadurch erklärlich, daß das Raumschiff nicht von Menschen erbaut worden war.

Trotzdem hätte sie gern gewußt, was diese Schriftzeichen bedeuteten.

Viele der Anzeigen waren auch als Farben dargestellt. Und einige der Sensortasten leuchteten oder blinkten. Es reizte Juanita, sie zu berühren oder die Steuerschalter in andere Positionen zu kippen, aber sie war vernünftig genug, die Finger davonzulassen. Nicht nur, weil Jim das bestimmt merken und mit ihr schimpfen würde, sondern weil sie ja auch nicht wußte, was sie damit vielleicht anrichtete. Was das anging, waren Jims mahnende Worte bei ihr durchaus auf fruchtbaren Boden gefallen.

Sie sah sich weiter um. Da waren insgesamt 23 große Kugeln. Von einigen ging ein eigenartiges Summen aus. An einer großen Anzeigefläche leuchteten kleine Quadrate. Dazu gab es 23 Lichtflecke, von denen einige sehr intensiv leuchteten. Ihre Zahl entsprach der der summenden Kugeln. Von den Quadraten leuchtete nicht einmal ein Zehntel.

Jim hätte ihr verraten können, daß diese Anzeige die Abgabeleistung der Energieerzeuger der EPOY darstellte. Jedes leuchtende Quadrat signalisierte die verdoppelte Energieabgabe.

Unheimlich war die Leere in diesem großen Maschinenraum, welcher über eine umlaufende Galerie verfügte wie auch die Zentrale, nur war diese Galerie nicht von einem höheren Deck aus direkt erreichbar. Juanita sah Sitze und Arbeitsplätze, aber alle waren unbesetzt.

Das gab ihr zu denken. Jim hatte gesagt, daß er das Raumschiff mit seinen Gedanken steuerte, aber diese Arbeitsplätze wie auch die Sitze am Kontrollpult in der Zentrale deuteten doch darauf hin, daß das Schiff eigentlich eine richtige Besatzung haben sollte, wie man es sich normalerweise vorstellte. Daß ein Mensch allein in der Lage war, alle Funktionen auszuüben und zu kontrollieren, war wie ein kleines Wunder.

Juanita wußte später nicht, wieviel Zeit sie im Maschinenraum zugebracht hatte. Vor allem die Bildkugel faszinierte sie und nahm ihre Aufmerksamkeit immer wieder in Anspruch, bis sie es endlich schaffte, sich davon loszureißen und ihre Erkundung fortzusetzen.

Irgendwann befand sie sich wieder auf Deck 4 und stieß auf einen Raum, in dem sie schon einmal gewesen war – als Jim und sie mit dem Flash die EPOY erreichten und einflogen. Da hatte sie kaum Gelegenheit gefunden, sich den Raum näher anzusehen, denn Jim hatte es sehr eilig gehabt und den Raum mit ihr und der großen Tasche, die er von Terra mitgebracht hatte, rasch verlassen. Später, bei seiner Führung, hatte er diesen Raum ausgespart.

Jetzt fand Juanita Zeit, sich diesen Raum näher anzusehen.

Er war in sieben Kammern unterteilt. In jeder dieser Kammern gab es so etwas wie Startrampen, jeweils zwei Stück, auf denen Flash bereitlagen, diese äußerlich häßlichen, plumpen Flugkörper von zylindrischer Form mit ihren abgeplatteten Enden, welche sie wie Tanks von etwas über drei Metern Länge bei einem Durchmesser von knapp 1,50 Meter aussehen ließ.

Das Flashdepot nahm die Höhe zweier Decks in Anspruch, war

aber nur von Deck 4 aus erreichbar. Wenig später entdeckte Juanita auf der gegenüberliegenden Seite ein weiteres Depot. Also besaß die EPOY 28 dieser Beiboote.

Ganz kurz blitzte der Wunschtraum in ihr auf, einen kleinen Ausflug mit einem der Flash zu unternehmen. Aber abgesehen davon, daß das Jim überhaupt nicht gefallen würde – sie wußte nicht, wie man die Beiboote flog. *Vielleicht auch mit Gedankensteuerung?* Wie auch immer; sie würde es wohl nicht können. Und das war eigentlich sehr ärgerlich.

Aber sie mußte sich damit abfinden.

Und sie mußte unbedingt so viel wie nur möglich lernen, damit sie vielleicht doch einmal das Raumschiff oder wenigstens einen Flash fliegen konnte.

Erschrocken stellte sie fest, wieviel Zeit schon verstrichen war. Sie brach ihre Exkursion ab und kehrte in ihr Quartier zurück. Ein paar Stunden mußte sie doch wenigstens schlafen, wenn sie nicht morgen durch zu große Müdigkeit auffallen wollte. Sie fühlte sich zwar noch wach, aber das würde morgen ganz anders aussehen. Und dann würde Jim vielleicht mißtrauisch werden und sie fragen, warum sie nicht genug geschlafen hatte. Sie wußte aber, daß sie ihn nicht anschwindeln konnte. Das brachte sie einfach nicht übers Herz.

Sie warf sich aufs Bett – und war Augenblicke später auch schon tief und fest eingeschlummert.

Als Jim sie weckte, deutete nichts darauf hin, daß er etwas von ihrem nächtlichen Ausflug mitbekommen hatte. Zumindest machte er nicht die geringste Andeutung, stellte auch keine Frage nach dem Grund ihrer Müdigkeit – sie hatte wirklich zu wenig geschlafen. Statt dessen führte er sie in einen Raum, in dem es Computerterminals gab. Die Anzeigen der Monitore waren in der fremden, für Juanita unleserlichen Schrift dargestellt, aber an einem der Terminals hatte Jim Beschriftungen in Angloter angebracht, der Einheitssprache der Erde, die sich in den letzten dreißig Jahren weltweit durchgesetzt hatte. So fand Juanita sich sehr rasch mit der Technik zurecht. Auf dem Bildschirm erschienen zwar häufig Meldungen in der fremden Sprache, aber jedesmal war Jim da, um sie für Juanita zu übersetzen und ihr beim Umgang mit dieser Supercomputeranlage beizustehen. Sie hatte nie die Gelegenheit bekommen, mit Suprasensoren zu arbeiten und mußte deshalb praktisch alles von Grund auf lernen. Aber sie wollte ja lernen, und deshalb fiel es ihr auch nicht sehr schwer.

Jim selbst arbeitete am Terminal direkt neben ihr. Er ließ die gleichen Daten durchlaufen, die auch sie auf ihrem holographischen Monitor sah.

Zwischendurch riet er ihr immer wieder, eine Pause einzulegen, aber sie wollte weitermachen. So lange, bis er sie regelrecht zwang, abzuschalten und Ruhepausen einzulegen, um sich vom Lernstreß zu erholen und vor allem etwas zu essen.

»Du mutest dir zu viel zu«, befürchtete er.

»Aber ich will so viel wie möglich lernen«, beharrte sie. »Ich will auch Raumschiffe fliegen können!«

»Du willst zu viel auf einmal«, sagte er. »Laß es langsam angehen. Du wirst noch früh genug alles wissen, was du dafür brauchst. Übernimm dich nicht. Du mußt all das Wissen, das du aufnimmst, auch richtig verarbeiten können.«

Aber das nahm sie so nicht an. Sie war sicher, alles richtig begreifen zu können, und wollte so schnell wie möglich noch mehr Wissen aufnehmen.

Jim ließ sie endlich gewähren – und wartete darauf, daß das eintrat, womit er gerechnet hatte: Sie kippte einfach um, schlief am Computerterminal ein. Dabei hatte sie nicht einmal mitbekommen, daß sie mehr als 24 Stunden lang auf den Beinen gewesen war, und durch die Exkursion am vorherigen Tag fehlte ihr weiterer Schlaf. Das machte sich jetzt bemerkbar.

Jim brachte sie zu Bett.

Er lächelte. Es war schon verrückt – auf der einen Seite hatte er dieses Mädchen nur seiner Parafähigkeit wegen als Mittel zum

Zweck gebraucht, auf der anderen entstand eine immer stärkere emotionale Bindung. Das war gefährlich. Er mußte fähig sein, sie von einem Moment zum anderen zu töten, wenn sie zu einer Gefahr für ihn wurde…

Stop! dachte er. Noch vor kurzem war er davon ausgegangen, daß er sie töten mußte… töten *sollte*… sobald er ihre Paragabe nicht mehr benötigte. Aber auch da war schon eine Abschwächung feststellbar.

Ich werde immer sentimentaler, erkannte er. *Das ist gefährlich. Ich darf mich nicht an dieses Kind binden!*

Aber es war schwer, sich dagegen zu wehren.

Wenn er ihre großen, staunenden Augen sah… ihr Lachen…

Er hätte schreien können vor Verzweiflung. Sie vertraute ihm so sehr, es war einfach unglaublich! Damit hatte er niemals rechnen können. Dort, wo er aufgewachsen war, gab es kein Vertrauen mehr. Zumindest nicht in dieser Form.

Juanita war so *unschuldig*…

Der Mann, der auf dem Planeten Babylon als »John Brown« aufgetreten war und sich auf Terra »Jim Smith« genannt hatte, sah, daß sein Weltbild mehr und mehr erschüttert wurde. Er mußte lernen, anders zu denken als bisher. Er wollte es nicht, aber ihm blieb keine andere Wahl.

Er hätte sich niemals darauf einlassen dürfen, mit diesem Mädchen zusammenzuarbeiten. So nützlich ihre Paragabe für ihn auch war – die Emotionen, die sich zwischen ihnen beiden aufbauten, waren eine Last, die er nicht tragen wollte.

Aber er konnte sie jetzt nicht mehr abstreifen.

Und er war selbst dafür verantwortlich.

Ich werfe sie ohne Raumanzug ins All, dachte er. *Dann ist das Problem erledigt.*

Aber das hätte er einfacher haben können, wenn er sie noch auf Terra getötet hätte. Doch schon da hatte er es nicht übers Herz gebracht.

Er wußte, daß er über kurz oder lang eine Entscheidung würde treffen *müssen*. Aber er schob sie vor sich her, er wollte sie *nicht jetzt* treffen – er wollte sie so spät wie nur eben möglich treffen, erst dann, wenn es wirklich nicht mehr anders ging; aber am liebsten nie...

Vorerst würde er sie weiter an das Rechnerterminal setzen und lernen lassen. Egal, ob das sinnvoll war oder nicht. Aber es ging ja nicht nur darum, daß Juanita Wissen sammelte. Jim Smith profitierte selbst davon. Nicht umsonst saß er am zweiten Terminal ständig neben ihr und ließ die gleichen Daten ablaufen und verarbeiten. Es waren die Daten, die er auf Babylon und auf Terra gesammelt hatte.

Denn er war selbst gezwungen, sein Wissen zu erweitern.

Und je mehr er erfuhr, um so erschreckender gestaltete sich das Bild, das er vor sich sah...

Weiter jagte die EPOY durch Weltraumtiefen, einem Ziel entgegen, das nur ihr Kommandant Jim Smith kannte.

In den nächsten Nächten ging Juanita auch wieder auf Streifzug durch den Ringraumer, aber jetzt achtete sie darauf, nicht zu lange unterwegs zu sein. Ganz gleich, wie interessant all das war, was sie entdeckte – sie durfte ihren Schlaf nicht vernachlässigen. Wenn sie tagsüber Müdigkeit zeigte, mußte das Jim mißtrauisch machen. Denn das paßte nicht zu dem Verhalten, wie er es seit Wochen von ihr kannte.

Der Sternendschungel, durch den die EPOY mit extrem hoher Überlichtgeschwindigkeit flog, wurde immer dichter. »Wir nähern uns dem Zentrum der Galaxis«, sagte Jim auf eine entsprechende Frage. Immer wieder betrachtete Juanita das prachtvolle Schauspiel in der Bildkugel; immer wieder zog es sie zwischen ihren »Schulstunden« in die Zentrale, um dort die große Wiedergabe zu genießen; funkelnde Sterne in allen erdenklichen Farben, leuchtende Wasserstoffwolken, von Hintergrundsternen illuminiert, Materiewolken aus dichtem kosmischen Staub... sie konnte sich nicht daran sattsehen. Sie verstand, warum Menschen es auf ihren Planeten nicht mehr aushielten und hinausmußten in die kosmischen Weiten.

Nachts mied sie die Zentrale. Sie rechnete damit, unversehens Jim bei einem eventuellen Kontrollgang zu begegnen, und sie war nicht sicher, ob sie angesichts der Wiedergabe in der großen Bildkugel fähig war, sich dann weiter auf ihre »Unsichtbarkeit« zu konzentrieren. Statt dessen machte sie es sich zur Gewohnheit, zu Beginn und zum Ende ihrer nächtlichen Ausflüge dem Maschinenraum einen Besuch abzustatten. Die 30-Zentimeter-Bildkugel in ihrer Kabine war ihr einfach zu klein…

Sie hatte bei ihren Exkursionen ein schlechtes Gewissen; immerhin hatte Jim sie angewiesen, nachts in ihrer Kabine zu bleiben. Aber sie rührte doch nichts an, sie veränderte keine Einstellungen an den Geräten; sie wollte einfach nur wissen, was er vor ihr verbarg. Sie fragte sich, warum er ihr all jene Räume nicht zeigte.

Schließlich stieg sie hinauf ins achte und oberste Deck. Hier fand sie eine Reihe wissenschaftlicher Forschungslabors und Räume mit hochtechnischer Ausstattung. Es übertraf alles, was sie bisher an Bord der EPOY gesehen hatte. Waren viele der anderen technischen Gerätschaften schon kompliziert und in ihrer Funktion kaum zu durchschauen, so überstieg die Ausstattung der Labors endgültig Juanitas Fassungsvermögen. Schrankgroße Apparate, übersät von Schaltern, Tasten und Anzeigen, Öffnungen mit flirrenden Kraftfeldern, seltsam geformte Geräte… und Juanita machte, daß wie wieder auf den Korridor hinauskam. Wieder wunderte es sie, daß so viele Arbeitsplätze eingerichtet waren, obgleich das Raumschiff von Jim allein gesteuert wurde. Und was sie auch erstaunte: In keinem der Räume gab es Staub.

Gerade so, als wären sie alle in ständiger Benutzung.

Aber von wem, wenn doch außer ihnen beiden niemand an Bord war? Die anderen Kabinen hatte Juanita bereits durchsucht – keine wies darauf hin, daß sich noch jemand im Schiff befand.

Sie betätigte den Öffner einer weiteren Labortür. Lautlos glitt die Türplatte in die Wand zurück und gab den Weg frei.

Sie warf einen Blick in den Raum – und sah…

Ihre Augen weiteten sich vor Entsetzen.

In dem Laborraum hockte ein Ungeheuer!

Ein unförmiger, graubrauner Klumpen, wie eine feuchte schleimige Fleischmasse, aus der Tentakelarme wie die eines Kraken hervorragten. Und wie groß dieses unförmige Ungeheuer war!

Es kauerte – oder lag – oder stand – vor einem der komplizierten Geräte, und die Tentakelarme bewegten sich rasch hin und her, bildeten dünne, fingerähnliche Greiforgane aus, mit denen es Schalter berührte, um sie danach wieder mit der Körpermasse zu verschmelzen.

Juanita starrte das furchtbare Etwas an, von Grauen gelähmt. Alles hatte sie erwartet, aber nicht etwas so Unglaubliches.

Sie wollte schreien, aber sie konnte es nicht. Ihre Stimme versagte. Sie war nicht einmal in der Lage zu atmen, und sie konnte ihren Blick nicht von dem Ungeheuer wenden.

Ein paar Sekunden mochten es gewesen sein, aber für sie schien eine Ewigkeit zu vergehen. Dann endlich löste sich die Verkrampfung wieder.

Sie japste nach Luft – und preßte die gleich wieder als langgezogenen Schrei hinaus.

Das amöbenartige Etwas bewegte sich, wabbelte und öffnete ein Auge auf der ihr zugewandten Seite.

In völliger Panik wirbelte sie herum und rannte davon, vergaß sogar, die Labortür wieder hinter sich zu schließen. Sie hetzte über das Deck, stolperte mehrmals und wagte nicht, sich umzusehen. Verfolgte sie das Ungeheuer?

Zuerst rannte sie am Antigravschacht vorbei, riß sich wieder herum und stürzte sich in die Röhre, in der Schwerelosigkeit herrschte und die Aufwärts- oder Abwärtsrichtung durch den Abstoßimpuls des jeweiligen Benutzers festgelegt wurde. In diesem

Fall gab es nur eine Möglichkeit: nach unten, denn sie befand sich im obersten Deck. Andernfalls wäre sie vielleicht noch in die falsche Richtung gedriftet.

Auf jeden Fall verpaßte sie in ihrer Panik das richtige Deck zum Aussteigen, war eines zu tief und mußte wieder zurück. Angstvoll starrte sie im Antigravschacht nach oben – war das Monstrum schon zu ihr unterwegs? Wie nahe war es bereits?

Sie konnte sich nicht vorstellen, daß es sie *nicht* verfolgte!

Endlich, das richtige Deck. Sie stürmte hinaus, fand ihre Kabine, schlüpfte hinein. Die Tür verriegeln, damit das Ungeheuer nicht hereinkam – aber wie? Irgend etwas davor stellen? Was? Die Möbel waren zu schwer, vielleicht sogar mit dem Boden oder den Wänden fest verbunden, und der Schwebetisch in der Mitte des Zimmers – er ließ sich nicht richtig verankern und stellte kein Hindernis für einen Eindringling dar.

Sie warf sich auf ihr Bett, kauerte sich in einer Ecke zusammen und schlug die Hände vors Gesicht. Zwischen den Fingern schaute sie angstvoll hervor, sah immer wieder zur Tür.

Ihr Herzschlag hämmerte, daß sie ihn zu hören glaubte.

Jim, dachte sie. *Oh, Jim! Warum habe ich nicht getan, was du wolltest? Warum bin ich nicht in meiner Kabine geblieben? Jetzt hat es mich entdeckt, das Ungeheuer, es wird mich verfolgen und umbringen…*

Gellend schrie sie auf, als die Kabinentür geöffnet wurde…

Es war nicht das Ungeheuer.

Es war Jim, der eintrat. Er war nur mit einer Unterhose bekleidet, und sein Haar stand wirr vom Kopf ab. Er sah aus, als sei er gerade aus seinem Bett gesprungen.

»He«, sagte er leise. »Was ist denn los? Juanita!«

Sie kauerte sich immer noch angstvoll zusammen.

»Das… das Ungeheuer…«, flüsterte sie. »Es ist hinter mir her, Jim! Mach die Tür zu – bitte!«

Hinter ihm schloß sich der Durchgang wieder, als er ein paar

Schritte näher trat.

»Was für ein Ungeheuer? Hast du schlecht geträumt?« fragte er. Aber dann sah er, daß sie komplett angezogen war. Er zog einen Schwebesessel heran und ließ sich darauf neben ihrem Bett nieder. »Nein, du hast nicht geträumt, oder? Du... warst im Schiff unterwegs?«

Sie nickte stumm. Wartete auf das Donnerwetter, das unweigerlich kommen mußte, weil sie gegen seine Anweisung verstoßen hatte. Aber er sagte nichts. Er sah sie nur weiter fragend an.

»Ich bin jede Nacht unterwegs gewesen«, sagte sie leise. Jetzt konnte sie ihm ruhig alles eingestehen. Es machte es nicht schlimmer. »Aber diesmal habe ich das Ungeheuer gesehen. In Deck 8, in einem der Räume. Es...« Sie verstummte wieder.

»Laß dir Zeit«, sagte Jim ruhig und strich ihr mit der Hand sanft über das Haar. Für einen winzigen Augenblick hatte sie ein geradezu aberwitziges Bild vor Augen: Ein Tentakel, das sie berührte und die streichelnden Finger ausbildete; und unwillkürlich zuckte sie zusammen. Aber natürlich war es kein Tentakel, sondern Jims Arm und seine Hand.

»Ich habe Angst«, sagte sie leise.

»Ich bin bei dir«, sagte er beruhigend. »Willst du... kannst du mir erzählen, was genau du gesehen hast?«

Sie nickte, aber dann fiel es ihr doch schwer, die richtigen Worte zu finden, um ihm das amöbenartige Ungeheuer zu beschreiben, und immer wieder schaute sie an ihm vorbei zur Tür, ob die sich nicht öffnete und der unglaubliche, riesige Klumpen hereinkam. Wie auch immer er das würde tun können...

»Du mußt dich geirrt haben«, sagte er schließlich. »Ein solches Ungeheuer gibt es nicht.«

»Aber ich habe es doch gesehen!«

»Du mußt geträumt haben«, sagte er. »Weißt du, Juanita, du hast dich selbst unter enormen Druck gesetzt. Du willst so viel lernen... und den ganzen Tag über schaufelst du das Wissen in dich hinein. Ist dir klar, daß du in den letzten drei Tagen so viel gelernt hast wie andere in drei Wochen? Du nimmst dir nicht die Zeit, das alles richtig zu verarbeiten. Da ist es kein Wunder, wenn du träumst. Die Träume sind die Spiegel der Seele. Vielleicht ist das Ungeheuer, das du gesehen haben willst, nur ein Abbild dieses Leistungsdrucks, dem du dich auslieferst. Wenn du auch noch nachts im Schiff herumläufst, statt zu schlafen... dann kommt so etwas schon vor.«

Sie schüttelte den Kopf. »Ich habe es gesehen. Es war wirklich da.«

»Bestimmt nicht. Ich wüßte davon. Was aber sein könnte, wäre...« Er zögerte.

»Was?« hakte Juanita etwas erschrocken nach. »Was könnte sein, Jim?«

»Vielleicht ist es so etwas wie eine ›Sicherungsautomatik‹ des Raumschiffs. Vielleicht hat sie dir das Ungeheuer vorgegaukelt, um dich abzuschrecken, um dich davon abzuhalten, etwas zu berühren oder zu verändern.«

»Aber das wollte ich doch sowieso nicht!« protestierte sie. »Ich habe nie etwas angefaßt!«

»Das weiß vielleicht diese Sicherheitsschaltung nicht«, sagte er. »Dies ist ein Raumschiff der... der Mysterious«, sagte er. »Da gibt es noch sehr viele Dinge, die uns Menschen unbekannt sind. Man erlebt ständig neue Überraschungen. Selbst Ren Dhark findet auf seiner POINT OF immer wieder etwas Neues, obgleich er das Raumschiff doch nun schon seit... seit sechs Jahren fliegt.« Er schien zweimal kurz überlegen zu müssen. Aber Juanita achtete nicht darauf.

»Wie auch immer – du solltest jetzt versuchen, zu schlafen«, sagte Jim.

»Aber wenn das Ungeheuer doch noch hierher kommt...«

»Paß auf«, sagte er. »Ich verriegele deine Tür mit der Gedankensteuerung. Dann kann es nicht herein, ja?«

»Aber vielleicht kann es das doch? Es hockte da an einem dieser ganz komplizierten Apparate und bediente ihn! Warum soll es dann nicht auch die Gedankensteuerung benutzen können?«

Jim hob abwehrend beide Hände.

»In Ordnung«, sagte er. »Ich bleibe draußen auf dem Gang und passe auf, während du schläfst!«

»Warum bleibst du nicht hier in der Kabine?«

»Das gehört sich nicht«, sagte er, fast abweisend. »Ich verriegele deine Tür und passe draußen auf. Versuch also zu schlafen. Morgen sehen wir dann weiter.«

Sie nickte zaghaft.

Er ging.

Nach ein paar Minuten erhob sie sich von ihrem Lager und ging langsam zur Tür. Sie versuchte sie zu öffnen. Aber der Schalter reagierte nicht.

»Jim?« fragte sie erst leise, dann lauter werdend. »Jim, bist du noch da?«

Durch das Unitall gedämpft, vernahm sie seine Antwort, ein knappes »Ja.«

Sie kehrte wieder zum Bett zurück. Aber nach einer Viertelstunde ging sie noch einmal zur Tür. »Jim?« rief sie.

»Ja«, kam es zurück. »Ich bin noch hier. Ich hab's dir doch versprochen. Nun versuche endlich zu schlafen.«

Da endlich fand sie für den Rest der Nacht Ruhe.

Am nächsten Morgen weckte Jim das Mädchen. Unwillkürlich mußte er lächeln; sie trug immer noch die Kleidung ihres nächtlichen Ausflugs, und sie schlief tief und fest. Er mußte sie kräftig rütteln, um sie wachzubekommen.

Später suchten sie gemeinsam Deck 8 auf.

»Warum hast du mir das alles eigentlich nicht gezeigt, als du mich durch die EPOY führtest?« beklagte sich Juanita.

»Ich wollte verhindern, daß du diese ganzen komplizierten Maschinen siehst«, sagte er. »Und vielleicht daran herumschaltest. Ich weiß doch, wie wißbegierig du bist.«

Sie blieb stehen und stampfte mit dem Fuß auf. »Jim! Ich habe dir gesagt, daß ich das nicht tue!«

»Du hast auch versprochen, nachts in deiner Kabine zu bleiben…«

»Das ist gemein!« protestierte sie. »Das ist doch was ganz anderes!«

»Sicher?« fragte er und grinste sie dabei an, so wie einer der Jungen in Rio immer gegrinst hatte, wenn er ihr etwas Großartiges zeigen wollte, was sich dann als tote Ratte oder sonst etwas Garstiges entpuppte, mit dem er sie nur ärgern wollte.

»Pah!« machte sie und ging weiter, um kurz darauf zu fragen: »Diese ganzen Räume hier, mit all den Apparaten – wozu sind die gut? Was macht man damit?«

»Ich weiß es nicht«, sagte Jim.

»Sicher?« fragte sie und versuchte sein Grinsen von vorhin zu imitieren. Dabei merkte sie, daß ihr das nicht so recht gelang.

»Sicher. Ich habe das Raumschiff doch nur gefunden. Ich weiß zwar, wie man es fliegt und noch ein paar Dinge mehr, aber diese Labors… Ich weiß nicht, wofür sie gut sind.«

Sie sah ihn mißtrauisch von der Seite an. Sie war nicht überzeugt, daß er meinte, was er sagte. Aber warum sollte er sie beschwindeln? Er hatte doch nichts davon. Wenn er sich wirklich mit diesem ganzen Klapparatismus auskannte, konnte er ihr das doch ruhig sagen. Oder wollte er es nur deshalb nicht, damit sie nicht auch noch verlangte, zu lernen, wie man damit umging?

Sie hatte nicht vergessen, was er ihr in der Nacht gesagt hatte: daß sie sich übernahm mit ihrem Lerneifer. Bevor sie einschlief, hatte sie darüber nachgedacht. Vielleicht hatte er ja recht. Vielleicht hatte sie wirklich nur geträumt…

Aber dann war der Traum sehr echt gewesen!

Nacheinander öffnete Jim die Türen zu allen Räumen, die auf Deck 8 lagen.

Alle waren sie leer. Von einem amöbenartigen Ungeheuer war nichts zu sehen.

»Nicht mal 'ne Riesenspinne gibt's hier«, grinste Jim. »Weißt du, da gibt es auf dem Planeten Xextrak welche, die werden fünf Meter groß. Habe ich selbst schon gesehen.«

»Eklig«, erwiderte Juanita und schüttelte sich. »Was fressen die denn? Saurier?«

»Keine Ahnung. Ich bin ganz schnell wieder abgehauen. Vielleicht hätten sie sonst mich gefressen. – War das hier der Raum, in dem du das Ungeheuer gesehen haben willst?«

Sie nickte. »Woher weißt du das?«

»Du hast es mir gestern gesagt. Siebte Tür rechts, vom Antigravschacht aus gezählt.«

Sie wußte nicht mehr, ob sie es ihm wirklich gesagt hatte. Aber es mußte wohl so sein.

Er nahm sie bei der Hand und sah sich mit ihr zusammen in dem Raum genau um. Es gab keinen einzigen Hinweis darauf, daß jemand hier gewesen war. Keine Schleimspuren des feuchtglänzenden Fleischkloßes, nichts...

»Es hat sich irgendwo anders versteckt.«

Er berührte ihre Stirn.

»Da drin hat es sich versteckt«, sagte Jim. »In deinem Kopf. In deinem Traum. Glaube mir, du hast es wirklich nur geträumt.«

Sie nickte, und sie versprach ihm, künftig keine nächtlichen Ausflüge mehr zu unternehmen, und auch bei Tage nicht über Deck 5 hinaus im Schiff herumzustrolchen.

Und das meinte sie diesmal wirklich ernst.

5.

Er war allein, und das war ihm recht. Weder hatte Pakk Raff ihm einen überraschenden Besuch abgestattet noch seine Frau Bidd Nobb. Geschweige denn belästigte ihn einer der anderen Nomaden an Bord. Niemand von diesen Großmäulern wagte sich in seine Nähe, um ihn zu verspotten oder gar in seiner Arbeit zu behindern. Jetzt noch weniger als jemals zuvor.

Zufrieden schaute sich Priff Dozz in seinem neuen Labor um. Es war mit den neuesten technischen Errungenschaften eingerichtet, mit denen die Nomaden aufwarten konnten. Zudem hatte er unbeschränkten Zugriff auf den Computer. Die Speicherbänke von Pakk Raffs Flaggschiff, der stolzen KRIEGSBRAUT, lagen so offen vor ihm wie ein aufgeschlagenes Buch. Geheimnisse gab es für Priff Dozz nicht mehr.

Dafür hatte Pakk Raff persönlich gesorgt, als er seinen Chefdenker zum Leiter eines neuen Projekts gemacht hatte. Die Aufgabe lautete, die Rahim zu finden und ihre hochstehende Technologie zu ergründen. Würde es den Nomaden gelingen, sich dieses Wissen anzueignen, bestünde endlich die Chance, sich an dem verhaßten Erzfeind zu rächen, der vor achthundert Jahren die Heimatwelt der Nomaden vernichtet hatte und nur zwei Jahrhunderte später von der galaktischen Bühne verschwunden war, ohne eine Spur zu hinterlassen.

Doch die Lust auf Rache an den verdammten Rahim war auch viele Generationen später bei jedem einzelnen Nomaden fest im Wesen verwurzelt. Priff Dozz stieß ein hämisches Kichern aus. Pakk Raff stellte in dieser Hinsicht keine Ausnahme dar, aber der oberste Rudelführer aller Nomaden wollte mit dem technischen Wissen der Rahim natürlich auch seine eigene Position weiter festigen.

Eine Position, die er nur dank seines Chefdenkers weiterhin innehatte. Dozz warf sich in die schmale Brust und betrachtete sich selbstzufrieden in einer spiegelnden Konsole. Was er sah, schüchterte keinen anderen Insassen der KRIEGSBRAUT ein. Da saß ein kleinwüchsiger Nomade von schmächtiger Statur, mit einem wenig beeindruckenden Gebiß, das zu keinem erfolgreichen Kampf Mann gegen Mann taugte. Die anderen mochten deshalb über ihn lachen und ihn nicht für voll nehmen, doch nach dem Umsturz würde ihnen das Lachen vergehen. Wenn sie erst begriffen, daß Priff Dozz und seine kleine Schar von Mitverschwörern das martialische System des Aufstiegs durch Kämpfe in ein System der Geistesherrschaft verwandelt hatten, war es zu spät für sie. Sie würden sich vollendeten Tatsachen gegenübersehen. Einer Regierung, die mit Verstand und Intellekt herrschte, nachdem sie die Rangkämpfe abgeschafft hatte.

Nomaden waren in etwa menschengroß, sahen entfernt aus wie aufrecht gehende Hunde mit vierfingrigen Gliedmaßen – und sabberten. Sie lebten nach dem Rudelprinzip. Wer eine Führungsposition einnehmen wollte, mußte sich in unzähligen Rangordnungskämpfen, die nur ohne Waffen ausgetragen werden durften, nach oben »durchbeißen«. Größter und stärkster aller Nomaden und damit fast automatisch ihr Oberster Rudelführer war Pakk Raff, den der schwächliche, zur Fülligkeit neigende Priff Dozz seit den gemeinsamen Kindertagen kannte. Schon damals hatte Pakk Raff sich die überragende Intelligenz seines Gefährten zunutze gemacht und sich von ihm beraten lassen. Heute war er somit Berater des obersten Rudelführers. Doch das genügte ihm nicht.

Priff Dozz wollte herrschen. Mit den Zähnen konnte er diesen Wunsch nicht durchsetzen, aber er würde sein Ziel dennoch erreichen. Mit seinem Verstand.

Wehe dem, der dann noch lachte!

Die Zeit war nicht mehr fern. Seit Monaten schon agierte er im Verborgenen, doch nun stand er kurz vor dem Durchbruch, der seine Träume Wirklichkeit werden lassen würde. Er selbst als oberster Anführer aller Nomadenrudel.

Besonderes Vergnügen bereitete ihm, daß es ausgerechnet Pakk Raff war, der ihm den Weg dorthin bereitete. Pakk Raff, der stärkste und mächtigste unter den Anführern der zahlreichen Rudel, die ihm, zu einem Zeitpunkt, da er de facto bereits abgesetzt war, nach seiner großartigen Rede im Patriken-System neuerlich die Treue gelobt hatten. Daß seine Worte ihm von seinem Denker und Tüftler im wahrsten Sinne des Wortes eingeflüstert worden waren, ahnte natürlich keiner von ihnen. Das würde auch so bleiben, wollte Priff Dozz nicht riskieren, blutige Bekanntschaft mit dem kräftigen Gebiß seines Chefs zu machen. Auch der »Rat der klugen Alten«, dessen Vorsitzender Toss Patt sich bereits als Sieger in dem beinahe blutig verlaufenen Machtkampf gesehen hatte, hatte keinen Verdacht geschöpft. Dozz hatte seinem Rudelführer die Macht erhalten, und deshalb hatte der ihn mit der Ehre des Projektleiters ausgestattet.

Ein Fehler, den er noch bitter bereuen sollte.

Doch wie hätte Pakk Raff auch ahnen können, daß Priff Dozz einen Kehricht auf *Darrggs* Visionen für die Nomaden gab und lieber seinen eigenen folgte.

Nachdenklich löste er sich von seinem Abbild und durchquerte den Raum.

Vor einem blockartigen Aufbau blieb er stehen und musterte das Ergebnis tagelanger harter Arbeit. Er hatte auf die Unterstützung des Teams, das Raff ihm zugestanden hatte, verzichtet, und sämtliche Schaltelemente selbst zusammengelötet. An der Oberfläche des Aggregats befanden sich verschiedene Schaltvorrichtungen, deren Sinn nur ein Eingeweihter auf Anhieb erkennen konnte. Doch außer ihm selbst gab es keinen Eingeweihten. Priff Dozz hatte in den vergangenen Tagen peinlich genau darauf geachtet, keinen unangemeldeten Besuch zu bekommen. Wenn sein Chef im Labor aufgekreuzt war, hatte er ihn mit technischen Details überschüttet, mit denen Pakk Raff völlig überfordert war, so daß der zumeist gleich wieder das Weite gesucht hatte. Natürlich nicht, ohne seine üblichen Demütigungen und Drohungen über seinen schwächlichen Berater auszuschütten. Allerdings hatte er ihn nicht körperlich drangsaliert, wie es in der Vergangenheit häufiger der Fall gewesen war. Wahrscheinlich bereitete es ihm keine Befriedigung, wenn es keine Zeugen des Schauspiels gab.

Doch das wäre ohnehin bald vorbei!

Schon in Kürze würden sämtliche Schmähungen endgültig der Vergangenheit angehören. Was interessierte Priff Dozz die Rache an einem Phantom, das sich Rahim nannte. Er wollte seine persönliche Rache an dem Großmaul Pakk Raff, das ihn so lange unter seiner tyrannischen Fuchtel geknechtet hatte. Dabei hatte er keine konkreten Vorstellungen, wie diese Rache aussehen sollte. Ein paar Mal hatte er sich auszumalen versucht, wie er Raff all die Demütigungen zurückzahlen würde, doch ein beinahe panischer Angstimpuls hielt ihn davon ab.

Vielleicht aber auch nur Vernunft, überlegte er. Möglicherweise rationale Zweifel, die verhinderten, daß er den zweiten Schritt vor dem ersten tat.

»Du stehst da wie angewurzelt!« Die Stimme riß Priff Dozz aus seinen Überlegungen. »Ich habe den Eindruck, ich sollte dich besser überwachen!«

Dozz fuhr herum und prallte beinahe gegen seinen Chef. Der Sicherheitskode, mit dem er den Eingangsbereich versehen hatte, hatte für Raff natürlich keine Gültigkeit. Der kleinwüchsige Nomade schalt sich einen Narren. Er war seinem Ziel so nahe und würde es noch schaffen, sich durch seine Träumereien um die wohlverdienten Früchte seiner Arbeit zu bringen.

»Was ist? Hat es dir die Sprache verschlagen, du Nichtsnutz?« blaffte Pakk Raff ihn an. Seine gelben Augen glühten vor Zorn. Anscheinend hatte er sich über irgend etwas geärgert, und es wäre nicht das erste Mal, daß sein klügstes Hirn als Blitzableiter für einen seiner gefürchteten Wutausbrüche herhalten mußte.

Rasch brachte Dozz sich rückwärts in Sicherheit.

»Ich dachte eben über die Oszillation nach«, beeilte er sich zu erwidern. »Ich muß noch ein paar letzte Justierungen vornehmen, bevor wir einen Probelauf starten können.«

»Wovon redest du? Drück dich klarer aus!«

»Vom Rahimspürer. Es sind nur noch Kleinigkeiten, die ich anpassen muß. Dann können wir endlich losschlagen.«

Ein lauernder Zug war in Pakk Raffs Gesicht getreten. Drohend hatte er die Lefzen hochgezogen und fletschte angriffslustig die Zähne. Dozz fragte sich, ob die Drohgebärde ihm oder den Rahim galt, aber er wollte es eigentlich gar nicht wissen.

»Rahimspürer? Ich höre diesen Ausdruck zum ersten Mal. Was willst du mir da weismachen?«

Argwöhnisch blickte der Rudelführer sich um, bis sein Blick an dem wuchtigen Aggregat hängenblieb, das kein Nomade je zuvor gesehen hatte. Er schob den Wissenschaftler achtlos beiseite und betrachtete das Gerät mit bohrenden Blicken, als könnte er durch die Wandungen geradewegs in sein Inneres schauen. Für bange Sekunden fürchtete Priff Dozz, daß das seinem Chef tatsächlich gelang. Und nicht nur das, sondern daß er auch Sinn und Zweck der technischen Innereien erkannte. Er spürte, wie sich sein Fell sträubte, und war versucht, sein Heil in haltloser Flucht zu suchen. Aber damit würde er sich verraten, und Pakk Raff konnte höchstens mißtrauisch sein, mehr aber nicht.

»Ich habe bisher geschwiegen, weil ich nicht sicher war, auf dem richtigen Weg zu sein«, preßte er mühsam beherrscht hervor, und er hoffte, daß seine Stimme nicht all zu sehr zitterte. »Ich wollte erst einen Erfolg abwarten. Aber dazu muß ich einen letzten Test durchführen.«

»Mit diesem... diesem Rahimspürer?« Raffs Rechte stieß vor, als wollte sie seinen Chefdenker bei der Gurgel packen, doch sie fuhr ins Leere. »Wie funktioniert er? Wie soll er die Spur der Verdammten aufnehmen, von denen wir keine Ahnung haben, in welcher Richtung wir nach ihnen suchen sollen?«

Priff Dozz erbebte innerlich. Natürlich hatte er ebenfalls nicht die geringste Ahnung. Doch erstens hätte dieses Eingeständnis zweifellos höchst schmerzhafte Folgen für ihn gehabt, und zweitens hätte es konsequent die Frage nach sich gezogen, was dieser angebliche Rahimspürer denn tatsächlich darstellte.

Und diese Beichte hätte ihn den Kopf gekostet. So sehr konnte Pakk Raff gar nicht auf ihn angewiesen sein, daß er seinem klügsten Gefolgsmann einen derartigen Verrat nachgesehen hätte.

»Das ist schwierig zu erklären«, wich er aus. »Ich werde einige Zeit dafür benötigen.«

»Ich habe nicht viel Zeit«, fiel ihm sein Chef ins Wort. »Ich kam nur auf dem Weg in meine Privatgemächer hier vorbei. Meine drei Frauen langweilen sich schon wieder. Also fasse dich kurz.«

Bei Raffs Worten spürte Priff Dozz den Neid in sich erwachen. Der oberste Rudelführer hatte nicht nur die schönste Nomadin für sich ausgewählt, sondern gleich drei von ihrer Sorte. Bei dem Gedanken an sie fiel es Dozz schwer, den Sabber zurückzuhalten. Besonders eine von Raffs Frauen hatte es ihm angetan. Sie mußte ihm gehören! Und wenn alles nach Plan verlief, würde sie das auch. Wenn nicht – er wagte sich die Folgen nicht auszumalen.

Er schüttelte den Gedanken ab und nahm seinen ganzen Mut zusammen. »Das ist nicht möglich. Ich kann die Funktionsweise des Spürers nur ausführlich erklären, oder gar nicht. Es handelt sich um ein höchst kompliziertes Gerät, das man nicht so einfach...«

Pakk Raff stieß ein zorniges Fauchen aus. Er machte auf dem Absatz kehrt, wobei er demonstrativ nach dem Messer an seiner Seite griff. Mit weiten Schritten stürmte er dem Ausgang entgegen, wo er noch einmal stehenblieb und ohne sich umzudrehen drohend zischte: »Ich erwarte dich in drei Stunden in der Kommandozentrale. Dort wirst du mir und meinen Unterführern einen ausführlichen Bericht abliefern. Aber nicht zu ausführlich. Du weißt, Geduld ist nicht meine Stärke. Sonst schneide ich dir hiermit das Wort ab.«

Demonstrativ zog er das Messer und warf es spielerisch von einer Hand in die andere.

Verzweifelt schaute Priff Dozz das sich schließende Schott an. Er war wieder allein, aber das nützte ihm jetzt auch nichts mehr.

Pakk Raffs Ultimatum ließ ihm keine andere Wahl als zu handeln.

Wie er dem obersten Rudelführer gegenüber gesagt hatte, wollte er noch einen letzten Test durchführen, bevor er seine Maschine in Betrieb nahm, auch wenn dieser Test anders aussah, als Raff vermutete. Doch nun mußte er darauf verzichten. Es mußte auch ohne Probelauf gehen, ihm blieb keine andere Wahl. Die Generalprobe würde der Test sein.

Viel zu wenig Zeit verblieb ihm für seine letzten Vorbereitungen.

Und davon benötigte er jede einzelne Minute.

Gut drei Stunden später war es soweit.

Hektisch bewegten sich Priff Dozz' vierfingrige Hände über die Schaltelemente der Apparatur, die im künstlichen Licht des Labors wie in einen teuflischen Schein getaucht wirkte. Die Kraft, die hinter den metallischen Verkleidungen schlummerte, wartete nur darauf, von ihm entfesselt zu werden.

Er warf einen beiläufigen Blick auf sein Chrono. Er hatte seine Frist überzogen. Bestimmt erwartete ihn Pakk Raff bereits ungeduldig in der Zentrale, um sein Mütchen an ihm zu kühlen, sollte der Rahimspürer nicht funktionieren.

Priff Dozz spuckte verächtlich aus.

Rahimspürer!

Daß er nicht lachte. Das Gerät würde funktionieren, es mußte einfach. Aber anders als der großspurige Pakk Raff verlangte.

Denn die Maschine, die er gedanklich bereits seit Monaten ausgetüftelt hatte, war mitnichten ein Rahimspürer.

In Wirklichkeit handelte es sich um einen Gehirnwellenmodulator, dessen bloße Existenz dieser dummdreiste Pakk Raff sich nicht einmal vorstellen konnte.

»Du wirst mein Sprungbrett zur Macht sein!«

Voller Verachtung stieß er die Worte aus, die er bislang stets nur zu denken gewagt hatte. Obwohl er seine Konstruktion noch nicht in Aktion erlebt hatte, war sein Vertrauen in deren Fähigkeiten grenzenlos. Den Gedanken an einen möglichen Mißerfolg verdrängte er einfach. Zu katastrophal wären die Folgen für ihn persönlich gewesen, als daß er gewagt hätte, sich damit auseinanderzusetzen. »Du selbst hast mir die Möglichkeit eröffnet, endlich meinen lange gehegten Plan in die Tat umzusetzen, du einfältiger Narr.«

Vorsichtig wagte er einen Blick nach hinten, doch diesmal hatte sich der Rudelführer nicht unbemerkt hereingeschlichen, um ihn zu kontrollieren. Wahrscheinlich saß er bereits auf heißen Kohlen, weil er drauf und dran war, den ruhmreichen Kapiteln seines Lebens ein weiteres hinzuzufügen, das er einmal mehr nur der Genialität seines Beraters zu verdanken hatte. Aber damit war Schluß. Die nächsten Kapitel sollte Pakk Raff selbst schreiben, nur daß ihm dazu die notwendigen Möglichkeiten fehlten.

Priff Dozz kicherte selbstzufrieden.

Er öffnete eine Schublade an einem der Labortische und entnahm ihr ein schmales Gestell aus Metall. Es hatte die Form eines Bügels. Nachdenklich wiegte der kleine Wissenschaftler das Gestell in der Hand, dann klappte er es auseinander. Seine Hände zitterten aufgeregt, als er es in die Höhe hob. Da die beiden ineinander verschiebbaren Bügelhälften sich stufenlos regulieren ließen, war der Abschirmreif für die Kopfgröße jedes Nomaden geeignet. Auch wenn nicht geplant war, daß irgendwann jemand anderer als er und seine gleichfalls schmächtigen, kleinwüchsigen Mitverschwörer in den Besitz dieser filigranen Technik kommen sollten.

Eine nie gekannte Kraft durchströmte Priff Dozz, als er sich den Bügel überstreifte. Natürlich war das reine Einbildung, seine wahre Fähigkeit würde der Abschirmer jedoch in wenigen Augenblicken demonstrieren.

Wenn Dozz sich nicht irrte.

Als er die Hand ausstreckte, um das in die Konsole eingebaute Mikrofon einzuschalten, zögerte er, von einem urplötzlichen panischen Impuls befallen. Bisher war alles graue Theorie gewesen, nun mußte sich zeigen, was sie in der Wirklichkeit wert war. Er schüttelte so energisch den Kopf, daß ihm die Ohren gegen den Schädel klatschten. Sabber spritzte nach allen Seiten. Er war ein Mann des Verstandes, und er hatte alles nur Erdenkliche getan, um den Erfolg seines Planes zu garantieren, daher durfte er sich nicht von seinen Instinkten beirren lassen. Allmählich beruhigte er sich wieder, doch völlig ließ sich die kreatürliche Furcht vor dem mächtigen Pakk Raff nicht verdrängen.

Er verfluchte seinen Chef, weil der ihm durch sein Drängen einen Testlauf unmöglich gemacht hatte.

Dann muß eben dies der Testlauf sein!

Ein Feldversuch am lebenden Objekt.

An Pakk Raff und seiner überheblichen Horde kampferprobter Großmäuler, die für die Kleinen und Schwachen wie Priff Dozz nur Spott und Verachtung übrig hatten. Wenn nicht Schlimmeres. Doch damit war ein für allemal Schluß!

Priff Dozz sabberte aufgeregt, als er die entscheidende Schaltung vornahm

»Bleib ganz ruhig. Unternimm nichts. Was auch geschieht, bewege dich nicht!« sagte er mit feierlicher Stimme.

Dabei malte er sich die Folgen aus, die seine Worte an Bord der KRIEGSBRAUT auslösten.

Pakk Raff dachte vergnügt an die Ereignisse, die sich vor kurzem im Patriken-System ereignet hatten. Um ein Haar wäre es ihm an den Kragen gegangen. Zu vielen war er ein Dorn im Auge, manchen zu mächtig geworden, die eigene Pläne hatten. Viel hätte nicht gefehlt, und seine persönliche Historie wäre in den Annalen der Nomaden als Randnotiz beendet worden. Als Entmachteter war er gegen seine verschwörerischen Gegner angetreten, doch als strahlender Held hatte er die Stätte der Auseinandersetzung verlassen.

Diejenigen, die versucht hatten, ihn zu stürzen, hatten ihre gerechte Strafe in der Verbannung erhalten, und einen ähnlichen Umsturzversuch würde kein Nomade so schnell ein zweites Mal wagen. Dabei hatten der Aufrührer Toss Patt und seine Gefolgsleute ihm einen Gefallen von unschätzbarem Wert getan, auch wenn das zunächst nicht so ausgesehen hatte. Denn sie hatten das geschafft, was sie ursprünglich hatten verhindern wollen. Raff war nicht nur in seiner Rolle als Oberster Rudelführer bestätigt worden – seine Position war so gefestigt wie nie zuvor. Die Angehörigen jedes einzelnen Rudels hatten mitverfolgen können, wie sich die zähesten und tapfersten Krieger hinter Raff gestellt hatten. Sie hatten ihm ihre Treue und Loyalität versichert und die Bestrebungen des »Rats der klugen Alten« damit geradezu konterkariert. Besonders Darr Zaff, der gefürchtete alte Lehrmeister, dem selbst Pakk Raff höchsten Respekt zollte, war für ihn in die Bresche gesprungen.

Nur einen kleinen Schönheitsfehler hatte die ganze Sache: daß er seinen Triumph diesem Schwächling von Priff Dozz verdankte. Doch kein Nomade würde jemals ein Wort davon erfahren, Raff hatte seinen Berater eindringlich gewarnt.

Während er sich mit kräftigen Schritten der Zentrale der KRIEGSBRAUT näherte, fragte er sich, ob der kleine Schwächling nicht manchmal zu gerissen war. Der so klug eingefädelte Plan, seinem Chef den Kopf zu retten, war brillant und hatte bestens funktioniert. Wer mochte schon wissen, was im gescheiten Kopf dieses Omegas, mit dem er jeden Alpha hinters Licht führen konnte, noch so vor sich ging. Dozz hatte ihn vor Plepp Riffs möglichen Ambitionen gewarnt, aber vielleicht hatte der Kleine ja selbst welche.

Pakk Raff stieß ein erheitertes Knurren aus.

Priff Dozz?

Der weiter nichts war als ein Schwächling? Den die anderen ohne den Schutz Raffs längst zu Tode gebissen hätten?

Lachhaft!

Dennoch nahm Pakk Raff sich vor, seinem Schützling bei Gelegenheit mal wieder auf den Zahn zu fühlen. Seine drei Gefährtinnen waren nach den vergangenen Stunden erschöpft, dafür hatte er gesorgt, doch er selbst war voller Tatendrang. Daß Priff Dozz sich zuvor in seinem Labor so störrisch gezeigt hatte, gefiel ihm im Nachhinein überhaupt nicht. Um ihn zur Räson zu bringen, hätte er ihm gleich die Zähne zeigen sollen, doch andere Gedanken hatten ihn abgelenkt.

Die verdammten Rahim!

Wenn es ihm gelang, ihre Spur zu finden, würde er in den Augen aller Nomaden endgültig unsterblich werden.

Aber er hatte Dozz' Aufsässigkeit nicht vergessen. Er war fest entschlossen, sich seinen Hauptdenker vor versammelter Zentralebesatzung zur Brust zu nehmen. Es war mal wieder an der Zeit, und die anderen sollten auch ein bißchen Spaß haben.

Mit weit ausholenden Schritten stürmte er durch das sich öffnende Schott. Plepp Riff, Pakk Raffs bester Kapitän, saß vor der halbkreisförmigen Hauptkonsole. Rechts von ihm saß der Erste Offizier, der zugleich der Chefpilot war. Der links positionierte Waffenleitstand war verwaist. Zwar rechneten die Nomaden jederzeit mit Scharmützeln, wenn sich jemand nicht schnell genug vor ihren Beutezügen in Sicherheit brachte, aber die KRIEGSBRAUT bewegte sich im freien Flug durch interstellaren Leerraum, Lichtjahre vom nächsten Sternensystem entfernt.

»Alles ruhig, Pakk Raff«, meldete Riff und machte Anstalten, sich zu erheben.

»Keine Anzeichen dafür, daß wir verfolgt werden?«

»Wir haben die Ortungseinrichtungen nach unserem Start nicht für einen Moment aus den Augen gelassen. Mehrere Schiffe sind gleichzeitig mit uns gestartet, aber sie haben alle unterschiedliche Richtungen eingeschlagen. Sei versichert, niemand ist hinter uns her.«

Pakk Raff machte eine zufriedene Geste. Er dachte weniger an die Rudel, die der hinter ihnen liegenden Auseinandersetzung beigewohnt hatten, sondern an einen möglichen Gegner, der unerkannt agierte. Doch seine Befürchtungen waren wohl unbegründet. Toss Patt hatte keine Überraschungen mehr in der Hinterhand, schließlich war er nicht so gerissen und verschlagen wie Priff Dozz. Von seiner Seite drohte endgültig keine Gefahr mehr.

»Was ist mit den anderen Rudelführern?« fragte er. »Ich hoffe nicht, daß ihre Beistandskundgebungen bei der Versammlung nur hohle Worte waren.«

»Es klang nicht so. Die meisten Rudelführer haben sich noch einmal gemeldet und dir ihre vorbehaltlose Rückendeckung zugesichert. Sobald wir auf eine Spur der *Rahim* stoßen«, Plepp Riff sprach den Namen des Erzfeinds mit unverhohlenem Widerwillen aus, »warten sie auf unsere Nachricht. Sie werden dann mit ihren Rudeln so schnell wie möglich zu uns stoßen, um uns zu unterstützen.«

»Sie hätten gleich an unserer Seite bleiben sollen«, beschwerte sich Pakk Raff. »Wenn der Rahimspürer meines Beraters wie gewünscht funktioniert, könnte es schneller zu einem Zusammentreffen mit den Rahim kommen als wir erwarten.«

Der Kapitän schielte ihn von der Seite an. »Du weißt, daß du das nicht verlangen kannst«, überlegte er. »Sie müssen Geschäfte machen, um zu überleben – oder Beute. Die meisten von ihnen haben ihre Fahrten unterbrochen, um der Verhandlung gegen dich beiwohnen zu können, aber sie können ihre Geschäfte nicht länger schleifen lassen. Doch sei versichert, wenn wir sie brauchen, werden sie zur Stelle sein.« Riff zögerte, dann fügte er skeptisch hinzu: »Außerdem muß die neue Wunderwaffe dieses *Baddakks* sich erst mal als erfolgreich erweisen.«

Verächtlich verzog der Kapitän das Gesicht. Er hatte nie einen Hehl aus seiner Abneigung gegen Priff Dozz gemacht, so wie die meisten anderen Nomaden. Raff nahm es ihm nicht übel. Sie mochten über Dozz denken und lästern, soviel sie mochten – solange sie sich nicht an ihm vergriffen.

Er winkte ab, wobei er sich suchend umschaute. Apropos Priff Dozz! Der Bursche hatte einen eindeutigen Befehl erhalten, sich auf der Brücke einzufinden.

»Wo ist er?« zischte Pakk Raff drohend. Mit einem raschen

Blick auf seinen Chronographen vergewisserte er sich, daß die drei Stunden, die er Priff Dozz zugestanden hatte, längst verstrichen waren. Auch wenn er selbst sich verspätete, hatte der Kleine noch lange nicht das Recht dazu.

»Wen suchst du?« fragte Plepp Riff lauernd, der natürlich von der Unterhaltung im Labor nichts wußte. »Soll ich jemanden rufen lassen?«

»Priff Dozz!« stieß Pakk Raff wütend aus, wobei er sich einmal um seine Achse drehte und die gesamte Zentrale einer eingehenden Betrachtung unterzog. Vielleicht hatte dieser Schwächling sich hinter einem der Gliedersessel versteckt, weil ihm immer noch keine ausreichende Erklärung eingefallen war. Möglicherweise hatte Plepp Riff Recht. Vielleicht funktionierte Dozz sogenannter – Raff spuckte verächtlich aus – Rahimspürer nicht so, wie er das seinem Chef hatte weismachen wollen, und nun zog der Feigling den Schwanz ein. Doch diesmal würde Raff ihn ihm kupieren. »Wo steckt dieser Kriecher?«

»Priff Dozz?« echote der Kapitän verwundert. »Dieser erbärmliche *Baddakk* hat auf der Brücke nichts verloren. Das habe ich ihm schon einmal klargemacht, deshalb traut er sich nicht mehr her.«

Pakk Raff warf Plepp Riff einen angriffslustigen Blick zu, der den Kapitän von seinem Platz aufscheuchte.

Na warte, dachte Raff. Wenn sein kluger Kopf vor Riff mehr Angst hatte als vor ihm, mußte er diesen Schlaukopf mal wieder an die tatsächliche Hierarchie erinnern. Wenn Dozz mal wieder das Gespött der gesamten Besatzung war, würde er sich schon wieder daran erinnern, wem er zu allererst zu gehorchen hatte.

Knurrend fuhr er herum, um die Brücke wieder zu verlassen. Er würde diesen nichtsnutzigen Kriecher persönlich holen.

Doch es blieb bei dem Vorsatz.

Plötzlich konnte sich Pakk Raff nicht mehr bewegen.

Etwas Unbekanntes drang in seinen Verstand ein, wisperte auf ihn ein. Da war eine Stimme in seinem Kopf. Eine Stimme, die er noch nie gehört hatte.

Bleib ganz ruhig. Unternimm nichts. Was auch geschieht, bewege dich nicht!

Pakk Raff wollte aufbegehren, wütend aufschreien, den Urheber der Stimme suchen und sie zum Schweigen bringen. Aber es ging nicht. Sein Körper gehorchte ihm nicht mehr. Von einem Moment auf den anderen vermochte er keinen Finger mehr zu rühren.

Stocksteif wie eine Puppe stand er da, und er starrte geradewegs ins Leere. Er spürte, wie sich sein Fell sträubte, als er sämtliche Kraft seines mächtigen, durchtrainierten Körpers sammelte und sich gegen den Zwang zu wehren versuchte. Vergeblich! Er konnte klar denken und seinen Willen formulieren, doch er konnte ihn nicht umsetzen. Er war hilflos. Was immer hier geschah, es konnte sich nur um einen Angriff handeln. Doch woher? Und von wem?

Hatte er sich geirrt, und Toss Patt hatte seine letzte Karte doch noch nicht ausgespielt? Das wäre ein fataler Irrtum, der sich als irreparabel erweisen konnte. Aber Pakk Raff war sicher, daß Patt ausgespielt hatte. Nicht er steckte hinter dieser feigen Attacke, sondern jemand anders.

Doch wer? Kein Nomade würde in seiner wiedererstarkten Position wagen ihn anzugreifen, wenn er nicht lebensmüde war. Jeder Rudelführer, Kapitän und Unterführer wäre viel zu klug, einen solchen Fehler zu begehen.

Trotzdem konnte er sich der Wirklichkeit nicht verschließen, und brodelnder Haß ergoß sich wie eine Fontäne durch Pakk Raffs Geist. Seine gelben Augen glühten verzehrend, und jede seiner ehrenvoll im Kampf errungenen Narben sprach der schändlichen Heimtücke Hohn, die so feige und hinterhältig über ihn kam.

Der oberste Rudelführer aller Nomaden hatte das Gefühl, daß Zorn und Angriffslust seinen Schädel explodieren ließen.

Trotzdem machte sein Verstand ihm die Lage schonungslos klar.

Die fremde, gesichtslose Stimme hatte geschafft, was keinem Nomaden jemals gelungen war.

Sie hatte ihn besiegt.

Es funktionierte!

Triumphierend kläffte Priff Dozz den Nomaden an, dem er als erstem begegnete, nachdem er sein Labor verlassen hatte.

Der Unglückliche stand einfach in der Mitte eines Korridors und schien auf etwas zu warten. Reglos stierte er ins Leere, als gäbe es in der Luft vor seinen Augen etwas Besonderes zu sehen. Aber natürlich war da nichts. Er hatte lediglich die Kontrolle über seinen Körper verloren.

Priff Dozz ging zweimal um ihn herum und überlegte, ob er den Nomaden kannte. Er kam zu dem Schluß, ihn nie zuvor gesehen zu haben. Auch gut. Würde eben ein anderer unter seinen aufgestauten Rachegelüsten leiden. Es gab genügend dieser Hohlköpfe an Bord, die ihm seine angebliche Minderwertigkeit mehr als einmal klargemacht hatten. Nun waren sie ihm hilflos ausgeliefert. Auf Gedeih und Verderb abhängig davon, was er ihnen als nächstes befahl.

Er tastete nach dem Bügel auf seinem Kopf. Ohne ihn wäre auch er selbst seinen eigenen Einflüsterungen erlegen. Mit Schrecken fiel ihm ein, was passieren würde, wenn er den Abschirmreif verlöre. Der Kreuzraumer würde unentwegt seinem eingegeben Kurs folgen, während die zum Nichtstun verurteilten Nomaden an Bord allmählich von Durst und Hunger dahingerafft würden. Die meisten von ihnen hatten es nicht anders verdient, aber Priff Dozz wollte trotzdem nicht ihren Tod auf dem Gewissen haben. Vielleicht würde er später eine Sicherheitsschaltung in die Anlage einbauen, die den Gehirnwellenmodulator abschaltete, wenn er nach einem bestimmten Zeitraum die Eingaben nicht wiederholte.

Mit schnellen Schritten kontrollierte er verschiedene andere Korridore und angrenzende Räume. Wo er auf Nomaden traf, waren sie von seinen Befehlen, mit denen der Gehirnwellenmodulator das gesamte Schiff sättigte, wie paralysiert.

»Jazz Frett!« rief er japsend, als er einem Kameraden begegnete, der bewegungslos an eine Wand gelehnt saß. Dieser unsympathische Kerl hatte ihm vor einiger Zeit mal fast einen Arm gebrochen, hätte Pakk Raff ihm nicht im letzten Moment Einhalt geboten – aber auch erst nachdem sein Berater eine Menge Spott und ein paar derbe Schläge über sich hatte ergehen lassen müssen. »Jazz Frett, du ahnst ja gar nicht, wie sehr ich mich freue, dich hier anzutreffen.«

Priff Dozz fragte sich, ob Frett bereits vor Einschalten des Modulators dort gesessen hatte. Das war eher unwahrscheinlich, weil ein solch undiszipliniertes Verhalten von keinem von Raffs Gefolgsleuten zu erwarten war. Das bedeutete, daß der ruchlose Schläger sich erst unter dem Einfluß des Modulators dort niedergelassen hatte. Eine instinktives Verhalten vermutlich, weil er ja nicht ewig in der Gegend herumstehen konnte. Damit wäre sein Körper auf Dauer überfordert gewesen. Priff Dozz überlegte, daß selbst der kräftigste Nomade irgendwann physisch zwangsläufig zusammenbrechen mußte. Er hatte nicht übel Lust, Jazz Frett einem solchen Versuch zu unterziehen. Doch dazu mußte er zurück in sein Labor, denn nur dort konnte er vom Gehirnwellenmodulator entsprechende Befehle an das Versuchskaninchen übermitteln lassen.

Direkt vor Frett blieb er stehen. Er beugte sich zu ihm hinunter, um ihm in die Augen sehen zu können. Endlich mal ein Rudelmitglied, zu dem er nicht im Sinne des Wortes aufschauen mußte, sah man mal von seinen Mitverschwörern ab. Sein Gegenüber zeigte keine Reaktion.

»Ich habe keine Lust, deinetwegen so viel Zeit zu vertrödeln«, sagte er lauernd. »Später vielleicht. Aber erst mal sollst du ein kleines Andenken an mich erhalten.«

Er holte aus und trat Jazz Frett mit aller Kraft, zu der er fähig war, vors Schienbein. Auch jetzt zeigte der Nomade keine Regung. Zu schade! Priff Dozz hätte sich über ein Anzeichen von Schmerz in dessen Gesicht gefreut.

Entschlossen stapfte er auf seinen kurzen, dünnen Beinen weiter, bis er den Zugang zur Schiffszentrale erreichte. Sekundenlang starrte er das verschlossene Schott an, als könne er durch es hindurch sehen, wie die Lage auf der Brücke war. Dort drin wollten sie ihn nicht haben, einen Feigling, der noch nie seinen Mann im Zweikampf mit anderen Nomaden gestanden hatte. Der keine verunstaltenden Narben aufweisen konnte, die ihn als mutigen Kämpfer auszeichneten. Eine erbärmliche Einstellung, die einem hochentwickelten Volk wie den Nomaden nicht zur Ehre gereichte! Hätten sie sich auf einen Wettstreit geistiger Art mit ihm eingelassen, wäre niemand in der Lage gewesen, ihn zu schlagen. Einem jeden von ihnen hätte er dessen geistige Schwäche vor Augen geführt. Aber ihr verabscheuungswürdiges System der Rangkämpfe hatte für Verstand und Intellekt nichts übrig.

Normalerweise nicht. Doch heute war alles anders. Der einzige, der entschied, ob Priff Dozz die Kommandobrücke betreten durfte oder nicht, war Priff Dozz selbst.

Begeistert schlug er eine Hand auf die Bedienungsleiste und aktivierte den Öffnungsmechanismus. Als er durch die entstehende Öffnung trat, erschien ein zufriedenes Lächeln in seinen Zügen.

Das Bild, das sich ihm bot, entschädigte ihn für vieles. Kapitän Plepp Riff saß erstarrt in seinem Gliedersessel, seinen Brückenoffizieren ging es nicht anders. Sie waren wehrlos. Jetzt endlich war sich Priff Dozz seiner Sache völlig sicher. Der Modulator funktionierte hervorragend. Nicht mehr lange, und Dozz war der Anführer aller Nomaden, an der Spitze eines demokratischen Gesellschaftssystems und unterstützt von seinen Mitverschwörern.

Sein Blick ging zu Pakk Raff. Ihn hatte es mitten in der Bewegung erwischt, deshalb wirkte er selbst jetzt noch dynamisch und bedrohlich. Seine Hand schwebte wie zufällig an der Stelle, wo Blaster und Vibromesser in seiner martialischen, schwarzen Lederkluft steckten.

Priff Dozz griff nach dem Messer und zog es aus dem Futteral. Er fuchtelte damit vor Raffs Gesicht herum und vollführte ein paar Finten.

»Damit hast du mich bedroht«, erinnerte er sich. »Mich, den

einzigen unter all diesen Schwachköpfen, der weiter denken kann, als sein Arm lang ist. Nie wieder werde ich dir mit Rat und Tat zur Seite stehen. Und der nächste, der sich in deinem Quartier vergnügt, werde ich sein.«

Er steckte das Messer zurück und legte den Kopf in den Nacken, um seinem Chef in die Augen schauen zu können. Pakk Raffs glühende Augen jagten ihm selbst jetzt noch einen Schreck ein. Doch er war hilflos, und später würde er sich an nichts erinnern. Priff Dozz spürte Genugtuung, als er einen Abschirmreifen, von denen er mehrere mit sich genommen hatte, aus der Tasche zog. Er führte ihn dicht vor Raffs Augen und stieß ein beinahe hysterisches Kichern aus.

»Soll ich ihn dir aufsetzen? Soll ich? Ach was, das willst du doch gar nicht. Dann müßtest du dich ja in Anwesenheit deiner Offiziere bei mir bedanken. Das kann ich dir doch nicht zumuten. Die könnten sonst ja auf den Gedanken kommen, daß deine Schläue nicht von dir selbst kommt, sondern von deinem schwächlichen, kleinen Berater. Was sollen die denn von dem großen, unbezwingbaren Pakk Raff denken? Aber mit Denken hapert es bei denen ja sowieso. Genau wie bei dir selbst. Doch jetzt müßtest du dich mal sehen. Du armseliger Wicht. Wer hat jetzt das Sagen? Ja, wer?«

Priff Dozz hatte sich in Rage geredet. Als er realisierte, daß er seinen Monolog quasi gegen eine Wand setzte, brach er abrupt ab. Dafür rammte er seinem Chef den Reif unter die Nase.

»Den wirst du niemals bekommen, und du wirst mich nie wieder rumkommandieren!«

Er verabreichte Pakk Raff einen derben Tritt in die Geschlechtsteile, dann ging er in aller Seelenruhe zu Plepp Riff hinüber und versetzte dem Kapitän der KRIEGSBRAUT eine schallende Ohrfeige. Ähnlich verfuhr er bei allen anderen Anwesenden, die ihn schon mal schikaniert hatten, und das waren so gut wie alle, die sich auf der Kommandobrücke aufhielten. Schließlich wandte er sich wieder an den Anführer der Nomaden.

Gier und Vorfreude sprachen aus seinen Worten, und geifernder Sabber lief ihm an den Lefzen herab, als er sagte: »Und jetzt werde ich gehen und etwas Spaß haben.«

Vor seinen Augen sah er bereits Raffs drei Schönheiten. Besonders die eine, auf die er schon lange ein Auge geworfen hatte. Dann dachte er an Bidd Nobb, sein eigenes Weib. Nicht viel mehr als die Karikatur einer Gefährtin. Kleinwüchsig und mit krummen Beinen. Mit einem schlechten Gebiß und der Haut voller eitriger Ekzeme. Die Vorstellung schüttelte ihn, aber auch das war eine Angelegenheit, die sich für ihn ändern würde. Raffs Gestalt gewordene Sünde war Priff Dozz' zukünftige Gespielin.

Er machte auf dem Absatz kehrt und stürmte aus der Schiffszentrale. Das Verlangen trieb ihn voran. Erst wenn die Schöne sich unter seinen Anstrengungen im Rausch der Sinne verlor und ihre Lust hinausschrie, hatte er endgültig über Pakk Raff gesiegt.

Mit raschen Schritten lief der kleinwüchsige Nomade durch die Gänge. Nicht ohne weitere Besatzungsmitglieder, auf die er unterwegs zufällig stieß, zu malträtieren, wenn sie zu denen gehörten, die er aus den unterschiedlichsten Gründen nicht mochte. Das traf auf so gut wie alle zu, schließlich gab es kaum einen unter ihnen, der ihn nicht schon mal erniedrigt hatte.

Priff Dozz fühlte sich leicht und beschwingt. Er hatte das Gefühl, daß ihn nichts mehr aufhalten konnte. Da seine Bemühungen rascher von Erfolg gekrönt worden waren als er erwartet hatte, hatte er kaum konkrete Vorstellungen, was seine nächsten Schritte betraf. Vordringlich war zunächst, eine weitere Konferenz unter Teilnahme aller Führer und Unterführer einzuberufen. Besonderen Wert legte er dabei auf die Anwesenheit anderer Wissenschaftler sowie der wenigen Denker unter den Nomaden, die ein armseliges, kärgliches Dasein fristeten. Unter der Knute eines Beschützers, wie ihn Pakk Raff für Priff Dozz darstellte. Einerseits würden sie ihn logischerweise vorbehaltlos unterstützen, andererseits war er auf sie angewiesen, um seine Ziele zu verwirklichen.

In ihm reifte der Plan, dazu ins Patriken-System zurückzukehren. Er sah darin einen bedeutenden symbolischen Akt, da ja auch Pakk Raff dort neuerlich zu höchsten Würden gekommen war. Wenn Priff Dozz auf dem gleichen historisch bedeutsamen Boden die Macht übernahm, war das ein Zeichen, das kein Nomade übersehen konnte. Sie hatten vor Raff gekuscht, da würden sie vor seinem Bezwinger erst recht den Kotau machen.

Es erstaunte ihn, mit welcher Selbstverständlichkeit er in das Quartier des einstigen Nomadenführers eindrang, so als wäre es schon immer die normalste Sache der Welt gewesen. Das bewies, wie schnell radikale Änderungen sich manchmal durchsetzten. Und er war der Initiator der neuen Ordnung. Priff Dozz wurde von einer Welle des Stolzes in Pakk Raffs Gemächer gespült.

Der Anblick, der ihn erwartete, ließ ihn auf der Schwelle verharren.

Da waren sie.

Raffs Gespielinnen.

Eine schöner als die andere, und sie warteten nur auf ihn.

Zwei von ihnen hatten sich auf einer Lagerstatt zusammengerollt, wobei die eine ihren Kopf an die Brust der anderen gebettet hatte. Sie waren unbekleidet und lediglich von einer dünnen, beinahe durchsichtigen Decke verhüllt, die die Proportionen ihrer wohlgeformten Körper mehr betonte als sie zu bedecken.

In einem ausladenden Sitzmöbel prangte die Dritte. Die, die Priff Dozz Phantasie schon so lange anregte. Nun lag sie regungslos vor ihm, ganz so wie die Natur sie erschaffen hatte. Eine Nomadin von so perfekter Schönheit, daß es ihm den Atem raubte. Schlank und muskulös zugleich, mit scheinbar endlos langen Beinen und einem flachen Bauch, an dem sich sehnige Muskelstränge herausfordernd abzeichneten.

Priff Dozz mußte sich aus seiner Erstarrung reißen, sonst hätte er noch stundenlang mit zitternden Gliedern im Eingang gestanden. Hinter ihm schloß sich das Schott. Erst jetzt registrierte er, daß es schwülwarm war. Für diese Temperaturen waren die Frauen genau richtig gekleidet. Nur er selbst nicht, wie es ihm beiläufig durch den Sinn ging. Doch das hatte er gleich.

Die beiden auf dem Lager interessierten ihn erst einmal überhaupt nicht mehr. Weglaufen konnten sie ihm ohnehin nicht. Zunächst einmal würde er sich das nehmen, was er schon so lange begehrte.

Dell Wudd, die Schönste unter allen weiblichen Nomaden, die er in seinem Leben gesehen hatte. Sie war noch eine Spur wohlproportionierter als ihre Freundinnen, hochgewachsen und mit einem strahlend weißen, kräftigen Gebiß. Ihre Haut glänzte samtig, und ihre zarten, spitzen Ohren waren keck und verführerisch aufgerichtet.

»Pakk Raff ist ein Versager«, raunte Dozz ihr zu, während er sich langsam näherte. »Er hat nichts mehr zu sagen. Dafür habe ich gesorgt. Ich bin jetzt der oberste Nomade.« Er zögerte einen Moment. »Das bedeutet, ich bin an seine Stelle getreten, und damit gehörst du mir.«

Sie antwortete nicht. Natürlich nicht! Da hatte er anscheinend einen Denkfehler gemacht.

Er stand jetzt unmittelbar über ihr. Sein Herz raste, und er konnte sich kaum noch beherrschen, sie nicht zu bespringen. Ihr Körpergeruch, vermischt mit einem betörenden Parfum, das aus einem von Pakk Raffs Beutezügen stammte, raubte ihm schier den Verstand.

»Komm endlich!« entfuhr es ihm. Er suchte ihren Blick. Sie schaute ihm genau in die Augen, und er fragte sich, was sie in diesem Augenblick dachte. Dachte sie überhaupt? Oder würde sie ihm jede Sekunde der kommenden Stunden selbstlos versüßen? Oder würde sie das sogar tun, *weil* sie dachte? Weil sie nicht länger nach Pakk Raff lechzte, sondern nach ihm, dem zukünftigen Anführer aller Nomaden? Er wischte sich den Sabber von der Schnauze und verteilte ihn auf ihrem Bauch, wobei seine tastenden Hände sich gemächlich ihren formvollendeten Brüsten näherten.

»Ich weiß, du bist perfekt. Zeig mir all das, was du Pakk Raff gezeigt hast! Gib dich mir hin!«

Er streckte eine Hand aus und versuchte sie in die Höhe zu ziehen. Doch sie war zu schwer für ihn, obwohl sie ein solch schlankes Weibchen war.

Priff Dozz stieß einen Fluch aus. Er hatte die Rechnung ohne seinen Gehirnwellenmodulator gemacht. So lange er nicht zu dem Apparat zurückkehrte und über ihn neue Anweisungen gab, würde sich Dell Wudd an das halten, was er zuvor befohlen hatte. Nämlich sich ruhig zu verhalten und nichts zu tun. Jetzt bedauerte er, daß der Modulator nicht mobil war und zudem nur an Bord der KRIEGSBRAUT funktionierte. Ein tragbares Gerät hätte unschätzbare Vorteile besessen. So wie in diesem Fall. Aber bei all der Elektronik, die darin steckte, ließ es sich nun mal nicht kleiner bauen.

Sekundenlang spielte er mit dem Gedanken, Dell Wudd einfach so zu bespringen, aber letzten Endes hielt er sich zurück. Auch wenn es ihm unendliche Mühe bereitete, aber ein solcher Akt wäre seiner unwürdig gewesen.

Aufgeschoben ist nicht aufgehoben!

Er würde schon noch zu seinem Recht kommen.

Es gab noch andere, um die er sich kümmern mußte. Nämlich um seine Mitverschwörer. Sie waren von den Auswirkungen des Gehirnwellenmodulators ebenfalls betroffen. Schließlich hatten auch sie nichts von Dozz' Neuentwicklung gewußt und deshalb keine entsprechenden Vorkehrungen treffen können. Aber das war Priff Dozz nur recht. So erfuhren auch sie die Wirkung des Gerätes am eigenen Leib und hatten Gelegenheit zu erkennen, daß sie mit ihm und seinen Fähigkeiten auf dem richtigen Weg waren.

Und zwar nur mit ihm.

Nicht gegen ihn!

6.

In den beiden folgenden Tagen näherte sich der Ringraumer dem galaktischen Zentrum weiter. Juanita brachte jetzt weniger Zeit an ihrem Computerterminal zu, um zu lernen; sie hatte sich Jims Worte zu Herzen genommen, und wenn es wirklich daran lag, daß sie das Amöbenungeheuer gesehen hatte, dann wollte sie lieber weniger lernen, als dieses Alptraumbild ein zweites Mal zu erleben.

Statt dessen hielt sie sich mehr in der Zentrale auf. Unbewußt suchte sie Jims Nähe, suchte Sicherheit bei ihm. Und so bekam sie natürlich mehr von dem Flug mit als bisher. »Wie schnell fliegen wir eigentlich?« wollte sie wissen, während sie abwechselnd die Bildkugel und die Instrumente auf dem fünf Meter langen Steuerpult beobachtete. Selbstbewußt hatte sie sich in einem der Pilotensitze niedergelassen, direkt neben Jim, der die Steuerschalter nicht einmal berührte, sondern alle Funktionen des Schiffes über die Gedankensteuerung kontrollierte.

»Wir legen pro Tag etwa 9 000 Lichtjahre zurück«, sagte er. »Mal etwas mehr, mal etwas weniger. Also rund ein Zehntel Lichtjahr pro Sekunde. Weißt du, was ein Lichtjahr für eine Strecke ist?«

Das konnte sie im Kopf nicht ausrechnen und mußte den Bordcomputer bemühen, mit dessen Bedienung sie inzwischen vertraut war. »Nicht ganz neuneinhalb Billionen Kilometer«, sagte Jim, noch ehe Juanita die Zahl in Angloter-Schrift auf dem kleinen Display auftauchen sah. »Das heißt, daß wir pro Sekunde etwa neuneinhalb Milliarden Kilometer zurücklegen.«

Die Zahlen überschritten ihr Vorstellungsvermögen. »Dabei sind wir noch ziemlich langsam«, setzte Jim noch eins drauf. »Für einen Flug innerhalb einer Galaxis, zumal bei dieser Sternendichte«, er wies auf die Bildkugel, »ist das fast schon zu schnell. Aber wenn man weiter hinaus will, zu anderen Galaxien, ist das

Schneckentempo. Nach Andromeda würden wir fast ein halbes Jahr brauchen.«

»Ich will nicht nach Andromeda«, sagte Juanita.

Die Anzeigen einiger Instrumente änderten sich. »Was bedeutet das?« fragte sie, als Jim sich unwillkürlich vorbeugte und eine angespannte Haltung zeigte.

»Magnetische Strahlenstürme«, sagte er. »Und Strukturerschütterungen.«

»Was ist das?«

»Wir nähern uns dem Zentrum«, erklärte er. »Da sind die Magnetstürme weit heftiger als in der Umgebung von Terra. Und die Strahlung ist sehr schnell, sie benutzt teilweise den Hyperraum. Das ist wie die Transition eines Raumschiffs. Deshalb ist diese Strahlung auch so gefährlich. Sie kann von einem Moment zum anderen über Tausende von Lichtjahren hinweg wirksam werden...«

»Und da fliegen wir hin? Dahin, wo diese Magnetstürme herkommen?«

»Nicht direkt«, sagte er.

»Warum? Das ist doch gefährlich, oder?« Von diesen Magnetstürmen hatte sie schon in Rio gehört. In der Nähe der Stadt waren im Dschungel Kraftwerke gebaut worden, deren Energie dazu beitrug, einen Schutzschirm um die ganze Erde zu erzeugen. Der sollte Feinde fernhalten, aber auch die böse Strahlung. Jetzt, wo Jim ihr erzählte, daß die Strahlung auch den Hyperraum benutzte, bekam sie langsam Angst. Sie wußte nicht viel darüber, nur daß Raumschiffe ihn benutzten, um in Sekunden riesige Entfernungen zu überspringen. Was, wenn die Strahlung über den Schutzschirm hinwegsprang, um dahinter aufzutauchen? Sie fragte Jim.

»Der Schutzschirm um Terra wird das aushalten«, sagte Jim. »Das ist Nogk-Technik. Da kommt nichts durch.«

»Und wenn doch?«

Er seufzte. »Du bist eine kleine Unheilsucherin«, sagte er. »Du glaubst, Ungeheuer zu sehen, du fürchtest, daß die Strahlung den

Schutzschirm durchdringt... he, da kann überhaupt nichts passieren. Terra ist sicher. Die Leute, die den Schirm installiert haben, wußten genau, was sie taten. Sonst hätten sie sich die Mühe erst gar nicht gemacht.«

»Und wir?« fragte Juanita. »Sind wir hier im Raumschiff sicher? Wir sind doch viel näher an dieser Strahlung dran.«

»Wir sind sicher«, sagte er. »Die EPOY hat zwei Intervallfelder, die sich gegenseitig durchdringen, und in der Mitte sind wir. Wir sind also doppelt geschützt.«

»Was sind Intervallfelder?«

»Ein Intervallfeld ist ein künstlich erzeugter Miniweltraum«, sagte Jim. »Wir befinden uns also, wenn man es ganz genau nimmt, in einem eigenen Universum, das nur uns allein gehört. Es ist klein, aber fein. Und es ist sicher.«

»Wie klein ist es denn?«

»Jedes Intervallfeld durchmißt 3 000 Meter«, sagte er. »Juanita, mach dir da keine Sorgen. Wir sind hier wirklich sicher.«

Aber so ganz war sie davon nicht überzeugt. Warum sonst betrachtete er so aufmerksam die Instrumente?

Smith war wesentlich beunruhigter, als er sich anmerken ließ. Die Belastungsanzeige des Ringraumers zeigte stetig ansteigende Werte, je näher die EPOY ihrem Zielgebiet kam. Dadurch war das Schiff zwar nicht wirklich bedroht, und selbst wenn die Intervallfelder zusammenbrachen, würde die Strahlung nicht eindringen können. Das Unitall, dieses blauviolett schimmernde Kunstmetall mit einem Schmelzpunkt von 143 750 °C, besaß die fantastische Eigenschaft, hochenergetische Strahlung jeglicher Art in 16 Zentimetern Tiefe zum Stillstand zu bringen. Dazu gehörte auch die Strahlung der Magnetstürme. Und da die Unitallwände des Raumers überall exakt 50 Zentimeter stark waren, bestand keine Gefahr...

Sofern die Strahlung nicht durch den Hyperraum hereinbrach...!

Aber er konnte davon ausgehen, daß das, was den Hyperraum

zur Ausdehnung benutzte, erst in weiter Entfernung wieder wirksam wurde. Je näher er dem Ausgangspunkt der Strahlung kam, desto sicherer war er also…

Aber es war bestürzend, was auf die Galaxis zukam.

Smith enthielt sich jedes Kommentars. Er wollte Juanita nicht mehr beunruhigen als nötig. Mit ihren feinen Sinnen spürte sie ohnehin, daß etwas nicht in Ordnung war.

Irgendwann zeigte die Bildkugel dann sein Ziel.

»Was ist das?« entfuhr es Juanita.

Sie sah eine gigantische Scheibe, noch farbenprächtiger als der Rest des Weltraumhorizontes mit seinen Sternenmassen und Materiewolken.

»Das«, sagte Smith langsam, »ist ein Schwarzes Loch. Das größte, das es in dieser Galaxis gibt. Ein Super Black Hole.«

»Was ist das, ein Schwarzes Loch? Es ist doch gar nicht schwarz, und es ist doch auch kein Loch, sondern…««

»Die Bildkugel zeigt nur die sogenannte Akkretionsscheibe«, sagte Jim. »Das eigentliche Schwarze Loch können wir gar nicht sehen, weil es kein Licht ausstrahlt oder reflektiert. Im Gegenteil, es verschlingt alles. Es schluckt Materie, und es schluckt Licht. Es ist ein Nichts…«

Ein Nichts im Nichts, und ins Nichts vertrieben…

Warum kam ihm gerade in diesem Moment dieses Zitat in Erinnerung? Es kommentierte eines der konservierten Geschöpfe im Goldenen Menschen von Babylon. Im Sockel dieser gigantischen Statue hatten die Mysterious, wie sie von den Terranern genannt wurden, eine Art Museum eingerichtet und die Vertreter aller ihnen bekannten intelligenten Völker der Galaxis konserviert und ausgestellt. Nogk waren darunter, Amphis, Utaren, Rateken, Insektenvölker, mikroskopische Kreaturen… und auch ein Goldener Mensch, der in diesem Fall keine Statue aus goldfarbenem Metall war, sondern ein organisches Wesen, das einmal wirklich gelebt hatte, aber wie alle Statuen zeigte auch dieser Goldene Mensch in seiner biologischen Form kein Gesicht. Radikal war es ihm entfernt worden, ehe man ihn in einer Vitrine konservierte.

Ein Nichts im Nichts, und ins Nichts vertrieben!

Smith schüttelte die Bilder ab, die sich ihm unwillkürlich aufdrängten. Er wollte sie nicht mehr sehen. Er wollte das Super Black Hole im Zentrum dieser Galaxis untersuchen, das sich ihm in einer erschreckenden Form zeigte.

Er versuchte Juanita zu erklären, was ein Schwarzes Loch war. Aber trotz allem, was sie in den letzten Tagen an Wissen in sich aufgenommen hatte, fehlten ihr die Voraussetzungen, wirklich zu begreifen, was dieses SBH war.

Und selbst wenn sie so weit in ihrem Lernprozeß fortgeschritten wäre, stände sie trotzdem wie Smith vor einem Rätsel. Etwas stimmte mit diesem Black Hole nicht!

Er verstand es selbst nicht.

Er sah die gigantische Akkretionsscheibe des SBH aus heißen Gasen und prächtigen Farben. Ihre Rotation war normal und mit dem bloßen Auge nicht wahrnehmbar, sondern nur über Computer zu errechnen. Aber etwas fehlte.

Smith suchte nach einem Jet aus Synchrotronstrahlung – einer Art Lanze aus Teilchenstrahlung, die senkrecht zu Akkretionsebene stand – den eine solche Naturerscheinung eigentlich auslösen müßte, fand aber keinen. Beunruhigt verließ er die Zentrale und suchte die Astro-Labors auf. Juanita folgte ihm wißbegierig. Das gefiel ihm nicht, aber er fand keine glaubhafte Begründung, sie fortzuschicken.

Er begann die Daten zu verarbeiten, welche die Ortungen ihm lieferten. Hier, im Labor, wurden die Zahlen und Zeichen nicht in terranischer Schrift angezeigt, sondern nur in den Symbolen der Mysterious. Sie kamen und gingen in rascher Folge. An der Eingabetastatur flogen Smith' Finger über die Sensorflächen. Er brauchte nicht einmal hinzusehen. Er interessierte sich nur für die Anzeige der Monitoren.

Juanita kam aus dem Staunen nicht mehr heraus. »Du kannst das alles lesen? Und so schnell?«

Ich hätte sie doch nicht mit hier hereinlassen sollen, dachte er. »Ich habe es gelernt«, erwiderte er knapp.

»Ich will das auch können«, sagte sie.

»Darum kümmern wir uns später. Lenk mich jetzt bitte nicht ab. Das hier ist wichtig.«

Er führte Berechnungen auf der Basis fünfdimensionaler Mathematik durch. Das Rechnersystem seines Schiffes war den terranischen Suprasensoren um ein Vielfaches überlegen. Es reichte sicher nicht an die Kapazität des sagenhaften Checkmasters heran, der in Ren Dharks POINT OF eingebaut war und von dem man sich Wunderdinge erzählte – aber Smith' Rechner war schon ziemlich gut! Es war das beste und perfekteste Rechnersystem, das die Mysterious bisher entwickelt hatten, wenn man den Prototyp Checkmaster mal außen vor ließ.

Dennoch dauerte es Stunden, bis seine Resultate absolut hieb- und stichfest waren.

In einigen Punkten blieb es dennoch bei Vermutungen. Daß das SBH keinen Jet aus Synchrotronstrahlung aussandte, hing vermutlich mit einer künstlich erfolgten Massenerhöhung des Schwarzen Überlochs zusammen. Die sich aufstauende Energie wurde nicht mehr weggeschleudert, weil die erhöhte Masse das nicht mehr zuließ, sondern lud den Hyperraum auf und verursachte damit eine Katastrophe.

Und in welcher Form die sich zeigte, danach brauchte niemand zu fragen...

Was haben sie getan... damals... konnten sie nicht vorausberechnen, was sie damit anrichteten?

Juanita bekam sein Erschrecken mit, obgleich er seine Emotionen zu unterdrücken versuchte. Er wollte das Mädchen schließlich nicht beunruhigen. Aber Juanita bedrängte ihn, sie wollte wissen, was er herausgefunden hatte.

»Wir werden die Galaxis verlassen müssen«, sagte er nach einer Weile. »Wir alle – alle, die in ihr leben. Denn sie wird nicht mehr lange als Lebensraum dienen können. Sie geht unter, Juanita...

und alles endet…«

»Was bedeutet das?« wollte sie wissen, nicht minder erschrokken als er.

»Die Galaxis stirbt. Diese Strahlenstürme… sie werden immer stärker. Und es gibt keine Möglichkeit, sie aufzuhalten oder ihre Ursache zu bekämpfen. Dieses Schwarze Loch – es verfügt über ungeheure Energien. Es gibt nichts, was ihnen standhalten könnte. Es gibt nur die Flucht. Und wer nicht fliehen kann, wird sterben. Die Strahlung verändert die Erbanlagen, und sie tötet alles, wenn sie noch stärker wird. Und – sie *wird* stärker werden! Noch viel stärker. Das, was wir bisher erlebt haben, ist erst der Anfang.«

»Das heißt, daß auch diese Intervallfelder uns auf Dauer nicht schützen können?«

»Auf lange Sicht nicht«, gestand er. »Noch besteht für uns keine Gefahr. Aber in einem Jahr…«

Dann würde die Energie dermaßen stark sein, daß sie ihre Hyperraumsprünge nicht mehr in weite Entfernungen richtete, sondern gestreut überall auftauchte. Somit auch im Ringraumer, innerhalb der Unitallzelle, und Schutzfelder wie der Nogk-Schirm um Terra boten dann auch keine Sicherheit mehr.

»Aber wohin können wir fliehen?« fragte sie bedrückt.

»Irgendwohin. In eine andere Galaxis. Dann haben wir für fünfzig oder hundert Generationen, je nach Lebenserwartung eines Volkes, Ruhe. Vielleicht länger. Aber die wenigsten werden es schaffen. Es gibt nicht so viele Raumschiffe, um Milliarden von Terranern, Tel, Utaren, Rateken und wie sie alle heißen in eine andere Galaxis zu bringen. Es ist eine lange, eine sehr lange Reise. Und in den anderen Galaxien gibt es bereits viele Völker, die von der Zuwanderung nicht gerade begeistert sein werden und uns vielleicht den Zutritt verwehren werden.«

Vor allem die Zyzzkt in Orn… ganz besonders sie!

Er versuchte die Gedankenbilder zu verdrängen, die immer wieder in ihm entstanden.

Juanita fuhr sich mit den Händen über die Augen. Weinte sie?

»Aber können wir überhaupt fliehen?« fragte sie. »Die ganzen Sachen, die ich gelernt habe... da war auch eine Geschichte über diese Insekten, von denen wir den Schutzschirm um die Erde haben. Die wollten doch auswandern. Nach Andromeda. Und konnten es nicht. Es heißt doch, man stirbt, wenn man die Galaxis verläßt...«

»Du meinst die Nogk«, sagte Smith. »Ja, sie sterben. Es gibt da draußen etwas, das verhindert, daß man eine andere Galaxis erreichen kann. Das Exspect. Das ist eine Zone, die alle Energie in sich aufsaugt. Auch sie wird allen Erkenntnissen nach von diesem schwarzen Ungeheuer im Zentrum der Galaxis erzeugt. Die Raumschiffe können nicht genug Energie mitnehmen, um die weite Strecke zu überbrücken.«

»Warum sagst du dann, wir müßten alle die Galaxis verlassen?« fragte sie verzweifelt. »Es ist doch egal, wie und wo wir sterben!«

»Im Exspect geht es vielleicht schneller«, sagte er sarkastisch.

»Nein!«, klagte sie. »Wenn ich sterben muß, dann will ich das da tun, wo ich zu Hause bin. Ich will nicht nach Andromeda oder sonstwohin.«

»Ich glaube nicht, daß du Terra wiedersehen wirst«, sagte Smith leise. Er zog Juanita zu sich heran und strich ihr sanft durchs Haar. »Vielleicht bleibt dafür nicht mehr genug Zeit. Wir werden die Galaxis verlassen müssen.«

»Aber dieses Ex... dieser Ex-Speck...«

Unwillkürlich lachte er auf. »Exspect«, wiederholte er. »Ich weiß, es ist kompliziert auszusprechen. Aber vielleicht kenne ich da einen kleinen Trick. Ich brauche dazu nur ein bißchen Tofirit.«

»Du kennst einen Trick?« stieß sie ungläubig hervor.

»Ich sagte, vielleicht«, erwiderte er.

»Wenn du so einen Trick kennst, dann kennt ihn Ren Dhark bestimmt auch«, sagte sie und wischte sich nun tatsächlich ein paar Tränen aus dem Gesicht. »Ren Dhark ist der Commander. Er kann das. Er hat die Giants von Terra verjagt, er hat den Rateken eins auf die Birne gehauen...« und angesichts dieser Formulierung lachte Smith wieder, weil er sich daran erinnerte, daß die Köpfe der Rateken tatsächlich etwas birnenförmig aussahen, »und er wird auch dieses Ex-Schreck oder so kaputtmachen und diese Strahlung! Er schafft das, bestimmt! Er schafft alles!«

Ein kleines Straßenkind aus den Slums von Rio, das den Regierungschef Terras nur von Erzählungen kannte – aber grenzenloses Vertrauen in ihn setzte. Wie so viele andere Menschen. Dieser Commander der Planeten mußte ein wahres Wunderkind sein.

Jim Smith wollte ihn nicht zum Gegner haben...

Smith blieb dabei, die Galaxis zu verlassen, auch wenn Juanita sich weiterhin skeptisch zeigte. »Dazu brauche ich aber Tofirit«, griff er auf eine frühere Andeutung zurück. »Weißt du vielleicht, wo ich das finden kann? Ich meine, auf welchem Planeten.«

Sie schüttelte den Kopf. Sie wußte nicht einmal, worum es sich bei dieser Substanz handelte.

Er erklärte es ihr. Ein rubinrotes Superschwermetall mit geradezu fantastischen Eigenschaften. Ein Tofiritkristall, einem Hyperfunkgerät vorgeschaltet, war in der Lage, den Hyperfunkstrahl so eng zu bündeln, daß er über Hunderte von Lichtjahren exakt auf ein vielleicht fünfhundert Meter großes Ziel ausgerichtet und nur dort empfangbar war, während andere Empfänger, die nur direkt neben dem Funkstrahl lagen, nichts mitbekamen. Es gab noch mehr Eigenschaften – eine herausragende war, daß es als Brennstoff für M-Konverter diente, und genau dafür benötigte es Smith.

Natürlich, auf Babylon gab es Tofiritstaub. Er war dort eingelagert worden. Aber Smith wagte es nicht, Babylon noch einmal als »Selbstbedienungsladen« zu verwenden. Er mußte davon ausgehen, daß die GSO ihn noch längst nicht vergessen hatte und nach wie vor nach ihm und seinem Ringraumer Ausschau hielt.

Aber er brauchte weit mehr Tofirit...

»Wofür soviel?« wollte Juanita wissen.

»Für meine anderen Raumschiffe«, sagte Jim.

»Andere? Du hast noch mehr Raumschiffe?« stieß sie entgeistert vor. »Davon hast du mir ja gar nichts gesagt! Sind das auch alles Ringraumer?«

»Mit der EPOY sind es zehn Schiffe«, gestand er. »Und für die neun anderen brauche ich noch viel Tofirit.«

Aber in dieser Hinsicht konnte sie ihm beim besten Willen nicht weiterhelfen. Er hatte auch nicht wirklich damit gerechnet, sondern eher versucht, sie mit dieser Frage in seine Fluchtplanung mit einzubeziehen und auf seine Seite zu ziehen.

Er begann einmal mehr, die Daten zu sichten, die er von Terra, Babylon und anderswo mitgebracht hatte. Wie ein Besessener studierte er sie, wissend, daß nur noch relativ wenig Zeit blieb, wie ihm die Situationsanalyse des Schwarzen Überlochs gezeigt hatte...

Schließlich fand er Hinweise auf einen Planeten namens Hope, im Col-System gelegen, etwa 30 000 Lichtjahre von Terra entfernt. Von einem Inselkontinent, der Deluge genannt wurde, war die Rede, von dem darin befindlichen Industriedom, und von einem größeren Tofiritvorkommen auf Kontinent Vier.

Smith entsann sich, daß Commander Ren Dhark in dem Höhlensystem von Deluge seinen legendären Ringraumer POINT OF entdeckt haben sollte. Er befragte seinen Bordrechner und erhielt Hinweise, daß es sich bei Deluge um eine Legende der ebenso legendären Supergenies Margun und Sola handele.

»Also doch...«, murmelte er.

Die terranischen Datenträger verrieten ihm die exakte galaktische Position des Col-Systems.

Smith gab Hopes Koordinaten in den Bordrechner ein und flog das System an.

Priff Dozz war verwundert und erheitert zugleich.

»Ich sage euch, alles ist in Ordnung. Ihr müßt endlich eure Zweifel abwerfen und mir vertrauen.«

Er schaute seine Mitverschwörer nacheinander an. Ein penetranter Geruch ging von ihnen aus. Angstschweiß! Er fragte sich, ob er in ihren Nasen ebenso stank. Lauernd horchte Priff Dozz in sich hinein. Unmöglich. Denn er verspürte keine Furcht. Nicht mal der Gedanke an Pakk Raff, dem er so übel mitgespielt hatte, konnte ihn noch irritieren. Weil er ihn nicht mehr zu fürchten brauchte. Es lag in seiner Hand, Raff für alle Zeiten im Zustand eines hilflosen Idioten zu belassen, der nichts mehr von der Welt um sich herum mitbekam.

»Ich traue deiner Erfindung nicht. Du kannst uns viel erzählen, aber wer garantiert uns, daß du die Wahrheit sagst?« warf einer der Kleinen ein und klopfte anklagend auf den Abschirmreif zwischen seinen Ohren. »Ohne das hier wären wir noch immer nicht Herr unserer Sinne. Jedenfalls wenn stimmt, was du sagst. Du hättest uns vorwarnen müssen. Wir sind in deiner Hand, und jederzeit kannst du uns wieder in willfährige Marionetten verwandeln.«

Sie waren verwirrt. Mit einer solchen Nachwirkung hatte Priff Dozz nicht gerechnet. Ihre Antworten waren stets die gleichen, als hätte man sie programmiert. Also mußte er behutsam vorgehen, denn er hatte keine Ahnung, wie lange ihre Verwirrung anhalten würde.

»Niemand hat das vor. Der Gehirnwellenmodulator ist ausschließlich für Pakk Raff und seine Anhänger gedacht. Damit ihr seht, daß ich euch vertraue, will ich euch erklären, wie meine Maschine funktioniert.«

Das hatte er eigentlich vermeiden wollen, aber wenn er seinen Mitverschwörern die Zweifel nehmen wollte, blieb ihm wohl keine andere Wahl. Priff Dozz räusperte sich und setzte zu einer langwierigen Erklärung an. Im Gegensatz zu Pakk Raffs Männern waren die anwesenden Nomaden alles andere als Dummköpfe, trotzdem bezweifelte er, daß sie seinen technischen Erklärungen folgen konnten. Als er geendet hatte, herrschte für einige Sekunden Stille. Die Verwirrung war jetzt beinahe greifbar. Schließlich brach einer das Schweigen.

»Wenn du deine Maschine abschaltest, wird Pakk Raff wieder normal werden. Warum willst du uns dieser Gefahr aussetzen?«

Priff Dozz zwang sich, Ruhe zu bewahren.

»Er wird sich so wenig erinnern wie ihr. Hätte ich euch nicht alles erzählt, wüßtest ihr jetzt noch nicht, was euch widerfahren ist. Hört also endlich auf damit, ihm Zauberkräfte zuzuschreiben. Er ist nur ein Nomade wie ihr und ich. Außerdem habe ich doch erklärt, daß wir den Modulator nicht permanent laufen lassen können. Dafür ist er nicht gebaut. Wir können ihn immer nur in Schüben einsetzen.«

Aus diesem Grund hatte er noch einige Tests und gegebenenfalls bauliche Veränderungen an seiner Erfindung vornehmen wollen. Er verwünschte Pakk Raff, der ihm da einen Strich durch die Rechnung gemacht hatte.

Gemessenen Schrittes entfernte er sich von der Gruppe, bis er einen ausreichenden Abstand zwischen sich und sie gebracht hatte. Dann blieb er einfach stehen und wartete. Er drehte sich nicht mal zu ihnen um, sondern tat, als seien sie überhaupt nicht da.

Nach einer Weile begannen sie zu murren. Schließlich riefen sie nach ihm. Aber eine unerklärliche Macht hielt sie davon ab, ihm zu folgen, um ihn zur Rede zu stellen. Die Tatsache verwirrte Priff Dozz. Hatten sie bereits einen ähnlichen Respekt vor ihm entwikkelt, wie sie ihn Pakk Raff entgegenbrachten? Nicht auszuschließen angesichts seiner Machtmittel. Sie hatten sich bereits gegen Raff gestellt, wenn auch noch nicht öffentlich, da konnten sie es sich nicht auch noch mit dem genialen Tüftler verderben.

Als er der Meinung war, sie lange genug auf die Probe gestellt zu haben, fuhr er entschlossen herum und ging zu ihnen zurück. Augenblicklich trat Stille ein. Wieder ließ Priff Dozz den Blick über sie wandern. Er stellte fest, daß etwa die Hälfte seinem amüsierten Blick standhielt, während die andere Hälfte sich peinlich berührt abwandte.

»Was soll das bedeuten?« fragte jemand aus der hinteren Reihe. Er machte Tott Krukk als Fragesteller aus. »Du benimmst dich schon wie unser großer Führer.«

Priff Dozz entging der versteckte Vorwurf nicht. Er verschränkte die Arme vor der Brust und legte den Kopf schief, als müsse er über die Bemerkung nachdenken. Dabei war ihm klar, daß er nicht den Eindruck erwecken durfte, an Pakk Raffs Stelle treten zu wollen, um genau so weiterzumachen, wie der es getan hätte, hätte er noch die Macht gehabt. Nein, tatsächlich lag das ja auch gar nicht in Dozz' Sinn. Seine Visionen, die ein jeder von ihnen teilte, waren nicht vorgeschoben. Sie leiteten ihn wirklich, und er würde keinen Sinneswandel durchmachen.

»Das tue ich nicht«, erklärte er daher mit ruhiger Stimme. »Ich weiß das, und du weißt das. Und jeder andere von euch weiß es ebenfalls.« Er deutete hinüber zur jenseitigen Wand der Halle, wohin ihn sein kurzer Ausflug geführt hatte. »Ich bin dort hinübergegangen, um euch einige Minuten zu geben, in denen ihr selbst entscheiden könnt. Weil ich euch nicht bevormunden und euch nichts vorschreiben will. Ich zwinge niemanden, und ich erinnere daran, daß ich keinen von euch genötigt habe, sich mir anzuschließen. Ihr alle seid zu mir gekommen, nicht ich zu euch. Aber warum seid ihr das? Weil ihr erkannt habt, daß sich unsere Visionen decken. Weil ihr begriffen habt, daß einzig meine Möglichkeiten als Pakk Raffs Berater uns den Weg freimachen können.«

Er machte eine kunstvolle Pause, nickte, lächelte zuversichtlich, suchte die Blicke besonders derer, die ihm zuvor ausgewichen waren. Dann schloß er die Augen, atmete nicht mal mehr, wartete ab. Bis er sicher war, daß ausnahmslos alle ihn erwartungsvoll ansahen. Da riß er die Augen weit auf, und er konnte es in ihren Gesichtern lesen.

Ungeduldig erwarteten sie seine nächsten Worte. Denn natürlich hatten sie Zweifel, und sie wollten, daß er sie ihnen nahm. Sie erflehten geradezu seine unerschütterliche Sicherheit.

»Aber warum habe ich dort drüben verharrt?« Priff Dozz legte eine Schärfe in seine Stimme, die er sich selbst nicht zugetraut hätte. »Ich kann drei Minuten dort stehen bleiben oder drei Stunden. Von mir aus auch drei Tage. Denn begreift es doch endlich, wir haben alle Zeit der Welt. Wir können abwarten, so lange es nötig ist, aber wir können Pakk Raff samt seinem ganzen lumpigen Gefolge auch in jedem Augenblick, der uns genehm ist, wieder in unsere Marionetten verwandeln.«

»Aber du warst es doch immer, der gedrängt hat!« hielt ihm Tott Krukk vor.

»Das ist richtig, aber nun dränge ich nicht mehr. Denn wir sind bereit. Pakk Raff und das System der Rangkämpfe haben verloren. Er weiß es nur noch nicht.«

»Was ist mit deinem Weib?«

»Bidd Nobb?« Die Frage brachte Priff Dozz aus dem Konzept. »Was soll mit ihr sein?«

»Gehört sie nicht zu uns? Du erwartest, daß wir dir weiterhin vertrauen, aber du weihst nicht mal deine eigene Frau in deine Pläne ein?«

»Genau, laßt uns aufbrechen und auch Bidd Nobb einen Abschirmreif bringen!«

Priff Dozz fühlte sich überrumpelt. An Bidd Nobb hatte er gar nicht mehr gedacht. Eigentlich hatte er vorgehabt, dem Gehirnwellenmodulator differenziertere Befehle einzugeben und Dell Wudd dann einen weiteren Besuch abzustatten. Wenn Bidd Nobb erst wieder Herrin ihrer Sinne war, konnte er diese Idee vergessen.

»Was zögerst du? Bidd Nobb war stets die erste, wenn es darum ging, Pakk Raffs Schlechtigkeit offen anzusprechen. Du schuldest es ihr.«

Priff Dozz zerbiß einen zornigen Fluch zwischen den Lippen.

»Ich hatte ohnehin vor, ihr einen Abschirmreif zu bringen«, log er und zog demonstrativ einen der schmalen Bügel aus der Tasche. »Ich wollte mich nur zunächst eurer aufrichtigen Gefolgschaft versichern, bevor ich sie mit in die Sache hineinziehe.«

Er fühlte sich überrumpelt. Träge setzte er sich in Bewegung.

So hatte er sich den weiteren Verlauf seiner Umsturzpläne nicht vorgestellt.

7.

Die Doppelsonne Col, deren beide Sterne zur Spektralklasse B gehörten, besaß 18 Planeten, der fünfte war Hope. Drei Monde, Alph, Bet und Gam, letzterer mit dünner Sauerstoffatmosphäre, umkreisten die am 21. Juni 2051 durch die Landung der GALAXIS von Terranern in Besitz genommene Welt.

Smith machte sich mit den Daten des Planeten vertraut, die er teilweise den Ortungsresultaten des Ringraumers, teilweise aber auch den von Terra mitgebrachten Datenträgern entnahm. Durchmesser 6 923 Kilometer, Schwerkraft 0,89 g. Rotationsdauer 23 Stunden und 22 Minuten, Umlaufzeit 707 Tage gemessen am irdischen Standard. Die höchsten Erhebungen ragten gerade mal 6 000 Meter über den Meeresspiegel hinaus. Das Wasser/Land-Verhältnis lag bei 90:10. Um den Äquator gruppierten sich 31 Inselkontinente; der größte hatte von den Kolonisten den Namen Main Island erhalten. Die relative Artenarmut von Flora und Fauna wurde auf ein atomares Desaster zurückgeführt, das vor etwa 20 000 Jahren über den Planeten hereingebrochen sein mußte. Dieser Ansicht konnte Smith sich allerdings nicht anschließen; seiner Erfahrung nach erzeugten derartige Katastrophen eher eine noch größere Vielfalt, durch die tiefgreifenden Mutationen. Es mußte also wohl noch etwas anderes dahinterstecken.

Smith umkreiste Hope einige Male in verschieden hohen Bahnen. Deluge war allein dadurch sofort zu erkennen, daß der größte Teil der Insel unter einem kontinentalen Intervallfeld lag. Das verhinderte eine normale Landung in unmittelbarer Nähe, die Smith vorgezogen hätte, weil er in diesem Fall unbemerkt geblieben wäre, wie auf Babylon und Terra. Auf beiden Planeten war er ja erst später aufgefallen…

Aber hier hatte er Pech.

Also trat er mit der M-Kontrolleinheit auf Deluge in Funkkontakt. Er gab eine Folge von Codezeichen ein und sendete sie an die

Kontrolle.

Identifizierung negativ, kam es in der Symbolschrift der Mysterious zurück. *Zugriff auf Intervallfeldsteuerung verweigert.*

Er versuchte es noch einmal mit einer Folge von Kodezeichen, die der Bordrechner aus den vorhandenen Daten weiterentwikkelte.

Abermals wurde er von der Kontrolleinheit nicht akzeptiert.

»*Zugriff verweigert*«, murmelte er verdrossen. »Das gibt's doch gar nicht! Na gut, dann eben anders!«

Er schaltete die beiden Intervallfelder seines Raumers wieder ein.

Ursprünglich hatte er auf sie verzichten wollen. Zum jetzigen Zeitpunkt spielte die Hyperstrahlung des galaktischen Magnetfelds keine Rolle; sie war im Moment auch wieder etwas schwächer geworden. Was sich allerdings von einem Augenblick zum anderen wieder ändern konnte...

Smith hatte geplant, das kontinentale Intervallfeld für den Bruchteil einer Sekunde zu deaktivieren. Für genau den winzigen, kaum wahrnehmbaren Zeitraum, den die EPOY benötigte, die Wirksamkeitsgrenze zu durchfliegen.

Danach sollte das Schutzfeld unverzüglich wieder aufgebaut werden. Die knappe Zeitspanne wäre niemals bewußt registriert worden, und wer sie in einer Log-Datei entdeckte – falls die Leute in Deluge überhaupt wußten, wie man die abrief – würde an einen Irrtum oder eine vorübergehende Fehlfunktion glauben.

Aber daraus wurde jetzt nichts. Die Kontrollstelle verweigerte ihm den Zugriff!

Es war unbegreiflich. Was für vertrackte Sicherheitsmaßnahmen hatten Margun und Sola hier installiert? *Zu den Grakos mit euch!*

Also mußte er anders vorgehen, nur mußte er dabei das Risiko tragen, geortet zu werden, weil im Moment der Durchdringung sein Ortungsschutz nicht mehr optimal sein würde.

Er mußte das über Deluge und dem Industriedom liegende Intervallfeld im Schutz seines eigenen Intervallfelds durchfliegen!

So wie es bei den Flash funktionierte, wenn die in den Ringraumer ein- oder aus ihm hinaus flogen, während dessen Intervallschutz aktiviert war.

Er konzentrierte sich auf die Gedankensteuerung und wies diese an, das kontinentale Intervallfeld zu durchfliegen.

Ausführung unmöglich! kam es lautlos in seinem Bewußtsein zurück.

Zorn stieg in ihm auf, den er nur mühsam beherrschen konnte. *Kontinentales Intervallfeld intervallgeschützt durchfliegen!* wiederholte er seine Anordnung und fügte ein gedankliches Vorrangsymbol hinzu, das von jedem Mysterious-Rechner verstanden werden mußte.

Ausführung unmöglich! wiederholte die Gedankensteuerung ihre Befehlsverweigerung.

Auch ein dritter Versuch scheiterte. Da probierte Smith es mit manuellem Anflug aus.

Die EPOY stürzte regelrecht auf Deluge hinab.

Und änderte den Kursvektor, ehe die beiden Intervallfelder sich berühren konnten!

Die EPOY ging auf Gegenkurs!

»Gibt es ein Problem?« mußte Juanita ausgerechnet in diesem Moment fragen.

Um ein Haar hätte Smith sie angeschnauzt und der Zentrale verwiesen, aber er beruhigte sich rechtzeitig wieder. »Ja«, sagte er nur knapp und so abweisend, daß Juanita regelrecht zurückzuckte und darauf verzichtete, vorerst weitere Fragen zu stellen.

Jim Smith war relativ ratlos. Dies war das erste Mal, daß die Gedankensteuerung sich weigerte, einen klaren Steuerungsbefehl auszuführen. So etwas hatte er noch nie zuvor erlebt.

Er fing den Raumer manuell ab, ehe der zu weit in den Raum hinaus jagen konnte. *Erklärung!* verlangte er. *Warum wird die Ausführung meines Anflugbefehls verweigert?*

Die Antwort überraschte ihn.

Das kontinentale Intervall über Deluge wurde wegen der erheb-

lichen und lebensgefährdenden Störungen des galaktischen Magnetfelds mit einer speziellen Frequenzmodulation abgesichert. Dadurch entsteht eine Unverträglichkeit mit nichtmodulierten Intervallfeldern, die zu tiefgreifenden Schäden führen kann. Deshalb kann ein Durchflug unter keinen Umständen durchgeführt werden.

Smith ahnte nicht, daß auch Commander Ren Dhark einmal daran gescheitert war, ohne allerdings vom Checkmaster der POINT OF eine entsprechende Information erhalten zu haben. Dhark hatte schlicht und ergreifend nicht daran gedacht, daß es eine verständliche Erklärung für dieses Phänomen geben könnte. Statt dessen hatte er einen Strahlangriff mit der POINT OF auf das Intervallfeld geflogen und es durch konzentrierten Nadelstrahlbeschuß zum Zusammenbruch gebracht – und das nicht nur einmal. Bis die manuelle Abschaltmöglichkeit entdeckt wurde – an einer Stelle, an welcher niemand damit gerechnet hatte...

Aber auf diese manuelle Abschaltung brauchte Smith nicht zu hoffen. Dazu hätte er sich mit den Terranern im Höhlensystem in Verbindung setzen müssen – und genau das war es ja, was er vermeiden wollte!

Eigene Intervallfelder entsprechend modulieren! befahl er.

Ausführung unmöglich. Modulationsdaten nicht erfaßbar. Erfolgsaussichten daher unter einem Prozent Wahrscheinlichkeit.

Dagegen war nichts zu machen. Er kam auf diese Weise nicht hinein.

Er rief die Ortungsdaten ab. Kontinent Vier mit seinem umfangreichen Tofiritvorkommen war deutlich zu erfassen. Nun gut, vielleicht konnte er es auf diese Weise versuchen. Es gab garantiert Verbindungen zwischen Vier und Deluge, die auch vom Intervallfeld nicht beeinträchtigt wurden. Die Ortung zeigte ihm eine bestehende Transmitterverbindung zwischen den beiden Inselkontinenten.

Also flog er Kontinent Vier direkt an.

Dorthin hatte er sowieso gewollt, nur gehofft, sich vorher im Industriedom orientieren zu können, was zu tun war, um das Tofiriterz unbemerkt abzubauen und zu verarbeiten. Aber wenn er erst mal auf Vier war, konnte er über den Transmitter nach Deluge gelangen und...

Über Kontinent Vier baute sich ein Intervallfeld auf!

»Ich fasse es nicht«, murmelte Smith entgeistert. Hatte sich nun alles gegen ihn verschworen?

Auch dieses Intervallfeld war frequenzmoduliert!

Aber seine Meßinstrumente verrieten ihm, daß es sich nicht seinetwegen aufgebaut hatte, sondern weil gerade jetzt die Strahlungswerte des galaktischen Magnetfelds wieder sprunghaft anstiegen. Mithin war es wohl einfach Pech.

Er seufzte. Jetzt blieb ihm nur noch eine Möglichkeit, auf welche er lieber verzichtet hätte, weil er der Technik der Mysterious in diesem Punkt nicht über den Weg traute. Nein, anders: Er traute den Terranern auf Hope nicht über den Weg! Nicht, solange er nicht wußte, ob sie in der Lage waren, Transmitterprotokolle auszulesen.

Er brachte seinen Ringraumer, obwohl dessen Ortungsschutz auch gegenüber den M-Anlagen von Deluge funktionierte, vorsichtshalber in einen Orbit um den sechsten Planeten.

Nächster Versuch, und wiederum anders... irgendwann mußte es doch klappen!

Es ging einfach nicht an, daß ausgerechnet er an der M-Technik scheiterte!

»Wir suchen Kaso auf«, sagte Jim Smith, und als Juanita ihn fragte, erklärte er ihr, daß dies der Name war, den die Mysterious dem Planeten Hope gegeben hatten.

»Woher weißt du das, Jim?«

Er grinste. »Ich muß sehr viel wissen, um mit dieser Technik zurechtzukommen. Ist eine Angewohnheit von mir, Himmelskörper so zu nennen, wie es die Mysterious getan haben. Kaso ist Hope, Fande ist Babylon...«

Juanita nickte. »Wenn du zehn von ihren Raumschiffen besitzt und so mit ihrer Technik arbeiten kannst, ist das logisch.«

Die nächste Frage lautete: »Was wollen wir eigentlich dort?«

»Es gibt auf Kaso Tofirit«, sagte er. »Das muß ich für unsere Raumschiffe haben, sonst schaffen wir es nicht, die Milchstraße zu verlassen.«

Mit diesem Gedanken konnte Juanita sich immer noch nicht so recht anfreunden, aber sie tat Jim jeden Gefallen, um den er sie bat. Und hier bestand dieser Gefallen darin, ihre spezielle Parafähigkeit zu benutzen, um sie beide »unsichtbar« werden zu lassen.

»Aber du kannst das Intervallfeld doch nicht durchdringen«, glaubte Juanita ihn stoppen zu müssen.

»Wir benutzen einen Transmitter«, sagte Smith.

Darunter konnte Juanita sich herzlich wenig vorstellen. Erst als Jim ihr erklärte, was es mit Geräten dieser Art auf sich hatte, wurde sie plötzlich mehr als aufmerksam.

Jim sicherte das Raumschiff, dann winkte er Juanita zu, ihm zu folgen, und trat neben dem Instrumentenpult auf die Wand zu, die vollkommen frei war. Es knackte laut, und mit dem Knacken öffnete sich dieser Teil der Wand und legte einen Transmitter mit seiner grauen Ringantenne frei.

Ein kleines Kontrollinstrument zeigte Werte in den Zahlensymbolen der Mysterious. Jim nahm nacheinander verschiedene Einstellungen vor, und jedesmal veränderten sich die Werte, bis er endlich zufrieden war. »Das also ist der Kode für den Gul-Transmitter auf Kontinent Vier«, stellte er fest. »Komm...«

Juanita zögerte, aber Jim schritt einfach in den Transmitterring hinein und verschwand darin. Juanita gab sich einen Ruck und folgte ihm.

Im nächsten Moment befand sie sich in einer völlig anderen Umgebung.

Tropische Hitze schlug über ihnen zusammen. Der Transmitterring stand auf einer Dschungellichtung. Feuerspuren zeigten an, daß hier in relativ kurzen Abständen »geräumt« wurde. Der

Dschungel schien sehr rasch zu wuchern in seinem Bestreben, sich die Landschaft wieder zurückzuerobern, die man ihm geraubt hatte.

Jim sah sich schnell um.

»Ein Landeplatz«, murmelte er, »und da drüben der Schacht... daran, in dieser Hitze auf Kasos Oberfläche zu bauen, hat wohl nie einer gedacht...«

Eine breite Schneise führte in den Dschungel hinein, der an dieser Stelle aber nur wenige hundert Meter weit ragte und dann einer Strandfläche Platz machte. Dafür interessierte sich Jim aber nicht, obgleich Juanita drauf und dran war, ein erfrischendes Bad im Ozean zu nehmen.

»Das hier ist nicht Terra«, warnte Smith, dem die tropischfeuchte Hitze auch nicht gefiel; ihm klebte schon die Kleidung am Körper. »Es könnte hier Raubfische geben, die dich zum Fressen gern haben.«

»Oder Ungeheuer«, sagte Juanita mit plötzlichem Schaudern. »Jim – ist das, was ich in der Nacht gesehen habe, vielleicht mit dem Transmitter an Bord gekommen? Und auch wieder so verschwunden? Deshalb haben wir es am anderen Tag nicht mehr gefunden!«

»Nein«, sagte Jim. »Das ist unmöglich. Wir waren so weit fort von jedem Planeten... von jedem System... die Reichweite eines Gul-Transmitters ist nicht so groß.«

»Und wenn es von einem anderen Raumschiff kam?«

»Hör mir bitte zu«, sagte er. »Es war ein Trugbild, nichts anderes! Selbst wenn es von einem anderen Schiff gekommen wäre: Woher hätte es die Steuerdaten eines meiner Transmitter kennen können? Du hast doch selbst gesehen, wie lange ich herumgeschaltet habe, bis ich diesen Transmitter hier ansprechen konnte – und ich kenne mich immerhin mit dieser Technik aus! Schließlich...« Er verstummte.

Juanita schwieg eine Weile, während sie auf den Schacht zugingen, der in die Tiefe führte. Nach einer Weile sagte sie: »Einer deiner Transmitter? Heißt das, daß du in jedem deiner zehn Raumschiffe einen Transmitter hast? Das ist ja toll!«

»Es gibt in jedem meiner Schiffe mehrere Transmitter«, sagte er. »Viele sogar. Sie sind alle versteckt eingebaut. Mehrere Gul- und einige Xa-Typen. Die sind aber auf der Galerie in der Zentrale und fahren aus den Wänden hervor, während die Gul-Ringe flach eingebaut bleiben können. Die Xas sind kugelförmig und haben die größere Reichweite, die Guls sind schneller und sicherer und besitzen eine höhere Transportkapazität.«

»Aha«, machte sie. Darüber mußte sie jetzt erst mal nachdenken. Es gab so viel an neuem Wissen, das sie täglich zu verarbeiten hatte...

Am Schachtrand war Jim Smith stehengeblieben. Er sah nach unten.

Von Menschen keine Spur, als wäre die Anlage aufgegeben worden, aber da unten – in der Tiefe – befand sich das Tofirit, das er brauchte!

Smith überprüfte die tief im Boden liegenden Abbauanlagen der Mysterious. In jener Zeit vor mehr als tausend Jahren, als eigens für Margun und Sola der Industriedom im großen Bergmassiv von Deluge erbaut worden war, mußte der Tofiritabbau hier in großem Stil betrieben worden sein, und auch heute war das Erzlager noch gewaltig. Vermutlich war das Col-System überhaupt nur wegen dieses riesigen Vorkommens von Interesse gewesen.

Alles deutete darauf hin, daß der Tofiritabbau von den terranischen Kolonisten wieder aufgenommen worden war – natürlich, irgendwoher mußte das Erz ja stammen, das zu Staub zerpulvert im Depot auf Babylon eingelagert worden war! Aber vor kurzer Zeit hatten die hiesigen Aktivitäten erneut ein Ende gefunden.

Man hatte das Erzlager aufgegeben.

Für Smith war es kein Problem, die Maschinen wieder anzufahren. Das Problem war eher, das Tofirit in sein Schiff zu bekommen. Dazu konnte er nicht einfach den Transmitter benutzen – was half es ihm, wenn das Superschwermetall in der Zentrale oder in einem der Lagerräume ankam? Er mußte das Energieerzeugungssystem damit beschicken!

Und dafür mußte er das Intervallfeld über Kontinent Vier abschalten – oder das über Deluge. Es gab eine Möglichkeit, das Tofirit von der Abbaustelle über Transmitter in den Industriedom zu senden, und von dort an Bord seines Raumers zu bringen. Aber das Intervallfeld verhinderte die eigentliche »Betankung«.

Er mußte auf jeden Fall auch nach Deluge. Es war gut, daß er Juanita noch bei sich hatte. Ihre besondere Fähigkeit mußte ihm dabei helfen, sich unerkannt unter den Menschen im Höhlensystem zu bewegen.

Und außerdem hatte er längst begonnen, sie zu mögen.

Der Gedanke, sich ihrer irgendwann entledigen zu müssen, fiel ihm immer schwerer. Er war nicht sicher, ob er es überhaupt noch jemals würde tun können.

Der Transmitter brachte sie beide nach Deluge. Dort ging Smith nach altbewährter Routine vor. Er sammelte zunächst alles an Informationen, was er finden konnte.

Dabei mußte er äußerst vorsichtig sein. Auf den anderen Planeten hatte er sich zunächst relativ frei bewegen können, aber das Höhlensystem war eine Hochsicherheitsanlage, und die Menschen, die hier tätig waren, kannten sich alle zumindest vom Sehen her. Ein neues Gesicht fiel garantiert auf. Hinzu kam, daß die GSO, wenn sie nicht aus absoluten Stümpern bestand, inzwischen wohl galaxisweit nach ihm suchte. Er wollte sein Äußeres aber nicht schon wieder verändern, um Juanita nicht zu irritieren. Nach allem, was sie in den letzten Wochen erlebt hatte, würde sie das möglicherweise nicht verstehen.

Also blieb nur die »Unsichtbarkeit«, für die das Mädchen sorgen mußte.

Um sich die langen Wege zu ersparen – das Höhlensystem war *riesig!* – aktivierte Smith den Pullman, das per Gedankensteuerung dirigierbare Beförderungsgerät, mußte dabei aber feststellen, daß dessen Aktionsradius auf den Industriedom begrenzt war. Maschinenhöhle und Ringraumerhöhle waren damit nicht erreichbar.

»Wer hat denn diese idiotische Sperre installiert?« murmelte Smith, öffnete eine manuelle Steuereinheit, die für Notfälle vorgesehen war, und hob die Sperre mit ein paar schnellen Schaltungen auf. Gerade noch rechtzeitig fiel ihm ein, daß diese Veränderung Verdacht erregen konnte, und damit andere nichts davon mitbekamen, verschlüsselte er die Aufhebung mit seinen und Juanitas Gehirnstrommustern, die von den Tastern der Gedankensteuerung sofort erfaßt und gespeichert wurden.

Wenn die anderen den Pullman benutzten, würden sie weiterhin nicht über die Grenzen des Industriedoms hinauskommen. Jim und Juanita dagegen konnten den Apparat ohne Einschränkungen benutzen.

Was sie dann auch taten.

Smith sammelte Informationen. Juanita sammelte andere Dinge.

Vor allem eßbare.

Einem besonders dicken Wissenschaftler stibitzte sie unmittelbar hinter seinem Rücken einige Delikatessen, die ihr prachtvoll mundeten, als sie sie später im Versteck verzehrte, das Smith für sie beide im Industriedom ausgesucht hatte, und auch ihm davon anbot. Dabei ahnte sie nicht einmal, daß es sich bei einer der Delikatessen um 300 Dollar teuren utarischen Grinkgog handelte, nur erschreckte diese Köstlichkeit sie beim ersten Zubeißen damit, ein sentimentales Lied anzustimmen, aber dann schmeckte es wirklich wundervoll und erfüllte Juanita mit einem unwiederbringlichen Glücksgefühl.

Von Nahrung, die sang, während sie verzehrt wurde, hatte Juanita noch nie zuvor gehört und fand es schade, daß die Portion so schnell verputzt war. Jim dagegen ließ sich davon nicht beeindrucken, verzichtete aber auch darauf, ein Häppchen zu probieren, und organisierte lieber »normales Essen« aus der Kantine. Derweil amüsierte sich Juanita köstlich darüber, wie fuchsteufelswild der dicke Mann geworden war, als er das Verschwinden seines Essens bemerkt hatte, nur Juanita hatte er dabei nicht entdeckt, obgleich sie doch zum Greifen nahe bei ihm gewesen war. Aber er war so auf seinen Ärger und auf den Kollegen fixiert gewesen, dem er den Diebstahl zuschrieb, daß es Juanita mehr als leichtfiel, nicht gesehen zu werden.

»Du solltest so etwas nicht wieder tun«, sagte Jim später.

»Aber der Mann ist doch so dick, der verhungert bestimmt nicht, weil ich ihm diese Sachen weggenommen habe!« meuterte Juanita. Sie dachte an die Zeit in Rio zurück, wo sie gezwungen war, Lebensmittel zu stehlen, weil sie kein Geld hatte, sie zu kaufen. »Und außerdem…«

»Und außerdem«, unterbrach Jim sie, »werden diese Leute sich wundern, werden mißtrauisch, werden suchen. Und dann entdekken sie uns vielleicht. Das ist nicht gut. Es wäre nett von dir, wenn du dich ein bißchen zurückhalten würdest, ja?«

Sie zog einen Flunsch, versprach es ihm aber schließlich.

Warum mußten Erwachsene eigentlich immer alles verbieten, was Spaß machte?

Bidd Nobb war entzückt.

Allerdings erst, nachdem ihr Mann Priff Dozz ihr alles erklärt hatte. Denn die Beeinflussung hatte auch bei ihr Spuren hinterlassen. Aber sie schien schneller wieder zu sich zu kommen als seine Mitverschwörer. Anscheinend besaß sie eine größere psychische Stärke.

Mit Unbehagen registrierte Priff Dozz die respektvollen Seitenblicke, die sie ihm zuwarf, während er sie zum Labor führte.

»Ich werde dir meine Maschine zeigen«, hatte er sich bereiterklärt, nachdem sie ihn unter nicht enden wollenden Schmeicheleien darum gebeten hatte. Gebettelt, wäre eigentlich zutreffender gewesen, und so hatte er sich schließlich erweichen lassen. Inzwischen war er nicht mehr sicher, ob er nicht einen Fehler beging. Auch wenn sie seine Frau war, hatte sie ihren eigenen Kopf, und vielleicht war es besser für ihn, seine kleinen Geheimnisse für sich zu behalten. Denn es mochte der Tag kommen, da er sich darum kümmern mußte, sie loszuwerden, um sich gänzlich Dell Wudd zuwenden zu können.

Aber nun war es zu spät, einen Rückzieher zu machen, dachte er bedauernd, als sie sein Labor betraten.

»Das ist also dein Reich«, bemerkte sie begeistert. »Wenn dieser scheußliche Pakk Raff dir diese Räume ganz für dich zum Forschen gegeben hat, zeigt das nur, wieviel er von dir hält, auch wenn er sich stets anders benimmt.«

Wieder fühlte er sich von der Schwärmerei in ihrer Stimme mehr unangenehm berührt als stolz. Fast war sie ihm lieber, wenn sie zänkisch und rechthaberisch war, anstatt ihm ums Maul zu schleimen.

»Das da ist wohl der Gehirnwellenmodulator.« Bidd Nobb streichelte über die Konsole des Apparats und warf ihrem Ehemann einen verschwörerischen Blick zu. »Mit dem du Pakk Raff und seine Anhänger manipulierst. So wie alle anderen Nomaden, wenn dir danach ist.«

»Hm«, machte Priff Dozz einsilbig. »Faß nichts an. Ich möchte nicht, daß du eine unbeabsichtigte Schaltung auslöst.«

»Eine unglaubliche Macht«, sinnierte sein Weib, und er hatte den Eindruck, daß sie zu sich selbst redete. »Ich glaube nicht, daß jemals zuvor ein Nomade über ein solches Machtinstrument verfügt hat. Da mußte erst ein Genie wie mein Mann kommen.«

Sie schmiegte sich anhänglich an ihn, aber Dozz wehrte sie ab. Das Abbild der schönen Dell Wudd wollte ihm nicht aus dem Sinn gehen. Er deutete auf eine Anordnung von Schaltern. Ein rotes Signallicht zeigte an, daß sich der Modulator im Betriebsmodus befand.

Bidd Nobb unterzog das Aufnahmemikrofon einer näheren Betrachtung, über das die Befehle einzugeben waren.

»Darf ich?« fragte sie.

»Was? Ich habe gesagt, du sollst nichts anfassen.«

»Ich will nichts anfassen. Ich möchte lediglich einen Befehl eingeben. Einen ganz speziellen an diesen Angeber Pakk Raff, der mich stets behandelt hat, als sei ich der letzte Dreck.«

Der kleine Nomade machte eine wegwerfende Handbewegung. Was interessierte ihn ihre gekränkte Eitelkeit. Wenn jemand das Recht für sich in Anspruch nehmen konnte, Ressentiments gegen den obersten Rudelführer zu hegen, dann er selbst. Deshalb war er mit Raff auch noch lange nicht fertig. Doch wie er bereits dem kleinen Kreis seiner Anhänger gesagt hatte, mußten sie noch ein klein wenig Geduld haben. Scheinbar funktionierte der Gehirnwellenmodulator störungsfrei, dennoch wollte er noch ein paar letzte Tests wagen. Aber er mußte sich eine Ausrede überlegen, wieso der angebliche Rahimspürer noch nicht zufriedenstellend arbeitete. Allerdings sah er da mit seinem neu erwachten Selbstvertrauen kein Problem. Ihm würde schon was einfallen.

»Das Gerät reagiert nur auf meine Stimme«, hielt er sein Weib zurück. »Es analysiert die Frequenz meiner Stimme und gleicht sie der Zellschwingungsfrequenz anderer Gehirne an. Und zwar moduliert es Gehirnwellen dermaßen, daß sie unter meinen verstärkten Impulsen buchstäblich untergehen. Dabei kommt es zu einer Überschreibung der elektrischen Impulse des Betroffenen, wodurch die einzelnen Synapsen nicht mehr miteinander kommunizieren können.«

Bidd Nobb schaute ihn lauernd an, wobei sie vorsichtig nach dem Abschirmbügel auf ihrem Kopf tastete. »Ich verstehe nicht, was du meinst«, gab sie zögernd zu. »Aber ich habe erlebt, was es bedeutet. Das Dumme ist nur, daß ich mich an nichts erinnere.«

»Das ist auch der Sinn der Sache. Denn Pakk Raff wird es ebenso ergehen. Er wird zwar, wie alle anderen auch, bemerken, daß ihm ein paar Stunden fehlen und seine Nachforschungen anstellen, aber das wird ihm auch nichts nützen. Schließlich kann ihm niemand sagen, was in der verlorengegangenen Zeit geschehen ist.«

»Wenn nicht einer deiner großartigen Mitverschwörer umfällt

und dich verrät.«

»Um damit sein eigenes Todesurteil zu unterschreiben?« Priff Dozz schob sie verärgert beiseite und widmete sich den Kontrollen seiner Apparatur. Es störte ihn, daß Bidd Nobb selbst dann Zweifel anmeldete, wenn alles erfolgreich verlief. Noch mehr jedoch ärgerte ihn, daß ihre Skepsis ihn ansteckte. Dozz stieß ein unverständliches Knurren aus. Wieder hatte sie es geschafft, ihm die gute Laune zu verderben.

Mit raschen Bewegungen nahm er einige Schaltungen vor. »Ich habe den Modulator abgeschaltet.«

»Aber warum?« begehrte sie auf. »Du könntest mir ruhig auch ein wenig Spaß gönnen. Na, auch nicht so schlimm. Ich nehme an, daß du mir noch ausreichend Gelegenheit dazu geben wirst.«

Aufreizend näherte sie sich ihm, und er konnte die Lust in ihren Augen lesen. Unwillkürlich wich Priff Dozz einige Schritte zurück.

»Dafür ist jetzt nicht der Moment«, versuchte er sie zurückzuhalten.

»Das höre ich in letzter Zeit immer häufiger von dir. Ich bekomme langsam das Gefühl...« Unvermittelt brach sie ab.

»Was ist los?«

»Ich weiß nicht. Ich habe eben Bilder vor mir gesehen. Vertraute Szenen, bei denen ich zugegen war, aber wiederum auch nicht.«

»Du redest Unsinn«, fuhr er sie barsch an. »Dafür habe ich keine Zeit.«

»Verstehe. Zeit hast du auch nicht mehr für mich.«

»Nun versteh doch endlich. Ich vermute, daß Pakk Raff gleich hier aufkreuzen wird. Immerhin hatten wir eine Verabredung in der Zentrale, die ich nicht eingehalten habe. Er wird schäumen, also muß ich mir eine gute Ausrede für diesen Dummkopf einfallen lassen.«

»Sag ihm doch einfach, ich hätte dich von der Arbeit abgehalten«, schlug Bidd Nobb vor, und sie ging erneut auf Tuchfühlung. »Das wird er bestimmt verstehen. Der mit seinen drei Weibern, hinter denen jeder herglotzt.«

Priff Dozz hatte das Gefühl, daß sie ganz besonders ihn damit meinte. Er schnaubte verächtlich, ersparte sich aber einen Kommentar.

»Das führt nur dazu, daß er noch mehr schäumt. Ich muß ihn nicht auch noch reizen. Er war vorhin sowieso schon wieder schlecht auf mich zu sprechen.«

Dann öffnete sich das Schott, und Pakk Raff schäumte tatsächlich.

Aber nicht nur das.

»Du verdammter, verlauster Bastard«, brüllte er fauchend, mit sich beinahe überschlagender Stimme. »Du erbärmlicher kleiner Wicht.«

»Aber... aber, Pakk Raff«, stammelte Priff Dozz verständnislos. »Es tut mir... wirklich leid, aber ich war verhindert.«

»Verhindert?« Raffs Stimme war haßerfüllt. Aus seinem aufgerissenen Maul, in dem zwei furchteinflößende Zahnreihen zu erkennen waren, tropfte dampfender Sabber. Seine gelbglühenden Augen funkelten wie im Fieberwahn. In schrillem Diskant schrie er: »Du hast mich getreten, elender Verräter, und dafür werde ich dich töten!«

Priff Dozz wurde blaß.

Er hatte sich geirrt.

Pakk Raff erinnerte sich an das, was geschehen war!

Und das bedeutete nur eines für Priff Dozz.

Das Todesurteil.

Wenn er nicht schnell genug war. Doch die Furcht ließ die archaischen Instinkte seiner Vorfahren in ihm durchbrechen.

Ohne zu überlegen, warf er sich herum und war mit einem Sprung bei der Maschine. Er spürte Pakk Raffs heißen Atem im Nacken, als seine Hand auf die Bedienungselemente krachte.

»Unternimm nichts!« stieß er mit heiserer Stimme aus. »Geh in dein Quartier und warte dort, bis ich weitere Anweisungen gebe!«

Er fühlte sich wie erstarrt. Wenn Pakk Raff nicht auf seinen geistigen Befehl reagiert hätte, hätte Priff Dozz nicht mal Gegenwehr gezeigt. Nachdem einige Sekunden verstrichen und sich hinter ihm das Laborschott mit einem schwachen Zischen schloß, löste er sich endlich aus seiner Erstarrung.

»Er ist gegangen«, erklärte Bidd Nobb. »Du kannst aufhören zu zittern.«

Priff Dozz wandte sich ihr zu. Er zitterte tatsächlich am ganzen Körper. »Raff kann sich an alles erinnern. Wie konnte ich auch glauben, ausgerechnet *ihn* hintergehen zu können? Was soll ich denn jetzt tun?«

»Hör auf zu jammern!« herrschte Bidd Nobb ihn an. Dozz zuckte zusammen und wurde immer kleiner. »Als erstes befiehlst du all deinen Gegnern, in ihren Unterkünften zu bleiben! Sonst tauchen sie nämlich in Kürze einer nach dem anderen hier auf.«

Priff Dozz wagte keinen Widerspruch. Natürlich hätte er selbst daran denken müssen, aber in seinem Kopf wirbelte alles durcheinander. Auf keinen Fall durfte er seinen Plagegeist noch einmal aus der geistigen Unterdrückung aufwachen lassen. Er fragte sich, wieso sein Weib und auch seine Mitverschwörer sich nicht an die Dauer ihrer Manipulation erinnern konnten, Pakk Raff aber sehr wohl. Und dessen Anhänger? Er durfte bei keinem einzigen von ihnen das Risiko eingehen, ihn wieder er selbst werden zu lassen.

»Ich verstehe jetzt«, sagte Bidd Nobb gedehnt.

»Was verstehst du?«

»Diese Bilder, die ich gesehen habe. Sie werden deutlicher. Alles ist noch dunkel und verschwommen, aber allmählich kann ich mich an die Zeit unter dem Einfluß deines Gehirnwellenmodulators erinnern.«

»Aber das ist unmöglich!«

Doch das war es offenbar nicht. Denn ihre Worte würden auch Pakk Raffs zurückgekehrte Erinnerungen erklären. Dieser Steinschädel hatte die Manipulation schneller überwunden als Bidd Nobb und Priff Dozz' Mitverschwörer. Sie alle erinnerten sich, nur unterschiedlich schnell.

»Ich muß nachdenken«, flüsterte er, nachdem er die entsprechenden Befehle eingegeben hatte, die ihm auch Pakk Raffs Anhänger von der Kehle hielten. »In meinem Quartier.«

»Ich werde dich begleiten, damit du die richtigen Entscheidungen triffst.«

Priff Dozz warf seiner Erfindung einen skeptischen Blick zu. Er hatte das Gerät bereits länger laufen lassen als ursprünglich geplant. Er hatte es nicht für einen dauerhaften Einsatz konzipiert, deshalb wußte er nicht, was geschehen würde. Aber er konnte es nicht mehr ausschalten. Sonst hätte er augenblicklich wieder seinen Chef am Hals.

Vor ihm öffnete sich das Schott, ohne daß er den Mechanismus betätigt hatte. Unwillkürlich zuckte er wieder zusammen. Sollte Pakk Raff immer noch geistigen Widerstand leisten?

Doch draußen stand nicht der oberste Rudelführer der Nomaden.

»Tott Krukk!« entfuhr es Priff Dozz. Überrascht sah er seinen Mitverschwörer und dessen drei Begleiter an. »Ihr solltet doch in euren Quartieren verweilen, bis ich mich wieder melde.«

»Die Pläne haben sich geändert«, erwiderte Krukk tonlos. »Ich habe beschlossen, daß nicht du der neue Anführer der Nomaden wirst. Ich finde, daß ich viel geeigneter für diese Position bin.«

Eskortiert von seinen Begleitern drang er ins Labor ein. Priff Dozz kannte sie. Jeder von ihnen gehörte dem kleinen Kreis an, der den geheimen Aufstand gegen das Rangsystem der Nomaden angezettelt hatte. Nie hatte er erwartet, daß sie sich gegen ihn stellen würden. Jetzt ließen sie keinen Zweifel daran, denn sie alle waren bewaffnet und drängten ihn langsam zurück.

»Du kannst unsere Leute nicht anführen«, begehrte Priff Dozz auf. »Vor allem kannst du nichts gegen Pakk Raff ausrichten. Das kann nur ich dank meines Modulators.«

»Dessen simple Bedienung du uns freundlicherweise erklärt hast«, konterte der Aufrührer. »Mit seiner Hilfe werde ich meine Ziele erreichen.«

Priff Dozz erkannte, daß er bei ihrer Zusammenkunft einen Fehler gemacht hatte. Einen Fehler, der Tott Krukk verdammt schnell hatte reagieren lassen. Natürlich konnte Krukk den Modulator dennoch nicht bedienen, weil die Stimmerkennung nicht auf ihn reagieren würde, aber mit ein paar willkürlichen Handgriffen an der Maschine konnte er genug Unheil anrichten. Sei es nur, daß Pakk Raff wieder zu sich kam. So weit durfte Priff Dozz es nicht kommen lassen.

»Du bist ein Narr, Tott Krukk, wenn du das wirklich glaubst. Der Gehirnwellenmodulator ist keine Dauereinrichtung. Ohne entsprechende Modifikationen, die nur ich vornehmen kann, wird er nicht lange arbeiten. Unter deiner Führung ist die geplante Neuordnung unserer Gesellschaft von vornherein zum Scheitern verurteilt. Und euch andere warne ich. Krukk wird dafür sorgen, daß Pakk Raff euch alle tötet. Denn er wird ihm niemals Einhalt gebieten können.«

Tott Krukk hielt inne. Unter seinen Begleitern machte sich Ratlosigkeit breit. Unentschlossen schauten sie zwischen Dozz und Krukk hin und her. Zweifellos wägten sie ab, als wessen Anhänger sie bessere Chancen für die Zukunft hatten.

»Laßt euch von ihm nicht den Kopf verdrehen!« herrschte Tott Krukk die Unterlinge an. »Er versucht nur, seinen Hals zu retten. Aber ich werde euch beweisen, daß ihr unter meiner Herrschaft besser dran seid.«

Entschlossen näherte er sich Priff Dozz, der sich verzweifelt umsah. Sein Labor war mit allen möglichen Gerätschaften ausgerüstet, aber es gab keine Waffe. Außerdem bezweifelte er, daß sein Widersacher ihm die Gelegenheit gelassen hätte, nach einer zu greifen. Ihm wurde bewußt, daß er sich verteidigen mußte, denn Tott Krukks Körpersprache drückte aus, daß er zum Angriff bereit war.

Auch wenn es sich bei ihm ebenfalls um einen von der Natur benachteiligten Nomaden handelte, war er doch größer und kräftiger als Priff Dozz, der sich keine Chance im direkten Kampf ausrechnete. Er hatte keine Erfahrung, wie er sich zur Wehr setzen sollte.

»Ihr müßt ihn aufhalten!« forderte er die anderen Nomaden auf. »Oder er wird euch alle ins Verderben reißen!«

Keiner von ihnen reagierte. Lediglich die Waffen ließen sie sinken. Offenbar hatten sie beschlossen, zunächst den Ausgang des bevorstehenden Kampfs abzuwarten, um sich dann endgültig für eine Seite zu entscheiden.

Für die Seite des Siegers.

Und das war bestimmt nicht Priff Dozz, wie er selbst erkannte.

Dozz stieß ein Ächzen aus, als sich Tott Krukk vom Boden abstieß und auf ihn zuflog. Seine mickrigen Zähne waren zum Zubeißen bereit.

Doch er sollte Priff Dozz nicht erreichen.

Schneller, als einer von ihnen reagieren konnte, huschte von der Seite ein Schatten heran und erwischte Tott Krukk im Sprung. Der wurde zu Boden geschleudert, einen zornigen Schrei ausstoßend – der sich rasch in Entsetzen verwandelte und schließlich schmerzerfüllt erstarb.

Zähflüssiges Blut lief an seiner Kehle herab und breitete sich als Lache am Boden aus.

Bidd Nobb!

Verständnislos starrte Priff Dozz seine Frau an. Dann fiel sein Blick wieder auf den toten Aufrührer, der ihm Sekunden zuvor noch seine neue Position hatte streitig machen wollen.

»Hoffentlich begreift ihr jetzt, daß es besser für euch ist, meinen Mann zu unterstützen. Er allein kann euch in eine bessere Zukunft führen. Seht das endlich ein! Oder muß ich euch ebenfalls töten?«

Bidd Nobbs Worte brachten Priff Dozz endgültig in die Wirklichkeit zurück. Sie hatte ihn gerettet. Nicht nur seine künftige Führerschaft, sondern zweifellos sein Leben. Es war nicht das erste Mal, daß sie für ihn in die Bresche gesprungen war und ihn überraschte. Die drei Nomaden waren nicht weniger überrascht als er selbst. Längst hatten sie ihre Waffen weggesteckt und jeden Gedanken fallengelassen, sich gegen ihn zu stellen. Er straffte seine kleinwüchsige Gestalt und trat ihnen entschlossen entgegen.

»Ihr habt es gehört!« herrschte er die Unterlinge an. »Wenn ihr nicht ebenfalls sterben wollt, versichert mich eurer Gefolgschaft und verkriecht euch dann in eure Unterkünfte, bis ich euch rufe!«

Unter unterwürfigen Gesten und einer nicht endenwollenden Litanei ihrer Treue zogen sie sich schließlich zurück.

Angeekelt betrachtete Priff Dozz den Leichnam. Er hatte auf ganzer Linie gesiegt, wenn auch nur dank der tatkräftigen Unterstützung durch Bidd Nobb.

Daß die eigentliche Katastrophe ihm noch bevorstand, erkannte er erst, als ein summender Alarmton aus dem Gehäuse des Gehirnwellenmodulators drang.

»Der Frequenzabtaster!«

Priff Dozz' Befürchtungen waren berechtigt gewesen. Erschüttert verfolgte er das hektische Blinken der roten Kontrolleuchte, die die Störung gnadenlos anzeigte. Der Frequenzabtaster war verantwortlich für das Einlesen der Zellschwingungsfrequenzen seiner Opfer. Wenn er ausfiel, ging gar nichts mehr. Der schmächtige Wissenschaftler hätte keinen Einfluß mehr auf die manipulierten Nomaden. Binnen kurzer Zeit würden sie wieder zu sich kommen, und was das bedeutete, hatte ihm sein ehemaliger Chef ja bereits klargemacht.

»Was ist geschehen?« fragte Bidd Nobb einfältig.

Der kleine Nomade stieß einen barschen Fluch aus und schob sie achtlos beiseite. Mit einem Mal hatte er den Eindruck, daß seine Umsturzversuche unter keinem guten Stern standen. Alles schien sich gegen ihn zu verschwören. Erst Pakk Raff, dann Tott Krukk, und jetzt das.

Seine Finger flogen über die Bedienungselemente und nahmen eine Reihe von Schaltungen vor. Wenn es ihm nicht schnellstens gelang, den Taster zu stabilisieren, waren all seine bisherigen Anstrengungen Makulatur. Er drosselte die Energiezufuhr um dreißig Prozent, um das beschädigte Teil zu entlasten, und wappnete sich mit Geduld. Nach einer Weile erlosch der Alarm, nur das rote Licht pulsierte weiterhin in seinem vorwurfsvollen Rhythmus.

»Das sieht nicht gut aus«, überlegte Bidd Nobb. »Bekommst du das Problem in den Griff? Andernfalls müssen wir Maßnahmen gegen Pakk Raff ergreifen, bevor er wieder zu Verstand kommt.«

Noch während sie sprach, hatte Priff Dozz begonnen, einen Teil der glänzenden Verkleidung des Aggregats abzubauen. Er hielt einen Moment inne und lauschte dem Klang ihrer Stimme nach. Wenn er sich nicht irrte, hatte sie eine rigorose Lösung für Raff im Sinn. Priff Dozz zog es vor, nicht näher darüber nachzudenken. Er mußte den Schaden auf eine andere Weise regulieren.

Als er das abgeschraubte Blech neben sich warf, erkannte er das ganze Ausmaß der Katastrophe. Mit ein paar einfachen Handgriffen war es nicht getan. Er mußte einen grundlegenden Austausch vornehmen. Doch wie, wenn ihm das notwendige Ersatzteil fehlte? Mochte er noch so gewitzt sein, der Kristall war eines der Herzstücke seines Gehirnwellenmodulators. Versagte er, fiel die ganze Maschine aus.

»Ein paar Stunden noch«, ächzte er verzweifelt, dann brach seine kraftlose Stimme ab.

»Was bedeutet das? Was ist in ein paar Stunden?« fragte seine Frau argwöhnisch. Sie stieß ihn auffordernd mit einer Hand vor die Brust. »Nun rede endlich. Vielleicht fällt mir eine Lösung ein.«

»Dir?« Priff Dozz kicherte humorlos. »Ausgerechnet dir? Dann wäre ja hinter meinem Rücken eine geniale Technikerin an dir verlorengegangen. Nein, nein, selbst dann könntest du nichts tun. Ich muß diesen Kristall des Frequenzabtasters überbrücken, und zwar schnell. Dann hält er noch ein paar Stunden durch.«

»Und danach?«

»Bricht er endgültig zusammen.« Er warf anklagend die Hände in die Höhe »Diese Schufte! Unsere Leute auf Doron! Von ihnen habe ich den Kristall gekauft. Sie haben mich übers Ohr gehauen. Die sollen mir in die Finger kommen!«

»Du hättest keine Chance gegen sie«, holte Bidd Nobb ihn auf den Boden der Tatsachen zurück. »Außerdem sind sie sowieso tot. Die Fremden aus dem mächtigen Ringraumer haben dafür gesorgt.«

Priff Dozz schnappte nach Luft. Das wußte er selbst. Sein Ausbruch war lediglich eine Redensart gewesen, und er mochte es nicht, daß seine Frau ihn darauf hinwies. Er verzog das Gesicht zu einer gequälten Grimasse und ersparte sich eine Antwort. Stattdessen stellte er mit wenigen geschickten Handgriffen die Überbrückung her, die ihm eine Gnadenfrist gewährte. Wie lange genau, konnte er nur schätzen, und das war ein Umstand, mit dem er als Wissenschaftler gar nicht glücklich war.

»Ich muß auf die Brücke«, sagte er gedankenverloren. »Wir haben seit unserem Aufbruch aus dem Patriken-System den Kurs nicht geändert. Damit ist Chidar die nächste für uns erreichbare Welt.«

»Chidar? Nie davon gehört. Was willst du dort?«

»Ich brauche einen neuen Kristall, damit der Modulator nicht vollends ausfällt. Und jede Minute, die ich hier mit dir verplempere, kann am Schluß eine zuviel sein.«

Er drehte sich barsch um und ließ Bidd Nobb stehen. Unwillkürlich erwartete er, daß sie aufbegehren und ihm auf ihre unnachahmliche Art, die er so verabscheute, die Leviten lesen würde. Doch sie schwieg und trottete ergeben hinter ihm her. Aber Priff Dozz machte sich nichts vor. Zu gegebener Zeit würde sie ihn daran erinnern, daß sie ihm erst kürzlich mal wieder das Leben gerettet hatte, und entsprechenden Dank einfordern.

Chidar war seine einzige Hoffnung. Aber nicht nur wegen der Aussicht auf einen neuen Kristall.

Denn auf Chidar gab es noch etwas anderes.

Und das mußte ihm Pakk Raff besorgen, ob er nun wollte oder nicht.

Jedenfalls, wenn Priff Dozz dann noch unter den Lebenden weilte.

8.

Guliver Bligh, Sicherheitschef von Deluge, sah sich die Aufzeichnungen an.

Unsichtbare trieben sich im Höhlensystem herum, und diese Unsichtbaren wollte er entlarven. Warum er dazu Kameras installieren ließ, wollte keiner begreifen, weil Unsichtbare doch auch unsichtbar blieben, wenn man sie filmte. Das hatten schließlich die Deflektorfelder der Nogk bewiesen, deren Benutzer auch dann nicht sichtbar wurden, wenn sie unter verschiedenen Lichtspektren gefilmt wurden.

Jetzt grinste Bligh. »Sehen Sie, Pan-The?«

Der wissenschaftliche Leiter des Komplexes, der mit Tim Akker, Raoul Pelletier und anderen Blighs Einladung in sein Büro gefolgt war, sah.

Pelletier sah auch, aber nur mit einem Auge.

Trotzdem grinste er plötzlich von einem Ohr zum anderen und kostete seinen Triumph aus, als er sagte: »Das ist der Pullman *außerhalb* des Industriedoms!«

Aber der Pullman war nicht leer.

In ihm saßen zwei Personen; ein hellhäutiger, hellhaariger, muskulöser Mann, der sicher seine 100 Kilo auf die Waage brachte, und ein kleines Mädchen, etwa zehn Jahre alt.

»Kennt einer die beiden?« wollte Bligh wissen.

Allgemeines Kopfschütteln.

»Fremde in den Höhlen«, sagte Bligh, »und jetzt passen Sie auf. Hier liegt eine Zeugenaussage vor. Zwei Leute haben gesehen, wie eine Bürotür geöffnet und wieder geschlossen wurde, und kurz danach wieder, anschließend tauchte der Pullman wieder auf... und in der Zwischenzeit gab es im Büro einen unbefugten Datenzugriff! Sehen Sie...«

Der Pullman stoppte. Der Mann und das Mädchen stiegen aus, und mit hoher Geschwindigkeit verschwand der Pullman, der in der Maschinenhöhle, in der die Wissenschaftler ihre Büros und Labors eingerichtet hatten, sich gar nicht hätte bewegen dürfen. Der Mann und das Mädchen betraten einen der Büroverschläge. Wenig später verließen sie ihn wieder. Der Pullman jagte heran, Mann und Mädchen stiegen ein und verschwanden mit dem Transportgerät…

»Exakt passend zu den Zeugenaussagen. Auf die Sekunde genau«, sagte Bligh.

Tim Acker wandte sich Pelletier zu.

»Entschuldigung, Raoul«, sagte er. »Sie dürfen mir jetzt auch ein Auge blau schlagen. Aber nur, wenn Bonnie und Clyde kein Trick unseres Mister Bligh sind.«

Damit hatte das ungleiche Pärchen seinen Spitznamen weg.

Bligh hob die Brauen. »Sehe ich aus, als hätte ich es nötig, um zwischen Ihnen Frieden zu stiften? Meinetwegen können Sie sich gegenseitig totschlagen. Pan-The fordert danach von Terra Ersatz für Sie an und…«

»*Mister Bligh!*« fauchte der sonst so ruhige Tibeter. »Ich würde in diesem Fall eher Ersatz für *Sie* anfordern!«

»Mit Terra reden müssen wir auf jeden Fall«, sagte Bligh. »Wenn sich hier Unbefugte herumtreiben… was wir jetzt noch herausfinden müssen, ist, wie sie hier eingedrungen sind. Mit einem der Raumschiffe können sie kaum gekommen sein, das wüßten wir.«

»Transmitter«, vermutete Acker, der mit den Transmitterstraßen der Mysterious seine üblen Erfahrungen gemacht hatte und zusammen mit Manu Tschobe unter anderem auch auf Babylon gelandet war, um dort *getestet* zu werden. Als die unheimliche Technik der Geheimnisvollen ihnen im Charaktertest nacheinander ihre Spiegelbilder vorführte, hatten beide gleich reagiert – Tschobe hatte sein Spiegelbild und damit sich selbst k.o. geschlagen, nur Acker hatte nicht die Kraft dazu gehabt und sich lediglich ziemlich weh getan.

»Über Transmitter haben uns die Crekker-Tel doch damals auch die verdrehten Cyborgs Mildan und Dordig untergejubelt«, fuhr Acker salopp fort. »Die waren auch unsichtbar…«

»Aber die konnten nicht mit Kameras festgestellt werden, sondern zeigten sich nur bei körperlichem Kontakt und zuweilen als Schatten«, erinnerte Pan-The.

Bligh winkte ab. »Das hier ist eben etwas ganz anderes, und wir haben durch die Kameras erstklassige Holo-Porträts unserer beiden Unsichtbaren. Mal sehen, was man auf Terra dazu sagt…«

Es gab noch mehrere andere Mitschnitte, auf denen das ungleiche Pärchen zu sehen war. Die besten Aufnahmen sendete Bligh per To-Funk zur Erde, verbunden mit der Bitte um Unterstützung.

Dann begann das Warten darauf, wie Terra reagierte.

Die Hyperfunkbotschaft, aufgefangen von der Funkstation Cent Field der Terranischen Flotte, landete auf dem Schreibtisch von Major Hus. Der wartete sehnsüchtig auf seine Pensionierung und riß nur noch Dienst nach Vorschrift ab. Stinksauer war er auf seinen Brötchengeber, weil man ihm das Kommando über einen Kreuzer der Planetenklasse genommen und einen wesentlich älteren Offizier an seine Stelle gesetzt hatte. Entsprechend gering war sein Engagement, und er dachte gar nicht daran, auch die GSO zu informieren, als er den Text des Funkspruchs las und die Holo-Porträts sah. Die waren allerdings von sehr schlechter Qualität, weil die wieder mal stärker gewordenen Störungen des galaktischen Magnetfelds selbst den To-Funk störten und verzerrten.

Immer wieder Hope, dachte Major Hus. *Erst die G'Loorn, dann die beiden entarteten Cyborgs, jetzt Unsichtbare, nur wieso kann man Unsichtbare filmen? Die sind doch dann gar nicht wirklich unsichtbar!*

Ihm lagen Fahndungsbilder von Babylon und Terra vor. Dort von einem John Brown, hier von einem Jim Smith, aber abgesehen davon, daß beide gesuchten Personen sich nur geringfügig voneinander unterschieden, zeigte Hus auch kein gesteigertes Interesse, sich um diese Sache zu kümmern. Das schob er lieber an andere ab.

Immerhin besaß er entsprechende Befugnisse.

Aber da es sich um Hope handelte, den Lieblingsplaneten des Commanders der Planeten und des Flottenchefs Riker, der nichts getan hatte, die Versetzung des Majors von einem Kommandoposten in die Etappe zu verhindern, gab es Handlungsbedarf. Also ging er die Liste durch, welche Raumer gerade in Bereitschaft lagen.

Der erste auf dieser Liste war die EUROPA.

Na schön. Dann sollte die eben nach Hope fliegen und sich um diese Sache kümmern.

Der Einsatzbefehl wurde von Captain Patters, dem Adjutanten Marschall Bultons, automatisch bestätigt.

Und der Ringraumer EUROPA flog ab ins Col-System.

Colonel P. S. Clark, Kommandant der EUROPA, war nicht sonderlich begeistert von dem Einsatzbefehl. Er fragte sich, was er auf Hope sollte. Der Sinn des Einsatzes war ihm nicht klar; war es nicht eher Sache der GSO als der TF, nach bestimmten Personen zu fahnden?

Aber er hatte auch nicht die Absicht, nachzufragen oder sich gar zu beschweren. Er fühlte sich in gewisser Hinsicht abgestuft, auch wenn es *de facto* nicht so war.

Er flog das modernste Raumschiff der Terranischen Flotte. Aber er konnte sich darüber nicht freuen.

Die 2057 in Dienst gestellte EUROPA war eine terranische Eigenkonstruktion, ein Ringraumer, mit dem man versucht hatte, die Mysterious glatt zu deklassieren. Deren Ringraumer durchmaßen generell 180 Meter, bei einer Ringstärke von 35 Metern, während die EUROPA bei 90 Metern Ringstärke einen Durchmesser von 450 Metern aufwies. Die Raumschiffszelle bestand nicht aus Unitall, sondern komplett aus Tofirit, und um die enorme Masse zu bewältigen – Tofirit war rund 17mal so schwer wie Unitall – hatte man dem Raumer gleich drei M-Triebwerke verpaßt. Da sich deren Leistung nicht nur addierte, sondern eher multiplizierte, waren die beiden Tofirit-Ringraumer bisher das *non plus ultra* gewesen.

So lange, bis man herausfand, daß die S-Kreuzer ebenso wie Ren Dharks Superraumschiff POINT OF nur auf *Sparflamme* liefen... und daß sie, mit Tofirit beschickt, in den sogenannten »Vollbetriebsmodus« schalten konnten.

Das war der EUROPA wie ihrem Schwesterschiff TERRA natürlich nicht möglich. Man hatte zwar die in der Maschinenhöhle produzierten M-Triebwerke installiert, wie auch die M-Konverter, aber keinen Beschleunigerring... und nun zehrten die Energieerzeuger von ihrer Tofirit-Auskleidung, brachten aber so oder so nur »normale« Leistung und würden eines Tages *ertobit* sein, also *leer*. Das baugleiche Schwesterschiff der EUROPA, die TERRA, war nach der galaktischen Katastrophe nur noch ein nutzloser Schrotthaufen.

Mithin war jeder neu betankte S-Kreuzer dem letzten verbliebenen Superraumschiff an Leistung weit überlegen. Jetzt und auch künftig.

Und das gefiel Clark nicht.

Zuvor hatte er ein S-Kreuzergeschwader kommandiert, war im Einsatz gegen die unsichtbaren Riesenkampfstationen der Grakos gewesen. Er hatte etliche seiner Schiffe verloren, aber das war es sicher nicht, weshalb man ihm anschließend das Kommando der EUROPA übertragen hatte. Es war eher eine Auszeichnung gewesen, das modernste Schiff der TF fliegen zu dürfen, nur konnte diese Auszeichnung dem Colonel inzwischen nicht mehr gefallen. Denn jeder frisch betankte S-Kreuzer war heute leistungsstärker als die EUROPA, die nur mit ihrer praktisch unzerstörbaren Tofiritzelle brillieren konnte. Clark wünschte sich in den Leitstand eines S-Kreuzers zurück... mit einem solchen Raumer konnte er sicher mehr bewegen als mit dem Flottenneubau.

Denn daß die S-Kreuzer mehr als tausend Jahre alt waren, merkte man ihnen niemals an. Sie waren immer noch perfekter und besser als alles, was andere raumfahrende Völker der Gegenwart auf die Beine stellen konnten.

Clark schüttelte den Kopf.

Ein langweiliges Raumschiff, ein langweiliger Auftrag... aber er war Offizier der TF, und als solcher war er trotz seines hohen Ranges und trotz aller Orden, die man ihm nachgeworfen hatte, dem Gehorsam verpflichtet.

Also flog er nach Hope.

Auch wenn er nicht wirklich wußte, was er da eigentlich sollte. Einen Mann und ein Mädchen jagen? Unsichtbare jagen? Alles erschien ihm ein bißchen verworren.

Nun gut, vielleicht konnten ihm Bligh und Pan-The, die beiden Chefs auf Hope, mehr darüber erzählen.

Dr. Melasse, Mediziner, hatte das Archiv aufgesucht und zwei Mentcaps angefordert. Prompt warf das Archiv die beiden grauen, metallenen Scheiben aus, die bei einer Stärke von 0,9 Zentimeter einen Durchmesser von 4,8 Zentimeter besaßen und mit einem 19 500 Hertz-Sender geöffnet wurden. In jeder Scheibe befand sich eine ein Millimeter große, schneeweiße Kugel aus synthetischem Stoff einer unbekannten Molekülkette. Sie löste sich sofort in Wasser oder auch in der Magenflüssigkeit auf, um dabei das in ihr gespeicherte Wissen der Mysterious freizugeben.

Dr. Melasse schluckte die beiden Mentcaps, wartete einen Moment und verfügte plötzlich über neues Wissen, das aber in einigen Wochen wieder verschwinden würde, wenn er es sich nicht durch konzentriertes Arbeiten sicherte. Danach würde das Archiv ihm dieses spezielle Wissen kein zweites Mal zur Verfügung stellen.

Das hielt Dr. Melasse auch nicht für erforderlich, weil er sich dieses geschenkte Wissen ohnehin durch praktische Nutzung erarbeiten würde.

Er ließ es auf sich einwirken, um es zu verstehen, und machte sich dann an die Arbeit. Einen Tag später präsentierte er Pan-The und Guliver Bligh das Resultat seiner Aktivität.

»Ohne M-Wissen hätte ich es wahrscheinlich nicht geschafft,

oder zumindest nicht dermaßen schnell«, gestand er.

»Und das funktioniert?« staunte Bligh, der das zündholzschachtelkleine Gerät mißtrauisch beäugte.

»Probieren Sie's aus.« Dr. Melasse heftete den *Sinnesverstärker*, wie er das Gerät nannte, mit einem hautverträglichen Kleber an Blighs Stirn, der sich mit dem »Brett vorm Kopf«, wie er es prompt nannte, ein wenig lächerlich vorkam. Aber er konnte den Unterschied tatsächlich sofort feststellen. Er empfand alle Sinneseindrücke wesentlich intensiver als zuvor.

Vor allem auf optischer Ebene. Er entdeckte plötzlich Dinge, die ihm nie aufgefallen waren, sah Staubkörner auf Pan-Thes Schreibtisch, Reflexionen, Farbnuancen...

»Damit müßten die beiden Fremden aufzuspüren sein«, behauptete der Mediziner. »Daß sie nicht wirklich unsichtbar sind, beweisen ja die Filmaufnahmen. Und wenn sie als Unsichtbare auch nur einen Schatten werfen, wird ein Träger dieses Sinnesverstärkers den Schatten unweigerlich entdecken.«

»Wie viele dieser Geräte haben Sie gebaut, Doc?« fragte Bligh.

»Bisher nur dieses, aber ich denke, daß ich mit einiger Unterstützung in ein paar Stunden ein gutes Dutzend herstellen kann. Das Rohmaterial ist vorhanden, alles andere ist allerdings Handarbeit. Ja, wenn die Kantine in der Lage wäre, nicht nur Speis' und Trank, sondern auch technisches Gerät zu replizieren, hätten wir es wesentlich einfacher... oder wenn wir eines der M-Geräte in der Maschinenhöhle dazu bringen können, daß es die Baupläne erfaßt und nachvollzieht... uns fehlt hier einfach ein Mann wie Arc Doorn.«

Er pflückte Bligh das Gerät wieder von der Stirn.

»Fordern Sie an, was und wen Sie brauchen«, sagte Pan-The. »Und arbeiten Sie so schnell wie möglich.«

Ein paar Stunden später waren Bligh und seine Leute mit den ersten Sinnesverstärkern im Höhlensystem unterwegs. Dr. Melasse hatte versucht, den Benutzern die Funktionsweise zu erklären, aber so genau wollte das der Sicherheitschef gar nicht wissen. Ihm war nur wichtig, daß die Technik funktionierte, nicht, wie sie das tat. Von einer zusätzlichen Abschirmung gegen parapsychische Aktivitäten hatte der Doc noch geredet, aber ob die Fremden ihre Unsichtbarkeit auf Parabasis gewannen oder mit technischen Mitteln, war ihm egal. Er fragte sich nur, warum damals, als die beiden entarteten Cyborgs Mildan und Dordig das Höhlensystem unsicher machten, niemand auf die Idee gekommen war, so einen paraabschirmenden Sinnesverstärker zu entwickeln – nicht einmal Manu Tschobe, dem man nachsagte, daß auch er über eine schwache Parabegabung verfügte.

Der kurze Moment des Ausprobierens hatte Bligh jedenfalls überzeugt. Es mußte doch mit dem Teufel zugehen, wenn sie die beiden Unsichtbaren jetzt nicht schnappen konnten!

Jim Smith sah sich vor seinem Ziel. Gerade hatte er herausgefunden, warum die Intervallfelder über Deluge und Kontinent Vier nicht über die Gedankensteuerung zu schalten waren und daß es manuelle Schaltmöglichkeiten gab, wie er vermutet hatte.

Ihn interessierte die Schaltung für Kontinent Vier. Die ließ sich angeblich auch von Deluge aus betätigen.

Er mußte nur noch erfahren, wo sich diese Schaltstelle befand. Die Menschen im Höhlensystem kannten sie offenbar, ärgerlicherweise konnte er sie aber nicht einfach danach fragen, und irgendwelche schriftlichen oder elektronischen Unterlagen darüber gab es nicht.

Es blieb ihm nichts andres übrig, als das gesamte Höhlensystem danach zu durchforschen, weil auch das Archiv auf eine entsprechende Anfrage keine Mentcap ausgegeben hatte. Es war absurd – ausgerechnet er konnte sich dieser Technik nicht bedienen…

Plötzlich hatte er das Gefühl, beobachtet zu werden!

Ein mißtrauischer Blick zu Juanita verriet ihm, daß es nicht an ihr liegen konnte. Sie wirkte voll konzentriert.

Ganz langsam wandte Smith sich um und sah nur zwei Dutzend

Meter entfernt einen Mann, der in sein Armbandvipho sprach.

Etwas haftete an der Stirn des Mannes.

Smith griff ganz langsam zum Blaster. Er ahnte, daß sein Gefühl, beobachtet zu werden, mit diesem Etwas zu tun haben mußte. War der Terraner in der Lage, Smith und das Mädchen trotz Juanitas Paragabe zu sehen?

Juanita sah Smiths Handbewegung.

»Nicht!« stieß sie leise hervor. »Tu das nicht!«

Er zog die Hand wieder zurück. Natürlich, sie hatte recht. Wenn er den Mann tötete, löste das das Problem nicht, denn der hatte seine Meldung längst gefunkt. Statt dessen griff er in die Tasche, die er unter dem Hemd vor der Brust trug, und nahm eines der kleinen Geräte heraus. Während er sich weiterbewegte und Juanita mit der anderen Hand mit sich zog, richtete er den Apparat auf den Mann, der nach wie vor zu ihnen beiden herübersah.

Die Anzeige seines Gerätes verriet ihm alles.

Der Terraner konnte sie beide sehen!

Das Ding, das ihm an der Stirn haftete, verstärkte seine Wahrnehmung, und zugleich blockte es Juanitas schwache Paragabe so, daß sie auf den Mann nicht mehr wirkte!

»Die sind so verdammt schlau«, murmelte Smith. Wie konnten sie wissen, daß Parakräfte im Spiel waren? Dabei waren die so schwach, daß schon verstärkte Konzentration eines Beobachters genügt hätte, sie zu neutralisieren. Die Terraner auf Deluge griffen aber gleich zum Holzhammer!

»Wir müssen hier weg«, zischte Smith dem Mädchen zu. »Und zwar schnell. Der Mann da hat unsere Tarnung durchschaut! Er sieht uns!«

Juanita erschrak. Sie wußte zwar nicht, warum Jim unbedingt alles heimlich machen wollte, was er tat, aber sie ahnte auch, daß es im Falle einer Entdeckung eine Menge Ärger gab.

Smith rief den Pullman!

Da sah er eine Antigravplatte heranschweben. Auf der saßen drei weitere Männer, jeder mit einem dieser kleinen Geräte an der

Stirn. Jetzt zog Smith doch seinen Blaster und schoß. Ein verwirrendes Licht mit einer rasenden Folge von Strichen und Punkten geisterte durch die Halle, und Smith sah die drei Männer auf der Schwebeplatte in sich zusammensinken. Der andere, der vorhin in sein Armbandvipho gesprochen hatte, schoß jetzt auch, nur benutzte er keine Schockwaffe, sondern verfeuerte tödliche Strahlen! Die grellen Energiefinger fauchten haarscharf an Smith und dem Mädchen vorbei.

Unwillkürlich schrie Juanita auf.

Ihre Konzentration verflog, die beiden wurden normal sichtbar.

Smith schoß auf den Blasterhelden, verfehlte ihn aber, weil der einen weiten Hechtsprung zur Seite machte, sich abrollte und gleich wieder feuerte. Aber da tauchte der Pullman auf und geriet in die Schußbahn. Die grell leuchtende Blasterenergie zersprühte an der Unitallverkleidung einer der Transportkugeln.

»Einsteigen, schnell!« befahl Smith, half Juanita in eine der Kugeln und schoß dabei wieder auf den Terraner. Den mußte er außer Gefecht setzen und schalt sich selbst einen Narren, daß er nur mit Paralyseenergie auf ihn feuerte, während der andere scharf schoß.

Er warf sich quer über zwei der Kugeln und gab dem Pullman den Gedankenbefehl, zum Großtransmitter im Industriedom zu fliegen.

Ruckartig setzte sich das Gefährt in Bewegung und jagte davon. So schnell konnte der Terraner gar nicht hinterherschießen.

Aber er konnte immer noch sein Vipho benutzen.

»Bligh, sie entkommen! Sieht aus, als wollten sie zum Großtransmitter!«

Bligh bestätigte und beorderte weitere Leute dorthin. Dabei war er nicht sicher, ob die Fremden, die jetzt nicht mehr unsichtbar waren, wirklich dort hinwollten. Einen Transmitter zu benutzen lag nahe, aber es gab nicht nur den ringförmigen Großtransmitter, sondern auch noch eine Vielzahl anderer Geräte, die überall im Industriedom verborgen waren. Es mußten über hundert sein, aber entdeckt worden war bislang nicht mal ein Dutzend.

Bligh jagte mit einer A-Gravplatte zu dem kleinen Transmitter, der dem Riesengerät am nächsten war.

Unterdessen hatte der Pullman den Großtransmitter fast erreicht. *Stop!* befahl Smith, und der Pullman hielt sofort an. »Aussteigen!« verlangte der große Mann und zog das Mädchen mit sich nach draußen. Mit einer Hand eine der Kugeln berührend, befahl Smith dem Pullman, den Weg zum Großtransmitter fortzusetzen, ließ dann los und sah das Gerät davonjagen. Da rannte er selbst schon mit Juanita in eine andere Richtung.

»Was hast du vor, Jim?« keuchte das Mädchen atemlos.

»Wir müssen hier verschwinden!« erwiderte er.

»Aber warum nicht mit dem Transmitter?«

»Weil es noch andere Transmitter gibt!«

Drei Minuten später standen sie vor einem der Geräte, das auf Smith' Gedankenbefehl hin lautlos aus einer Wand gefahren war. Es handelte sich um eine Kugel, die zweieinhalb Meter durchmaß und in ihrem Zentrum ein diffuses Glühen zeigte wie jeder Transmitter vom Typ Xa. Smith ließ seine Finger über die Sensortasten der Schalteinheit tanzen und kippte schließlich einen Steuerschalter in die Aktivposition.

Aus den Augenwinkeln sah er eine A-Gravplatte herankommen.

Er schoß darauf, verfehlte sein Ziel aber.

»In den Transmitter!« rief er Juanita zu, die staunend vor der Kugel stand. »Geh einfach hinein! In fünf Sekunden schaltet er sich ab...«

Juanita reagierte immer noch nicht.

Die Schwebeplatte war schon nah, dabei aber so gekantet, daß sie Strahlschüsse abfing. Der Benutzer verstand sein Handwerk, aber nichts hinderte ihn daran, selbst zu schießen.

Unter einem Schockstrahl brach Juanita zusammen!

Noch zwei Sekunden!

Ein zweiter Schockstrahl erfaßte Smith, der aber keine Wirkung zeigte.

Er sprang, und im Sprung bekam er Juanita zu fassen, um sich mit ihr zusammen in die Transmitterkugel zu katapultieren.

Guliver Bligh verstand nicht, wieso der Fremde unter dem paralysierenden Strahl nicht zusammengebrochen war, denn er war absolut sicher, richtig gezielt und auch getroffen zu haben!

Er sah, wie die beiden Gestalten rasend schnell kleiner wurden und dann verschwanden, als sie als winzige Punkte das Glühen im Zentrum der Kugel erreicht hatten.

Er schaltete die Schwebeplatte wieder in die Waagerechte, sprang ab und ließ sie ungebremst vor die Wand stoßen. Das Material hielt das aus, aber er mußte den Flüchtenden folgen!

Er sprang die Kugel an.

Und wurde zurückgestoßen.

Das Glühen war erloschen. Der Transmitter war abgeschaltet.

Bligh, der schon innerlich triumphiert hatte, weil er mit seinem Verdacht richtig lag, der Fremde würde nicht den Großtransmitter benutzen, sondern einen nahegelegenen anderen, sprang zur Schalteinheit und aktivierte das Gerät wieder. Mit schnellem Fingerdruck auf eine Sensortaste rief er die Daten des letzten Transits ab.

Nur gab es die nicht, aber ein Protokoll, das besagte, daß diese Daten gelöscht waren und der Transmitter sich danach selbständig abschaltete.

»Verdammt!« stieß Bligh hervor. Jetzt brauchte er Experten, die mit dieser verdammten Transmittertechnik umgehen konnten und vielleicht doch noch herausfanden, zu welcher Gegenstation die beiden Fremden abgestrahlt worden waren.

Raoul Pelletier und Norman Fargo mußten 'ran.

Die EUROPA hatte Hope erreicht und flog Deluge an. Colonel P. S. Clark ließ sein Erscheinen per Funk ankündigen. »Wie wär's, wenn Sie das Intervallfeld kurz abschalten könnten, damit wir einfliegen können?« fügte er lässig hinzu.

»Sorry, Colonel, können wir nicht«, erwiderte Bligh, der sich wieder in seinem Büro aufhielt. »Das Feld läßt sich derzeit auch manuell nicht abschalten. Wie wär's, wenn Sie einfach mit Ihrem Intervallfeld einfliegen?«

»Wird gemacht«, versprach Clark, der selbst nicht auf diese Idee gekommen war, weil er Intervallfelder eher als eine Art Super-Schutzschirme ansah.

Drei Steuerschalter kippten in eine andere Position.

Mit SLE flog die EUROPA, der Raumschiffsriese aus Tofirit, der mit seinen 450 Metern Ringdurchmesser selbst die Kreuzer der Planetenklasse übertraf, das Intervallfeld über Deluge an, das nur die Küstenbereiche freiließ und einen Teil des Dschungels, das Höhlensystem aber perfekt abschirmte.

»Höhe 25 000«, sagte Clarks Erster Offizier an.

Da meldete sich die Funk-Z.

»Sir, Deluge ruft uns, aber auf einer ganz anderen Frequenz...«

»Durchstellen!« befahl Clark und hatte dann das Vergnügen, eine mechanisch klingende Stimme in ihm unbekannter Sprache reden zu hören.

Der Suprasensor lieferte die Übersetzung.

Kontrolleinheit an nicht identifiziertes Schiff: Anflug abbrechen! Intervallfeld-Unverträglichkeit durch Modifikation gegen unbekannte Gefahr! Anflug sofort abbrechen!

»Höhe 15 000«, gab der 1. Offizier durch.

»Was ist das für eine Kontrolleinheit?« wollte Clark wissen, erfuhr aber nur, daß diese sich in der Sprache der Mysterious gemeldet hatte, und daß es Zufall war, daß der Suprasensor der EUROPA mit einem entsprechenden Übersetzungsprogramm beschickt worden war, das die letzten Salter vor ihrem Dahinscheiden noch zur Verfügung gestellt hatten, das aber bislang noch in kaum einem Raumschiff verfügbar war.

»Antwort an Kontrolleinheit: Kontinentales Intervallfeld sofort abschalten!« wies er die Funk-Z an.

Augenblicke später kam die Antwort. *Kontrolleinheit an nicht identifiziertes Schiff: Anflug abbrechen! Intervallfeld-Unverträglichkeit durch Modifikation gegen unbekannte Gefahr!*

»Stur, wie's nur ein Roboter sein kann«, kommentierte Clark.
»Höhe 7 000…«
Jeden Moment mußte die EUROPA das Intervallfeld berühren.
Da ging ein Ruck durch den Ringraumer, der regelrecht zurückgeschleudert wurde. Andruckabsorber heulten auf, um die durch den Aufprall freiwerdenden Massenträgheitskräfte zu neutralisieren. Die EUROPA taumelte, ihr Intervallfeld pulsierte und drohte zusammenzubrechen. Blitzartig war die Belastungsanzeige auf 97 Prozent gesprungen, um sofort wieder abzusinken, als der Raumer sich entfernte und stabilisierte.
»Unverträglichkeit nennt das diese Kontrolleinheit?« knurrte Clark verdrossen.
Aber er war vernünftig genug, die Warnung hinzunehmen. »Na schön«, murrte er. »Landen wir eben außerhalb. Wir werden Deluge ja wohl auch per Transmitter erreichen können.«
Das zeigte sich dann nicht als Problem. P. S. Clark und eine Abordnung seiner Mannschaft ließ sich vom bordeigenen Transmitter in den Industriedom abstrahlen, um Pan-The und Bligh zu fragen, weshalb man sie überhaupt hier haben wollte.

Juanita war wieder fit. In der Zentrale der EPOY angekommen, hatte Jim ihr ein Injektionspflaster in den Nacken geklebt, das eine Substanz in ihr Nervensystem sandte, durch die sie die Paralyse sofort überwand und auch keine Nebenwirkungen wie Kopfschmerzen oder Übelkeit zeigte.
»Warum jagen diese Leute uns eigentlich?« fragte sie. »Hast du ihnen irgendwas getan?«
Er schüttelte den Kopf.
»Ich erkläre es dir später«, versprach er. »Es ist eine sehr komplizierte Geschichte. Aber ich versichere dir, ich bin kein Verbrecher.«
»Dann dürfen sie dich auch nicht jagen und auch nicht auf dich schießen!«
Er zeigte ein etwas verloren wirkendes Lächeln und warf einen

Blick auf die Bildkugel. Er zuckte zusammen.

Ein anderer Raumer flog Hope an!

Mit einem Gedankenbefehl zoomte Jim die Wiedergabe, bis die Bildkugel den Raumer relativ deutlich zeigte. Es war ein Ringschiff – und was für eines! Rubinrot funkelte es im Licht der beiden Col-Sonnen...

Sollte das...?

Mit ein paar Schritten wechselte Jim zur Ortung hinüber und rief die Meßdaten ab. Denen zufolge bestand jenes Raumschiff tatsächlich aus Tofirit!

Im ersten Moment war er wie erschlagen. Dann aber faßte er einen Plan.

»Ich muß dieses Raumschiff haben«, murmelte er.

»Aber warum?« fragte Juanita vom Kommandopult her. »Du hast doch schon zehn Raumschiffe. Was willst du mit einem elften?«

»Es ist ein Schiff, das aus Tofirit gebaut wurde«, stieß er hervor. »Das... das ist unglaublich. Ich habe davon gehört, aber ich konnte es mir nicht vorstellen. Ein ganzes Schiff aus Tofirit – und nur wegen dieses Metalls bin ich überhaupt hier! Ich muß dieses Schiff haben!«

»Bist du verrückt, Jim?« Die Zehnjährige schüttelte den Kopf. »Sie werden es dir doch bestimmt nicht verkaufen!«

»Verkaufen?« Er lachte auf. »Ich werde es mir nehmen!«

»Also stehlen? Gerade hast du mir noch gesagt, du wärst kein Verbrecher, und du hast mir auch immer gesagt, daß man nicht stehlen darf!«

»Das hier«, sagte er, »ist etwas ganz anderes.« Sie erschrak vor seinem düsteren Gesicht. So hatte sie ihren großen Freund Jim noch nie gesehen. Er wirkte beinahe – dämonisch...

Und sie begriff, daß sie ihn nicht von seinem Vorhaben abbringen konnte. Er hatte es sich in den Kopf gesetzt, dieses Raumschiff in seine Gewalt zu bringen, und er würde es tun.

»Sie werden es dir nicht so einfach geben«, sagte sie leise. »Sie werden sich wehren, werden auf dich schießen.«

»Dann schalte ich sie vorher aus«, beschloß er.

Colonel P. S. Clark ließ sich von Bligh und Pan-The über die Vorfälle informieren. Daß der Fremde auf einen Schockstrahl nicht reagiert hatte, gab ihm zu denken. »Wie bei einem Cyborg, der auf sein Zweites System geschaltet hat«, murmelte er nachdenklich.

»Daran habe ich auch schon gedacht«, sagte Bligh, »aber das würde bedeuten, daß wir es schon wieder mit Entarteten zu tun haben! Ich dachte, damit wäre es vorbei!«

»Sobald der Magnetsturm nachläßt und wir wieder vernünftigen Funkkontakt mit Terra bekommen, werde ich nachfragen, ob wieder mal ein Cyborg abgängig ist«, versprach Clark. Per Transmitter kehrte er wieder in die EUROPA zurück, um den entsprechenden Befehl zu erteilen.

»Irgendwie muß dieser Bursche doch von Terra nach Hope gelangt sein«, überlegte er. »Forschen Sie nach einem S-Kreuzer ohne TF-Kennung.« Immerhin sollte sowohl auf Babylon als auch auf Terra bei der Flucht des seltsamen Fremden jeweils ein Ringraumer im Spiel gewesen sein.

Aber die Ortungen der EUROPA zeigten nichts an. Weder hatten sie beim Einflug ins Col-System irgend etwas aufgefangen, noch geschah dies jetzt. Auf Hope selbst gab es kein entsprechendes Echo, und im freien Raum auch nicht. Daß der Ringraumer des Fremden relativ nahe im Orbit um den sechsten Planeten kreiste, bekam niemand mit. Der Ortungsschutz, unter dem das Schiff derzeit flog, kostete zwar eine Menge Energie, war aber perfekt.

Daher nahmen die Terraner an, daß der Fremde, nachdem er sich im Höhlensystem entdeckt sah, längst wieder geflohen war.

Er mochte bereits unterwegs in ein anderes System sein...

Das war er aber nicht. Während Clark und die Mannschaft der EUROPA sicher waren, den Fremden nicht mehr zu finden, plante dieser bereits die Eroberung des To-Raumers.

»Ausschalten?« protestierte Juanita. »Du willst diese Menschen ermorden? Jim, das kann nicht dein Ernst sein! Dann bist du nicht mehr mein Freund, denn dann wärst du ja noch schlimmer als das Ungeheuer, das ich in der Nacht gesehen habe!« Und Schritt für Schritt wich sie vor ihm zurück, immer weiter...

Etwas in ihm verkrampfte sich. Ihr Vorwurf traf ihn tief. *Bin ich wirklich ein Ungeheuer?* mußte er sich fragen. *Eigenes Leben schätzen wir als das höchste aller Güter, aber wenn es um andere geht, stellen wir uns mit unseren Entscheidungen über alles... damals wie heute, und wie es die Zyzzkt nicht anders tun...*

Bin ich wirklich nicht besser als sie? Bin ich wirklich ein skrupelloser Mörder?

»Du Grako!« schrie sie ihn an.

Das traf ihn noch schlimmer. »Ich bin kein Grako!« schrie er zurück. »Ich... ich bin... du hast recht. Es wäre ein Verbrechen. Juanita, ich werde die Menschen in diesem Raumschiff aus Tofirit natürlich nicht ermorden. Ich werde sie ausschalten, ja, aber sie nicht töten, sondern nur betäuben! Hilft dir das?«

Sie blieb stehen. »Wirklich, Jim? Wirklich nur betäuben? Versprichst du mir das? Mit deinem Ehrenwort?«

»Mit meinem Ehrenwort«, sagte er leise.

Er konnte es nicht ertragen, in ihre Augen zu sehen, in diese großen, unschuldigen Kinderaugen. Er durfte ihre Seele doch nicht verletzen! Sie war so zerbrechlich... und irgendwie brauchte er Juanita längst. Das wurde ihm jetzt klar. Sie war zu seinem Gewissen geworden, das ihm früher gefehlt hatte, damals, als er seine Heimat verließ. Juanita war immer wieder bereit, ihm ihr Vertrauen zu schenken. Er konnte sie nicht noch einmal enttäuschen.

»Mein ganz großes Ehrenwort«, wiederholte er.

Sie kam wieder zu ihm zurück. Aber er sah, daß sie dennoch nicht recht damit einverstanden war, daß er das rote Raumschiff in seinen Besitz bringen wollte. Daran jedoch konnte sie ihn nicht hindern.

9.

Chidar war eine kalte und ungastliche Welt, über deren Oberfläche ständig Eisstürme fegten und das Leben alles andere als angenehm machten. Sie lag abseits sämtlicher Schiffahrtsrouten und wurde von fast allen Völkern Drakhons gemieden. Schließlich gab es nicht einmal Bodenschätze, die auszubeuten sich gelohnt hätte. Niemand war je auf die Idee gekommen, den Planeten in Besitz zu nehmen.

Außer den Nomaden. Chidar war eine der wenigen Stützpunktwelten der Heimatlosen. Denn dort waren sie unter sich, ohne sich Anfeindungen gefallen lassen zu müssen. Denn so stark und mächtig die Nomaden waren, so unbeliebt waren sie auch. Nicht, daß ihnen das viel ausgemacht hätte, aber ein paar Rückzugsmöglichkeiten an einsame Orte waren trotzdem nicht verkehrt.

Priff Dozz kauerte angespannt in einem Gliedersessel und studierte die Bilder der Oberfläche, die von den Kameras der Außenbeobachtung geliefert wurden. Chidar war keine Welt nach seinem Geschmack, und er hatte nicht vor, lange auf dem Planeten zu verweilen.

Hin und wieder warf er einen Blick zu Pakk Raff hinüber, der scheinbar teilnahmslos in seinem Sessel hockte und den Sinkflug der KRIEGSBRAUT über sich ergehen ließ. Er hatte einen mürrischen Gesichtsausdruck aufgesetzt, ganz so wie er es immer dann tat, wenn ihm etwas nicht paßte oder ihm etwas nicht schnell genug ging.

»Ich bekomme endlich Verbindung«, meldete eben der diensthabende Funker. Wie alle anderen Nomaden in der Schiffszentrale, abgesehen von Pakk Raff, gehörte er zu den Verschwörern. Raffs Anhänger hingegen lagen unter den Einflüsterungen des kleinen Denkers in ihren Kojen und wußten nicht, was um sie herum geschah. Doch Pakk Raff brauchte er auf der Brücke. Ansonsten war sein Plan von vornherein zum Scheitern verurteilt. Allein konnte Priff Dozz ihn mit seinen Leuten nicht in die Tat umsetzen.

»Ich bin Zokk Tarr, stellvertretender Statthalter dieser schönen kleinen Provinz«, empfing sie ein grobschlächtiger Nomade. Sein breiter Brustkorb, über dem sich eine schmucklose Uniform spannte, füllte die gesamte Breite des Bildschirms aus. Zahlreiche Narben in seinem entstellten Gesicht zeigten, daß er es jederzeit lieber auf einen Kampf ankommen ließ, als zurückzustecken. »Ihr kommt unangemeldet. Das ist ungewöhnlich, und da wir hier eine Wachfunktion ausüben, bin ich neugierig.«

»Seit wann müssen sich Nomaden auf ihren eigenen Stützpunkten anmelden?« konterte Priff Dozz. »Betrachte unseren Besuch als eine Art Inspektionsflug.«

»Inspektionsflug? Wer will hier denn was inspizieren? Wer bist du überhaupt, du Wicht?«

Von einem Moment auf den anderen war sein Tonfall schärfer geworden. Bewußt drohend. Priff Dozz war froh, Zokk Tarr nicht persönlich gegenüberzusitzen. Er war ziemlich sicher, daß der ihn erst einmal körperlich malträtiert hätte, um seine Überlegenheit herauszustellen. Genau wegen solcher Vertreter seiner Rasse wollte Dozz alles daran setzen, die neue Ordnung für sein Volk zu etablieren.

»Mein Name tut nichts zur Sache. Wichtig ist nur, in wessen Namen ich rede. Wessen Berater und Sprecher ich bin. Ich bin sicher, gleich wirst du deine große Schnauze etwas mehr im Zaum halten.«

Der Statthalter von Chidar stieß einen bellenden Laut aus und fletschte die Zähne. »Wer soll das wohl sein, du Mickerling? Mir scheint, er hat nicht den Mut, selbst mit mir zu reden.«

Priff Dozz gab ein gekünsteltes Lachen von sich, das seine Überlegenheit deutlich machen sollte. Er vermutete, daß es kläglich mißlang, aber das störte ihn im Augenblick nicht. Schließlich hatte er die schlagenderen Argumente, und zwar in Form des Mannes, mit dem kein Nomade unbedacht die Konfrontation suchen würde. Auf sein verabredetes Zeichen hin fing das Kameraobjektiv Pakk Raff ein.

»Du?« Zokk Tarr warf einen konsternierten Blick zur Seite, wie um stumme Zwiesprache mit jemandem außerhalb des Erfassungsbereichs zu halten. Dann wandte er sich wieder seinen Besuchern zu.

»Pakk Raff! Ich hörte, du seist entmachtet worden. Vom ›Rat der klugen Alten‹.« Sofort hatte seine Stimme ihre Selbstsicherheit wiedererlangt.

»Dann hörtest du vermutlich auch, was mit dem Rat geschehen ist. Ich war und bin der Oberste Rudelführer aller Nomaden, daran hat sich nichts geändert. Alle Rudelführer stehen hinter mir und sind bereit, das jedem zu beweisen, der daran zweifelt.«

Grinsend nickte Zokk Tarr. »Wer würde es wagen, daran zu zweifeln. Du bist der beste und stärkste Anführer, den wir jemals hatten. Ich wunderte mich nur über diese dürren Gestalten, die auf der Kommandobrücke deines Flaggschiffs versammelt sind. Mit denen wirst du kaum einen Krieg gewinnen.«

Priff Dozz preßte die Lippen zusammen. Am liebsten hätte er diesem arroganten Knochen die Meinung gesagt, doch er tat so, als zucke er unter den beleidigenden Worten getroffen zusammen.

»Das muß ich auch nicht. Jedenfalls nicht im Moment«, antwortete Pakk Raff an seiner Stelle. Wäre er Herr seiner Sinne gewesen, hätte er dem Statthalter zweifellos mit Vergnügen zugestimmt. Doch unter dem Einfluß des Gehirnwellenmodulators blieb ihm keine andere Möglichkeit, als die Worte wiederzugeben, die sein Berater ihm in den Mund gelegt hatte.

»Von welcher Inspektion sprach dieser Winzling?«

»Das weißt du so gut wie ich. Ich komme, um den neuen Kreuzraumer zu besichtigen.«

Verblüffung zeichnete sich auf Tarrs Gesicht ab. »Das ist natürlich dein gutes Recht«, druckste er herum. »Aber ist es nicht Sitte, einen neuen Prototypen im Beisein der wichtigsten Rudelführer zu inspizieren?«

»Willst du mich über die Sitten und Gebräuche der Nomaden aufklären?« zischte Pakk Raff drohend. Er beugte sich nach vorn, scheinbar bereit zum Sprung. »Ich bin der oberste Rudelführer aller Nomaden. Was ich entscheide, ist Gesetz, und jetzt fordere ich mein Notlanderecht ein, das für jede unserer Stützpunktwelten gilt. Wenn du damit ein Problem hast, komme ich zur dir, und wir beide klären das unter vier Augen!«

»Kein Problem«, beeilte sich Zokk Tarr zu versichern. »Was erwartest du von mir?«

»Daß das neue Schiff geräumt wird, und zwar bis auf den letzten Mann. Eine Abordnung meiner Leute wird es inspizieren, allein. Ich hoffe, ich habe mich klar ausgedrückt. Zunächst jedoch schickst du uns einen Peilstrahl, damit wir landen können. Ich möchte noch bemerken, daß wir sehr in Eile sind.«

Lauernd beobachtete Priff Dozz das Gesicht des Statthalters von Chidar.

War da nicht eine Spur von Argwohn?

Natürlich würde Zokk Tarr sich den Befehlen des Obersten Rudelführers beugen, wollte er nicht einen offenen Affront mit dem berüchtigten Pakk Raff riskieren. Doch zweifellos war er kein Dummkopf, wenn er es bis in diese Position geschafft hatte. Wenn auch nicht über herausragende Intelligenz, so mußte er doch zumindest über ein gerüttelt Maß an Bauernschläue verfügen.

Priff Dozz durfte nicht den Fehler machen, ihn zu unterschätzen.

»Wir bereiten alles vor«, vernahm er Zokk Tarrs Stimme.

Priff Dozz nickte seinen Gefolgsleuten unauffällig zu. So weit war alles nach Plan verlaufen.

Langsam senkte sich die KRIEGSBRAUT auf die Oberfläche von Chidar herab.

Hektische Betriebsamkeit war bereits während der Landung ausgebrochen.

Priff Dozz trieb seine Leute unerbittlich an. Ein jeder packte ein, was ihm wichtig erschien. Die Beiboote wurden startklar gemacht und beladen, Frauen und Kinder der Verschwörer an Bord gebracht.

Nachdem Priff Dozz seine Anweisungen gegeben hatte, kümmerte er sich nicht weiter um den Fortlauf der Vorbereitungen. Sollten sich seine Leute damit herumschlagen, er selbst hatte andere Sorgen. In Pakk Raffs Augen lag ein eigenartiger Glanz. Ließ die Einwirkung des Modulators nach?

»Beeile dich ein bißchen!« trieb er seinen ehemaligen Chef an. Es kribbelte in seinem Nacken, wenn er ihn nur ansah. Zweifellos wäre es vernünftiger gewesen, Raff in einer Arrestzelle kaltzustellen, aber Priff Dozz zog es vor, ein Auge auf ihn zu haben, um mögliche Veränderungen sofort zu bemerken. Er traute diesem Teufel zu, selbst aus der sichersten Zelle auszubrechen, und wenn er im Sinne des Wortes mit dem Kopf durch die Wand ging. Einem Pakk Raff würde nicht mal eine energetische Sperre widerstehen.

Vorsichtshalber hatte Priff Dozz eine Waffe eingesteckt, aber er war sich nicht sicher, ob er in der Lage wäre, sie gegen Raff einzusetzen, wenn es hart auf hart käme. Er fürchtete diesen Unhold sogar über den Tod hinaus. Einen Pakk Raff durfte man niemals unterschätzen, nicht einmal dann, wenn er nicht mehr unter ihnen weilte.

Gemeinsam erreichten sie das Labor. Ängstlich verfolgte Priff Dozz das hektische Flackern des optischen Alarms. Er hatte das Gefühl, daß die rote Kontrolleuchte schneller pulsierte als zuvor. Natürlich war das Unsinn, aber auch ein Beweis dafür, wie er langsam aber sicher die Kontrolle über seine Nerven verlor.

»Ich bin froh, wenn ich dich endlich los bin«, sagte er. »Vergiß später nie, daß ich dich am Leben gelassen habe. Du hättest das niemals getan, auch keiner deiner Freunde. Sei also etwas dankbar und versuche nicht, mir zu folgen. Du wirst mich ohnehin niemals finden.«

Pakk Raffs Schnauze war geöffnet. Er machte eine ungelenke Bewegung und wandte sich seinem ehemaligen Berater zu. Sein

Gesicht war zu einer zornigen Grimasse geworden. In seinem Inneren schien ein Kampf zu toben, Schweiß stand auf seiner Stirn.

Panik befiel Priff Dozz.

»Geh zurück!« befahl er.

Er hatte den Eindruck, daß Raff zögerte. Sein Geist wachte auf und versuchte die Kontrolle über den Körper zu erzwingen! Es konnte nicht mehr lange dauern.

Verzweifelt hantierte Priff Dozz an seiner Maschine. Es mußte ihm gelingen, noch ein wenig mehr Zeit herauszuschinden. Ein paar Minuten nur. Mit fahrigen Fingern änderte er die Konfiguration einiger Bauteile und ließ beinahe ein Speichermodul fallen. Rasch steckte er es in die vorgesehene Buchse. Sein Herz raste, und immer wieder schaute er beinahe panisch zu Pakk Raff hinüber.

Der stand da und hatte die Hände zu Fäusten geballt, scheinbar der Welt entrückt.

Doch Priff Dozz ahnte, daß das nicht stimmte. Nicht so sehr, wie er sich das wünschte.

Pakk Raff gab niemals auf, auch jetzt nicht.

Ich sollte dich doch erschießen, dachte er und tastete unwillkürlich nach der Waffe an seiner Seite. Wahrscheinlich hatte Bidd Nobb recht. Aber er konnte sich einfach nicht überwinden. Wenn er seine Verärgerung auch an Raff und den anderen ausgelassen hatte, war er nicht in der Lage, seinem ehemaligen Chef etwas Endgültiges anzutun, wenn er ihm sehenden Auges gegenüberstand.

Aber anders sollte das möglich sein!

Eine Idee nahm in Priff Dozz' Verstand Gestalt an.

Eine Bombe!

Wenn Pakk Raff und seine Schlägerbande ihr Leben beendeten, würde er das gar nicht mehr erleben. Er wäre mit dem neuen Prototypen dann längst im Weltraum, weit weg von Chidar.

Ein ohrenbetäubender Knall riß ihn aus seinen Gedanken.

Stinkender, beißender Qualm drang aus der Konsole und vernebelte ihm die Sicht. Raubte ihm den Atem und ließ ihn röcheln.

Entsetzt torkelte Priff Dozz zurück. Dabei stieß er gegen Pakk Raff, stolperte und stürzte zu Boden. Raff löste sich aus seiner Erstarrung und schaute auf ihn herab. Seine Augen waren zu schmalen Schlitzen geworden, was ihn dämonisch erscheinen ließ. Dozz kroch von ihm weg, bevor er sich umständlich aufrappelte.

Er stellte eine Verbindung zu seinen Anhängern her.

»Vorbereitungen abschließen!« stieß er aus. »Wir müssen sofort von Bord. Es gab eine Explosion, und der Modulator kann jeden Moment endgültig ausfallen. Was das heißt, brauche ich wohl nicht zu betonen.«

Pakk Raff würde jedem einzelnen von ihnen persönlich die Kehle durchbeißen. Am eingeschüchterten Gesichtsausdruck erkannte er, daß der andere das wohl verstanden hatte.

»Die Beiboote sind startklar. Die KRIEGSBRAUT ist beinahe unten.«

»Landet sie so nahe wie möglich an dem neuen Kreuzraumer, und dann sofort raus.«

Das vereitelte seinen Plan mit der Bombe, denn er durfte nicht riskieren, den Prototypen bei der Explosion zu beschädigen. Aber ansonsten würden sie zuviel Zeit verlieren – Zeit, die ihnen nicht mehr blieb.

»Was ist mit dir?«

»Ich bin auf dem Weg zu den Hangars. Noch etwas. Nehmt Dell Wudd mit!«

»Pakk Raffs Frau? Und wenn sie sich weigert?«

»Dann fesselt sie, bei Darrgg! Und nun bewege dich endlich, bevor ich dir Beine mache!«

Er klang schon beinahe wie Pakk Raff, stellte er verwirrt fest. Kurzerhand unterbrach er die Verbindung und betrachtete den Gehirnwellenmodulator. Er mußte nicht mehr lange durchhalten.

Rahimspürer, dachte er verächtlich, mit einem bangen Seitenblick zu Pakk Raff.

Raff hatte eine Hand erhoben. Fahrig tastete sie umher.

»Bleib still!« befahl Priff Dozz.

Auch Raffs zweite Hand geriet in Bewegung.

Panik brach in Priff Dozz aus.

Er wirbelte herum und stürmte aus seinem Labor, ohne Pakk Raff eines weiteren Blickes zu würdigen. Seine Gedanken rasten, als er einen Gang entlanglief, als seien sämtliche Dämonen der Mythologie hinter ihm her. Jetzt zählte jede Sekunde. Er warf einen raschen Blick zurück über die Schulter, doch noch war von Raff nichts zu sehen. Aber jeden Moment konnte der sein Bewußtsein wiedererlangen und sich auf seine Fährte setzen.

Die einsamen Korridore bis zum Beiboothangar schienen endlos. Priff Dozz war eine schiere Ewigkeit unterwegs, und in der lief sein gesamtes Leben vor ihm ab. Beinahe war er am Ziel seiner Träume, da durfte nicht noch der Tod in Gestalt von Pakk Raff dazwischenkommen.

Endlich erreichte er den Hangar.

Bidd Nobb hatte ihr gemeinsames Hab und Gut bereits in eines der Beiboote verladen. Auch seine Mitverschwörer hatten ihre Startvorbereitungen abgeschlossen. Sie drängten sich in den Beibooten und warteten nur noch auf ihn.

Zufrieden registrierte Priff Dozz, daß zwei Mann eben Dell Wudd in das Boot zwängten. Sie war gefesselt und geknebelt und konnte deshalb nicht protestieren. Dafür zeterte Bidd Nobb um so lauter, als ihr Mann eilig an Bord kletterte.

»Ich wußte es, du verlogener Lump! Das hattest du schon lange vor, du Schuft! Glaubst du, ich hätte es nicht in deinen Augen lesen können?« empfing sie ihn mit einer Schimpfkanonade. »Wir nehmen diese Schlampe nicht mit, oder du kannst etwas erleben!«

Priff Dozz hörte gar nicht richtig hin. »Wir starten!« ordnete er an. »Nichts wie raus hier, bevor Pakk Raff wieder zu sich kommt.«

Die Worte trieben seine Leute zusätzlich an. Schließlich waren ihnen die Konsequenzen bewußt. Nicht einer von ihnen würde mit dem Leben davonkommen, wenn der Rudelführer sie doch noch erwischte.

»Hört du mir überhaupt zu?« zeterte Bidd Nobb mit einem vernichtenden Seitenblick zu Dell Wudd. »Laß sie von Bord bringen, oder ich werfe sie eigenhändig hinaus!«

»Das hast du nicht zu entscheiden«, wies Priff Dozz sie zurück. »Wenn du nicht endlich still bist, bist du es, die ich hinauswerfen lasse.« Er war nahe dran, die Geduld zu verlieren, aber er vermied es, seiner Frau in die Augen zu sehen. Ungeduldig verfolgte er das Öffnen des Schleusenschotts.

Dann starteten die Boote.

Vor den Nomaden lag der Prototyp der neuen Kreuzraumer-Klasse. Mit seinen 270 Meter Balkenlänge war er von beeindrukkender Imposanz. Nie zuvor hatten die Nomaden ein größeres und stärkeres Raumschiff konzipiert. Aber diese Narren hatten es für Pakk Raff gebaut, nicht für dessen Stellvertreter.

Der begriff, daß es ihm noch lange nicht gehörte, als der Funkspruch hereinkam.

»Es ist dieser Statthalter!« wurde er alarmiert.

»Zokk Tarr«, begrüßte Priff Dozz das Abbild des höchstrangigen Nomaden auf Chidar. »Was gibt es?«

»Ich möchte mit Pakk Raff sprechen.«

»Das ist nicht möglich.« Priff Dozz zwinkerte verschwörerisch und deutete nach hinten. »Er hat eine, nun, sagen wir, sehr persönliche Besprechung mit seinem Eheweib.«

Zokk Tarr verzog ungläubig die Stirn. »Jetzt? Erzähl mir keinen Unsinn. Ich frage mich immer mehr, was diese überhastete Aktion bedeutet, und ich bin sicher, nur Pakk Raff kann mir diese Frage beantworten. Sofort verbindest du mich mit ihm!«

»Vergiß nicht, daß ich in seinem Namen spreche, und er haßt Störungen zur Unzeit.«

»Pah! Verschon mich mit deinem Geschwätz! Du weigerst dich also, mich zu Pakk Raff durchzustellen?«

»Ich bin doch nicht lebensmüde«, entgegnete Priff Dozz doppeldeutig. Mit einem raschen Blick zum Schirm vergewisserte er sich, daß die Beiboote eben die offenstehenden Hangarluken des Balkenraumers erreichten. Dann senkten sie sich auf die Landeplattformen.

»Ihr wißt, was zu tun ist«, wies er seine Leute an. Er selbst machte ebenfalls Anstalten, sich zu erheben.

»Du verheimlichst mir etwas«, hielt ihn Zokk Tarrs Stimme zurück. Sie war lauernd, und die Augen des Statthalters schienen Priff Dozz wie Dolche durchbohren zu wollen. »Wenn du das Maul nicht aufbekommst, werde ich selbst nach dem Rechten sehen. Ich schicke dir einen Aufklärer hinüber, und gnade dir Darrgg...«

Den Rest des Satzes ließ er offen.

Priff Dozz wartete nicht ab, bis die Verbindung unterbrochen wurde, sondern fuhr aus seinem Sitz hoch. Die ersten seiner Anhänger mußten bereits die Schiffszentrale erreicht haben. Draußen schlossen sich die Außenschotts. Ein sanftes Vibrieren setzte unter seinen Füßen ein, als schwere Maschinen ihre Tätigkeit aufnahmen.

Zokk Tarr würde zu spät kommen.

Der mächtige Balkenraumer hob vom Boden ab und raste in den Himmel über Chidar.

»Ich töte diesen *Baddakk!*« schrie Pakk Raff in ohnmächtigem Zorn. »Ich reiße ihm eigenhändig das Herz heraus und esse es. Ich breche jedem seiner Gefolgschaft den Hals und lasse ihn auf kleiner Flamme kochen!«

Der Gehirnwellenmodulator war endgültig zusammengebrochen. Wut und Haß hatten Pakk Raff schnell wieder zu sich kommen lassen. Niemand auf der Brücke der KRIEGSBRAUT wagte einen Blick in seine Richtung, um sich nicht den Groll des obersten Rudelführers zuzuziehen. Gedemütigt und bloßgestellt, wie er war, suchte diese lebende Kampfmaschine nach einem Ventil für ihre Aggressionen, und niemand wollte das Ziel des Wutausbruchs werden.

Plepp Riff gab die nötigen Befehle, die KRIEGSBRAUT auf Priff Dozz' Spur zu setzen. Er hatte diesen kleinen Bastard stets verabscheut und jetzt zudem ebenfalls eine persönliche Rechnung mit ihm zu begleichen. Er hatte den Tritt, den er wenige Stunden zuvor hatte einstecken müssen, nicht vergessen. Besser gesagt, er erinnerte sich wieder an ihn.

»Keine Chance«, meldete er. »Wir können sofort starten, aber wir besitzen das einzige Großschiff weit und breit. Ich habe zwar die übrigen Schiffe alarmiert, aber bis die hier sind, dauert es. Wir können nicht auf sie warten, wenn wir Dozz nicht verlieren wollen.«

»Wir brauchen sie nicht!«, wehrte Pakk Raff wutschnaubend ab. »Dieser Verräter mag das stärkere Schiff haben, aber er kann nicht damit umgehen. Mit dem werden wir auch allein fertig.«

Kurz darauf hatte die KRIEGSBRAUT die Verfolgung aufgenommen.

»Wir haben sie in der Peilung«, meldete der Ortungsoffizier, während Raffs Flaggschiff mit gefährlichen Höchstwerten in die Schwärze des Alls hinein beschleunigte. »Sie erreichen in Kürze die notwendige Geschwindigkeit, um ein Wurmloch aufzubauen.«

»Dann bleibt dran!« donnerte Pakk Raffs Stimme. »Wenn sie in das Wurmloch eintreten, will ich an Ort und Stelle sein. Wer sie verliert, verliert auch seinen Kopf.«

Dann warf sich Pakk Raff schweigend in seinen Sessel.

Sollte dieser erbärmliche Wicht ruhig glauben, daß ihm die Flucht gelungen war.

Er würde eines Besseren belehrt werden.

Und wenn Pakk Raff ihn bis ans Ende des Universums verfolgen mußte!

Priff Dozz war in Hochstimmung. Die Ära Pakk Raff gehörte für ihn endgültig der Vergangenheit an. Zwar waren seine Umsturzversuche nicht nach Plan verlaufen, aber das war ihm gleichgültig. Er war im Besitz des modernsten und schlagkräftigsten Schiffes der Nomaden. Und er hatte Dell Wudd.

Das erste, was er getan hatte, war, ihr ein geräumiges, freundlich ausgestattetes Quartier zuzuweisen, in das er selbst sie geführt hatte. Verlangend starrte er sie an. Ihre langen, schlanken Beine und der muskulöse Körper raubten ihm beinahe den Verstand.

»Du bist frei«, sagte er erregt. »Du gehörst nicht länger Pakk Raff. Du gehörst jetzt...«

Mir, hatte er sagen wollen, verschluckte das letzte Wort aber, als sie entschlossen auf ihn zukam. Bevor er sich versah, stürzte sie sich auf ihn, grollende Laute ausstoßend. Priff Dozz schrie entsetzt auf, als er ihre makellosen, aber scharfen Zähne im Fleisch seiner erwartungsvoll erhobenen Hand spürte. Warmes Blut lief an seinen Fingern herunter und tropfte auf den Boden.

»Niemals werde ich dir gehören!« zischte sie. Ihr Kopf stieß zuschnappend nach vorn, doch diesmal war Priff Dozz auf die Attacke vorbereitet und brachte sich geistesgegenwärtig in Sicherheit.

»Du solltest etwas dankbarer sein«, erwiderte er verärgert. »Sieh dich nur um. Pakk Raffs Zeit ist abgelaufen, ich bin jetzt der Mächtigste unter den Nomaden. Denk ruhig darüber nach. Es wäre klüger von dir, dich mir anzuschließen. Dann muß ich dich nicht auf einem einsamen Planeten aussetzen.«

Sie sagte nichts, sondern schaute verächtlich und empört zugleich auf ihn herab. Priff Dozz gab sich Mühe, sich die erlittene Demütigung nicht anmerken zu lassen.

»Ich bin sicher, du wirst es dir noch anders überlegen«, sagte er und stürmte aus ihrem Quartier.

Das weitläufige Innere des neuen Balkenraumers ließ ihn augenblicklich auf andere Gedanken kommen. Ein Gedanke formte sich in seinem Kopf und nahm allmählich Gestalt an, während er der Schiffszentrale entgegenstrebte. Der Brücke, die nun ihm gehörte. Die ihm weder ein Pakk Raff noch ein Plepp Riff noch irgendwer sonst jemals wieder streitig machen konnte.

Denn sie würden ihn nicht finden.

Nicht da, wo er hinzugehen beabsichtigte.

Seine Mitverschwörer erwarteten ihn bereits. Sie waren vollzählig versammelt, denn er hatte ihnen eine Erklärung angekündigt.

»Schön, daß ihr alle gekommen seid.«

Er hatte Dell Wudd aus seinem Kopf verdrängt, denn seine Worte waren nicht nur so dahergesagt gewesen. Er war überzeugt, daß sie sich ihm früher oder später hingeben würde. Was blieb ihr denn auch anderes übrig. Es war Tradition bei den Nomaden, daß die Frauen den Männern gehörten, auch wenn Bidd Nobb diese Tradition etwas anders sah.

Bidd Nobb! Sie stand inmitten der anderen und machte keinen Hehl daraus, daß sie immer noch verärgert war. Es war ihm gleichgültig. Auch sie würde sich wieder beruhigen. Priff Dozz fühlte sich leicht, beinahe beschwingt.

»Für uns hat eine neue Zeit angefangen«, begann er. »Wir sind freie Männer, Frauen und Kinder, die ihre Zukunft selbst gestalten können. Wir werden nur noch tun, was wir selbst wollen, nicht das, was die angeblich so Starken von uns verlangen. Wir werden unsere Köpfe gebrauchen und nicht rohe Gewalt wie Pakk Raff und seine kleingeistigen Spießgesellen.«

»Pakk Raff!« wurde er unterbrochen. »Pakk Raff wird uns verfolgen. Er wird dir einen Strich durch deine Pläne machen.«

Priff Dozz winkte gelassen ab. »Das wird er nicht, denn er wird uns nicht finden. Laßt ihn ruhig suchen, er verschwendet nur seine Zeit. Vergeßt endlich Pakk Raff. An den Ort, zu dem wir aufbrechen, wird er garantiert nicht kommen.«

Gebannte Stille herrschte. Niemand mochte seinen Worten so recht glauben, denn Pakk Raff würde sie jagen, wohin in Drakhon auch immer sie sich wandten. Er verfügte überall über willfährige Spitzel und Verbündete, die ihm treu ergeben waren.

»Wohin also?«

»Fort. Weg aus unserer Galaxis. Hinüber in die Galaxis der Fremden. Dort sind wir sicher. Pakk Raff hat die Fremden bei verschiedenen Gelegenheiten angegriffen, und das macht sie für uns automatisch zu Verbündeten. Er ist ihnen stets unterlegen und muß inzwischen erkannt haben, daß er sich immer wieder eine blutige Nase holt, wenn er sich mit ihnen anlegt. Macht euch also keine Sorgen mehr, unsere Zukunft wird rosig sein.«

»Aber du wirst nie wieder einen Gehirnwellenmodulator bauen! Nicht an Bord dieses Schiffes!«

»Genau. Wenn du das versprichst, sollst du unser Anführer sein.«

»Richtig, gib uns dein Wort.«

Sie riefen wild durcheinander, nur Bidd Nobb schwieg verbissen. Priff Dozz wartete, bis sich das Durcheinander gelegt hatte.

»Das hatte ich niemals geplant«, versicherte er, als endlich Ruhe eingekehrt war. »Denn euch brauche ich nicht auf diese Weise zu manipulieren. Ihr seid wie ich, mit euch kann ich reden. Wir alle können miteinander reden. Etwas, das Pakk Raff und seinesgleichen fremd ist. Da soll Darrgg mein Zeuge sein, und mein Richter, falls ich euch jemals hintergehe.«

Sekunden später ließen sie ihn hochleben.

Es fiel Priff Dozz schwer, die aufkommenden Gefühle von Stolz zurückzudrängen.

Er hatte eine Mannschaft. Sein eigenes Volk sozusagen. Er hatte ein Eheweib und würde zudem bald eine unglaublich schöne Geliebte haben.

Vor allem aber hatte er eines: ein Raumschiff, wie es die Nomaden kein zweites Mal besaßen.

»Ich taufe unser Schiff auf den Namen FREIHEIT!« rief er euphorisch.

Dann ließ er den Kurs setzen.

Hinüber in eine Galaxis, die ihnen allen fremd war. Noch. Die aber schon bald ihre neue Heimat sein würde.

Priff Dozz schaute zuversichtlich in die Zukunft.

Zu zuversichtlich allerdings. Denn eines ahnte er nicht.

Daß ihm Pakk Raff dicht auf den Fersen war.

Und dessen Weggefährten waren Haß und Mordlust.

10.

Der Mondrover bewegte sich wie eine metallene Raupe einen sanft ansteigenden Hang hinauf; die übergroßen Reifen wirbelten Staubfontänen empor, die in einer weiten Parabel nur zögernd zu Boden sanken.

Hinter dem Fahrzeug blieb Tycho-Basis zurück; ein kleiner Raumhafen, typisch für seine Art, zumindest, was den sichtbaren Teil betraf: ein paar unscheinbare Kuppeln, ein hochaufragender Pylon mit der umfangreichen TO-Hyperfunkanlage an seiner Spitze. Die in der planierten Fläche eingelassenen Tore der sublunaren Start- und Landesilos waren längst wieder geschlossen, nachdem der von Cent Field gestartete schnelle Zubringer der Terranischen Flotte Ren Dhark und Chris Shanton auf Luna abgesetzt hatte. Tycho-Basis war von einem kleinen Kontingent der TF-Flotteninfanterie belegt. Auch die Kontroller an der Raumüberwachung, die Funkspezialisten und die Wartungstechniker in den Silos – alles Soldaten. Die Basis diente hauptsächlich dem Schutz der *Schule der Begabten,* Tycho City.

Der Soldat am Steuer, ein Gefreiter mit Namen Rosenberg, fuhr so schnell wie es die Verhältnisse erlaubten. Obwohl auf dem Display vor ihm eine topographische Karte leuchtete, orientierte er sich vorwiegend an den Markierungen, die sich entlang der »Straße« – nichts als eine breite Spur im Mondstaub – aneinanderreihten.

Die gekapselten Aggregate der Antriebsachsen brummten zuverlässig. Ein beruhigendes Geräusch, das sich über das Chassis bis in die Kabine hinein fortsetzte.

Inzwischen hatte der Rover die Kuppe des Hanges erreicht und fuhr auf der anderen Seite wieder abwärts.

Tycho-Basis verschwand jetzt aus dem Sichtbereich.

Die Straße mäanderte heftig; der Fahrer umrundete waghalsig ein paar kleinere Krater, ehe die Straße wieder ihre ursprüngliche

Richtung einnahm.

Ren Dhark fühlte sich von der draußen vorbeiziehenden Einsamkeit und Öde irgendwie angerührt, während der Mondrover über die Lunarebene auf das Ziel zustrebte. Der allgegenwärtige Staub ließ die Mondoberfläche auf den ersten Blick glatt und sanft erscheinen. Aber unter der grauen Staub- und Sandschicht war sie äußerst uneben, warf den Rover mehr als einmal aus der Bahn und schüttelte die Passagiere durcheinander.

Chris Shanton hatte die Augen geschlossen, offensichtlich behagte ihm die Überquerung der Mondoberfläche nicht besonders. Vielleicht schlief er aber auch nur. Ren Dhark wußte von der Fähigkeit des Diplomingenieurs, bei allen nur denkbaren Gelegenheiten ein Nickerchen einlegen zu können. Es konnte aber auch gut sein, daß der backenbärtige Spezialist nur in der inneren Betrachtung eines Problems vertieft war. Ren Dhark war sich da nicht ganz sicher, wollte den übergewichtigen Leiter der Ast-Stationen, zu dessen Füßen der Robothund Jimmy lag, aber auch nicht stören.

Fleischkloß wurde er manchmal von seinem mechanischen Scotchterrier genannt.

Nun war »Fleischkloß« zwar eine sehr despektierliche, aber trotzdem recht zutreffende Charakterisierung Chris Shantons. Der Chefingenieur und Leiter der Ast-Stationen war ein Berg von einem Mann. Nur daß der Berg mehr in die Breite als in die Höhe ging, verursacht durch den gewaltigen Bauch, wobei allerdings zu seiner Ehrenrettung gesagt werden konnte, daß er nicht unbedingt zu den Kleinsten zählte. Über seinen Augenbrauen glänzte die Stirn bis fast in den Nacken. Aber was ihm oben an Haaren fehlte, machten die langen Resthaare hinten und sein wild wuchernder Backenbart wieder wett.

Vor den polarisierenden Scheiben zog die Einsamkeit des lunaren Nordens vorbei.

Die Sterne leuchteten frostig über dem Horizont.

Ren schien es, als könne er den silbergrauen Staub schmecken, die atmosphärelose Finsternis und Einsamkeit des irdischen Trabanten fühlen. Die messerscharfen Grate der Majestic-Gebirgskette schnitten zur Linken ihr gezacktes Muster in die sternengesprenkelte Schwärze des Firmaments.

Und plötzlich, mit ungewohnter Schärfe, spürte er eine tiefgreifende Erschöpfung, die jede seiner Empfindungen wie unter einem schweren Tuch erstickte. Er lehnte sich im Sitz zurück, schloß die Augen und massierte sie mit Daumen und Zeigefinger.

Noch immer nicht hatte er sich so recht mit der unschönen Trennung von Joan abgefunden. Das Wissen, im Grunde von ihr nur »mißbraucht« worden zu sein, hinterließ einen schalen Geschmack. Es würde dauern, dessen war er sicher, bis er wieder jemandem so vertraute wie Joan Gipsy. Auch daß er in absehbarer Zeit Vater werden würde, trug nur noch mehr zu dem Durcheinander in seinem Inneren bei.

Die Erinnerung schwappte in ihm hoch.

Ohne sein Zutun.

Drängte über den dunklen Rand der Zeit.

Überschwemmte alle anderen Gedanken.

Joan Gipsy!

Es schien ihm, als wäre es erst gestern gewesen, jener Abend, jenes Gespräch im »Los Morenos«, dem spanischen Restaurant im Amüsierviertel am Rande von Cent Field, als Joan ihm offenbarte, daß sie sich in ihn verliebt habe und ihm gleichzeitig nur einen Atemzug später beichtete, daß sie eigentlich zuerst von Terence Wallis auf ihn angesetzt worden war.* Es hatte ihn tief getroffen, damals. Er hatte noch genau ihre Worte im Ohr, als sie ihre Erklärungsversuche startete, nach und nach seinen Zorn besänftigen und die Zweifel zerstreuen konnte. Und dennoch war schon damals, so erkannte er heute mit schmerzhafter Klarheit, der erste Keim ihrer späteren Entfremdung gelegt worden, mochte die Zeit dazwischen

---

*siehe Drakhon-Zyklus Band 1: »Das Geheimnis der Mysterious«

noch so schön gewesen sein.

Doch sich jetzt den Kopf darüber zu zerbrechen, was hätte sein können und was nicht, machte keinen Sinn. Es gab weit schwerwiegendere Probleme. Probleme, deren Lösung seine ganze Energie und Kraft beanspruchten.

Sein Blick fiel auf den metallenen Behälter, in dem das Gerät untergebracht war, das der eigentliche Grund ihres Besuches auf dem Mond war.

Chris Shanton hatte in den vergangen Stunden und Tagen pausenlos gearbeitet, um den miniaturisierten Prototypen einer Parabombe herzustellen, von der man sich eine Eindämmung der Geisteskräfte der Rahim erhoffte. Eigentlich keine Eindämmung, sondern mehr eine »Abschreckung«. Das Gerät von der Größe eines Mobilviphos vereinte zwei Funktionen in sich: Einmal registrierte und maß es das Vorhandensein von Parakräften, zum anderen war es so etwas wie eine hochentwickelte Totmann-Schaltung, die bei Erreichung eines bestimmten, noch festzulegenden Niveaus an Paraenergie explodierte. Um die Funktion der Parabombe – Shanton sprach bevorzugt von einem »Parablocker« – zu testen, waren Ren Dhark und Chris Shanton kurzerhand zum Mond geflogen. Tycho City mit seiner Konzentration an parapsychischen Begabungen war der einzige Platz im Sol-System, der über Funktion und Wirkung des Gerätes Aufschluß geben konnte.

Ein besonders heftiger Satz des Mondrovers über eine im Mondstaub nicht sichtbare Rille brachte Chris Shanton dazu, die Augen zu öffnen.

»Können Sie mir sagen, Commander, weshalb man noch immer diese vorsintflutlichen Vehikel auf dem Mond verwendet und nicht einen bequemen Schweber?« maulte er mißmutig. »Oder noch besser eine Transmitterstrecke?«

»Damit Leute wie du wenigstens ab und zu noch ein bißchen Bewegung erfahren«, ließ sich Jimmy mit eindeutig süffisantem Tonfall verlauten.

»Kusch!« Shanton gab seinem robotischen Faktotum auf vier

Beinen einen Klaps hinter die Ohren. Jimmy jaulte gekonnt auf, um dann mitten drin zu verstummen, als hätte man ihm die Stimmbänder durchschnitten.

Ren konnte sich die Andeutung eines Lächelns nicht verkneifen. »Wir sind gleich da«, vertröstete er Shanton.

Die Sonne stand drei Fingerbreit über dem Hochland, als Tycho City in Sicht kam. Es dauerte nicht einmal mehr fünf Minuten, bis Einzelheiten zu erkennen waren.

Die Anlage erhob sich nahe des lunaren Nordpols, etwa fünfhundert Kilometer vom ausgedehnten Wallis-Werksgelände entfernt. Auf der Mondoberfläche wiesen lediglich ein kleiner Raumhafen und eine Kreisfläche von einem Kilometer Durchmesser auf die Lage des Schulungszentrums für Mutanten hin. Im Mittelpunkt der Kreisfläche erhob sich die 120 Meter hohe Plaststahlkuppel wie eine gigantische Blase, die aus dem Urmagma des Mondgesteins emporgestiegen war. Strahlend weiß, um die Temperaturschwankungen des langen Mondtages zu mäßigen.

Schließlich fuhr Gefreiter Rosenberg die Hauptrampe hinab und durch eine Irisschleuse so groß wie ein Haus ins Innere des Schulungszentrums.

Sofort stellte sich ein leicht zerrendes Gefühl ein, das Dharks und Shantons Bewegungen für kurze Zeit etwas schwerfällig wirken ließ, bis sie sich an das innerhalb der Schulungseinrichtung vorherrschende Gravitationsniveau angepaßt hatten. Im Untergrund versenkte Schwerkraftverstärker erzeugten Erdnorm.

Gleißende Helligkeit und geschäftiges Treiben empfing die Männer; das technische Personal wartete eine Reihe von Mondfahrzeugen, die halb zerlegt auf A-Gravpaletten in den Wartungsboxen schwebten.

Die Männer wurden bereits erwartet.

»Amüsieren Sie sich nicht zu sehr. Wir bleiben nur kurze Zeit. Es hat also wenig Sinn, sich länger als zehn Minuten von unserem fahrbaren Untersatz zu entfernen«, hielt Ren Dhark den Piloten an.

Während es sich der Fahrer des Rovers mit stoischer Miene auf seinem Sitz bequem machte, wurden Chris Shanton und Ren Dhark von einer jungen Angestellten des Begabtenzentrums in Empfang genommen, die von der Anwesenheit des Commanders der Planeten in Tycho City nicht merklich beeindruckt schien. Zumindest ließ sie keine derartige Gefühlsregung erkennen.

Sie übernahm die Führung, und Ren registrierte, daß sie sich – wie auch alle anderen, denen sie begegneten – mit jenen seltsam gleitenden Schritten bewegte, die von längerem Aufenthalt auf dem Erdtrabanten zeugten und eigentlich für die außerhalb der schützenden Umfriedung des Institutes vorherrschende, weit geringere Mondschwerkraft typisch waren.

Der Direktor der »Schule für außergewöhnlich Begabte« – wie die offizielle Bezeichnung des Zentrums lautete – Doktor Seth Macat, war ein dicklicher, mittelgroßer Mann mit blondem, an den Schläfen bereits grau schimmerndem Haar und blaßblauen Augen, die seinem Gesicht einen Ausdruck kindlicher Unschuld verliehen. Einen nicht Eingeweihten mochte dieser Eindruck täuschen. Aber Ren Dhark wußte natürlich, daß sich hinter dieser etwas biederen Maske ein überragender Intellekt verbarg.

Und noch etwas mehr.

Der Institutsleiter war neben seinen sonstigen Qualifikationen, die er sich in der neurologischen Forschung erworben hatte, ein starker A-Klasse-Emphat.

»Willkommen auf dem Mond, meine Herren.« Seth Macat sah Dhark und Shanton erwartungsvoll an und deutete auf die massiven Sessel vor seinem Arbeitstisch.

Allein die Tatsache, daß sich Ren Dhark persönlich in sein Institut bemühte, zeigte Macat, daß es sich um eine wichtige Angelegenheit handeln mußte. Zumindest wichtig für den Commander der Planeten – und damit auch wichtig für die Erde und die Menschheit. Es konnte gar nicht anders sein.

Als sie Platz genommen hatten, meinte Seth Macat: »Kaffee?«

Es gab keine Einwände, wenngleich Shantons Miene einen leisen Ekel ausdrückte, was aber aufgrund der Tatsache, daß der

Großteil eben dieses Gesichtes sich hinter einem verfilzten Bakkenbart versteckte, für jeden Normalsterblichen nicht zu sehen war. Doch Seth Macat war kein normaler Mensch. Seine ausgeprägten emphatischen Fähigkeiten empfingen, ohne daß er es darauf anlegte, die Signale des übergewichtigen Erbauers der Ast-Stationen so deutlich, als ob dieser sie laut äußern würde: *Kaffee, igittigitt!*

Der Institutsleiter lächelte unmerklich. »Für Sie«, wandte er sich an Chris Shanton, während er in eine Schublade seines Arbeitstisches griff und eine dunkle Flasche nebst eines bauchigen Glases ans Licht brachte, »habe ich selbstverständlich einen recht alten französischen Cognac.«

Während sie tranken, kam Ren Dhark ohne Umschweife zur Sache.

»Mister Macat, lassen Sie mich zunächst etwas Grundlegendes über den Zweck unseres Besuches sagen.«

»Natürlich. Bitte«, antwortete Macat und musterte dabei die beiden Männer, die unterschiedlicher nicht sein konnten, völlig wertfrei. Hier Ren Dhark, der Commander der Planeten, ein breitschultriger, weißblonder Sportlertyp mit energischem Kinn und braunen Augen, der wie ein Held der nordischen Sagen wirkte. Dort dieser Chris Shanton, ein Genußmensch par excellence, mit einer Leibesfülle, aus der man hätte gut zwei Männer machen können. Doch in diesem massigen, übergewichtigen Leib steckte ein begnadeter Techniker, der aus einem Akkurasierer ein Hyperfunkgerät basteln konnte, falls es erforderlich sein sollte.

Dhark umriß in groben Zügen die Lage, die die POINT OF, die MAYHEM und die H'LAYV in der Galaxis Drakhon in der Dunkelwolke Kurnuk vorgefunden hatten... wie die Besatzungen den Paraattacken der Rahim ausgesetzt gewesen waren... was sie über die Rahim herausgefunden hatten... er sprach vom Aufenthalt auf Salteria und endete dann: »Ich traue den Rahim nicht. Aber es scheint ihnen darum zu tun zu sein, nicht ohne leere Hände und nicht ohne Erfolg zu uns zu kommen. Wir wollen gemeinsam versuchen, das Unheil von unseren Galaxien abzuwenden. Doch auf Grund der bisherigen Vorkommnisse werde ich einen Teufel tun und die Rahim auf die Erde lassen. Jedenfalls nicht ohne entsprechende Gegenmaßnahmen respektive Vorsichtsmaßnahmen getroffen zu haben.«

Macat deutete auf den kleinen Metallkoffer, den Shanton auf den Knien liegen hatte. »Und sicher sind diese ›Vorsichtsmaßnahmen‹ dort drin verborgen…«

»Richtig.«

»… die *wie* aussehen?«

Dhark nickte dem Diplomingenieur zu.

Shanton öffnete den Behälter und brachte den Parablocker ans Licht. In knappen Worten instruierte er Seth Macat über die Funktionsweise des kleinen, nur handgroßen Geräts und schloß: »Da es natürlich wenig Sinn macht, die Effektivität dieser meiner Erfindung erst dann auszuprobieren, wenn die Rahim auf der Erde sind, es andererseits keine ausgeprägte parapsychische Kraftquelle innerhalb unseres Sonnensystems gibt…«

»… außer Tycho City«, warf Seth Macat ein, der sich bestätigt sah.

Shanton blickte einen Moment irritiert, ehe er sich vergegenwärtigte, wen er vor sich hatte. »Richtig, hier ist der einzige Ort, an dem wir das Gerät testen können.« Während er redete, hatte er den Parablocker aktiviert. Mit gerunzelter Stirn starrte er auf das kleine Display. Dann bearbeitete er die Kontrollen, gab neue Parameter ein, verwarf sie wieder. Etwas schien ihm ganz gehörig gegen den Strich zu gehen.

»Ich weiß nicht…«, begann er zögernd. »Es scheint nicht zu funktionieren. Normalerweise müßte es hier doch vor parapsychischen Aktivitäten nur so brummen. Oder haben Sie Ihre Schützlinge alle k.o. geschlagen, Mr. Macat?«

Der Direktor grinste und sagte: »Manchmal wünschte ich mir, ich könnte das. – Nein. Es ist ein bißchen anders.«

Chris Shanton starrte ihn an, während Ren Dhark interessiert die vielen gerahmten Diplome und Auszeichnungen an der Wand hinter Seth Macat betrachtete, ansonsten aber schwieg. Er glaubte zu wissen, weshalb das Gerät nicht funktionierte.

Plötzlich schlug sich Shanton mit der flachen Hand gegen die zugegebenermaßen recht hohe Stirn, daß es nur so klatschte. »Ich Dummerchen«, brummte er. »Aber ja. Daß ich nicht gleich darauf gekommen bin. Sie haben natürlich Ihr Büro mit einer Art Schirm versehen, um sich vor den paramentalen Attacken Ihrer Schützlinge zu schützen. Richtig?«

Seth Macat lachte leise. »Sie sagen es, Mr. Shanton. Sie sagen es. Was glauben Sie, wozu Kinder und Halbwüchsige mitunter fähig sind? Zwar gibt es an unserer Schule eine eiserne Regel, die besagt, daß jeder Zögling seine Gabe, sein Talent, seine parapsychischen Kräfte nicht des eigenen Vorteils willen gegen Lehrer, Trainer oder Mitschüler einsetzt. Und auch sonst nicht.« Er schwieg einen Moment, dann fuhr er fort: »Aber mal ehrlich, meine Herren, haben Sie nicht auch in Ihrer Jugend Streiche ausgeheckt? Haben Sie sich immer konsequent an alle Regeln, an Verbote oder Einschränkungen gehalten? Ich glaube nicht. Und weil das so ist, haben wir bestimmte Bereiche innerhalb Tycho Citys mit psionischen Schutzschirmen versehen, um jeder Versuchung von vornherein das Wasser abzugraben. Aber jetzt müßte Ihr Gerät eigentlich funktionieren. Ich habe die Abschirmung aufgehoben.« Während seiner Worte hatte er einen Kontakt aktiviert, und plötzlich erfüllte ein schrilles, wimmerndes Geräusch das Büro, dessen Quelle eindeutig Shantons Gerät bildete.

»Damit wollen Sie bestimmt die Rahim zu Tode erschrecken, stimmt's?«, mutmaßte Seth Macat.

»Schön wär's, wenn es so einfach wäre. Hier handelt es sich nur um ein Geräuschmodul. In der Serienfertigung wird den Platz dieses Moduls ein Thermalsprengsatz einnehmen, der bei Erreichen eines noch festzulegenden Niveaus an Paraenergie explodiert. Was dann mit dem Träger des Parablockers geschieht, muß ich wohl kaum ausführlicher schildern. Nicht wahr?«

»Kaum«, bestätigte Macat. Er leerte seine Tasse. »Kann ich Sie sonst noch in irgendeiner Weise unterstützen? Vielleicht darf ich Ihnen Tycho City zeigen, meine Herren? Ich führe Sie gerne herum, wenn Sie schon mal da sind...«, er wandte sich direkt an Ren Dhark und fuhr fort: »Auf diese Weise können Sie sich selbst einmal davon überzeugen, was wir hier leisten und auf welche Weise die Gelder verwendet werden, die uns die Regierung so generös zu Verfügung stellt.«

»Ein anderes Mal gern«, wehrte Ren Dhark mit einem leichten Lächeln ab. »Ich habe einen Terminplaner, der sein Speichermodul schon mehrfach gesprengt hat. Man erwartet mich bereits wieder auf der Erde. Es gilt noch vieles zu ordnen und vorzubereiten. Ich möchte die Rahim nicht völlig unvorbereitet in unserem System begrüßen.«

»Wie lange wird es dauern, bis sie erscheinen?« fragte Seth Macat.

»Eine knappe Woche, vielleicht weniger«, sagte Ren Dhark und stand auf.

»Dann haben Sie wirklich nicht mehr viel Zeit, Commander.«

Ren Dhark und Chris Shanton wurden von der gleichen jungen Dame in den Hangar gebracht, von der sie empfangen worden waren. Auf dem Weg zum wartenden Fahrzeug war es der Commander, der sich einigermaßen erstaunt bei Shanton erkundigte: »Sagen Sie, Chris, Ihr robotisches Alter Ego hat die letzten sechzig Minuten keinen Laut mehr von sich gegeben. Fehlt ihm etwas?«

»Ja«, nickte Shanton grimmig. »Es fehlt ihm etwas – die Stimme. Ich habe sein Sprachmodul stummgeschaltet. Sein ewiges Dazwischengequatsche geht mir zur Zeit mächtig auf die... ähem, auf den Senkel.«

Wenig später umgab sie wieder die Helligkeit des frühen Mondtages. Dhark saß schweigend im Gliedersessel und betrachtete die lunare Ebene vor dem Rover. Dann hob er den Blick und sah durch das polarisierende Dach nach oben. Die Sterne, die sich über das Firmament spannten, funkelten in kalter Intensität. In einem Winkel von fünfundvierzig Grad durchschnitt das Band der Milchstraße den Himmel; kristallenes Geschmeide auf schwarzem Samt.

Als Tycho-Basis vor dem Rover auftauchte, fragte Dhark: »Wie lange werden Sie brauchen, um eine kleine Serie Ihres Parablokkers fertigzustellen, Chris?«

»Etwa vier, fünf Tage«, antwortete Shanton.

Ren Dhark nickte.

»Müßte ausreichen. Sie gehen sofort an die Arbeit?«

»Sobald wir zurück sind«, bestätigte Chris Shanton.

11.

Die EPOY verließ den Orbit um den 6. Planeten!

Jim Smith saß leicht vorgebeugt am Kontrollpult. Juanita im Kopilotensitz, allerdings nicht in der Lage, in das Geschehen aktiv eingreifen zu können, sah, wie sich die Anzeigen etlicher Instrumente radikal veränderten und einige der kleinen Monitore plötzlich umschalteten.

»WS-Ost und WS-West auf Zentrale geschaltet... alle Systeme im Vollbetriebsmodus...«

Mit dem Begriff konnte Juanita nichts anfangen, aber daß WS für Waffensteuerung stand, wußte sie inzwischen. Die Bildkugel zeigte, wie die EPOY in rasendem Tempo auf Hope zujagte, auf den Kontinenten Deluge.

»Tasterecho positiv. Status: Zielobjekt ist gelandet und liegt unter Intervallfeldschutz.«

Jim kleidete seine Gedankenbefehle in Worte und formulierte auch die Meldungen der Gedankensteuerung aus, damit Juanita mitbekam, was passierte. Jim wollte ihr damit die Möglichkeit geben, notfalls Protest anzumelden. Ihr, seinem Gewissen...

Aber sie starrte nur gebannt auf die Bildkugel. Ihre Hände umklammerten krampfhaft die Lehnen ihres Kontursitzes.

Der Ringraumer stieß wie ein Raubvogel auf den Tofiritraumer nieder.

Jims Hände brachten Steuerschalter in neue Positionen.

»Nadelstrahl...«

23 der 45 in die Unitallhülle des Ringraumers gebetteten Strahlantennen emittierten die blaßroten, überlichtschnellen Nadelstrahlen, die jede Materie unverzüglich in Energie umwandelten, nur wurden sie hier vom Intervallfeld des Tofiritschiffes aufgefangen und absorbiert.

»Jim«, keuchte Juanita auf.

»Ich vernichte nichts, ich will nur dieses Intervallfeld aufbrechen!« erwiderte er knapp.

Immer noch feuerte die EPOY mit Nadelstrahlen auf das andere Schiff, als das plötzlich das Feuer erwiderte, ebenfalls mit Nadel!

Der Ortungsschutz der EPOY existierte seit dem Moment nicht mehr, in dem sie das Feuer eröffnet hatte.

»Intervallfeldbelastung zwei Prozent…«

Jim analysierte die Belastung des gegnerischen Feldes. Die betrug bereits über 75. Das reichte aber nicht, obgleich die EPOY durch ihren Vollbetriebsmodus dem terranischen Schiff überlegen war, denn die EPOY konnte nur den Teil ihrer Strahlantennen einsetzen, der dem Ziel zugewandt war.

Da erwachte Deluge!

Plötzlich schlugen Abwehrforts zu, von deren Existenz Jim Smith nichts geahnt hatte, weil aus seinen Informationen nichts darüber hervorging. Zehn Kampfstationen, rund um die Anlagen des Höhlensystems verteilt, mußten seinen Angriff mißverstanden haben und eröffneten Nadelstrahlfeuer auf die EPOY.

Die Intervallbelastung schnellte blitzartig auf über 60 Prozent. Noch blitzartiger änderte die Gedankensteuerung den Kurs und überraschte damit auch Jim Smith, der gerade das Feuer erwidern wollte.

Er brauchte es nicht zu tun.

Die EPOY flog jetzt so tief, daß sie im toten Winkel der M-Geschütze lag!

Und das Intervallfeld des Tofiritraumers existierte immer noch!

»Nicht mehr lange«, murmelte Smith im Selbstgespräch und setzte Mix-4 ein!

»Mix-4? Was ist das?« fragte Juanita entgeistert, die in der Bildkugel ein silbrigblau fluoreszierendes Strahlenfeld sah, das fächerartig nach dem rubinroten Ringraumer griff. Im gleichen Moment begann dessen Intervallfeld sich zu verändern!

»Die einzige größere Erfindung, die die Erbauer dieses Raumschiffs in den letzten tausend Jahren gemacht haben«, entfuhr es Smith mit einem etwas bitteren Unterton. »Mix-4 weicht modulierte wie unmodulierte Intervallfelder auf und reduziert dadurch ihre Belastbarkeit.«

Die Instrumente zeigten ihm die Wirkung von Mix-4!

Das Intervallfeld des anderen Ringraumers war plötzlich nicht mehr mit 75 Prozent belastet, sondern über 100, um im nächsten Moment zusammenzubrechen. Die nach wie vor einwirkenden Nadelstrahlen trafen die ungeschützte Tofirithülle des Raumers!

Sie konnten das Tofirit nicht zerstören. Eine halbe Sekunde nach dem Erlöschen des Intervallfelds schaltete Smith die Strahlantennen auf Strichpunktbeschuß um!

Die paralysierenden Strichpunktstrahlen machten vor der Tofirithülle nicht Halt. Eine Minute später gab es an Bord des Raumers nur noch Roboter, die ihren Dienst versahen, während auch der letzte Mensch aktionsunfähig geworden war.

Jims Augen schienen zu glühen.

Immer noch feuerte das Tofiritschiff. Die Robs hatten die Waffenkontrolle übernommen und die menschliche Besatzung ersetzt.

Kein Problem für Jim Smith.

Der führte den Kampf jetzt mit elektronischen Mitteln weiter.

Daß die Abwehrstellungen Deluges das Feuer eingestellt hatten, als die EPOY nicht mehr erfaßbar war, registrierte er nur am Rande und strahlte Funkbefehle an den Suprasensor des anderen Raumers ab. Diese Befehle hatte sein eigener Bordrechner vorher erarbeitet. Er wurde jetzt über die Funkbrücke mit dem Suprasensor zusammengeschaltet.

Das weit überlegene Rechengehirn des Mysteriousraumers übernahm die Kontrolle.

Das Tofiritschiff stellte das Abwehrfeuer ein.

Die Roboter erhielten neue Befehle, die Vorrang gegenüber ihrer bisherigen Programmierung hatten. Nur wenige Minuten später zeigte die Bildkugel, wie die Schleusen des Ringraumers geöffnet wurden und Kegelroboter ins Freie schwebten, die auf ihren Armen bewußtlose Menschen trugen – die Besatzung des Raumers!

»Und sie alle leben, Juanita«, sagte Jim leise. »Sie alle sind nur paralysiert und werden in ein paar Stunden wieder erwachen.«

Sie glaubte es ihm.

Die Roboter arbeiteten schnell. Nach weniger als zehn Minuten war das Schiff geräumt, und die Kegelkonstruktionen kehrten nicht an Bord zurück, weil ihre neuen Befehle besagten, daß sie die paralysierten Menschen vor Gefahren durch Raubtiere zu schützen hatten.

Immer noch kontrollierte der Bordrechner der EPOY den Suprasensor des To-Raumers.

Dessen Schleusen wurden wieder verschlossen.

Jim manövrierte die EPOY über das weit größere, riesige Schiff. Vorher hatte er das untere Intervallfeld abgeschaltet, um es jetzt wieder zu aktivieren. Von einem Moment zum anderen schloß es den To-Raumer ein.

»Und ab...«

SLE wurde wirksam, der Sub-Licht-Effekt, der die EPOY mit dem anderen Raumer im Intervallschlepp den Sternen entgegenjagte. Dann, einige hunderttausend Kilometer von Hope entfernt, schaltete Smith auf Sternensog um.

Schneller als das Licht verschwand er mit seiner Beute in Weltraumtiefen.

Pelletier und Fargo waren nicht in der Lage, herauszufinden, auf welches Empfangsgerät der Kugeltransmitter eingestellt gewesen war. Die von dem Unbekannten getätigten Einstellungen ließen sich nicht nachvollziehen, das Transitprotokoll war gelöscht. Aber die Vermutung lag nahe, daß die Gegenstation sich an Bord des Ringraumers befunden hatte, der aus dem Nichts gekommen war, einen Blitzangriff auf die EUROPA flog und trotz des Beschusses durch die Abwehrstellungen wieder verschwand – mit dem To-Raumer!

Als die Besatzung der EUROPA wieder aus ihrer Paralyse erwachte, gab es einen Colonel P. S. Clark, der tobte wie noch nie zuvor in seinem Leben. Sein lautstark gebrüllter Wunsch, den

Mistkerl, der ihm sein Schiff praktisch unter dem Hintern weggeklaut hatte, höchstpersönlich auf links zu drehen, war noch eine der harmlosesten Drohungen.

»Das zahle ich dem heim!« wütete der Colonel. »Den jage ich bis an die Grenzen des Universums, und wenn es das letzte ist, was ich in meinem Leben noch tue!«

Aber dazu mußte er erst einmal ein neues Schiff haben...

Der schwere Jett, auf dessen Flanken die Insignien der TF in wuchtigen Blockversalien verewigt waren, kam aus dem Osten. Er bewegte sich in einem Luftkorridor, der nur für ihn freigehalten und von Cent Field aus mit einer Phalanx elektronischer Argusaugen überwacht wurde – immerhin befanden sich die zwei mit Abstand wichtigsten Männer der Erde an Bord.

Ren Dhark war der eine.

Dan Riker der andere.

Beides Freunde. Enge Freunde, seit sie zusammen auf der unvergessenen GALAXIS unter dem Kommando von Rens Vater Sam als blutjunge Offiziere ihren Dienst angetreten hatten.

Sie kamen aus Cent Field, wo sie sich von der Raumüberwachung über die Position der Rahim-Flotte hatten informieren lassen, und waren auf dem Weg zur neu errichteten Basis der Schwarzen Garde, um sich über den Fortschritt der Arbeiten dort ein Bild zu machen und die Garde zu inspizieren.

Cent Field, der größte Raumhafen Terras mit seinem Areal von hunderten von Quadratkilometern Ausdehnung, blieb schnell zurück. Gerade näherte sich der Jett mit erheblicher Geschwindigkeit Alamo Gordo, jener Stadt, die, am Westabfall der Sacramento Mountains gelegen, einstmals das Handelszentrums eines Viehzuchtgebietes im südlichen New Mexico gewesen war.

Heute bildete Alamo Gordo mit seiner unverwechselbaren Silhouette eine ultramoderne Stadt, die in den vergangenen vier Jahren ihre Rolle als neue Hauptstadt Terras behauptet hatte, nachdem die Trümmerwüste World City nach der Invasion der Giants faktisch zur Bedeutungslosigkeit herabgesunken war. Der Jett überflog sie in großer Höhe. Der Blick von oben auf die Stielbauten mit ihren riesigen, langsam rotierenden Wohnkugeln war faszinierend. Jeder dieser Türme trug eine Kugel von zirka hundertzwanzig Metern Durchmesser.

Alles sah so friedlich aus.

So verdammt friedlich und harmonisch.

Aber wer die Zeichen richtig zu deuten wußte, erkannte, daß sich eine ungeheure, schreckliche Bedrohung für die Menschheit aus dem Weltraum näherte.

Ren Dhark seufzte unwillkürlich.

Ein Laut, der Dan Riker veranlaßte, den Freund von der Seite zu mustern.

»Ist was?«

»Was soll sein?«

»Du sollst nicht immer meine Fragen mit einer Gegenfrage beantworten.«

»Und du kümmere dich gefälligst um deine eigenen Probleme.« Es klang brüsker als sonst üblich.

Dan zog unbehaglich die Schultern hoch; irgendwie schaltete Ren seit einigen Tagen auf Distanz.

Er schien nach der unschönen Trennung von Joan Gipsy verändert.

Wirkte wie ausgewechselt.

War härter geworden.

Härter und empfindlicher, verletzlicher.

Vor allem aber reizbarer und mit einer sehr, sehr dünnen Haut versehen.

Jeder andere wäre jetzt verstummt, hätte sich vielleicht mit einem Achselzucken abgewandt und gedacht: *Wer nicht will, dem ist nicht zu helfen*. Aber Dan Riker war nicht der Typ von Mann, der mit seiner Meinung hinter dem Berg hielt, wenn ihm etwas gegen den Strich ging. Schon gar nicht bei seinem Freund. Gerade bei dem nicht.

»Hast du die Absicht, irgendwann wieder mal normal zu werden?« fragte er ruhig.

Dhark sah ihn an. In ihm arbeitete es, das konnte Dan erkennen. Schließlich sagte er, und sein Freund nahm es, als was es gedacht war – als Entschuldigung: »Ich weiß, ich bin in letzter Zeit ein bißchen unausstehlich geworden, mein Freund. Aber es ist nichts Ernstes, glaube mir.«

»Wenn du dein Herz ausschütten möchtest… du kannst mit mir über alles reden…«

»Aber das weiß ich doch«, unterbrach ihn Dhark und lächelte bereits wieder. »Entschuldige. Ich war nur ein wenig frustriert über verschiedene Ereignisse der letzten Zeit.«

»Verstehe.« Dan nickte, dann wandte er sich nach vorn, klopfte dem etwas erhöht sitzenden Piloten gegen die Rückenlehne.

»Wie lange noch?« erkundigte er sich.

Der Pilot sah auf das Display der Zeitangabe. »Erreichen Zielgebiet in fünf Minuten, Chef, eh… Sir!«

Dan ignorierte seinen Fauxpas und konzentrierte sich auf die unter dem Jett dahinhuschende Landschaft. Dann hob er den Blick in Fahrtrichtung. Direkt vor ihnen lagen die Ausläufer der Sacramento Mountains. Zwischen den bewaldeten Bergen über Alamo Gordo lag eine kleine, noch unfertige Stadt mit umfangreichen Außenanlagen. Kein gewachsener Ort, sondern eine auf dem Reißbrett projektierte moderne Ansiedlung mit Namen Star City. Die Basis der Schwarzen Garde. Die Gardisten waren nicht mehr in Kasernen, sondern einzeln in kleinen Bungalows untergebracht, verfügten über freien Zugriff auf alle Informations- und Datenkanäle und konnten in kleinen Labors eigenen Ideen nachjagen. Das unterschied sie von allen anderen Truppenteilen der Erdstreitkräfte, hob sie aus der Masse heraus, machte sie zu Privilegierten.

Star City, durch und durch eine militärische Einrichtung, wenn auch nicht auf den ersten Blick als solche zu erkennen, verfügte über ausgedehnte Forschungslabors, die großenteils noch im Aufbau begriffen waren. Auch die eigene Hochschule der Garde harrte noch der Fertigstellung, wenngleich mit Hochdruck daran gebaut wurde.

Gardisten waren nicht nur eisenharte Elitekämpfer und Waffenexperten – vergleichbar etwa mit den Spezialisten der Delta Forces zu Beginn des 21. Jahrhunderts – sondern gleichermaßen hochrangige Wissenschaftler. Schon jetzt waren die Absolventen der Gardeausbildung den Begehrlichkeiten und Nachstellungen von Headhuntern aller zivilen Universitäten, Forschungseinrichtungen und Firmenkonsortien Terras ausgesetzt.

Der Jett mit Ren und Dan Riker an Bord zog eine Schleife.

Zur Linken, in einiger Entfernung und außerhalb des gesicherten Bereiches von Star City, befand sich ein kleiner Raumhafen mit der schlanken Nadel des Kontrollturms. Weithin sichtbar erhob sich auf dem Areal der 400 Meter-Riese eines Kugelraumers, ein Beuteschiff aus der Hinterlassenschaft der Giants, umgebaut zum Truppentransporter für die Schwarze Garde und ausgerüstet mit Triebwerken aus terranischer Fabrikation. Es handelte sich um die HAMBURG unter dem Kommando von Kapitän Hector Elizondo.

Der Jett mit den Kommandeursinsignien der TF auf den Flanken ließ den Raumhafen jedoch unbeachtet und näherte sich dem großen Komplex im ungefähren Mittelpunkt der kleinen Stadt, der, halbrund angeordnet, sich in Richtung Süden öffnete, wo ein kleiner Landeplatz für Zubringer und Jetts errichtet worden war.

Nur wenig später setzte der Jett auf.

Der Pilot fuhr die Rolltür hoch.

Ren Dhark und Dan Riker verließen die Kabine.

Ein Leutnant der Schwarzen Garde in voller Kampfmontur wartete bereits in Grundstellung, als Ren Dhark und Dan Riker die Kabine verließen.

»Ich hatte eigentlich erwartet, daß man uns mit einer Ehrenformation und mindestens zwei Böllerschüssen empfängt«, raunte Dan Riker enttäuscht.

Ren Dhark grinste und antwortete ebenso leise: »Das habe ich mir ausdrücklich verbeten. Was willst du? Der Junge sieht doch fesch aus!«

Der »Junge« salutierte zackig. »Leutnant Tore Lanart zu Ihren Diensten!« sagte er forsch. »Willkommen in Star City.«

Die beiden Männer erwiderten die Ehrenbezeugung.

»Sie werden bereits erwartet, meine Herren! Ich habe Order, Sie umgehend zum Generalmajor zu bringen.« Er machte auf dem Absatz kehrt. »Wenn Sie mir bitte folgen wollen!«

Der drahtige Leutnant setzte sich in Bewegung. Mit weit ausholenden Schritten marschierte er mit den beiden Besuchern im Schlepptau los.

Das Gelände ringsum war grün und fruchtbar. Ginster und anderes Gebüsch säumten die Wege. Weiter hinten wuchs Nadelwald. Es war Ende April. Die Luft war kühl und frisch. Ein paar Wolken segelten wie schwellende weiße Kissen über den tiefblauen Himmel. Ren Dhark sah eine Gruppe von zwölf jungen Männern in grauen, schmucklosen Kombis, die auf dem großen Sportplatz übten. Hier und in anderen Trainingseinrichtungen wurden die härtesten Raumsoldaten der Flotte für den Überlebenskampf gestählt. Für Rekruten wie auch für alle höheren Dienstgrade war es unabdingbar, körperlich absolut fit zu sein. Er sah ihnen nachdenklich zu, wie sie im Laufschritt herumtrabten, angefeuert von den lautstarken Beschimpfungen ihres Ausbilders.

Das Training neuer Rekruten dauerte täglich 24 Stunden. Sie mußten jeden Augenblick auf der Hut sein, weil sie nie wußten, wann ihnen jemand ein Bein stellen würde, wann sie aufgescheucht werden würden. Dasselbe galt auch für bereits ausgebildete Gardisten, die sich auf einen neuen Einsatz vorbereiteten. In der Schwarzen Garde wurde neben körperlichem Training sowie der Waffen- und Sprengstoffkunde Wert auf eine fundierte wissenschaftliche Ausbildung gelegt. Man mußte einfach physisch und psychisch fit sein, um den Anforderungen moderner Kriegführung im All und auf Fremdwelten gewachsen zu sein.

»Schau mal«, ließ sich Dan Riker vernehmen, »große Ereignisse werfen ihre Schatten voraus.«

»Was meinst du…?«

Dan nickte in Richtung des großen Exerzierplatzes. Dort wurde gerade die Phalanx der schlanken Masten beflaggt. Mannschaftsschweber entluden ihre Fracht. Soldaten in Galauniformen sprangen von den Ladeflächen und nahmen unter den gebrüllten Befehlen der Zugführer, die der Wind herübertrug, Aufstellung.

Dhark seufzte kopfschüttelnd.

»Ich fürchte, es bleibt uns nicht erspart. Wir werden um eine offizielle Abnahme der Truppe nicht herumkommen.«

Inzwischen hatten sie den Eingang zum Hauptquartier erreicht. Über dem Portal schwang sich ein stilisiertes Band mit einer Inschrift.

ES GIBT NUR EIN LICHT DER WISSENSCHAFT.
ES ANZÜNDEN HEISST, ES ÜBERALL ZU ENTZÜNDEN.

Ren hielt kurz inne. Seine Blicke verweilten einen Moment darauf. »Beeindruckendes Motto«, murmelte er nur für Dan hörbar und wies mit einer Kopfbewegung in Richtung des Portals.

Dan nickte. »Hoffen wir, daß die Schwarze Garde unter diesem Leitsatz zu Ruhm und Ehre gelangt.«

12.

»In Bezug auf Schwierigkeit, Anmut und Charakter war der mit Pinien bewachsene Golfplatz Pine Valley im sandigen Brachland von New Jersey kaum zu übertreffen.« Terence Wallis, Besitzer von Wallis Industries sowie (unter anderem) Hauptanteilseigner des neugegründeten Unternehmens Wallis Star Mining, seufzte laut und vernehmlich. »Schade, daß er bei der Giant-Invasion draufging. Zwar wurde er wieder instandgesetzt, aber die Atmosphäre von früher kommt einfach nicht mehr rüber, leider. Somit war ich regelrecht gezwungen, zur Selbsthilfe zu greifen.«

Wallis, nachweislich der reichste Mann der Erde, bewegte seinen Schläger so elegant und treffsicher in Richtung Ball, als wäre er auf einem Golfplatz zur Welt gekommen. Der große, schlanke Mittvierziger, der sein leicht schütteres Haar zu einem Pferdeschwanz gebunden trug, war bekennender Kapitalist und als solcher der Meinung, daß man sich mit Geld so ziemlich jeden Wunsch erfüllen könne.

Vor einiger Zeit hatte er seinen privaten Landsitz in Pennsylvania vergrößert und sich einen privaten Golfplatz angelegt, frei nach der Devise: »Man gönnt sich ja sonst nichts.« Sein Platz war der einstigen Anlage von Pine Valley detailgetreu nachempfunden, selbstverständlich im Maßstab 1:1.

»Der Gesamtlänge der 18 Bahnen beträgt exakt 6 561 Meter, der Platzstandard liegt bei 72 Schlägen«, erklärte er seinen drei Mitspielern. »Hört sich nach wenig Anstrengung an, doch wie Sie sicherlich schon gemerkt haben, wird man tüchtig gefordert. Für Fehler gibt es auf Pine Valley II keinen Spielraum. Entweder man spielt ruhig und sicher, oder man gerät in arge Schwierigkeiten.«

Kann er nicht mal fünf Minuten die Klappe halten? dachte Art Hooker, der als nächster am Schlag war. *Wie soll man sich so konzentrieren?*

Golf gehörte nicht unbedingt zu den Lieblingssportarten des

großen, hageren Prospektors. Vor Jahren hatte er mal einen Schnellkurs belegt, gemeinsam mit seiner gertenschlanken Ehefrau Jane, aus lauter Spaß an der Freude. Danach hatten die beiden noch ein paarmal gegen verschiedene Gegner gespielt und letztlich nicht nur jedes Match, sondern auch die Lust am Golfsport verloren.

Wallis nahm es locker mit ihnen auf. Er gestattete sogar seiner neuen blonden Freundin Beth, zusammen mit den Hookers gegen ihn anzutreten. Beth sah zu bezaubernd aus in ihrer enganliegenden, tiefausgeschnittenen Golfkleidung. Was machte es da schon, daß sie die Spielregeln noch immer nicht so richtig begriffen hatte? Mit ihren spielerischen Fähigkeiten war sie nach Wallis' Meinung im gegnerischen Team bestens aufgehoben. Er liebte Wettbewerbe, bei denen der Sieger von vornherein feststand.

Art, Jane und Beth schlugen abwechselnd. Am zehnten Loch, mit Par drei dem kürzesten auf dem Kurs, war jetzt der Prospektor an der Reihe. Auf diesem schwierigen Platz wirkten die Grüns und die gemähten Spielbahnen zwischen Abschlag und Grün, die Fairways, wie rettende Oasen inmitten einer Wüste aus Sandbunkern und Gestrüpp. Art mußte mit einem Eisen neun schlagen, um das Grün, das ringsherum zu den Bunkern abfiel, exakt zu treffen.

»Nun mach schon«, bemerkte Jane ungeduldig. »Man könnte meinen, du seiest mitten in der Bewegung zur Salzsäule erstarrt.«

»Ich konzentriere mich«, rechtfertigte sich ihr Mann brummig. »Zumindest versuche ich es.«

»Wir haben keine Eile«, beruhigte ihn der Multimilliardär. »Auf den von Clubs betriebenen Golfplätzen verstößt langsames Spiel gegen die Etikette, aber hier bestimme einzig und allein ich, was erlaubt ist und was nicht. Das war für mich ein Hauptgrund, mir einen Privatplatz zu gönnen. Strenge Clubregeln sind nicht mein Ding. Allein die Kleidungsvorschriften einiger Vereine schrecken ab. Hier könnte ich in Badehose spielen, wenn mir danach wäre, und niemand dürfte mich dafür vom Platz weisen.«

Art stellte sich Wallis mit Badehose und Golfschläger vor und schüttelte sich leicht.

»Er hat sich bewegt«, bemerkte Jane spitz. »Das bedeutet, mit seinem lang erwarteten Schlag ist innerhalb der nächsten drei Stunden zu rechnen, falls kein wichtiger Termin dazwischenkommt.«

Wallis entging nicht, daß sein Gegner Konzentrationsschwierigkeiten hatte. Um selbige noch etwas zu verstärken, redete er unverdrossen weiter.

»Einige allgemeingültige Bestimmungen gleichen fast schon Straßenverkehrsvorschriften. Zweiballspiele haben Vorrang vor Drei- und Vierballspielen. Gruppen, die eine volle Runde spielen, sind berechtigt, Gruppen zu überholen, die eine kürzere Runde angehen. Wer allein spielt, muß allen anderen Platz machen. Glücklicherweise gibt's hier weit und breit keine anderen Spieler, nach denen man sich richten muß. Dies ist mein privater Golfplatz und ohne meine ausdrückliche Erlaubnis...«

»Ruhe, verdammt noch mal!« schimpfte Art und schlug unbeherrscht zu.

Sein Ball flog einen höheren Bogen als geplant. Zwar landete er auf dem Grün, aber leider nicht an der Stelle, die Art anvisiert hatte.

»Danke schön, ihr schwatzhaften Elstern«, brummelte der Prospektor.

»Halb so schlimm«, tröstete ihn Beth. »Ich bin als nächste mit Schlagen an der Reihe. Falls der Ball zwischen Gräsern und Unkraut gelandet ist, werde ich ihn für unbespielbar erklären und poppen.«

»Poppen?« wiederholte Art Hooker verwundert.

»Man hebt den Golfball auf und legt ihn woanders hin«, erklärte ihm die dralle Blondine. »Am besten möglichst nahe am Loch.«

»Es heißt droppen, Liebling«, warf Terence Wallis amüsiert ein. »Der Ball darf aufgehoben und mit ausgestrecktem Arm wieder fallengelassen werden, in unmittelbarer Nähe der ursprünglichen Stelle. Diese Aktion kostet den Spieler allerdings einen zusätzlichen Schlag. Ich bin zwar gegen allzu strenge Vorschriften, doch die wichtigsten Spielregeln sollten wir zumindest einhalten, meinst du nicht auch?«

»Wenn du es sagst, Schatz«, säuselte Beth und lächelte ihn so hinreißend an, daß ihm heiß und kalt zugleich wurde.

»Gibt es eigentlich eine Vorschrift, die unzulässiges Quatschen verbietet?« fragte Art ärgerlich. »Sie haben mich mit Ihrem Gerede absichtlich abgelenkt, Terence.«

»Nimm's leicht«, meinte Jane. »Mir war von Anfang an klar, daß wir selbst zu dritt nicht die geringste Chance gegen ihn haben. Das Spiel ist eh Nebensache, nicht wahr, Terence? Sie haben uns doch nicht auf Ihren Landsitz bestellt, nur um uns zu zeigen, was für ein Golf-As Sie sind. Es steckt mehr dahinter. Ein neuer geschäftlicher Vorschlag vielleicht?«

»Bloß das nicht«, merkte ihr Mann mürrisch an. »Ich habe noch an unserer letzten geschäftlichen Vereinbarung zu knabbern.«

Er spielte auf die Gründung von Wallis Star Mining an.

Die Gesellschaft war gegründet worden, weil der terranischen Regierung die Kapazitäten zum Abbau der gewaltigen Erzvorkommen im Tofirit-System NGK 1324/58 fehlten. Terence Wallis gehörten 72,5 Prozent der Firma. Die Regierung sorgte für den nötigen militärischen Schutz beim Tofiritabbau und -transport und erhielt dafür 25 Prozent. Die übrigen zweieinhalb Prozent Anteil am Stammkapital besaßen Art und Jane Hooker, die das System unter Einsatz ihres Lebens erkundet und für Terra erschlossen hatten. Eine lukrative Beteiligung, die den Hookers ein kleines Vermögen einbrachte.

Leider war dieses Geschäft, das sie reich gemacht hatte, mit einer Bedingung verbunden. Art und Jane hatten ihr bisheriges Leben als »Vagabunden des Weltalls« mit ständig wechselnden Auftraggebern ein für allemal aufgeben müssen. Künftig durften sie nur noch für Wallis Star Mining tätig werden. Ein schwer zu schluckender Brocken für den freiheitsliebenden, stets nach mehr Unabhängigkeit strebenden Art Hooker; dennoch hatte er den

Kontrakt unterschrieben.

Er mochte den Multimilliardär Wallis und fühlte sich ihm in gewisser Weise freundschaftlich verbunden. Aber ihm war auch bewußt, was für ein ausgekochtes Schlitzohr Wallis war. Noch einmal, das hatte er sich fest vorgenommen, würde er sich mit ihm auf keinen Handel mehr einlassen.

Arts Bedenken waren unnötig. Terence Wallis hatte gar nicht vor, den Hookers einen weiteren geschäftlichen Vorschlag zu unterbreiten. Ihre Arbeitskraft, Intelligenz und Erfahrung hatte er vertraglich ans neue Unternehmen gebunden – mehr hatte er nie gewollt.

Allerdings hatte er sie in der Tat nicht ausschließlich zum Freizeitvergnügen eingeladen.

Während Beth im Rough nach ihrem Golfball suchte, sprach Wallis mit den Hookers über das drohende Weltuntergangsszenario und die gemeinsam mit den Rahim geplanten Gegenmaßnahmen.

»Ich bin mir nicht sicher, ob die Katastrophe überhaupt zu verhindern ist, darum habe ich mittlerweile eigene Erkundungsraumer losgeschickt. Es wurde festgestellt, daß Drakhon im Gegensatz zur Milchstraße keinen Halo mit Kugelhaufen besitzt. Allem Anschein nach wurde jene geheimnisvolle Galaxis ›allein‹ aus ihrem Kontinuum in unseres gerissen.«

Kugelhaufen waren eindrucksvolle Gebilde. Auf einem sphärischen, annähernd kugelförmigen Raum von circa 150 Lichtjahren Durchmesser drängten sich ungefähr eine Million Sterne. Somit war die Sternendichte dort in etwa tausendmal höher als in der Umgebung der irdischen Sonne. Nahe dem Kern eines Kugelhaufens stieg die Sternendichte sogar auf ein Zehntausendfaches an.

Die Kugelhaufen bildeten rings um die Milchstraße den galaktischen Halo. Der Schwerpunkt des Kugelhaufensystems war mit dem Milchstraßenzentrum identisch.

Ging man davon aus, daß die benachbarte Galaxis ursprünglich ähnlich aufgebaut war, fehlte ihr ein gehöriger Teil. Drakhon verfügte über keinen Halo, es war gewissermaßen »nackt« in unserem Universum aufgetaucht.

»Bei einer Transition Drakhons in unsere Milchstraße kommt es in diesem Teil des Weltalls unweigerlich zu einer Katastrophe nie dagewesenen Ausmaßes«, fuhr Terence Wallis fort. »Aber die Kugelsternhaufen im Halo werden davon vorerst nicht betroffen sein. Ich bin überzeugt, sie sind weit genug weg und werden von den Gefügeerschütterungen der Transition kaum berührt.«

»Schon möglich«, meinte Art Hooker. »Die lichtschnelle harte Strahlung von Sternenexplosionen ist kosmisch betrachtet überaus langsam unterwegs, und Kugelhaufen sind die fernsten Objekte im Gesamtsystem unserer Milchstraße.«

»Kugelhaufen – die Ahnen des Universums«, sinnierte Jane Hooker. »Manche ihrer Sterne sind doppelt und dreifach so alt wie unsere Sonne.«

»Ich möchte wenigstens eine Keimzelle der Menschheit auf einer geeigneten Welt in Sicherheit bringen«, ließ Wallis nun die Katze aus dem Sack. »Dabei denke ich an den bisher noch völlig unerforschten Kugelsternhaufen NGC 5024 im Sternbild Coma, auch bekannt als M 53. Er ist etwa 56 000 Lichtjahre von der Erde entfernt und liegt gut 40 000 Lichtjahre über der Hauptebene der Milchstraße.«

»Demnach würde die Untergangsstrahlung M 53 erst in 40 000 Jahren erreichen«, entgegnete Art nachdenklich. »Ein enormer Zeitaufschub für die Menschheit.«

»Eventuell springt weitaus mehr Zeit dabei heraus«, erwiderte der facettenreiche Milliardär. »Falls es uns gelingt, auf der der Milchstraße abgewandten Seite einen erdähnlichen Planeten ausfindig zu machen, könnten die dichtgepackten Sonnen im Inneren des Kugelhaufens vielleicht sogar über 40 000 Jahre hinaus ausreichend Schutz vor der Strahlungsfront der untergegangen Milchstraße bieten. Das behaupten zumindest meine Wissenschaftler, die ich mit der Prüfung der Pläne beauftragt habe.«

»… der untergegangenen Milchstraße«, wiederholte Jane schaudernd. »Wenn man Sie so reden hört, Terence, könnte man annehmen, es gäbe tatsächlich keine Rettung mehr.«

»Diesen Fall sollten wir zumindest in Betracht ziehen«, sagte Wallis ungerührt. » M 53 liegt innerhalb des galaktischen Halos, weshalb das Exspect, welches – neben den damit verbundenen technischen Problemen – eine Flucht nach Andromeda unmöglich macht, hier noch nicht wirkt. Ich schlage vor, wir brechen so bald wie möglich auf.«

»Wir?« warf Art ein. »Damit meinen Sie Jane und mich, oder?«

Terence nickte. »Sie beide sind dafür geradezu prädestiniert.« Seine geschäftlichen Erfolge hatte er unter anderem seiner Begabung zu verdanken, die richtigen Leute zur richtigen Zeit an der richtigen Stelle einzusetzen. »Ich entbinde Sie von allen sonstigen Aufgaben. Um die Koordination des Tofiritabbaus können sich weniger befähigte Mitarbeiter kümmern.«

»Ist mir recht«, erwiderte Art. »Diese Tätigkeit fand ich eh stinklangweilig.«

»Ich auch«, pflichtete ihm seine Frau bei. »Obwohl es irgendwie ein beruhigendes Gefühl ist, zuzusehen, wie sich unser Gewinn von Tag zu Tag immer mehr vergrößert. Jeder mit Tofirit beladene Container, der aus dem Achmed-System nach Terra geschickt wird, versetzt unsere Haushaltskasse in freudige Ekstase. Ich kann mich an Zeiten erinnern, da lebten Art und ich quasi von der Hand in den Mund. Damit ist es hoffentlich endgültig vorbei.«

»Ganz sicher«, versprach ihr Art und schaute Wallis mit frechem Grinsen an. »Ich habe mir von unserem Herrn und Meister abgeschaut, auf welche Weise man zu Geld kommt. Jede Arbeit hat ihren Lohn.«

»Worauf wollen Sie hinaus, Art?« fragte Wallis, das Schlimmste befürchtend. »Verlangen Sie eine Extrabezahlung für die Erforschung des Kugelhaufens? Ganz schön abgebrüht, immerhin geht es bei dieser Mission um die Rettung der Menschheit – und somit um Ihre eigene Haut.«

Das monströse 15. Loch auf Pine Valley (und somit auch auf Pine Valley II) war nahezu eine Legende. Es war 551 Meter lang, und man mußte einen langgestreckten See überwinden, um das Fairway zu treffen. Auch danach blieb es schwierig. Noch nie war es jemandem gelungen, das Grün mit nur zwei Schlägen zu erreichen.

Jane stand an der Abschlagzone am Ufer des Sees und hob langsam den Schläger. Sie hatte sich für ein Holz eins entschieden, genau richtig für ihren bevorstehenden Drive.

»Golf bleibt Golf, egal wie viele sogenannte Sportexperten daran herumdoktern«, bemerkte Terence Wallis wie beiläufig. »In den vergangenen Jahrzehnten hat man alles mögliche ausprobiert und wieder verworfen. Raketenbälle, Antigravschuhe, Turboschläger... am Ende besann man sich glücklicherweise wieder aufs Ursprüngliche, so wie beim Fußball oder Schach.« Er sog tief die Mailuft ein. »Herrlich, dieser Duft nach Gras und frischem Klee, nicht wahr?«

»Geben Sie sich keine Mühe, Terence«, sagte Jane, ohne ihn anzusehen. »Mich können Sie mit Ihrem seichten Geschwätz nicht so leicht ablenken wie meinen Mann.«

Sprach's – und schlug zu!

In einem langen, niedrigen Bogen flog der Ball über den See hinweg und landete weit hinten auf dem Fairway.

»Verdammt dicht am Grün«, murmelte Wallis anerkennend.

»Gelernt ist gelernt«, entgegnete Jane und verschwieg ihm, daß sie sich gerade fast den Arm ausgerenkt hatte.

Über eine kleine Brücke begab sich das ungleiche Quartett auf die andere Seite des Gewässers. Zwei metallisch glänzende Caddys – Kegelroboter, die mit ihren Prallfeldern auf dem Platz keinen Grashalm knickten – folgten ihnen mitsamt dem »Marschgepäck«.

»Haben Sie sich meinen Vorschlag überlegt?« fragte Art den Milliardär unterwegs.

»Ich weiß nicht so recht«, antwortete Wallis grübelnd.

»Nun sei doch nicht so, Darling«, ergriff Beth Arts Partei. »Wenn ich recht verstanden habe, beansprucht dein Geschäftspartner gerade mal kümmerliche zweieinhalb Prozent von irgendeinem noch unentdeckten Planeten. Was ist das schon groß?«

»Angenommen, ich würde dir 2,5 Prozent der Erde schenken«, erklärte Wallis ihr geduldig. »Wieviel wäre das deiner Meinung nach?«

»Ich wußte gar nicht, daß dir die Erde gehört«, staunte die junge Frau. »Mit meiner einstigen Heimatstadt in Nebraska wäre ich völlig zufrieden. Ich wüßte auch schon, wen ich alles aus dem Ort werfen würde.«

»Würde mir die Erde tatsächlich gehören, könnte ich dir ganz Nebraska zu Füßen legen, Liebes. Und noch viel, viel mehr. Kümmerliche zweieinhalb Prozent sind nämlich eine ganze Menge.« Wallis wandte sich Art zu. »Mit welchem Recht begründen Sie Ihre unverschämten Ansprüche überhaupt?«

Art blieb ihm die Antwort nicht schuldig. »Mit dem Recht, das mir meine zweieinhalb Prozent Anteil an der Firma sichern, die das Erkundungsunternehmen bezahlt – an Wallis Star Mining. Von allem, was diese Firma entdeckt, steht dieser Anteil meiner Frau und mir zu. Und da in diesem Fall wir beide es sind, die einmal mehr die Arbeit machen, fordern wir für uns das Recht der ersten Wahl. Bei der Entdeckung Amerikas durfte sich jeder Einwanderer ein Stück Land auswählen und seinen Claim abstecken. Wer als erster vor Ort war, sicherte sich den besten Boden. Die letzten bissen die Hunde. Ich lege keinen Wert auf Bißwunden, klar?«

»Das Land, das die Siedler damals für sich beanspruchten, hatte man zuvor den indianischen Ureinwohnern weggenommen, beziehungsweise für ein Butterbrot abgeschachert«, appellierte Wallis an Arts Gewissen. »Wollen Sie sich etwa genauso skrupellos verhalten?«

»Nun machen Sie aber mal 'nen Punkt!« nahm Jane ihren Gatten vehement in Schutz. »Wir nehmen niemandem etwas weg. Für eine Neuansiedlung der menschlichen Rasse kommt ohnehin nur ein unbewohnter Planet in Frage. Und sollten sich im Nachhinein unentdeckt gebliebene Lebewesen zeigen und Besitzansprüche erheben, erhalten sie selbstverständlich zurück, was ihnen gehört. Wem wollen Sie denn das Recht der ersten Wahl zusprechen, wenn nicht Art und mir?«

»Na, wem wohl?« antwortete Wallis schmunzelnd. »Mir natürlich. Immerhin finanziere ich das ganze Projekt. Jedenfalls den größten Teil davon.«

»Dafür sind Sie auch der größte Anteilseigner und streichen bei allen Aktionen den meisten Gewinn ein«, erwiderte Art Hooker. »Ich wette, Sie haben bereits haufenweise Geschäftsideen in petto, die Sie auf dem Fluchtplaneten nach und nach verwirklichen werden.«

»Stimmt«, gab Wallis unumwunden zu. »Ich beabsichtige, auch in unserem neuen Domizil der reichste Mann zu bleiben.«

»Wär's nicht besser, ihr entdeckt diesen fiktiven Planeten erst einmal, bevor ihr ihn unter euch aufteilt?« warf Beth ein – wohl das Klügste, was sie je in ihrem Leben gesagt hatte.

»Sie hat recht«, meinte Terence Wallis und reichte Art die Hand. »Ich schlage vor, wir reden nach Ihrer Rückkehr über Ihre Forderung. Einverstanden?«

Der Prospektor verschränkte eigensinnig die Arme vor der Brust. »Eine Rückkehr kann es nur geben, wenn es zuvor einen Aufbruch gegeben hat. Ich werde aber erst aufbrechen, wenn Sie mir mein Erstwahlrecht vertraglich zugesichert haben.«

Terence stieß einen seiner berühmten Seufzer aus. »Also gut! Sie kriegen, was Sie wollen, in Dreiteufelsnamen! Zweifelsohne haben Sie mir bei unserer letzten Verhandlung aufmerksam über die Schulter geschaut. Kann ich sonst noch irgendwas für Sie tun? Soll ich Ihnen vielleicht mit einem Strohhalm Puderzucker in den Allerwertesten blasen?«

»Nein danke, aber die SEARCHER muß vor dem Abflug gründlich überholt werden. Da sie über keinen M-Antrieb verfügt, benötigen wir für eine so weite Flugreise zusätzliche Deuterium- und Tritiumtanks. Das geht zwar zu Lasten der Frachträume, doch diesmal sollen ja keine Bodenschätze mitgebracht werden. Außerdem will ich eine Einheit von 50 Blechmännern samt zentralem Kommandogerät mit an Bord nehmen. Ach ja, und fünf Kegelroboter wären ebenfalls nicht schlecht.«

Als »Blechmänner« wurden die von Robert Saam entwickelten Billigroboter bezeichnet – aufrechtgehende, unheimliche Gestalten, vielseitig einsetzbar. SEARCHER hieß der diskusförmige Frachtraumer der Hookers. Er stammte aus den Zeiten vor der Giant-Invasion, war mit einem Transitionstriebwerk ausgerüstet und auch sonst technisch auf den neuesten Stand gebracht worden. Sein Durchmesser betrug 120 Meter, die Höhe 40 Meter.

»Kegelroboter?« entgegnete Wallis gereizt und machte eine Kopfbewegung in Richtung der beiden Caddys. »Wie wär's denn mit denen hier? Soll ich sie Ihnen einpacken, mit Schleife und so?«

»Es genügt, wenn Sie die zwei kurz vor dem Abflug zum Raumflughafen bringen lassen«, antwortete Art, der sich diebisch freute, daß es ihm gelungen war, seinen ihm haushoch überlegenen Golfpartner ein wenig aus der Ruhe zu bringen; vielleicht wirkte sich das ungünstig auf Wallis' Treffsicherheit aus. »Die übrigen drei Kegel lasse ich mir direkt ab Fabrik liefern, damit ich sicher bin, nicht wieder mit Ausschußware abgespeist zu werden, wie beim letzten Mal.«

Jane Hooker legte Protest ein. »Sechs Neun Sechs U, Sieben Sieben Sieben H und Zwo Vier Acht G waren kein Ausschuß. Wären sie im Achmed-System nicht zerstört worden, hätte ich sie gern als ständige Besatzung an Bord behalten. Ich mochte die drei, sie waren so... so menschlich.«

»Zugegeben, sie hatten was«, räumte Art ein. »Dennoch waren sie nichts weiter als seelenlose Maschinen mit technischen Makken. Wäre ja auch noch schöner, wenn sich Roboter aufführen wie Menschen. Stell dir mal vor, einer der Blechmänner erwacht plötzlich zum Leben und beansprucht die gleichen Rechte wie wir.« Er schaute Wallis an. »Sind bei Ihren Caddys auch ein paar Schrauben locker? Dann liefern Sie mir besser gleich fünf nigelnagelneue.«

»Sie haben die beiden gewollt, jetzt kriegen Sie sie auch«, erwiderte der Milliardär, dessen Unmut allmählich verrauchte – er war alles andere als nachtragend. »Keine Angst, die sind tiptop. Robbie wollte mir kürzlich eine Freude machen und stattete die beiden mit einem Kulturprogramm aus. Seither kann ich mit ihnen auf dem Golfplatz über Klassik, Kunst und so weiter diskutieren, ja sogar über Sport und Politik. Anfangs fand ich das ganz witzig. Mittlerweile langweilen mich die Gespräche nur noch. Die beiden können sich zwar vielfältig artikulieren, sagen aber im Grunde genommen immer das gleiche. Menschliche Gesprächspartner vertreten bei Diskussionen ihre individuellen Ansichten, streiten sich über gegensätzliche Standpunkte oder lassen sich von guten Argumenten überzeugen. Hingegen folgen Cash und Carry – so nenne ich sie – stur ihrer Programmierung, weil sie keine eigene Meinung haben. Es sind nichts weiter als stoische Befehlsempfänger, so wie alle Roboter.«

»Großartig!« rief Art. »Die machen mir bestimmt keine Probleme.«

Sekunden später entfuhr ihm der Ausruf »Großartig!« ein zweites Mal. Seine Frau hatte inzwischen ihren Ball entdeckt und ihn ohne zu zögern abgeschlagen. Das runde weiße Ding landete auf dem Grün des fünfzehnten Lochs – was vor ihr noch keinem anderen Golfspieler geglückt war.

Diesmal seufzte Terence Wallis nur innerlich.

Ist wohl irgendwie nicht mein Tag, dachte er bei sich.

Daß er am Ende des Spiels mit gewaltigem Vorsprung gewann, versöhnte ihn dann wieder mit dem Schicksal.

Hinzu kam, daß Art Hooker ihm beim anschließenden Dinner mitteilte, in den vergangenen Monaten einen neuen Flugdozer gebaut zu haben – auf eigene Kosten. Er betrachtete das Universalgerät, das über einen Antigravantrieb verfügte (Rotoren hatte er diesmal weggelassen) und mit Gleisketten für den Einsatz im schweren Gelände ausgestattet war, als seinen Privatbesitz, stellte es aber unentgeltlich in den Dienst der Firma.

Leutnant Lanart führte Dhark und Riker durch das Portal und eine breite Treppe empor, dann durch spiegelnde Korridore bis vor einen Raum, der von einer zweiflügeligen Tür versperrt wurde.

Ein kleines, schmuckloses Schild daneben besagte, daß hinter dieser Tür der Befehlshaber der Schwarzen Garde residierte.

Die Ordonnanz klopfte kurz an die Türfüllung und stieß sie dann auf. Sie schwang lautlos nach innen.

Ein strengblickender Mann in einer tadellos sitzenden schwarzen Uniform erwartete sie vor einem Schreibtisch, den ein Jett als Landeplatz verwenden konnte.

Generalmajor Christopher Farnham.

Neben ihm sein Stellvertreter und engster Mitarbeiter, Oberstleutnant Kenneth MacCormack.

Dhark kannte den Lebenslauf des am 20. Juni 2011 geborenen Soldaten und Deneb-Veteranen Farnham, der den Typ des eiskalten Analytikers verkörperte und seine menschliche Seite nur selten nach außen hin zeigte, sie ansonsten tief in seinem Inneren versteckte.

Der Blick der eisgrauen Augen blieb unverwandt auf Dhark gerichtet, als dieser nähertrat. Dann erschien die Andeutung eines Lächelns auf dem beherrschten Gesicht, das von einer Narbe gekennzeichnet war, die sich von der linken Stirn über das Auge (das, wie Ren Dhark als einer der wenigen Eingeweihten wußte, künstlich war) bis zum Kinn zog.

Nachdem sie sich gegenseitig begrüßt hatten, fügte Farnham hinzu: »Willkommen in Star City, der Heimatbasis der Schwarzen Garde.«

Kenneth MacCormack salutierte militärisch knapp. Dann wandte er sich Tore Lanart zu, der mit stoischer Miene auf seine Befehle wartete. »Danke, Leutnant. Sie dürfen wegtreten.«

»Jawohl, Sir.« Der junge Offizier salutierte.

Als sich die beiden Türflügel hinter Leutnant Lanart geschlossen hatten, ergriff Generalmajor Farnham Ren Dharks Hand und schüttelte. »Sir. Ich bin erfreut, Sie und den Flottenchef bei uns zu sehen.« Er begrüßte auch Dan Riker mit Handschlag. Der Druck seiner Finger war hart und zupackend. »Ich nehme an, Sie hatten einen guten Flug?«

»Den hatten wir. – Aber lassen wir die Präliminarien. Unsere Zeit ist fast ebenso knapp bemessen wie die Ihre, Generalmajor.«

Die Andeutung eines Lächelns erhellte die Miene Farnhams und ließ ihn regelrecht menschlich erscheinen.

»So kenne ich Sie, Commander. Immer gerade heraus. Keine Zeit vergeuden. Aufs Wesentliche bedacht.«

Er straffte seine drahtige Gestalt.

»Meine Herren«, sagte er beherrscht, »wir werden Sie jetzt herumführen. Bitte, fragen Sie, wenn etwas unklar sein sollte.«

»Sie werden Ihre Gelegenheit bekommen, unsere Fragen zu beantworten«, sagte der Commander der Planeten.

Der Rundgang begann.

»Zunächst die Verwaltung«, sagte Farnham.

»Verwaltung?« wunderte sich Dan Riker. »Auch hier?«

Kenneth MacCormack drehte sich halb um.

»Natürlich. Wir haben unseren Etat zu verteidigen. Und das geht nun mal nicht ohne eine effizient arbeitende Verwaltung.«

»Zivilisten?«

»Auch.« Farnham lächelte das erste Mal bewußt. »Keine militärische Einrichtung kommt ohne Zivilbeschäftigte aus. Aber überwiegend trägt hier alles und jedes Uniform, auch wenn dies mitunter nicht auf den ersten Blick zu erkennen sein mag.«

»Verstehe.«

Sie gingen weiter.

»Hier ist der Besprechungsraum. Hier werden die einzelnen Einsätze erörtert und in die Wege geleitet. Die Räume nebenan gehören dem Zentralarchiv der Schwarzen Garde. Noch im Aufbau, soviel gibt es noch nicht, was archiviert werden müßte. Hier«, er führte sie in eine Flucht weiterer Räume, »werden die Parameter für jeden Einsatz ausgearbeitet und Richtlinien für die Vorgehensweise aufgestellt.«

Sie gingen weiter. Inspizierten alle relevanten Örtlichkeiten im Hauptquartier, Schulungsräume und wissenschaftliche Labors.

»Werden alle Schulungen hier durchgeführt?« fragte Dan Riker.

»Nein, dafür reicht der Platz nicht. Wir haben eine Reihe von Hörsälen dezentralisiert, sie liegen verstreut innerhalb Star Citys. Sobald allerdings die Hochschule fertiggestellt ist, werden diese Außenstellen in ihr zusammengefaßt und der Lehrbetrieb nur dort durchgeführt.«

Der anschließende Raum war die astronomische Station. Hier standen voluminöse Speichermodule und ein riesiger Suprasensor, der mit dem Nexus der Raumüberwachung in Cent Field und deren TO-Hyperfunkanlage korrespondierte.

»Das hier«, sagte Farnham nicht ohne Stolz in der Stimme, als sie über eine Rampe eine Etage tiefer ankamen, »ist unser Kinosaal.«

Der Saal war vollkommen leer. Es gab weder Bestuhlung noch sonst irgend ein Möbelstück. Lediglich Wände und Decken waren mit wabenförmigen Segmenten verkleidet. Indirektes Licht erhellte ihn.

Ren und Dan Riker sahen sich an, während auf Kenneth MacCormacks vierschrötigem Gesicht ein leichtes Grinsen lag.

»Ihr was...?« fragte der Commander.

»Unser multivariables Trainingszentrum«, beeilte sich der Oberstleutnant irischer Abstammung mit der Erklärung. »Hier können wir fast jede fremde Umwelt virtuell erzeugen – falls wir genügend Daten darüber zur Verfügung haben. Atmosphäre, Schwerkraft, Umwelteinflüsse, die ganze Skala rauf und runter. Hier werden unsere Gardisten unter möglichst realistischen Verhältnissen trainiert und unterwiesen.«

»Ich verstehe«, sagte Dan Riker. »Wenn ich das hier so alles sehe, komme ich mir wie ein dummer Junge vom Lande vor. Zu unserer Zeit hatten wir die Möglichkeiten derartiger Vorbereitungen auf unsere Jobs nicht.«

»Trösten Sie sich«, sagte Farnham. »Als ich jung war, hatte ich eine noch viel schlechtere Ausgangssituation. Es ist lange her, inzwischen weiß ich auch manches mehr als damals.«

»Wenigstens ein kleiner Trost«, griente Dan Riker.

Zum erstenmal fühlte sich Kurt Buck vom Vortrag einer Frau gelangweilt.

Er hätte es nie für möglich gehalten, schon gar nicht an einem sonnigen Nachmittag Ende April. Doch diese Dozentin im vorderen Teil des von der Sonne durchfluteten Schulungsraumes machte aus einem an sich nicht uninteressanten Thema eine, wie er meinte, todtraurige Angelegenheit. In epischen Rückblenden referierte sie über die Natur astrophysikalischer Phänomene und machte dabei den Eindruck, als verstünde sie sie selbst nur mit Mühe. Natürlich tat er ihr damit unrecht, trotzdem kam es Kurt Buck so vor, während er, mit dem Schlaf kämpfend, in einer der hinteren Reihen saß. Dr. Dr. Khadja Lelo mochte ja in ihren Kreisen zu den strahlenden Leuchten der Astro- und Hyperphysik zählen, aber sie verstand es recht schlecht, dies ihren Zuhörern – vierzig Mann des 14. Zugs – adäquat zu vermitteln. Vielleicht lag es aber auch nur daran, daß Buck noch immer mit den Nachwirkungen einer durchzechten Nacht kämpfte.

Mehr und mehr sank Kurt Buck in seinem Stuhl zusammen. Er blickte auf die Spitzen seiner Stiefel nieder und versuchte, nicht hinzuhören. Was gar nicht so einfach war. Dr. Lelo hatte eine helle, energische Stimme, die auch ohne elektronische Verstärkung mühelos jedes Ohr zu peinigen verstand. Sein Blick schweifte sehnsüchtig hinüber zur Fensterwand. Draußen herrschte Frühling, und er saß hier drin, ohne eine Möglichkeit, dem Ganzen zu entfliehen.

»... wie ich bereits eingangs erwähnte, wurde zur Jahrtausendwende von einem Team von Astrophysikern der Universität Princeton erstmals eine energetische Anomalie im Kern der Milchstraße entdeckt, die anfangs allerdings noch völlig falsch gedeutet wurde. Mehr durch Zufall stießen die Astronomen bei ihren Energiemessungen mit Hilfe eines Gammastrahlenobservatoriums der NASA auf dieses Phänomen...«

Kurt Buck war nahe daran einzudösen; die Lider wurden ihm schwer. Er hörte zwar ihre Stimme und das rhythmische Klopfen ihrer Absätze auf dem Bodenbelag, während sie vor der Klasse hin und her ging, aber er hielt die Augen geschlossen. Was Dr. Dr. Lelo von sich gab, war wenig dazu angetan, ihn aus seinem Dösen zu reißen; sie gefiel sich viel zu sehr in weitschweifigen Rückblenden. Bestimmt würde es noch etwas dauern, ehe sie zum Wesentlichen ihres Referats kam. Zum Glück saß er am hinteren Ende des überfüllten Schulungsraumes, weshalb es nicht sonderlich auffiel, wie er mehr und mehr in seinem Stuhl zusammensackte.

»He, Kurt!« Antoku Seiwa versetzte ihm mit dem Ellbogen einen Stoß zwischen die Rippen und raunte: »Setz dich gefälligst gerade hin und paß auf!«

Kurt setzte sich ergeben auf und blinzelte den Schlaf aus den Augen, während er Anto einen giftigen Blick zuwarf.

»Spielverderber«, murrte er leise. »Wart nur, eines Tages werde ich dir alles heimzahlen!«

Antoku grinste nur und tat, als würde ihn der Vortrag dieser Khadja Lelo über alle Maßen interessieren.

»Antimaterie«, verkündete die Astrophysikerin eben und ihr Blick glitt über die jungen Männer hinweg, als handele es sich bei den hochspezialisierten Soldaten der Schwarzen Garde um einen Haufen verbummelter Studenten, »sind Teilchen mit denselben Eigenschaften wie normale Materie, allerdings mit umgekehrter elektrischer Ladung. Sie sind, um es einmal salopp auszudrücken, das Ergebnis eines Katastrophenszenarios aus der Verschmelzung zweier Neutronensterne. Sie dort, junger Mann...« – sie reckte sich auf den Zehenspitzen und deutete auf Kurt Buck – »... können Sie mir etwas über Neutronensterne sagen?«

Kurt zuckte zusammen; ärgerlich bemerkte er, daß er errötete, bis sein Gesicht fast die Farbe von Khadja Lelos Haaren angenommen hatte, aber es gelang ihm, den Ausdruck von Souveränität darauf beizubehalten.

»Ähmm...«, er setzte zum Sprechen an, verstummte wieder.

Vereinzelt wurde Kichern unter den Gardisten laut.

Aus den Augenwinkeln sah Kurt, daß Jake Calhoun auf der anderen Seite ihn grinsend ansah. Der hochgewachsene Texaner war maßgeblich an Kurts gestrigem Besäufnis schuld gewesen. Er hatte eine Flasche »Selbstgebrannten von Mom« vom letzten Heimaturlaub mitgebracht und betrachtete Kurt jetzt mit reinster Schadenfreude.

Dr. Dr. Khadja Lelo räusperte sich unüberhörbar. »Nun, äh...«, sie blickte in die Hörerliste, »Buck, nicht wahr? Mr. Kurt Buck?«

Sie stand nun unmittelbar vor ihm, roch nach frischer Seife und gestärkter Unterwäsche, und Kurt bemerkte, daß sie eigentlich noch viel zu jung für eine gestandene Wissenschaftlerin war. Sie ihrerseits betrachtete den Gardisten mit unübersehbar spöttisch hochgezogenen Augenbrauen, während sie herausfordernd sagte: »Wie steht es denn nun mit Ihrem Wissen?«

Plötzlich war es sehr still im Auditorium.

Man hätte den Flügelschlag eines Schmetterlings vernehmen können, hätte sich einer in den Hörsaal verirrt.

Kurt zuckte innerlich mit den Schultern, stand auf und schenkte ihr sein bestes Lächeln, mit dem er schon etliche Frauen betört hatte – nur zeigte es diesmal keine Wirkung.

»Tut mir leid«, sagte er und riß sich zusammen, um das herzhafte Gähnen zu unterdrücken, das ihn gerade überkam, »ich war für einen Moment abwesend.«

Die Wissenschaftlerin musterte ihn mit einer Spur von Spott in den graugrünen, leicht amberfarbenen Augen. »Abwesend, aha – oder wissen Sie es vielleicht einfach nicht?«

»Doch, doch«, versicherte er und fuhr – wie um den Beweis seiner Behauptung anzutreten – rasch fort: »Ein Neutronenstern ist gewissermaßen der hochverdichtete Kadaver einer Sonne. Denn am Ende eines langen, feurigen Lebens schleudert jede massereiche Sonne nahezu ihre gesamte Gashülle in einer gewaltigen Explosion – der *Supernova* – ins All hinaus. Vom ausgebrannten Gasball bleibt schlußendlich nur der innere Kern übrig. Besitzt der noch mehr als die 1,44fache Masse der irdischen Sonne, dann stürzt er zu einem Neutronenstern zusammen. Der hat nur wenige Kilometer Durchmesser, ist aber so schwer, daß ein kleiner Würfel Materie dieser Sternenleiche etwa soviel wiegt wie ein ganzer Berg.«

Er sah sie an. *Genügt das?* schien sein Blick zu fragen.

Es genügte augenscheinlich nicht, denn die Wissenschaftlerin sagte nur: »Fahren Sie fort, Mr. Buck. Erzählen Sie Ihren Kameraden und mir etwas über die Häufigkeit dieser stellaren Vorgänge. Oder haben Sie damit Probleme?«

Allmählich ärgerte sich Kurt. Konnte es sein, daß diese Dr. Dr. Lelo ein kleines bißchen boshaft war? Doch dann zuckte er mit den Schultern. »Neutronensterne rotieren durch ihre geringe Größe in der Regel rasend schnell«, ließ er sich vernehmen. »Der gewaltige Druck P in ihrem Inneren, der etwa 10^{16} atm entspricht, sorgt für eine relativistische Massenzunahme und zu einer Erhöhung der Dichte nach der Formel $\rho = \rho_0 + P/c^2$.«

»Und was ist das Ergebnis dieses Vorganges, Mr. Buck?« Jetzt lächelte die Astrophysikerin erstmals leicht.

»Ein Radiostern«, verkündete er schicksalsergeben. »Durch die schnelle Rotation wird ein Funkimpuls abgegeben ähnlich dem Lichtimpuls eines Leuchtturms. Früher dachte man, diese Sterne würden pulsieren, doch sie drehen sich nur sehr rasch.«

»Kann ein Neutronenstern zu einem Schwarzen Loch werden?« fragte die Dozentin lauernd.

»In der Regel nicht, es sei denn, er kollidiert mit einem anderen Neutronenstern und verschmilzt mit ihm. Doch das dürfte eher selten sein. So wie für Weiße Zwerge gibt es auch für Neutronensterne obere Massengrenzen. Bleibt nach einer Supernova-Explosion eine Restmaterie von mehr als 3,2 Sonnenmassen übrig – oder verschmelzen zwei Neutronensterne von jeweils geringerer Masse zu einem Gesamtobjekt, das diese Obergrenze übersteigt – dann bricht das Objekt vollständig in sich zusammen und es entsteht ein Schwarzes Loch.«

»Nur zu, weiter, Mr. Buck«, forderte sie ihn auf, als er verstummte. Sie schien nicht zufrieden mit seinen Erläuterungen. »Das ist mir alles zu allgemein. Ich hätte es gerne etwas detaillierter. Wie steht's beispielsweise mit einer Definition der Schwarzschild-Metrik, die untrennbar mit dem Entstehen eines Schwarzen Loches zusammenhängt?«

Das war ein unmißverständlicher Hinweis darauf, daß sie von seinem Wissen noch nicht ganz überzeugt schien. Oder versuchte sie, ihn auf eine für ihn nicht nachvollziehbare Weise zu provozieren? *Nun,* dachte er, *dem kann abgeholfen werden.* Er bedachte seine noch immer schadenfroh grinsenden Kameraden mit düsteren Blicken.

»Eine verflixt schwierige Materie«, gab er zu bedenken und wandte sich der Wissenschaftlerin zu, »sind Sie sicher, daß ich niemanden der hier Anwesenden damit überfordere?«

Lautes Zischen erfüllte das Auditorium.

Dr. Khadja Lelo überhörte den Sarkasmus in Kurts Stimme und gebot mit einer Handbewegung Ruhe. Sie lächelte mit der falschen Herzlichkeit einer Schlange und sagte: »Sie müssen sich nur verständlich ausdrücken, Mr. Buck. Versuchen Sie's doch einfach mal.«

»Glauben Sie wirklich, die Kerle verstehen etwas von der Schwarzschild-Metrik?«

»Das sollten sie besser«, meinte Dr. Lelo. Obwohl sie es leichthin sagte, klang es fast wie eine Drohung. Und sie lieferte auch gleich die Erklärung dazu: »Die Arbeiten Karl Schwarzschilds werden nämlich Gegenstand der nächsten Zwischenprüfungen sein.«

»Na dann...«

Schon wenige Monate, nachdem Einsteins neue Gravitationstheorie an die Öffentlichkeit gedrungen war, lag bereits die erste wichtige Lösung ihrer Gleichungen vor, denn der deutsche Astronom Karl Schwarzschild war 1916 zu Ergebnissen gelangt, die der Krümmung der Raumzeit in der Nähe einer sphärischen Masse entsprechen. Seine Lösung – man bezeichnete sie nach ihrem Entdecker als »Schwarzschild-Metrik« – ergab, wie sich herausstellte, für Massen von Sonnen- oder Planetengrößen und ziemlich große Entfernungen vom Mittelpunkt exakt das von Newton bereits lange vor diesem Zeitpunkt vorhergesagte Schwerkraftverhalten von planetaren und stellaren Körpern: ein umgekehrt quadratisches Verhältnis zum Abstand vom Mittelpunkt der Masse.

»... Schwarzschilds Lösung«, führte Kurt weiter aus, »bedeutet nichts anderes als das vierdimensionale Äquivalent einer Situation, die sich ergibt, wenn ein schwerer, kugelförmiger Gegenstand auf ein flach gespanntes Trampolin fällt. Dabei entsteht quasi eine Beule im kosmischen Gewebe, deren Metrik eine sphärisch-symmetrische Störung darstellt, die radial vom Entstehungsort nach außen wirkt. Das Ausmaß der Verformung hängt dabei unmittelbar von der Masse des Zentralkörpers ab. Mit der Schwarzschild-Metrik läßt sich auch das Verhalten eines jeden Sonnensystems darstellen, denn durch die Krümmung der Raumzeit in ihrer Umgebung veranlaßt eine Sonne ihre Planeten, in elliptischen Bahnen um sie zu kreisen.

Außer der Schwarzschild-Metrik existiert auch noch der Begriff des Schwarzschild-Radius, bei dem für eine vorgegebene Masse die Entweichgeschwindigkeit gleich der Lichtgeschwindigkeit wird. Mit *Entweichgeschwindigkeit* ist die Geschwindigkeit gemeint, die ein in der Umgebung eines kosmischen Objektes befindliches Teilchen mindestens erreichen muß, um seinem Schwerkrafteinfluß zu entrinnen. Diese Entweichgeschwindigkeit ist deshalb so wichtig, weil sie die Geschwindigkeit ist, mit der ein

Körper den Schwerkraftbereich eben dieses Planeten verlassen kann, um in den Weltraum zu gelangen. Auf der Erde sind das fast zwölf Kilometer pro Sekunde. Für Körper mit größerer Masse und/oder bei kleinerem Radius wächst die Entweichgeschwindigkeit stark an... Der Schwarzschild-Radius der irdischen Sonne beträgt drei Kilometer, der unserer Erde einen Zentimeter. Das heißt, die Entweichgeschwindigkeit von Erde und Sonne entspräche der Lichtgeschwindigkeit, wenn die Erde auf zwei Zentimeter Durchmesser zusammengepreßt werden könnte und die Sonne auf sechs Kilometer.«

»Und was bedeutet das genau?« unterbrach ihn Dr. Lelo.

»Jedes Licht, das auf ein so seltsames Objekt fiele, würde von ihm vollkommen absorbiert werden. Deshalb erscheinen diese Objekte vollkommen schwarz. Und dies ist der Grund, weshalb kosmische Körper, die von der Schwerkraft auf Größen unterhalb ihres Schwarzschild-Radius zusammengepreßt worden sind, auch Schwarze Löcher genannt werden. Sie verschlucken einfach alles, sogar das Licht. Aber, und hier muß ich einschränken, das betrifft nur kleine Schwarze Löcher. Was Phänomene wie die Super Black Holes betrifft, die man im Herzen von Galaxien findet, so diskutiert die Wissenschaft noch sehr konträr. Meiner Meinung nach...«

Eine Glocke begann unüberhörbar zu schrillen und ließ die Zuhörerschaft Kurt Bucks im Unklaren darüber, welche Meinung er über die Natur der Super Black Holes hegte.

Die Vorlesung war zu Ende.

Kurt Buck wartete.

Dr. Lelo sah auf die Uhr.

Mit einem bedauernden Achselzucken, wie es schien.

Dann blickte sie auf Kurt. Sekundenlang. Schließlich nickte sie, als wäre sie zu einem Entschluß gelangt. »Kommen Sie doch anschließend in mein Büro, Mr. Buck. Ich glaube, wir sollten ein paar grundsätzliche Fragen klären.«

Kurt blinzelte überrascht. Meinte diese Wissenschaftlerin das ernst?

Dann nickte er, um ihr zu verstehen zu geben, daß er kommen werde, und die junge Forscherin wandte sich wieder ihren Aufzeichnungen zu. Sie raffte sie zusammen, klemmte sie sich unter den Arm und verließ das Auditorium.

Während die Gardisten mehr oder minder lautstark aus dem Konferenzraum drängten, wandte sich Antoku Seiwa an Kurt und sagte halblaut: »Jetzt hast du es geschafft!«

»Hmm?«

»Du hast es geschafft!« wiederholte der Sohn Nippons, etwas lauter diesmal.

Unschuldig sah Kurt ihn an. »Was hab' ich geschafft?«

»Als ob du das nicht wüßtest«, versetzte Anto bissig. »Sie wird unsere Klasse wegen deines Benehmens beim Chef anschwärzen. Sie ist genau der Typ dazu, glaube mir, ich kenne derartige Frauen. Daraufhin wird der Chef« – mit *Chef* war Oberstleutnant Kenneth MacCormack gemeint – »den Spieß zu sich rufen, und dieser wiederum schickt uns zum verschärften Training in die Sahara, wo wir Sandkörner polieren dürfen. Wetten?«

»Wer wettet, betrügt«, versetzte Kurt Buck grinsend. »So schlimm wird's schon nicht werden, Sonnyboy. Wart's ab!«

Zwei volle Stunden später kehrten die vier Männer in Farnhams Büro zurück. Der Schein der Aprilsonne brach sich an den senkrechten Lamellen der Jalousien des großen Raumes und warf scharf abgegrenzte Lichtbalken auf die Platte des Tisches. Dort hatten die Ordonnanzen bereits ein Essen vorbereitet, und die Besucher setzten sich an den Tisch. Sie hatten die Inspektion der Garde abgeschlossen.

Generalmajor Farnham hob sein Glas und sagte:

»Erlauben Sie mir, einen Toast auszusprechen. Auf eine reibungslose und zufriedene Zusammenarbeit der Schwarzen Garde mit der übrigen Flotte«, er sah dabei auf den Oberbefehlshaber der Terranischen Flotte, »und mit dem Commander der Planeten.«

Ren Dhark bedankte sich und brachte seinerseits einen Toast auf die Schwarze Garde aus.

»... sie verkörpert genau das, was ich mir darunter vorstelle«, sagte er in wohlgesetzten Worten, »Korpsgeist und Elitebewußtsein. Jeder Soldat ein hochmotivierter Kämpfer und gleichzeitig Wissenschaftler. Wo hat es das in der langen Militärtradition Terras schon einmal gegeben? Sie haben, und damit schließe ich selbstverständlich auch Sie mit ein, Oberstleutnant«, er toastete Kenneth MacCormack zu, der lediglich eine beiläufige Geste machte, »hervorragende Arbeit geleistet. Die Ergebnisse sprechen für sich, sie werden auch die letzten Zweifler zum Verstummen bringen. Die Investitionen in die Schwarze Garde haben sich gelohnt, was ganz ohne Zweifel einzig und allein Ihrer beider Verdienst ist.«

Farnham fühlte Genugtuung. Er sah sich in seiner Arbeit bestätigt, die Schwarze Garde zu einer unangefochtenen Elitetruppe auszubauen. Das unverblümte Lob des Flottenchefs und des Commanders der Planeten tat gut, weshalb er spontan zu der Einsicht gelangte, ein wenig von diesem Lob an die Truppe weiterzugeben. Morgen, beim Appell.

Nachdem die schweigenden Ordonnanzen das Geschirr abgetragen hatten, richtete Dan Riker das Wort an Farnham.

»Sind denn schon irgendwelche Erkenntnisse aus dem Einsatz des 1. Bataillons auf Spooky gewonnen worden, Christopher?«

»Nein«, erwiderte der Generalmajor, und der Blick seiner eisgrauen Augen schien sich in der Erinnerung nach innen zu kehren. Dann sagte er: »Ehe wir ins Detail gehen, schlage ich vor, wir bringen das Notwendige mit etwas Angenehmem in Verbindung... hat einer der Herren etwas gegen eine Tasse Kaffee?«

Niemand hatte etwas einzuwenden.

Während sie tranken, sagte der hochdekorierte Generalmajor mit dem Bürstenhaarschnitt:

»Was die namenlose Sonne NGK 1959/07 und ihren dritten Planeten betrifft, muß ich...«

»Sir!« Kenneth MacCormack unterbrach ihn. Der Ire verfiel vor dem Commander der Planeten in das dienstliche »Sie«, obwohl Farnham und er schon seit langem befreundet waren. »Ich habe den Einsatz geleitet. Darf ich erzählen?«

»Bitte«, sagte der altgediente Haudegen Farnham und rührte in seiner Tasse. »Nur zu.«

Oberstleutnant Kenneth MacCormack begann zu berichten.

Ohne Ausschmückungen erzählte er von den Vorkommnissen auf dem dritten Planeten einer namenlosen Sonne, die in den Sternenkarten lediglich unter der Nummer NGK 1959/07 geführt wurde. Unter seinen Worten blieb das Rad der Zeit stehen und schwang einen kaum merklichen Betrag zurück...

13.

Jedes Schulkind auf Terra wußte inzwischen, wie die Milchstraße aufgegliedert war. Die meisten Geheimnisse waren ihr schon vor vielen, vielen Jahren entrissen worden. Dennoch wurde man beim Durch- und Überflug nie das Gefühl los, daß sie noch voller ungelöster Rätsel steckte.

So erschienen bestimmte Sterne dauerhaft an ihren angestammten Plätzen, während andere für Stunden aus dem Blickfeld des Betrachters verschwanden, um in sporadischen Abständen an derselben Stelle wieder aufzutauchen – wobei sie jedesmal wie durch Zauberei die Farbe wechselten. Natürlich wußte man heute, daß interstellare Materie für die Phänomene verantwortlich war, doch das änderte nichts an der Faszination, die sie auf Menschen ausübten.

Seltsame Lichtpunkte, die scheinbar ziellos im All umherwanderten, standen mal an diesem, mal an jenem Ort. Einige dieser unterschiedlich großen Flecken strahlten beständiges ruhiges Licht aus, andere wiederum flackerten und flimmerten in einem fort, daß einem beim Zuschauen ganz schwummerig wurde.

»Wie in einem Kaleidoskop«, bemerkte Jane Hooker fasziniert.

Sie stand mit ihrem Mann vor den drei großen, runden Bildschirmen in der Zentrale der SEARCHER.

Das Raumschiff war grob in drei Deckbereiche unterteilt. Oben lagen Unterkünfte und Frachträume, unten Maschinenraum, Dozerhangar sowie weitere Frachträume, und in der Mitte hauptsächlich die Kommandozentrale. Von hier aus wurden Steuerung und Waffensysteme kontrolliert. Der Frachter war nur mit einer leichten Bewaffnung für Notwehrfälle ausgerüstet (schließlich wollten die Hookers keinen Krieg anfangen), allerdings konnte ein suprasensorgesteuertes Gefechtssystem die leichten Geschütze so koordinieren, daß sie in der Wirkung einem viel schwereren Kaliber gleichkamen.

Die SEARCHER war so konstruiert, daß sie notfalls von einer Person allein geflogen werden konnte. Dank der insgesamt 55 Roboter an Bord war das diesmal jedoch nicht nötig, weshalb auch Art Hooker genügend Zeit hatte, nach draußen zu sehen und sich vom unfaßbar schönen Anblick, den die Milchstraße bot, behexen zu lassen.

Wie ruhelose Geister, die eine schwere Last mit sich herumschleppten, erschienen Nebelsterne mit blassen Schweifen aus dem Nirgends, krochen gemächlich vorwärts und lösten sich auf gespenstische Weise in wabernde Schwaden auf. Woher sie kamen, wohin sie gingen… dieses Geheimnis behielten sie für sich.

Riesige bunte Lichtspindeln tanzten Irrwischen gleich durch die Milchstraße, als wollten sie aller Welt beweisen, daß dieser Teil des Alls alles andere als »milchig« war. Die Farbpalette dieser bizarren, von winzigen Wölkchen umgebenen Gebilde reichte vom blassen Orange bis zum opulenten Tiefblau.

Die interstellaren Nebelwolken, deren Leuchten von atomaren Zerfallsprozessen in ihrem Inneren angeregt wurde, überboten in ihrer Farbenpracht alles, was die menschliche Phantasie sich ausdenken konnte. Und den Hintergrund dieses kosmischen Schauspiels lieferte der leuchtende Sternenteppich der Milchstraße, unvergleichlich schön in seiner von keiner Atmosphäre getrübten Pracht.

Ansonsten verlief der Flug weitgehend ereignislos.

Maximal 5 000 Lichtjahre konnte die SEARCHER bei jeder Transition überwinden, aber um das Material nicht zu überlasten und Energie zu sparen, führte Art in der Regel lediglich Sprünge über 3 000 Lichtjahre durch. Aus dem gleichen Grund riskierte er nur einen Sprung alle vierundzwanzig Stunden. Dadurch dauerte der Flug nach M 53 über achtzehn Tage.

Logbuch der SEARCHER – Eintrag Jane Hooker im Mai 2058.

Wir haben den kugelförmigen Sternhaufen M 53 vorgestern erreicht. Er steht einsam und verlassen in der Schwärze des Alls (poetisch ausgedrückt), durchmißt etwa 200 Lichtjahre und enthält überschlägig 1,3 Millionen Sterne.

Mein Mann wird wahrscheinlich wieder mit mir schimpfen, wenn er diese Eintragung hier abruft. Nicht präzise genug in der Ausführung, zu lockerer Tonfall für ein derart wichtiges Dokument und so weiter und so fort... ich kenne seine Vorhaltungen in- und auswendig, schließlich sind wir lange genug verheiratet. Er kann's ja hinterher abändern, wie üblich – in dieser Hinsicht ergänzen wir uns perfekt.

Zurück zu den erwähnten Sternen. Im Zentrum des Haufens stehen sie nur wenige Lichttage voneinander entfernt. Leben ist dort also unmöglich. Daher transitierten wir bereits kurz nach unserer Ankunft auf die der Milchstraße abgewandte Seite und hielten Ausschau nach geeigneten Sonnensystemen. Hier stießen wir auf eine Reihe von Sternen, die wenigstens ein Lichtjahr und mehr auseinander lagen. Allerdings befanden sich darunter viele Sterne der Population II, die wegen ihrer Metallarmut für unsere Zwecke leider ungeeignet sind.

Erst die jüngeren Sterne der Population I erhielten bei ihrer Bildung aus interstellarer Materie schwerere Elemente, sprich: Metalle. Glücklicherweise entdeckten wir auch solche Sterne. M 53 hat sie wohl irgendwann einmal – lang, lang ist's her – beim Pendeln durch die Milchstraße eingefangen. Anders wäre ihr Vorhandensein auch gar nicht erklärbar, denn neue Sterne entstehen in Kugelhaufen nicht mehr.

Wir orteten einen Stern vom Typ der irdischen Sonne (G2 V), dessen nächster Nachbar weit genug entfernt ist. In Zahlen ausgedrückt: 2,1 Lichtjahre. Er besitzt neun Planeten, davon zwei in der Zone möglichen Lebens. Einen der beiden konnten wir gleich abhaken, er stellte sich als marsähnliche Staubwüste heraus. Der andere ist etwas größer als die Erde und hat 1,1 Gravo Schwerkraft.

Volltreffer!

Wir verliehen der Sonne eine Nummernkombination: NGC

5024/001-9. Der Planet bekam sogar einen richtigen Namen: FARSIDE.

»Ob es hier Leben gibt?« fragte Art, nachdem er die SEARCHER verlassen hatte.

Es war mehr eine rhetorische Frage. Jane beantwortete sie trotzdem.

»Jedenfalls kein intelligentes. Im ganzen System waren keine technischen Signale aufzufangen.«

»Was du hoffentlich im Logbuch vermerkt hast.«

»Nein, daran habe ich leider nicht gedacht. Aber das hole ich später... he, Augenblick mal! Woher weißt du, daß ich vorhin die überfälligen Logbuch-Eintragungen vorgenommen habe? Du hattest gerade ein Mittagsschläfchen gehalten.«

»Wie viele Jahre sind wir inzwischen verheiratet, Jane? Ich kenne dich inzwischen besser als du dich selbst. Wann immer du dich unbeobachtet glaubst, bin ich bei dir – zumindest im Geiste.«

Die Hookers hatten ihr Raumschiff auf Farside in einer hügeligen Landschaft gelandet, die mit Gras und unterschiedlichen Baumgruppen bewachsen war. Das Klima war angenehm mild und vergleichbar mit dem gemäßigten Klima am terranischen Mittelmeer. Die Untersuchungsgeräte zeigten keine für Menschen gefährlichen Keime an.

»Hoffentlich gibt es hier keine Raubtiere«, bemerkte Jane, während sie langsam weiterging.

»Bisher konnten wir nur pflanzliches Leben ausmachen«, entgegnete Art. »Doch das muß nicht zwangsläufig so bleiben. Besser, wir halten die Augen ständig auf.«

Zu ihrem Schutz hatten die Hookers ihre neuen Kegelroboter Cash und Carry mitgenommen. Beide waren auf dem Schiff bereits mehrfach eingesetzt worden und hatten selbst schwierige Situationen perfekt und ohne Beanstandungen gemeistert. Auch die übrigen Roboter hatte man während des Fluges abwechselnd im Einsatz getestet. Ein jeder von ihnen hatte seine »Feuerprobe« mit

Bravour bestanden. Alle Blechmänner und Kegel an Bord der SEARCHER waren befehlsempfangende normale Maschinen – und sonst gar nichts.

Bei ihrem ersten oberflächlichen Erkundungsgang stießen Art und Jane auf keine Spuren von Zivilisation.

»So stelle ich mir die Erde vor Millionen von Jahren vor«, sagte Jane, »als noch keines Menschen Fuß das Land betreten hatte. Allerdings fehlen die Saurier.«

»Mir fehlen sie nicht«, scherzte Art.

Beide waren mittlerweile zweieinhalb Stunden unterwegs. Jane deutete auf die stetig sinkende Sonne und schlug vor, umzukehren und am nächsten Morgen in aller Frühe erneut aufzubrechen, diesmal in eine andere Richtung.

»Wenn wir draußen übernachten, könnten wir noch ein Stück weitergehen«, meinte Art.

Seine Frau war dagegen. »Wir haben keine Ausrüstung mitgenommen. Im übrigen ist mir das Risiko zu hoch. Nachts im Freien auf einem fremden Planeten – da bekäme ich kein Auge zu. Im Raumer ist es sicherer…«

»… und bequemer«, ergänzte Art. »Du hast ja recht, wie meistens. In Ordnung, wir gehen noch bis zur Anhöhe dort drüben und kehren dann um.«

Wenig später standen die Hookers am Rande eines Abhangs. In der Ferne war das Ufer eines blaugrünen Ozeans zu sehen. Doch Art und Jane warfen nicht einen Blick hinüber zum weißen Sandstrand. Auch nicht auf das grüne Tal zu ihren Füßen.

Ihre Augen richteten sich wie gebannt auf die vier mächtigen Riesen, die auf der gegenüberliegenden Seite der breiten Schlucht standen. Drei der furchterregenden Kolosse sahen zu ihnen herüber.

Sie waren nicht nur zu viert. Sage und schreibe zwölf furchteinflößende, circa zehn Meter hohe Giganten befanden sich auf der anderen Seite der Felsenschlucht. Ihre massigen Körper hoben sich scharf gegen die letzten Strahlen der untergehenden Sonne ab.

Auf Terra gab es gleich mehrere Bezeichnungen für solche Steinriesen: Monolith, Denkmal, Statue, Bildsäule... diese hier zeugten von einer hohen Steinmetzkunst – und der Tatsache, daß es auf Farside zumindest früher Intelligenzen gegeben haben mußte.

Art, Jane und die sie begleitenden Roboter stiegen beziehungsweise schwebten auf dem kürzesten Weg ins Tal hinab und erklommen anschließend auf einem schmalen, aber gut begehbaren Pfad den Hang gegenüber. Die Abenddämmerung war schneller als sie. Als sie endlich bei den steinernen Giganten eintrafen, schalteten Cash und Carry ihre eingebauten Scheinwerfer ein.

Im Schein heller Lichtkegel betrachteten die Hookers die riesigen Statuen von unten nach oben.

Die Kolosse hatten nur bedingt menschenähnliches Aussehen. Ein jeder von ihnen hatte die Unterschenkel waagerecht nach hinten gebogen und saß auf seinen Fersen – sie knieten, aber nicht in Demut, sondern mit leicht gespreizten Beinen. Über welche Geschlechtsteile sie verfügten, konnte man aufgrund steinerner Lendenschurze nicht erkennen. Auch sonst war nicht erkennbar, ob es sich um maskuline oder feminine Wesen handelte.

Ihre dünnen Arme lagen eng am Körper an, wobei die Ellbogen angewinkelt waren. Die auf dem nabel- und brustwarzenlosen Leib ruhenden Hände endeten in überlangen, feingliedrigen Spinnenfingern. Der gerade aufgerichtete Oberkörper ging mit seinen auffallend breiten Schultern direkt in einen überproportional großen, halslosen Kopf über. Die runden Augen standen etwas hervor, die Münder waren wulstig. Auffallend war zudem das vorgeschobene, spitz zulaufende Kinn, das mit etwas Phantasie auch als Spitzbart interpretiert werden konnte.

Besonders markant zeichneten sich die schmalen, hochangesetzten Ohren mit ihren langgezogenen, verzierten Ohrläppchen ab. Jene Verzierungen bestanden aus seltsamen Schriftzeichen, die auf den ersten Blick wie eine Art Strichkode aussahen.

Jahrtausendealter Schmutz lag auf den zwölf Giganten, was Jane zu der abfälligen Bemerkung »Das dreckige Dutzend« veranlaßte.

Art, der die laxe Bezeichnung »Langohren« bevorzugte, stimmte ihr in diesem Punkt zu. »Offenbar hat man hier schon eine Ewigkeit keinen Staub mehr gewischt. Die Erbauer dieser Statuen sind vermutlich seit Hunderten von Jahren ausgestorben. Möglicherweise ist es noch länger her, das wird eine nähere Analyse ergeben.«

Da sich die entsprechenden Untersuchungsgeräte auf der SEARCHER befanden, mußte er sich zunächst mit einer ersten oberflächlichen Begutachtung begnügen. Seine Frau und er tasteten den unteren Teil der gigantischen Statuen rundum mit den Händen ab. Das Baumaterial fühlte sich kalt und fest wie Stein an.

Trotz größter Anstrengung ließ sich kein Stück herausbrechen, zumindest nicht mit normaler Körperkraft.

Art und Jane verzichteten vorerst darauf, die Roboter als Werkzeug einzusetzen, um die Figuren nicht irreparabel zu beschädigen.

Die zwölf Riesen waren so aufgestellt worden, daß sie eine quadratische Formation bildeten und sich dabei zum Teil gegenseitig den Rücken zudrehten. Jeweils drei blickten in dieselbe Richtung: aufs Meer im Süden, aufs Festland im Norden, auf zwei große Hügel im Osten – und auf die gegenüberliegende Seite der im Westen befindlichen Felsschlucht, wo noch vor kurzem Art und Jane gestanden und zu ihnen hinübergeschaut hatten. Ihr brennender Forscherdrang hatte sie veranlaßt, sich umgehend auf den Weg zu den merkwürdigen Kolossen zu machen, ungeachtet eventueller Gefahren.

Die vier Steinfiguren an den Ecken des Quadrats trugen Kopfschmuck, natürlich ebenfalls aus Stein.

»Das ist kein Kopfschmuck, das sind Hüte«, vermutete Jane.

»Auch Hüte sind Kopfschmuck«, entgegnete ihr Mann lakonisch.

Sie hörte nicht hin und lobte die Eleganz und Ästhetik der gesamten Anlage. »Die Steinmetze haben mit bewunderungswürdiger Präzision gearbeitet.«

»Vielleicht wurden die Bildsäulen ja maschinell gefertigt«, gab Art zu bedenken. »Wir haben bisher zwar keinen Hinweis auf moderne Technik...«

»Keine noch so moderne Maschine arbeitet mit so viel Liebe zum Detail«, unterbrach ihn seine Frau. »Dies hier ist das Ergebnis präziser Handarbeit, glaube mir. Wahrscheinlich standen den Erschaffern nur primitive Werkzeuge zur Verfügung, weshalb sie Jahre oder gar Jahrzehnte für jede Statue benötigten. Allerdings frage ich mich, wie sie die Riesen nach Fertigstellung an ihren jeweiligen Platz transportiert haben, ohne Zuhilfenahme von Geräten.«

»Mit viel Mühe«, schätzte Art. »Das Rad hat man auf Farside sicherlich schon vor Jahrtausenden erfunden.«

»Klugscheißer. Und was wurde aus den Erfindern?«

»Keine Ahnung. Möglicherweise fielen sie einer Epidemie zum Opfer. Oder sie wurden von fremden Raumfahrern entführt. Wenn wir herausfinden, wozu diese quadratische Anlage einst diente, erfahren wir vielleicht mehr über das Schicksal der verschwundenen Planetenbewohner.«

»Es könnte sich um eine ehemalige Zeremonienstätte handeln«, überlegte Jane Hooker laut. »Ich sehe die Priester regelrecht vor mir, wie sie auf dem Innenhof der Anlage zusammenhocken und schaurige, mysteriöse Gesänge anstimmen. Und die herrischen Steinbüsten blicken mit starren Augen respekteinflößend auf die kleine Schar herab.«

»Eben nicht«, widersprach ihr Mann. »Die Blicke der unheimlichen Giganten sind nicht nach innen, sondern nach außen gerichtet – und nicht nach unten, sondern leicht schräg nach oben, so als würden sie ständig den Himmel beobachten.«

»Du kannst einem aber wirklich jeden Gruselspaß verderben«, hielt Jane ihm vor.

»Dich wird's schon noch genug gruseln«, erwiderte Art schmunzelnd. »Es ist schon zu dunkel, um zur SEARCHER zurückzukehren. Wir brauchen einen windgeschützten Platz zum Übernachten. Die von den Steinfiguren umgebene vermeintliche Zeremonienstätte wäre dafür goldrichtig.«

Der Platz im Inneren des Quadrates war von kargem Dornengestrüpp und hartem Gras überwuchert. Art streifte sich ein Paar Arbeitshandschuhe über und rodete eine geeignete Schlafstelle frei. Währenddessen sammelten Cash und Carry umherliegende Steine ein, und Jane errichtete daraus eine gesicherte Feuerstelle.

Nachdem sie den Robotern befohlen hatten, Wache zu halten, begaben sich die Hookers zur Ruhe. Die Stätte war unbequem, doch aufgrund ihrer Müdigkeit schliefen die beiden rasch ein.

Genauso rasch wachte Jane wieder auf. Sie verspürte ein Kribbeln auf ihrem linken Unterarm und schaute nach.

Ein fetter schwarzer Käfer mit einem skorpionähnlichen Stachel starrte sie mit seinen drei winzigen Augenpaaren an.

Dhark und Riker waren beeindruckt von dem ausführlichen Bericht über den Einsatz auf Spooky.*

»Was hat Sie noch mal bewogen, die Aufzuchtstation auf Spooky nicht dem Erdboden gleich zu machen?« fragte Ren Dhark, als der Oberstleutnant geendet hatte.

»Die klare Erkenntnis, uns damit eines Faustpfandes zu berauben.«

»Faustpfand?« Ren Dhark zeigte sich erstaunt. »Erklären Sie mir das!«

»Entgegen dem Rat meiner Kompanie- und Zugführer entschied ich mich dafür, die Station nicht zu sprengen, weil ich mir sagte, daß wir mit der Einnahme und Besetzung von weiteren Brutstationen auf anderen Welten – und dazu wird es früher oder später unweigerlich kommen – ein immenses Druckmittel gegen die Grakos

---

* siehe Drakhon-Zyklus Bände 6 »Sonne ohne Namen« und 7 »Schatten über Babylon«

in die Hand bekommen. Ein Druckmittel, das uns bei Verhandlungen mit den Schattenkriegern in eine weit bessere Position bringt. Hätten wir nun schon die erste Aufzuchtstation vernichtet, hätten wir uns dieses Trumpfes beraubt. Um aber nicht mit leeren Händen zurückzukehren, ordnete ich an, von jedem Entwicklungsstadium der Grako-Embryos je drei Exemplare mitsamt den dazugehörigen Geräten zur Versorgung und Erzeugung der Hyperfelder mitzunehmen. Da acht verschiedene Stadien auszumachen waren, brachten wir 24 ›Brutkästen‹ mit.«

»Prächtig. Ein weiser Entschluß, Oberstleutnant.« Ren Dhark zeigte sich beeindruckt.

»Sie sagen es, Commander«, bekräftigte Farnham. »Es ist außerdem unsere beste Chance, mehr über die Grakos herauszufinden.«

»Was mich wieder zu meiner eingangs gestellten Frage bringt«, bemerkte Ren Dhark mit einem feinen Lächeln. »Haben nun Ihre Labors inzwischen in dieser Hinsicht Fortschritte gemacht?«

»Leider nicht«, verneinte Farnham. »Bei den acht Entwicklungsstadien, die das Erste Bataillon mitgebracht hat, handelt es sich einmal um Eier und um Larven in unterschiedlichen Wachstumsstadien, die, je weiter fortgeschritten dieses Wachstum war beziehungsweise ist, immer mehr einem erwachsenen Grako ähneln. Unsere Wissenschaftler setzen diese Grako-Brut in all ihren Stadien permanenter Hyperstrahlung unterschiedlichster Intensität aus, um so die schattenhaften Halbraumwesen zu erschaffen, als die wir die Grakos kennen. Bislang noch ohne Erfolg.« Er schwieg einen Moment, um dann fortzufahren: »Was mich irritiert, ist die Tatsache, daß wir, obwohl es sich bei allen Stufen der Reife um verschieden fortgeschrittene Larven handelt, keine einzige Puppe gefunden haben.«

»Sind Sie sich da sicher?« warf Dan Riker ein.

»Sicher bin ich sicher«, sagte Christopher Farnham mit unbewegter Miene. »Schon vergessen, Sir? Ich bin promovierter Xenobiologe. Glauben Sie mir, ich weiß, wovon ich spreche.«

»Natürlich«, sagte Dan Riker. »Bitte fahren Sie fort.«

»Die Entwicklung von Insekten, und damit schließe ich auch jene mit ein, die wir außerhalb der Erde auf fremden Planeten gefunden haben, verläuft in neunundneunzig von hundert Fällen über die Metamorphose. Ohne Sie jetzt langweilen zu wollen, das bedeutet, daß der endgültigen Verwandlung zum fertigen Wesen Verpuppungen vorhergehen. In diesem Zusammenhang noch eine Merkwürdigkeit: Von Verpuppung zu Verpuppung erfolgt üblicherweise eine kontinuierliche Weiterentwicklung, erfolgt die Heranbildung der Geschlechtsorgane. Bei dieser Grako-Brut ähnelt das letzte Larvenstadium schon sehr einem erwachsenen Grako, besitzt aber keinerlei Geschlechtsorgane. Wie vermehren sich also die Grakos? In der Tat gibt es mehr Fragen als Antworten.«

Ren Dhark nickte. »Das trifft wohl zu«, sagte er, »aber ich weiß, daß es noch ein weiteres Stadium geben muß, das geschlechtsreif ist – und offenbar von den Grakos unterdrückt wird. Dieses ›Endstadium‹ der Grakos könnte vielleicht einen Lösungsansatz bieten, sie stehen nämlich meinen Informationen zufolge«, er erwähnte mit keinem Wort, daß er diese Informationen aus dem Salter-Archiv vom *Chronisten* erhalten hatte, »den Schattenkriegern im Larvenstadium ablehnend gegenüber.«

»Irren Sie sich auch nicht?« fragte Farnham und blinzelte überrascht.

»Schon möglich«, gab Ren Dhark zu. »Andererseits ist es im Augenblick der einzige konkrete Hinweis in Bezug auf die Grakos, der uns zur Verfügung steht.«

»Wenn Sie mir die Bemerkung erlauben«, sagte Farnham, »das alles ist höllisch verwirrend, nicht wahr?«

Dhark wiegte den Kopf.

»Einigermaßen«, bekannte er. »Wir müssen einfach mehr über diese Halbraumwesen in Erfahrung bringen!«

14.

»Nun, Mr. Buck, war meine Vorlesung so ermüdend, daß Sie kaum die Augen offenhalten konnten?«

»Tut mir leid«, sagte er, und das meinte er in vollem Ernst. Er war nicht ganz bei der Sache gewesen, hatte sich wie ein Narr benommen. Es war, wenn er's recht bedachte, eine Beleidigung für Dr. Dr. Lelo, die sich wahrscheinlich auf diese Weise die Butter auf die Brötchen verdiente und nur den einen Fehler beging, ein an sich recht interessantes Thema etwas zu einfallslos vorzutragen. Irgendwie mußte er sein Verhalten wieder gutmachen, mußte ihr beweisen, daß er keineswegs der ungehobelte Patron aus den Gettobezirken Dresdens war, für den sie ihn vermutlich hielt. Einen Bauerntölpel aus der Provinz, der nur dank des Militärs zu den höheren Weihen eines Studiums gelangte.

»Tut mir wirklich leid«, wiederholte er. »Ich weiß selbst nicht, wie es dazu gekommen ist, Dr. Lelo. Mit Sicherheit hat es nicht an Ihrer Vorlesung gelegen. Die war über alle Maßen interessant und...«

»Solange Sie zugehört haben?« Sie blickte ihn forschend an und klopfte sich mit einem farblos lackierten Nagel gegen die erstaunlich weißen festen Zähne. Ihr Mund war wohlgeformt. Sie hatte keinen Lippenstift aufgetragen.

Kurt versuchte noch einmal zu lächeln; er kam sich wie ein ausgemachter Trottel vor.

»Ja«, gestand er und ließ es zerknirscht klingen. »solange ich zugehört habe. Es ist mir einfach peinlich, Dr. Lelo. Aber ich habe vergangene Nacht nur wenig geschlafen, draußen ist Frühling, und es ist schon eine Weile her, seit ich eine Schule besucht habe – aber das sind selbstverständlich alles keine Entschuldigungen. Ich habe mich wie ein Flegel benommen und kann Sie nur um Vergebung bitten, Frau Doktor. Ich hoffe, daß Sie mein ungebührliches Betragen nicht der ganzen Klasse anlasten.« Diesmal gelang ihm ein schüchternes, um Verzeihung flehendes Lächeln; er war sehr stolz auf sich. »Wissen Sie, ich bin nicht immer ein solcher Dummkopf. Ich wünschte nur, ich könnte es Ihnen irgendwie beweisen.«

Sie wich einen Schritt zurück, setzte sich auf die Kante ihres Schreibtisches und musterte ihn aus ihren graugrünen Augen. Irgendwie sah sie schon verführerisch aus. Ihre Haut war blütenweiß, mit ein paar niedlichen Sommersprossen auf der Nase, und das rote Haar umrahmte einen schlanken, anmutigen Hals. Und diese wirklich langen, geraden Beine!

Wenn nur nicht ihre unvorteilhafte Kleidung wäre…

Eine steile Falte bildete sich auf ihrer glatten weißen Stirn. »Sie wollen es mir beweisen, Mr. Buck? Wie denn?«

Da hatte er einen plötzlichen Geistesblitz.

»Indem ich Sie zu einem Drink einlade.«

Sie zeigte einen Ausdruck gespielter Überraschung, schien einen Moment nachzudenken, schenkte dann dem muskulösen Tarzantyp, der mit seinen 1,92 m Größe vor ihr aufragte und sie mit seinen blauen Augen und dem offenem Gesicht erwartungsvoll ansah, ein Lächeln und sagte: »Wie, jetzt gleich?«

»Warum nicht? Und anschließend zum Dinner?«

»Und dann…?«

»Na ja, alles was uns gerade so einfällt.« Er erschrak ein bißchen über seine eigene Tollkühnheit.

Sie zögerte nicht einmal so lange, wie er befürchtet hatte. Mit einem entschlossenem Nicken akzeptierte sie seine Einladung, fügte jedoch hinzu: »Allerdings kann ich nicht recht einsehen, wie Sie mit dieser Einladung zu Drink und Abendessen beweisen wollen, daß meine Vorlesungen nicht langweilig sind.«

»Darum geht es eigentlich nicht, Frau Doktor«, lachte Kurt. »Ich möchte Ihnen nur beweisen, daß ich kein Bauerntölpel bin.«

Sie schien verblüfft. Dann lachte sie perlend.

»Und wohin wollen wir gehen?« Sie schloß ihre Unterlagen weg und hakte sich bei ihm ein.

Kurt fühlte sich wie mit Adrenalin aufgepumpt.

»Ich kenne da ein hübsches kleines Restaurant am anderen Ende von Star City, wo es hervorragende Milchshakes und sehr delikate Anchovipizzen gibt.«

Nach dem zweiten Shake war der Waffenstillstand besiegelt. Nach dem dritten war Kurt überrascht, wie sehr diese Dr. Khadja Lelo ihn plötzlich interessierte. Wenn sie sich jetzt noch ein bißchen zurechtmachte und vor allem vorteilhafter kleiden würde, dann...

»Nein, Kurt. Nein. Nicht, was Sie denken.«

Er starrte sie verblüfft an; seine Hand, die eben das Glas an den Mund führen wollte, blieb auf halber Strecke in der Schwebe.

»W-Was habe ich denn gedacht, Doktor?« Er kam sich recht einfältig vor, wie er da so stotterte.

»Khadja«, sagte sie. »Schon vergessen?«

Seit dem ersten Milchshake redeten sie sich beim Vornamen an.

»Entschuldigen Sie – Khadja. Was habe ich denn gedacht?«

»Daß ich ganz anders bin. Nicht wirklich so unansehnlich, wie es auf den ersten Blick scheint. Aber ich versichere Ihnen, daß ich genauso bin. Sie sollten also keine weiteren Gedanken daran verschwenden.«

»Das glaube ich einfach nicht.« Er schüttelte den Kopf. »Sicher ist das nur eine Art Mimikry, mit der Sie sich die Männer vom Halse halten wollen.«

Sie lächelte und versuchte, die Mandarine in ihrem Glas aufzuspießen. Kurt sah ihren Bemühungen amüsiert zu.

»Wissen Sie«, sagte sie, »eigentlich würde ich Ihnen von Herzen gern den Gefallen tun.«

Endlich hatte sie die Mandarine auf dem Cocktailspießchen und führte sie sich zum Mund.

»Gefallen? Welchen Gefallen?«

»Kommen Sie«, sie lächelte erneut, »ich kann es von Ihrem Gesicht ablesen, Kurt. Sie hegen jene abgedroschene Vorstellung, wie sie in alten Vipho-Rührstücken über die Kanäle laufen, wo sich eine graue Maus plötzlich in die Schönheitskönigin aller Planeten verwandelt. Metamorphose nennt sich das. Wußten Sie das? Wußten Sie das, Kurt?« Sie beugte sich gefährlich über den Tisch und funkelte ihn aus ihren graugrünen, leicht ambergefleckten Augen an.

»Natürlich«, erwiderte er und hatte ihr schmales Gesicht mit den Sommersprossen auf dem Näschen dicht vor dem seinen. Ein interessantes Gesicht. Und dieser Mund… er räusperte sich. Aber sie schien seine Verlegenheit nicht zu bemerken, sondern fuhr fort: »Jawohl, Metamorphose. Aus einem unscheinbaren Vogel, einem häßlichen Entlein, wird plötzlich ein wunderschöner Schwan. Ts, ts, ts«, sie schüttelte den Kopf. »Nein. Schminken Sie sich das ab, Kurt, es tut mir aufrichtig leid. Ich würde Ihnen ja von Herzen gern den Gefallen tun, aber ich bin nun mal nichts weiter als eine kreuzbrave Kosmologin, die sich auf Astrophysik spezialisiert hat. Ich halte im Auftrag der Regierung langweilige Vorlesungen über vierdimensionale Universen und ihre Einbettung in eine fünfdimensionale Raumzeit. Nichts weiter. Es sind bestimmt wichtige Vorlesungen, aber sie haben nun einmal den Charakter des Langweiligen, nicht wahr, Kurt?« Sie lächelte erneut.

»Stimmt es etwa nicht, Kurt?«

»Stimmt *was* nicht, Khadja?« Seine Gedanken waren weit weg gewesen.

»Daß ich langweilige Vorlesungen halte.« Sie zündete sich eine Zigarette an und sah ihn über den Rauch hinweg an. Er wich ihren Blicken aus, sah sich um. Sie saßen am Fenster. Draußen setzte bereits die Abenddämmerung ein. Die Magnolienbäume standen in voller Blüte.

»Ich warte!« Sie blieb hartnäckig.

Er deutete auf die blühenden Bäume.

»Sie haben mich durchschaut, Khadja. Magnolienblüten und Star City – wie könnte ich da noch lügen? Ja, zum Kuckuck, Ihre Vorlesungen sind ein bißchen langweilig! Aber *Sie* sind es nicht.

Überhaupt nicht. Und glauben Sie mir, ich habe noch nie eine Frau angelogen.«

Khadja legte ihre kleine Hand auf seine große und sagte mit ernsthaftem Gesicht: »Ihnen mag das leicht von den Lippen gekommen sein, aber für mich ist es ein riesengroßes Kompliment.« Sie lachte leise vor sich hin. »Wissen Sie, ich habe schon lange keinen so schönen Nachmittag mehr erlebt. Sie sind ein verdammt netter Mann, Kurt Buck.«

»Und Sie sind ein klein wenig forsch«, erwiderte Kurt. »Schalten Sie einen Gang zurück, wenn wir heute abend noch Alamo Gordo auf den Kopf stellen wollen. Die Nachtklubs dort sollen großartig sein.«

»Nachtklubs sind nicht meine Welt. Wollen wir nicht lieber hier einen Martini trinken?«

Er stand auf, legte Geld auf den Tisch.

»Nein. Nichts da. Wir gehen jetzt in Ihr Apartment, und Sie ziehen sich das Abendkleid an, von dem Sie mir vorgeschwärmt haben.«

Sie wohnte am anderen Ende von Star City, in einer Apartmentanlage, die den Lehrkräften der noch im Bau befindlichen Hochschule vorbehalten war.

Im Schwebertaxi lehnte sie den Kopf an seine Schulter und schwieg die ganze Fahrt über. Sie schien tief in Gedanken versunken zu sein. Er unternahm nicht den kleinsten Versuch, sie zu küssen, und sie schien das auch gar nicht zu erwarten.

Teufel auch, dachte er, während ihm ihr Duft in die Nase stieg, *wo soll das bloß enden?*

Ihr Apartment war nicht übermäßig groß, aber sehr geschmackvoll ausgestattet. Die teure Einrichtung machte ihm klar, daß sie über ein beträchtliches Einkommen verfügen mußte.

Sie ließ ihn im Wohnzimmer zurück und verschwand mit einer winkenden Handbewegung. Er setzte sich in die Nähe der Fensterwand, blickte auf die Häuser von Star City hinaus und dachte stirnrunzelnd nach. So weltmännisch er ihr gegenüber auch tat, im

Grunde hatte er recht wenig Erfahrungen mit Frauen wie ihr. Eigentlich gar keine. Was ihm bisher über den Weg gelaufen war, waren überwiegend junge Damen, die in der Verwaltung und vor allem in der Forschung arbeiteten, die üblichen Bekanntschaften eben. Aber Wissenschaftlerinnen, nein...

Ein Geräusch. Er blickte auf. Da stand sie auf der Schwelle – mit kaum etwas an. Sie trug nur einen weißen BH, mit viel Spitzen und einem winzigen roten Bändchen in der Mitte, sowie ein raffiniertes weißes Höschen, ebenfalls mit Spitzen dran. Er hatte recht behalten. Unter der strengen Kleidung der erfolgreichen Wissenschaftlerin steckte eine tolle Figur mit allen notwendigen Rundungen genau an den richtigen Stellen.

Sie lächelte ihm zu; er sah, daß sie ihre Lippen geschminkt hatte.

»Ich habe meine Entscheidung getroffen«, sagte sie. »Zum Henker mit dem Abendkleid. Weshalb sollte ich es anziehen, wenn ich es nachher sowieso wieder ausziehe. Habe ich dir eigentlich schon gesagt, daß ich mir überhaupt nichts aus Nachtklubs mache?«

Sie ging auf ihn zu und blieb wenige Schritte vor ihm stehen.

»Nein, hast du nicht«, sagte er rauh. Er wußte selbst nicht, weshalb seine Kehle plötzlich wie ausgetrocknet war.

Sie legte die Hände auf die Hüften und vollführte eine kokette Dreihundertsechziggraddrehung vor ihm, die ihr perfekt gelang. Spielte sie ihm vielleicht nur etwas vor?

»Gefalle ich dir, Kurt?«

»Ich liebe diese Aufmachung«, behauptete er kühn und fing an, sich seiner Kleidung zu entledigen.

Zum Teufel mit Alamo Gordo.

Zum Teufel mit Nachtklubs.

Ach, zum Teufel mit allem.

»Bist du ganz sicher? Manche Männer mögen es nicht, wenn Frauen die Initiative ergreifen.«

»Damit habe ich nun überhaupt keine Schwierigkeiten«, erwiderte er.

Nach einer Weile löste sie sich ein wenig aus seiner Umarmung und flüsterte: »Weißt du was, mein großer starker Held? Ich halte jede Wette, Mr. Buck, daß du bei dieser Lektion nicht einschlafen wirst!«

»Ich hoffe das sehr«, murmelte er und hob sie auf, um sie ins Schlafzimmer zu tragen.

»Apropos Halbraumwesen«, sagte Generalmajor Farnham. »Meine Leute haben eine spezielle Tarnvorrichtung entwickelt, die den Träger eines so ausgerüsteten Kampfanzuges in ein 5-D-Tarnfeld hüllt, welches dem der Grakos ähnelt und ihn vermutlich für Grako-Sinne unsichtbar werden läßt – zumindest haben mir das die Entwickler versichert.«

Ren Dhark blinzelte überrascht. »Und die Tarnvorrichtung funktioniert?«

»Die Suprasensorsimulationen sprechen für eine neunundneunzigprozentige Wahrscheinlichkeit, daß das Tarnfeld die in es gesetzten Erwartungen erfüllt. Allerdings«, schränkte er ein, »ist die Tarnvorrichtung im praktischen Betrieb noch nicht getestet worden. Wir haben seit Spooky keinen weiteren Einsatz auf einer Schattenwelt mehr geflogen. Außerdem hat sie zwei explizite Schwächen...«

»Dachte ich's mir doch«, sagte Dan Riker und heimste dafür einen verweisenden Blick des Commanders ein.

»Lassen Sie hören!« Ren Dhark nickte Farnham zu.

»Die Tarnvorrichtung ist in der Herstellung extrem teuer...«

»Wie teuer?« unterbrach ihn der Pragmatiker Dan Riker.

Farnham räusperte sich. »Eine Million Dollar zusätzlich zu den Kosten für den Panzeranzug, in den sie eingebaut wird.«

»Was?« Riker erschrak, glaubte, sich verhört zu haben.

»Na ja, vielleicht auch etwas weniger«, schraubte der Generalmajor die immense Summe etwas zurück. »Aber soll das Schicksal der Menschheit am schnöden Mammon scheitern?«

»Ganz so dramatisch kann ich die Angelegenheit nicht sehen«, beschied ihm der Flottenchef knapp. »Wenn ich damit vor den Finanzausschuß gehe, wird man mich steinigen.«

Ren machte eine Handbewegung.

»Wir sind selbstverständlich auch Kaufleute«, sagte er lächelnd, »und dem Wohl der Allgemeinheit verpflichtet. Deshalb versuchen wir, mit Gewinn zu arbeiten, ohne jedoch das Notwendige außer acht zu lassen. Aber Sie sprachen von zwei Schwächen, Christopher. Was ist die zweite?«

»Die Abschirmung des Kampfanzuges schützt ihren Träger nur maximal neunundsiebzig Stunden vor dem Hyperfeld, das den Tarneffekt erzeugt.«

»Hm. – Und danach?«

Farnham räusperte sich, während Kenneth MacCormack versuchte, möglichst unbeteiligt zu blicken.

»Danach muß der Anzug entsorgt werden.« Es war Farnham, der das Ungeheuerliche aussprach.

Ungeheuerlich für Dan Riker.

»Sie wollen damit sagen, daß der insgesamt elf Million teure Kampfanzug nach dieser Zeitspanne wertlos ist...?«

»Und ersetzt werden muß. Richtig«, bestätigte Farnham.

Das Schweigen dauerte exakt sechzig Sekunden. Dann fragte Ren Dhark: »Wie lange brauchen Sie, fünfzig dieser Mannabschirmer bauen zu lassen?«

»Fünf Tage«, sagte Farnham. »Eher weniger.«

»Sie haben die Kapazitäten dafür?«

»Natürlich.«

»Dann machen Sie es so.«

Dan Riker räusperte sich verhalten.

Ren streifte ihn mit einem schnellen Blick, sah das Stirnrunzeln des Freundes und langjährigen Weg- und Kampfgefährten und lächelte innerlich. Wie er ihn kannte, durchlitt Dan angesichts der momentan angespannten Finanzlage des terranischen Haushaltes eine mittlere Krise. Sei's drum. Er würde dessen unweigerlich kommenden Vorhaltungen mit dem Argument entkräften, daß eine angespannte Haushaltslage für einen toten Gardisten von sehr untergeordneter Bedeutung wäre.

»Sie bewilligen die Mittel dafür?« vergewisserte sich Generalmajor Farnham.

»Das tue ich«, bestätigte Ren Dhark. »Die Gelder werden umgehend nach meiner Rückkehr von der Terranischen Zentralbank angewiesen werden.«

»Warum die Eile?« erkundigte sich Kenneth MacCormack. »Gibt es einen Grund dafür?«

Den gäbe es, bestätigte Ren Dhark. Und lieferte auch gleich die Erklärung dafür. »Von heute an in einer Woche erfolgt der Einsatz eines Zuges der Schwarzen Garde auf einer von den Robotsonden neu entdeckten Wohnwelt der Grakos.«

MacCormack hob die rechte Braue.

»Entfernung?«

»38 000 Lichtjahre.«

»Weshalb nur ein Zug und nicht das ganze Bataillon?«

»Der Einsatz ist mehr in die Kategorie ›Infiltration‹ einzureihen«, erklärte der Commander. »Ein Erkämpfen der Lufthoheit über dem späteren Sammelpunkt ist nicht notwendig. – Und auch nicht machbar«, stellte er klar. »Deshalb wird die HAMBURG von einem S-Kreuzer der Terranischen Flotte begleitet. Dieser wird die Kommandotruppe bereits nach 48 Stunden wieder an Bord nehmen und die Rückreise antreten.«

»Welchen Auftrag sollen die Männer ausführen?«

»Sammeln von Erkenntnissen über die Grakos. Das ist es doch, was wir unbedingt brauchen, nicht wahr, Gentlemen? Der Einsatz auf Spooky hat mehr Fragen als Antworten gebracht.«

»Okay«, sagte Kenneth MacCormack. »Ich werde persönlich den Zug auswählen, der mir für eine derartige Aufgabe am geeignetsten erscheint. Und ihn anführen.«

»Aber Kenneth, ich brauche dich hier!« protestierte Farnham. »Außerdem, der Bataillonskommandeur an der Spitze eines Zuges?«

»Na und?«

»Tut's nicht auch der betreffende Kompaniechef?«

»Tut es nicht«, erwiderte der Oberstleutnant und reckte sein wuchtiges Kinn angriffslustig vor. »Außerdem, ich erinnere mich da an ein Kommandounternehmen in der Deneb-Kolonie, bei dem ein gewisser Oberst Farnham sich durch nichts davon abhalten ließ, höchstpersönlich einen Stoßtrupp zu leiten…«

»Halt, halt, meine Herren«, verschaffte sich Ren Dhark Gehör, »klären Sie das unter sich. Wir müssen uns leider verabschieden. Sie haben Ihre Order, handeln Sie danach.« Er stand auf und schob den Sessel mit den Kniekehlen zurück; während er Dan Riker auffordernd zunickte, fügte er seinen Worten noch hinzu: »Uns erwartet einiges an Arbeit in der Hauptstadt.«

»Nun hab dich nicht so«, sagte Art Hooker zu seiner Frau. »Mit jeder Schilderung wird das Biest größer und größer.«

»Du hast gut reden«, erwiderte sie beleidigt. »Während ich in Todesgefahr schwebte, hast du geschnarcht, als würdest du sämtliche Bäume auf diesem Planeten mit dem Fuchsschwanz umsägen.«

»Todesgefahr? Woher willst du wissen, daß der Stachel des Käfers giftig war? Schließlich hast du den kleinen Krabbler sofort abgeschüttelt.«

»Hätte ich etwa warten sollen, bis er zusticht?«

Das Ehepaar befand sich auf dem Rückweg zur SEARCHER. Jane Hooker hatte die ganze Nacht über kein Auge zugetan, aus Furcht, der fette schwarze Käfer würde wiederkommen und noch ein paar Artgenossen mitbringen. Glücklicherweise hatte sich bis zum Morgengrauen kein Insekt mehr blicken lassen.

»Auf fast allen uns bekannten Planeten gehören Insekten zu den ältesten Bewohnern«, sagte Art. »Unsere gute alte Erde bildet da keine Ausnahme. Führende Wissenschaftler sind überzeugt, daß es auf Terra noch Käfer, Wanzen, Heuschrecken, Ameisen und Motten geben wird, wenn die Menschheit längst ausgestorben ist. Und natürlich Spinnen, die zwar selbst nicht zur Gattung der Insekten gehören, sich aber von ihnen ernähren.«

»Hör sofort auf damit!« schimpfte Jane. »Mich juckt's bereits am ganzen Körper. Wehe, du erwähnst noch ein einziges Insekt!«

»Na schön, reden wir von was anderem, um uns die Marschzeit zu verkürzen«, gab Art nach. »Nach dieser aufregenden Nacht fühlst du dich bestimmt müde und zerschlagen. Ich weiß, was dich wieder auf die Sprünge bringt: Knoblauch. Das vielseitig anwendbare Knollengewächs wirkt genauso anregend wie Kaffee oder Tee. Obwohl es Leute gibt, die nach der Einnahme von Knoblauch nicht sofort einschlafen können, empfehlen Fachleute, abends besonders viel davon zu essen.«

»Weshalb?« hakte Jane nach. »Ein solcher Ratschlag erscheint mir völlig unlogisch.«

»Zwar schläft manch einer nach zuviel Knoblauchgenuß erst verspätet ein, dafür aber bleibt seine Nachtruhe in anderer Hinsicht ungetrübt. Der strenge Geruch der Knolle dünstet nämlich durch die Hautporen aus. Dadurch werden ungebetene Besucher, die Knoblauchgeruch hassen wie die Pest, erfolgreich in die Flucht geschlagen.«

»Verwandte und Nachbarn?«

»Stechmücken.«

»Na warte! Du hast es so gewollt!«

Mit diesen Worten hob Jane einen Stein vom Wegrand auf und tat so, als wolle sie damit nach Art werfen (was sie als liebende Ehefrau natürlich nie getan hätte). Eine Sekunde später ließ sie den Stein entsetzt wieder fallen. An der Unterseite klebte ein seltsames, gelbliches Insekt.

Auf der SEARCHER ließ Jane zum zweiten Mal etwas fallen, nämlich sich selbst ins Bett. Die schlaflose Nacht und der Rückmarsch forderten ihren Tribut.

»Beim nächsten Mal nehmen wir statt der Kegel einen Blechmann mit«, murmelte sie kurz vor dem Einschlafen. »Der hat wenigstens Schultern, auf denen er mich zurücktragen kann.«

Art verließ leise das wohnlich ausgestattete Privatquartier. Hier war seine Frau sicher – vor Insekten und sonstigen ungebetenen Gästen.

Er hatte noch einiges vor.

Kurz darauf schwebte der Flugdozer aus dem Raumschiff.

Arts Beifahrer war ein Blechmann mit einer siebenstelligen Identifikationsnummer. Stumm und reglos saß der Roboter, den er nur zur Sicherheit mitgenommen hatte, neben ihm.

So richtig anfreunden konnte sich der Prospektor mit den Maschinenwesen nicht. Es gefiel ihm nicht, daß sie einerseits keinen Verstand besaßen, aber andererseits viel klüger waren als ein Durchschnittsmensch.

»Ohne uns Menschen wärt ihr gar nichts«, sprach er den Roboter an. »Wer sonst sollte euch programmieren, bitteschön?«

»Befehl nicht verstanden«, schnarrte der Blechmann mit seiner unpersönlichen Metallstimme.

»Das liegt daran, daß du so blöd bist wie ein Vollkornbrot«, entgegnete Art. »Ohne klare Anweisungen könntet ihr stumpfsinnigen Metallgestelle euch nicht einmal selbständig die Schuhe zubinden, so ihr denn welche hättet.«

»Bitte wiederholen Sie den Befehl auf korrekte Weise, Sir.«

»Ach, halt doch den Mund! Kommunikation beendet. Auf weitere Anweisungen warten.«

»Verstanden«, erwiderte der Roboter und schwieg.

Art hatte den Antigravantrieb eingeschaltet. Mit seinem Fahrzeug umrundete er zweimal die zwölf gigantischen Statuen, stieg aber nicht aus. Er hatte nicht vor, die Anlage jetzt schon näher zu untersuchen, das konnte noch warten.

Art fuhr tiefer ins Landesinnere hinein. Er wollte herausfinden, ob es auf Farside noch weitere riesige Bildsäulen gab.

Schon bald stellte er fest, daß die zwölf »Langohren« keine Ausnahmeerscheinung auf diesem Planeten waren. An mehreren Orten stieß er auf ähnliche Kolosse, einzeln oder in Reih und Glied. Einige Grüppchen standen wild durcheinander, andere wiederum bildeten erkennbare geometrische Anordnungen. Zweifelsohne unterlagen sie alle einer gewissen Norm – adlerhaftes Profil, scharfe Nase, vorstehende Augen – aber an einzelnen Statuen waren auch individuelle Merkmale erkennbar.

An einem Schräghang waren die steinernen Riesen teilweise bis zu den Schultern verschüttet, manche sogar bis zum Kinn. Offensichtlich war der Berg vor langer Zeit naturbedingt in Bewegung geraten und hatte ein paar der Kolosse unter sich begraben.

Art fiel auf, daß manche der Steinfiguren höher und breiter als andere waren…

»… woraus ich den Schluß ziehe, daß die Giganten von verschiedenen Völkerstämmen errichtet worden sind«, berichtete er seiner Frau nach seiner Rückkehr zur SEARCHER. »Im Grunde genommen glaubten die früheren Bewohner dieses Planeten alle an denselben Gott, doch jeder Stamm behielt sich seine individuelle Sichtweise vor.«

»Demnach teilst du jetzt meine Meinung, daß es sich bei dem ›dreckigen Dutzend‹ um eine ehemalige Kult- und Gebetsstätte handelt«, entgegnete Jane Hooker, die sich mittlerweile gründlich ausgeschlafen hatte. »Ich hingegen bin mir inzwischen nicht mehr so sicher, ob das zutrifft. Die unterschiedlichen Ausmaße der diversen Figuren könnten ebensogut auf ein gewisses Prestigedenken innerhalb der Bevölkerung hindeuten. Wer die größten und schönsten Giganten besaß, fühlte sich am wichtigsten. Eine solche Einstellung muß nicht zwangsläufig religiöse Hintergründe haben. Ich kenne auf Terra Leute, die behandeln ihre Schweber wie Halbgötter. Jeder Kratzer am Lack wird von ihnen als Blasphemie empfunden.«

»Wir brauchen unbedingt mehr Informationen über Farside und seine einstigen Bewohner«, erwiderte Art. »Vorher dürfen wir den Planeten nicht als geeigneten Ort zur Besiedlung empfehlen. Zwar wäre hier genügend Platz für einige Milliarden Menschen, doch bevor wir nicht wissen, welche verborgenen Gefahren auf Farside lauern, können wir eine solche Empfehlung niemals verantworten.

Ich schlage vor, wir machen Ausgrabungen.«

»Ausgrabungen? Wo denn?«

»Als ich vorhin an den beiden Hügeln östlich der quadratischen Anlage vorüberkam, ortete ich in einem davon verdächtige Reflexe. Wir könnten unser Schiff dort hinüberfliegen und die fünfzig Blechmänner als Ausgrabungsarbeiter einsetzen. Vielleicht stoßen wir auf interessante Hinterlassenschaften.«

Jane fand die Idee gut. »Wir wären dann näher an der Anlage dran. Während du die Arbeiten am Hügel überwachst, könnte ich die Zwölferbande gründlich in Augenschein nehmen.«

Beide bereiteten den Start vor.

Nur einen knappen Tag hielt sich Jane Hooker bei der im Quadrat errichteten Anlage auf. Als bei den Ausgrabungsarbeiten am Hügel ein erster Fund gemacht wurde, unterbrach sie ihre Tätigkeit und begab sich zu ihrem Mann.

»Mit der exakten Altersbestimmung komme ich nicht so recht voran«, erstattete sie ihm kurz Bericht. »Unsere Untersuchungsgeräte reichen dafür nicht aus. Wir werden wohl nicht umhinkommen, aus einer der Bildsäulen ein Stück herauszutrennen, um es auf Terra von Spezialisten analysieren zu lassen.«

»Kannst du nicht wenigstens eine ungefähre Zeitangabe machen?« erkundigte sich Art.

»Nicht einmal das. Die Statuen sehen zwar aus, als seien sie aus massivem Stein gefertigt worden, und so fühlen sie sich auch an – aber irgend etwas ist anders. Vermutlich wurden sie aus einem speziellen, steinähnlichen Baumaterial gefertigt, das sich leichter bearbeiten ließ.«

Beide wandten sich dem Ausgrabungsfund zu.

Auf den ersten Blick schienen die gewaltigen, vielfach verstärkten Mauerreste, die von den Blechmännern freigelegt worden waren, nichts Besonderes zu sein.

»Hohes, breites Mauerwerk aus wuchtigen Steinquadern«, stellte Art Hooker lakonisch fest. »Das bringt uns um keinen Deut weiter.«

Seine Frau machte ihn auf gewisse Feinheiten aufmerksam. »Schau dir die einzelnen Bauteile mal genauer an, Art. Sie sind so glatt und eben, als wären sie mit einer Steinsäge geschnitten worden. Sogar die gelegentlich notwendigen Zwickel wurden sauber bearbeitet. Man kann es gar nicht oft genug betonen: Hier sind einst wahre Steinmetz-Künstler am Werk gewesen. Erstaunlich für ein einfaches Völkchen, welches das Wort Technik nur vom Hörensagen kannte.«

Art runzelte skeptisch die Stirn. »Wenn ich dich richtig interpretiere, Jane, war Farside deiner Ansicht nach früher von primitiven Eingeborenenstämmen bevölkert, deren Berufung in erster Linie darin bestand, überall auf dem Planeten riesige Statuen und sonstige Bauwerke zu errichten – in mühseliger Handarbeit und mit äußerster Präzision. Aber wozu?«

»Das werden wir schon noch herausfinden«, entgegnete Jane unbeirrt. »Vielleicht ahnten sie, daß sie bald aussterben würden und wollten der Welt etwas Bleibendes, Gigantisches hinterlassen. Das würde zumindest die Kolosse erklären. Die freigelegten Mauerreste sind vermutlich das Überbleibsel eines kompletten Hauses. Vielleicht wurde es während eines Unwetters zerstört – oder in einem Krieg.«

Art schüttelte den Kopf. »Die Mauer weist keine Spuren von Zerstörung auf, nur von natürlichem Verfall. Für eine Hausmauer ist sie ziemlich dick. Eventuell handelt es sich um ein Stück Bunkerwand. Ob es hier einen planetenweiten Krieg gab?«

»Und wenn es gar kein Mauerrest ist...? Möglicherweise war diese Konstruktion einst Bestandteil einer weiteren Kultstätte, zum Beispiel der Opferaltar.«

»Ein Altar von solcher Größe? Ganz schön unpraktisch. Vor dem Verfall war das Monstrum vermutlich noch höher. Die Farsider – oder wie immer sie auch hießen – hätten das Ding erst umständlich erklimmen müssen, um zu ihrem Opfer zu gelangen.«

»Was macht dich denn so sicher, daß sie genauso groß waren

wie wir?« fragte Jane und brachte ihren Mann damit zunächst zum Verstummen.

»Vielleicht sahen sie aus wie ihre Statuen«, setzte Jane noch einen obendrauf. »Sie liebten es, sich selbst in Stein zu meißeln – in Originalgröße.«

Art ging dieser Gedankengang zu weit. »Das glaube ich nicht. Schau dir die Berge, Wälder und Wiesen an, die Bäume, Sträucher, Gräser... alles sieht ähnlich aus wie auf Terra. Hätten auf diesem Planeten aufrechtgehende Zehnmeterriesen gelebt, würden hier ganz andere Größenverhältnisse herrschen. Schon die etwas höhere Schwerkraft spricht gegen Riesenwuchs.«

»Eine interessante Theorie, mehr aber auch nicht«, meinte Jane. »Vielleicht waren die Bewohner damals das einzig Gigantische auf Farside. Oder die Flora entwickelte sich zurück, nachdem die Riesen ausgestorben waren.«

»Ist es nicht erstaunlich, was für seltsame Diskussionen sich aus dem Fund eines dicken Mauerklotzes entspinnen?« erwiderte Art lächelnd. »Hoffentlich stoßen wir auf keine komplizierteren Entdeckungen, sonst hören wir gar nicht mehr auf zu debattieren.«

Beide begannen, das klobige Fundstück einer gründlicheren Untersuchung zu unterziehen.

Jane stellte fest, daß sich im mittleren Bereich einer der Quader lockern und ein Stück herausziehen ließ. Mit Hilfe zweier Blechmänner entfernte sie ihn ganz aus dem Mauerblock. Zwei weitere Steine folgten.

Im Inneren des Klotzes befand sich ein kleiner Hohlraum.

»Das also ist sein Geheimnis«, sagte Art nachdenklich und griff nach seiner Handlampe am Gürtel. »Offenbar diente er den Eingeborenen als Versteck oder Tresor.«

Er leuchtete hinein und zuckte kurz zusammen.

»Was hast du entdeckt?« fragte Jane aufgeregt und blickte in die Öffnung. »Etwas Wertvolles?«

Der Lichtstrahl von Arts Lampe erfaßte eine Scheußlichkeit, die sie nicht erwartet hatte. Nur mit Mühe unterdrückte sie einen Aufschrei.

Im Innenraum des mauerartigen Bauwerks lag etwas, das wie eine abgehackte riesige Vogelkralle aussah. Die spitzen Krallenfüße umschlangen ein großes weißes Auge, welches von blauen Adern durchzogen war. Eine der Krallen stach seitlich in das Auge hinein, ohne daß Blut aus der Wunde lief.

»Widerwärtig!« entfuhr es Jane Hooker. »Ich hoffe, es handelt sich nur um eine Nachbildung.«

Sie faßte allen Mut zusammen und langte in die Öffnung hinein. Kaum berührte sie die makabre Fundsache, zerfiel selbige zu Staub. Rasch zog sie ihre Hand wieder zurück.

An ihren Fingerspitzen klebten Reste des Zerfallsstaubs. Anstatt die winzigen Krümel zwecks späterer Untersuchung in ein Reagenzglas zu füllen, wischte sie angewidert alles ab. Anschließend ließ sie die Quader wieder einsetzen.

»Seit wann bist du so empfindlich?« bemerkte Art mißbilligend. »Neulich war noch die Rede von Gruselspaß, erinnerst du dich?«

»Was zuviel ist, ist zuviel«, erwiderte Jane energisch, und ein leichter Schauer lief ihr über den Rücken. »Ich möchte weder wissen, welchem Zweck diese Abscheulichkeit einst gedient hat, noch interessiert es mich, warum man sie im Verborgenen aufbewahrte. Und noch viel weniger will ich wissen, ob sich im Inneren dieses klobigen Steinmonstrums noch mehr schaurige Geheimnisse verbergen, klar?«

Trotz ihres anfänglichen Abscheus verfolgte sie den weiteren Verlauf der Ausgrabungsarbeiten direkt mit und packte selbst kräftig mit zu. Das war wesentlich spannender als die langwierige Analyse der zwölf Giganten.

In den nachfolgenden Tagen legten die Roboter verschiedene Ruinenreste frei und förderten noch so manche Merkwürdigkeit zu Tage.

In einem Punkt waren sich die Eheleute Hooker einig: Das unbekannte Volk, das einst Farside besiedelt hatte, hatte ein ganz besonderes Verhältnis zum Rohstoff Stein gepflegt.

Mittlerweile hatten die Roboter mehrere stark verfallene Gebäudereste vom Erdreich befreit. Auffällig war, daß die Außen- und Zwischenwände überwiegend aus zusammengesetzten Steinquadern bestanden. Offenbar waren lediglich Dächer und Fußböden aus einem Stück gefertigt worden. Dachziegel, wie man sie auf Terra verwendete, hatte man hier offenbar nicht gekannt.

Das Interessanteste waren jedoch nicht die Ruinen selbst, sondern die vielen kleinen Entdeckungen in ihrem Inneren und drum herum.

»Gabel und Löffel«, ordnete Jane zwei Gegenstände aus angeschimmeltem Holz ein, die sie fein säuberlich vor sich im Sand abgelegt hatte. Daneben hatte sie einen länglich geformten Stein plaziert, der wie eine Schüssel ausgehöhlt war und von ihr als »Terrine« bezeichnet wurde.

Art war mit ihrer Zuordnung nicht so ganz einverstanden. »Die beiden Holzteile weisen keine Spuren einer speziellen Fertigung auf, sie könnten ebensogut bei einem Sturm von einem Ast abgebrochen sein.«

»Und warum sind sie dann wie ein Eßbesteck geformt?«

»Weil der Zahn der Zeit an ihnen genagt hat. Im übrigen finde ich nicht, daß sie wie Gabel und Löffel aussehen, das ist nur eine Interpretation deiner Phantasie. Ich bin mir nicht einmal sicher, ob dieses Holz aus der Epoche stammt, als es noch Leben auf diesem Planeten gab. Dafür ist es viel zu gut erhalten.«

Jane hielt ihrem Mann den ausgehöhlten Stein hin. »Und dies hier? Ist das auch nur eine Ausgeburt meiner Phantasie? Jede Wette, die Planetenbewohner haben damals aus solchen Behältnissen gespeist, beziehungsweise ihre Speisen darin serviert.«

»Oder sie haben irgendwas darin aufbewahrt, beispielsweise Schmuck. Unter Umständen stoßen wir noch auf einen Deckel zum Schmuckkästchen.«

»Auch eine Terrine benötigt einen Deckel – damit die Suppe darin nicht kalt wird.«

Nach und nach stapelten sich die verschiedensten Fundgegenstände auf einem freien Platz zwischen den beiden Hügeln. Schlagwaffen aus Stein, Wurf-, Hieb- und Stichwaffen aus eisenähnlichem Material, einfache Werkzeuge, simple Meßgeräte mit rätselhaften Skalen...

Genauer gesagt: Die seltsamen Funde *ähnelten* Waffen, Werkzeugen oder Meßgeräten, wie man sie auf Terra kannte, weshalb sie grob in diese Kategorien unterteilt wurden. Ganz sicher waren sich die Hookers jedoch bei keinem einzigen Gegenstand. Jede neue Entdeckung führte zu weiteren Diskussionen, und jede Diskussion warf neue Fragen auf.

Anfangs deuteten sämtliche Fundstücke auf eine untergegangene primitive Kultur hin. Bis eines Morgens...

Die Roboter hatten wie üblich die ganze Nacht durchgearbeitet. Auf einem Planeten, dessen einzige Bewohner verschiedene Insektengattungen waren, störte der Arbeitslärm niemanden. Auch die Hookers nicht, die ihre Nächte in den schallisolierten Privaträumen der SEARCHER verbrachten. Die Tage auf Farside hatten sechsundzwanzig Stunden – wenigstens sechs davon nutzten die Eheleute regelmäßig zum Schlafen.

Es war ein klarer, sonniger Morgen, als sich das Bild, das sich Art und Jane aufgrund der Funde von den einstigen Farside-Bewohnern machten, schlagartig veränderte. Einer der Roboter hatte einen Gegenstand ausgegraben, der aus einem unbekannten Material bestand und einem terranischen Paraschocker nicht unähnlich war.

»Und wir hatten geglaubt, die einzigen Waffen der Farsider seien Speere, Schwerter und Dolche gewesen«, kommentierte Art den neuen Fund. »Ich befürchte, wir werden die Geschichte dieses Planeten völlig neu schreiben müssen.«

Jane, die vergebens nach einem Ansatzpunkt zum Zerlegen der vermeintlichen Strahlenwaffe suchte, war nicht bereit, so schnell von ihrer bisherigen Auffassung abzuweichen. »Dieses funktionsuntüchtige Gerät beweist noch überhaupt nichts. Ganz im Gegenteil, es bestätigt in gewisser Weise deine Theorie von einer Entführung der Urbevölkerung durch fremde Raumfahrer.«

»Das war lediglich eine kühne Vermutung, keine ernstgemeinte Theorie. Aus welchem Grund hätten hochentwickelte fremde Intelligenzen ein Volk entführen sollen, dessen Wissensstand sich knapp über dem Niveau von Steinzeitmenschen befand?«

»Vielleicht mißbrauchten sie die Farsider auf ihrem Heimatplaneten zu Versuchszwecken. Ebensogut ist es möglich, daß die Fremden in friedlicher Absicht kamen, oder ein Schaden am Raumschiff zwang sie zu einer Notlandung auf Farside. Vor dem Abflug verlor einer von ihnen seine Handfeuerwaffe.«

»Falls es sich überhaupt um eine Waffe handelt«, warf Art kritisch ein. »Möglicherweise diente das Gerät einem gänzlich anderen Zweck.«

»Es liegt aber in der Hand wie ein Paraschocker«, meinte Jane und richtete das Fundstück auf ihren Mann. »Schade, daß es nicht mehr funktioniert.«

Art schob den Lauf beiseite. »Ich wäre dir sehr verbunden, wenn du damit in eine andere Richtung zielen würdest. Nachher geht das Ding plötzlich und unerwartet los, und du mußt allein zurück zur Erde fliegen.«

Die Roboter leisteten ganze Arbeit. Der Hügel, zu dessen Füßen die Ausgrabungsarbeiten begonnen hatten, war inzwischen so gut wie eingeebnet. Wo er sich einst befunden hatte, gähnten mehrere Krater, und überall in der Umgebung verteilten sich kleinere und größere Erdanhäufungen.

Einige der Ruinen waren kurz nach der Freilegung in sich zusammengebrochen, andere Gebäudereste standen aufrecht wie eine Eins.

Die Qualität der Funde hatte sich mittlerweile gewandelt. Die anfänglichen Hinweise auf eine primitive Kultur, die vor ihrem Verschwinden erst am Beginn ihrer Entwicklung gestanden hatte, bestätigten sich im weiteren Verlauf der Ausgrabungen nicht.

Auf dem Sammelplatz türmten sich jetzt zahllose Hinterlassenschaften einer technischen Hochkultur, beziehungsweise das, was davon übriggeblieben war: computerähnliche Apparaturen, Haushaltsgeräte, Einzelteile von modernen Fahrzeugen, medizinische Gerätschaften, Maschinenteile aus Werkstätten und Fabriken, Kommunikationstechnik...

»Genaugenommen läßt sich nichts von alledem richtig zuordnen«, sagte Art zu seiner Frau in der Zentrale der SEARCHER. »Sämtliche Fundstücke sind so fremdartig, daß wir ihre früheren Funktionen nur erahnen können.«

Genervt fummelte er an einem winzigen Gerät herum, das er mit einer schmalen Gliederkette an seinem Handgelenk befestigt hatte.

»Dieses Teil hier sieht ungefähr wie ein terranisches Armbandvipho aus und diente den Farsidern wahrscheinlich zur Kommunikation. Doch obwohl ich es bereits mehrfach auseinandergenommen und wieder zusammengesetzt habe, ist mir die Funktionsweise nach wie vor ein Buch mit sieben Siegeln. Ich erwarte ja nicht, es nach all der Zeit wieder in Betrieb nehmen zu können, aber ich würde zu gern herausfinden, wie es einst funktionierte. Das Innenleben des Gerätes ist mit nichts mir Bekanntem vergleichbar. Auf der Erde werden sich die Experten die Zähne daran ausbeißen.«

»Vielleicht ist das ja der springende Punkt«, erwiderte Jane. »Wir treten auf der Stelle, weil wir jede Entdeckung, jedes Fundstück nach terranischen Maßstäben beurteilen.«

Beide waren mit ihrem Raumschiff am wolkenlosen Himmel unterwegs, um Ausschau nach geeigneten Plätzen für weitere Ausgrabungen zu halten. Auf dem Bildschirm, der den Boden zeigte, erschienen in sporadischen Abständen immer wieder kleine und große Grüppchen von steinernen Giganten sowie einzeln stehende Exemplare.

Jane machte ihren Mann auf eine scheinbar ungeordnete Ansammlung von Kolossen aufmerksam. »Auf der Erde würde man diesen Sauhaufen als heilloses Durcheinander bezeichnen. Es sieht aus, als hätte man die Bildsäulen wahllos irgendwo in der Gegend abgestellt. Aber könnte es nicht sein, daß ein bestimmtes System dahintersteckt? Die scheinbar zufällige Anordnung erfolgte vielleicht nach bestimmten mathematischen Gesichtspunkten. Umgekehrt könnte die Aufstellung des ›dreckigen Dutzends‹ im Quadrat reiner Zufall sein. Mathematik auf Farside ist möglicherweise nicht gleichbedeutend mit Mathematik auf Terra.«

»In der ganzen Milchstraße herrschen dieselben mathematischen Gesetze«, entgegnete Art Hooker, klang aber etwas unsicher.

»Darauf würde ich keinen Eid schwören«, sagte Jane. »Wer auch immer diese gigantischen Anlagen erschaffen und über den ganzen Planeten verteilt hat, wer auch immer die aus Steinquadern bestehenden Häuser gebaut hat, wer auch immer für die rätselhafte Technik verantwortlich zeichnet, deren Funktionsweise sich partout nicht entschlüsseln läßt – derjenige hat vielleicht grundsätzlich anders gedacht als wir Menschen und alle uns bisher bekannten Zivilisationen.«

»Du meinst, die Apparatur an meinem Arm ist nur scheinbar ein Vipho?«

»Genau darauf will ich hinaus. Vielleicht handelt es sich dabei in Wirklichkeit um eine praktische Haushaltshilfe. Und was wir für Haushaltsgeräte halten, könnten genausogut Teile eines Fahrzeugmotors sein. Vermeintliche Fabrikmaschinen dienten womöglich der Heilung von Gebrechen, und was von uns wie selbstverständlich den medizinischen Gerätschaften zugeordnet wurde, könnte einst Bestandteil der Kommunikationstechnik gewesen sein. Selbst die primitiven Waffenfunde basieren nur auf bloßen Vermutungen. Schwerter, Messer und Speere entpuppen sich möglicherweise als harmloses Werkzeug. Und der Paraschocker? Du hast in Zweifel gestellt, daß es sich um eine Waffe handelt und könntest mit dieser Einschätzung durchaus richtig liegen. Statt ihn zum Töten einzusetzen, bearbeitete man damit eventuell das Gestein. Umgekehrt sind einige der ausgegrabenen Werkzeuge unter Umständen tödliche Waffen.«

Art grinste. »Und was ist mit dem länglichen, ausgehöhlten Stein? Wozu taugte er deiner Meinung nach?«

»Zum Aufbewahren von Suppe«, antwortete Jane unbeirrt. »Eine Terrine bleibt eine Terrine, damals wie heute.«

Die SEARCHER überflog den eingestürzten Schräghang, aus dessen Erdreich mehrere Kolosse nur zu einem Teil herausragten. Art fragte sich, ob sich Ausgrabungen an dieser Stelle lohnten oder ob die Roboter nur weitere verschüttete Giganten zu Tage fördern würden.

Die Entscheidung wurde fürs erste verschoben. Art leitete den Rückflug ein.

Die noch verbliebenen Frachträume des Schiffes waren inzwischen zur Hälfte gefüllt. Auf Janes Befehl hin hatten die Roboter einen Teil der angesammelten Fundstücke an Bord geschafft, darunter vermeintliche Arbeitsgeräte und Einrichtungsgegenstände aus Labors, Werkstätten und Büroräumen – viel zu tun für die wißbegierigen Wissenschaftler von Wallis Industries.

Am Abend saßen die Hookers im Freien am lodernden Lagerfeuer, nahmen eine warme Mahlzeit zu sich und setzten ihre Debatte fort. Damit sie sich ungestört unterhalten konnten, ließen sie die Arbeit für ein paar Stunden ruhen. Sie hatten die fünfzig Billigroboter als lockere Postenkette rings um Schiff und Lagerfeuer verteilt. Ihre fünf Kegelroboter hielten sich ebenfalls außerhalb der SEARCHER auf, zugriffsbereit in ihrer Nähe.

»Übrigens bin ich inzwischen nicht mehr so überzeugt, daß die Mauern und Statuen das Werk besonders begabter Handwerker waren«, merkte Jane nach einem Schluck Instantkaffee an. »Nach längerem Nachdenken bin ich zu deiner Meinung gelangt – aller Wahrscheinlichkeit nach wurden die Quader maschinell gefertigt und zusammengesetzt. Mit den Riesenfiguren wird es sich wohl genauso verhalten. Die Farsider waren geistig zu hochentwickelt, um sich derartigen körperlichen Anstrengungen zu unterziehen.«

»Nicht alle verfügten über ein hohes Bildungsniveau«, gab Art zu bedenken. »Ein Teil der Bevölkerung verhielt sich ziemlich urtümlich, gelinde gesagt. Denk an den makabren Fund, auf den wir zuallererst gestoßen sind.«

Jane schüttelte sich. Ausgerechnet daran wollte sie jetzt nicht denken. Nicht hier draußen in der Dunkelheit.

Zu spät. Das Thema ließ sie nicht mehr los.

Was hatte die früheren Bewohner dieses Planeten nur dazu bewogen, solche Scheußlichkeiten anzufertigen? Hatte es damals etwa Anhänger verbotener Schwarzer Magie auf Farside gegeben?

Vorsicht, Jane, jetzt urteilst du schon wieder wie ein Mensch! rief sie sich innerlich zur Räson. *Was auch immer sich seinerzeit hier abgespielt hat, du darfst es nicht mit der terranischen Elle messen. Womöglich gehörten magische Rituale zum ganz normalen Alltag der Farsider...*

Ihr fiel auf, daß einer der Kegelroboter – Cash – auf seinem Prallfeld hin und her wackelte. Sie wollte Art darauf aufmerksam machen, doch Sekunden später stand die Maschine wieder ganz still.

Unheimlich, dachte Jane.

Hatte sie sich getäuscht? Oder stand sie unter dem Einfluß geheimnisvoller Kräfte, die ihr Dinge vorgaukelten, die es gar nicht gab?

»Jetzt hör aber auf zu spinnen, Jane«, tadelte sie sich selbst.

Daß sie ihren Gedanken versehentlich leise ausgesprochen hatte, fiel ihr erst auf, als ihr Mann sie darauf ansprach.

»Hast du was gesagt?« fragte er sie verwundert.

»Nichts Wichtiges«, antwortete sie rasch. »Ich denke nur laut darüber nach, wie das Zusammenleben zwischen den einfachen und den höherentwickelten Bevölkerungsschichten vonstatten gegangen sein könnte. Haben Sie sich gegenseitig bekriegt oder einander unterstützt? Ich tippe auf letzteres. Das würde erklären, wie die Riesenstatuen an ihre jeweiligen Plätze transportiert wurden. Die technisch Begabten haben den Unbegabten dabei geholfen. Natürlich ist es auch denkbar, daß die Kolosse dort gebaut wurden, wo sie heute stehen.«

»Und wenn es gar keine unterschiedlichen Bevölkerungsschichten gab und alle über die gleiche Bildung, das gleiche technische Wissen verfügten?« erwiderte Art, wohl wissend, daß er damit seinen zuvor gemachten Äußerungen widersprach. »Eine überdurchschnittliche Intelligenz schließt die Pflege und Ausübung althergebrachter schauriger Riten nicht automatisch aus. Möglicherweise haben die Farsider unter diesem Zwiespalt gelitten. Um mal den alten Goethe zu zitieren: ›Zwei Seelen wohnen, ach, in meiner Brust – die eine will sich von der andern trennen.‹«

Jane richtete ihren rechten Daumen auf. »Echt stark, ich wußte nicht, daß ich einen so gebildeten Mann habe.«

Art winkte ab. »Ich mußte den ›Faust‹ in der Schule lesen, ob ich wollte oder nicht. Ein bißchen was ist halt hängengeblieben.«

In diesem Augenblick geriet Cash erneut ins Wackeln – und fiel plötzlich um.

Art sprang auf und eilte zu ihm. Er öffnete die Wartungsklappe am Gehäuse und leuchtete hinein.

»Hast du den Fehler gefunden?« fragte Jane, die am Lagerfeuer sitzen geblieben war.

»Es ist kein Fehler erkennbar«, antwortete er. »Nicht einmal Sicherungen sind rausgeflogen. Irgendwie gespenstisch das Ganze.«

Im selben Moment fing ein zweiter Kegelroboter zu wackeln an: Carry.

Von einer Sekunde auf die andere fiel auch er um.

Art schloß Cashs Wartungsklappe und wandte sich dem zweiten »Unfallopfer« zu. Mit dem gleichen Ergebnis. Auch Carrys Innenleben schien unversehrt.

Das Schlimmste befürchtend, schaute Art Hooker zu den übrigen drei Kegeln. Nacheinander kippten sie um, als hätten sie zu tief ins Glas geschaut.

»Alle Fünfe«, brummelte der Prospektor und schloß Carrys Klappe.

Jane wollte ihn unterstützen und den dritten Roboter untersuchen. Doch noch bevor sie dessen Wartungsklappe öffnen konnte, wurde der erste wieder aktiv. Cash richtete sich auf und schwebte auf seinem Prallfeld, als wäre nichts gewesen.

Mit Carry verhielt es sich genauso. Kurz darauf aktivierte auch er seine gesamten Funktionen.

Geduldig warteten Art und Jane auf Reaktionen der drei noch liegenden Roboter. Einer nach dem anderen erhob sich und nahm wieder ganz normal seinen Dienst auf.

Die Blechmänner machten keinerlei Anstalten umzufallen. Fest und sicher standen sie dort, wo man sie hinbefohlen hatte.

»Laß uns ins Haus gehen, Art«, bat Jane. »Hier draußen ist es mir nicht geheuer.«

Sie sagte tatsächlich »ins Haus« – und nicht »ins Raumschiff«. Genau wie ihr Mann betrachtete sie die SEARCHER als ihr Zuhause.

Trotz ihres neugewonnenen Reichtums verfügten die Hookers weiterhin über kein festes Wohnquartier auf der Erde. Wozu auch? Schließlich waren sie die meiste Zeit im All unterwegs. Für ihre wenigen Aufenthalte auf ihrem Heimatplaneten bevorzugten sie luxuriöse Hotelsuiten, oder sie mieteten sich für begrenzte Zeit eine möblierte Wohnung. Manchmal machten sie auch auf dem Landsitz von Terence Wallis Station, er hatte dort genügend Platz für Gäste.

Die Eheleute begaben sich ins Raumschiff. Cash, Carry und die übrigen Kegelroboter nahmen sie mit. Die Billigroboter wurden für diese Nacht von der Arbeit freigestellt. Ihr Befehl lautete, die Umgebung rund um die SEARCHER weiterhin zu überwachen und jede verdächtige Bewegung sofort zu melden.

Glücklicherweise erwiesen sich sämtliche Vorsichtsmaßnahmen als unnötig. In dieser Nacht ereignete sich nichts Ungewöhnliches mehr.

15.

Aus dem Lautsprecher dröhnte eine uralte Aufnahme von AC/DC.

Manche hätten sie als störend empfunden. Als Lärm eingestuft. Banausen halt…

Kurt Buck gehörte nicht zu dieser Kategorie von empfindlichen Zeitgenossen.

Er arbeitete gern bei lauter Musik.

Am liebsten war es ihm, wenn es sich dabei um Stücke von Guns'n'Roses oder Metallica handelte. Für ihn war Musik wie eine Tür, die ihn von allem anderen abschottete, ihn umhüllte und von der profanen Welt ausschloß. Und hier unten im Kellerlabor des erst kürzlich von ihm bezogenen kleinen Häuschens auf dem Gelände von Star City war es egal, ob dabei der noch frische Putz von den Wänden fiel.

Er arbeitete gerade an einer verflixt störrischen Sternschaltung für einen 5-D-Resonator und war so vertieft, daß er den Summer überhörte. Ganz abgesehen davon, daß kein Summer der Welt gegen die hämmernden Akkorde von AC/DC angekommen wäre.

Erst als das Stück zu Ende war und jene quälend lange Zeit von zwei Sekunden anhob, die zwischen Ende des einen und Anfang des nächsten Stückes lag, registrierte er, daß jemand oben Einlaß begehrte.

Da er sowieso mit der Schaltung nicht weiterkam, beschloß er, nachzusehen.

»He, Anto, Mann. Was ficht dich an, mich in meinen Kreisen zu stören«, blaffte er Antoku Seiwa an, der unter der Tür stand und erstaunt die gestelzte Rede des blonden Hünen über sich ergehen ließ.

»Krieg dich wieder ein, Deutschmann«, nuschelte er grinsend im Gossenjargon von Tokios Ginza. »Hab 'ne Nachricht für deine Lauscher. 'Ne gute Nachricht. Graf Vlad ist aus der Rehabilitation entlassen worden und gerade in Star City eingetroffen. Dachte mir, du sollst es als erster wissen. Bist ja sein bester Freund.«

»O Mann!« stöhnte Kurt enthusiastisch und schlug dem wesentlich kleineren Japaner krachend auf die Schulter, daß dieser das Gesicht verzog. »Das ist wirklich mal 'ne gute Nachricht. Wo versteckt sich Wladimir denn?«

»Im Gästehaus, vorläufig. Er meinte, ich sollte ein paar Kumpels zusammentrommeln, die mit ihm um die Häuser ziehen.«

»Gute Idee«, begeisterte sich Kurt.

Wladimir »Vlad« Jaschin und er waren Freunde seit ihrer gemeinsamen Zeit im Internat von Königstein. Gemeinsam waren sie in die Schwarze Garde eingetreten, gemeinsam hatten sie Höhen und Tiefen des schier unmenschlichen Trainings absolviert, das die Schleifer der Eliteeinheit ihnen abverlangten. Hatten gleichzeitig ihr Studium absolviert und nächtelang gebüffelt, bis sie glaubten, ihre Synapsen würden durchbrennen. Und immer wieder Training, Training und Training, bis sie nicht mehr wußten, ob sie Männlein oder Weiblein waren. In Dutzenden von Fächern hatten sie ihre theoretischen und praktischen Prüfungen abgelegt, hatten durchgehalten, sich immer wieder gegenseitig aufgerichtet, wenn einer mal nahe dran war, das Handtuch zu werfen, und waren schließlich zu Elitesoldaten des Raumkorps geworden. Und gemeinsam hatten sie ihren ersten Kampfeinsatz, bekamen ihre Feuertaufe bei der Niederschlagung von revoltierenden mohammedanischen Nationalisten. Wladimir wurde bei den Kampfhandlungen* vom Strahl eines Thermogeschützes aus einem gegnerischen Jett getroffen. Obwohl Körperpanzer und Schutzschirm einen großen Teil der Energie abgefangen hatten, war die Hitze im Innern des Kampfanzuges kurzzeitig so stark angestiegen, daß Wlads gesamte Körperoberfläche dabei verbrannte. Nur Kurts heldenmütigem Einsatz war es zu verdanken, daß er mit dem Leben

---

* siehe REN DHARK-Sonderband 12: »Die schwarze Garde«

davonkam. Seitdem hatte er die Zeit in einem Tank voller Nährlösung im Heilkoma verbracht, umgeben von einem Kokon aus Schläuchen, die seine Vitalfunktionen stabilisierten. Daß er jetzt wieder unter den Lebenden weilte, bedeutete, daß er vollständig genesen sein mußte.

Kurt erinnerte sich an das breite Lachen des Kameraden, seine bedingungslose Freundschaft zu ihm, und ein warmes Gefühl durchströmte ihn bei dem Gedanken, Wlad bald wieder zu sehen.

»Warte«, sagte er zu Antoku. »Ich hol mir nur eine Jacke.«

»He, Soldat, hast du's vielleicht noch größer?«

Die Kellnerin wedelte Kurt mit dem Geldschein vor der Nase herum, mit dem er seinen Drink bezahlen wollte.

Es war Schichtwechsel in der Milchbar, und die Kellnerin kam abrechnen.

»Das hat er«, prustete Jake Calhoun, »das hat er, aber nicht in der Geldbörse.«

Lautes Gelächter aus mehreren Kehlen quittierte die Bemerkung des Texaners, der mit weit in den Nacken geschobenem Stetson auf seinem nach hinten gekippten Stuhl balancierte und jeden Augenblick umzukippen drohte. Es war seine Masche, und er kippte natürlich nie um. Aber alle seine Kumpels warteten darauf, daß es ihn doch mal erwischte. Es war genauso ein Spiel wie Bucks Masche, stets mit einer viel zu großen Banknote jede Kellnerin zur Verzweiflung zu bringen, die ihr mühsam gehortetes Wechselgeld nicht aufs Spiel setzen wollte.

»Blödmann«, sagte jetzt die Kellnerin in Richtung Calhouns und wich mit der Geschicklichkeit langjähriger Erfahrung einer grapschenden Hand aus, die ohne Zweifel dem jungen Niederländer Sam Uitveeren gehörte.

»Was ist nun?« wandte sie sich erneut an Kurt Buck, »Bißchen kleiner vielleicht?«

Kurt schüttelte den Kopf.

»Schreib an. Du kennst mich doch.«

»Eben drum«, erwiderte das Mädchen, eine etwas derbe Brünette.

»Laß gut sein, Lina«, mischte sich Wladimir Jaschin ein, »ich zahle für ihn mit.«

»Na, das ist doch ein Wort«, freute sich Lina und gab Kurt die Banknote zurück.

»Bist 'n echter Freund«, sagte Kurt zu Wladimir.

»Das will ich meinen.« Jaschin griente. »Was habt ihr eigentlich die ganze Zeit ohne mich getrieben?« Er blickte in die Runde.

»Schnecken«, versicherte Mick Hogan, der im Outback Australiens aufgewachsen war. »Schnecken, weil die...«

»... so langsam gehen«, unterbrach ihn Wladimir. »Geschenkt, alter Bumerangwerfer. Deine Witze sind auch nicht besser geworden.« Er mußte fast schreien. In der Bar war es lauter als sonst.

»He, was ist da los?« fragte André Souaran und setzte sich in Positur.

Am Nebentisch und am Tresen hatte sich inzwischen eine ausgelassene Riege junger Damen niedergelassen.

Blicke flogen wie Blitze durch die Bar.

Anzügliche Worte wurden gewechselt.

Die Gardisten waren zu jeder Zeit und überall Hahn im Korb.

»He, Kehli!« André hielt die vorbeieilende Kellnerin am Schürzenband fest. »Was geht hier ab?« Er machte eine Kopfbewegung zu den aufgekratzt lärmenden Mädchen.

Kehli, die Nachtschicht, zuckte die Achseln.

»Irgend eines dieser Gänschen feiert Geburtstag. Glaube ich.«

Und schon war sie wieder weg.

»Na, da feiern wir doch gleich ein bißchen mit«, meinte Pete Garrison und rückte mitsamt seinem Stuhl näher an den Tisch heran, wo man ihn mit großem Hallo begrüßte.

»Sagen Sie«, begann der schlaksige Amerikaner, und sein Blick wanderte an der Rothaarigen mit dem tief dekolletierten schwarzen Kleidchen hinauf bis zu ihren grünen Augen. »Sie und Ihre Freundinnen haben nicht zufällig Lust, ein bißchen mit uns zu feiern?«

»Feiern?« gluckste die so Angesprochene. »Was feiern Sie denn?«

»Meinen Geburtstag«, log Pete mit treuherzigem Augenaufschlag.

Die Mädchen sahen sich an und prusteten dann los.

»Was ist daran so lustig?« erkundigte sich Pete.

»Weil«, erwiderte die Braunhaarige in dem knappen Top, das ihren Bauchnabel präsentierte, in dem ein synthetischer Kristall funkelte, »ich ebenfalls Geburtstag feiere.«

»Na, da hol mich doch gleich der Beelzebub«, staunte Garrison. »Was für ein Zufall!«

»Nicht wahr!« Die Dritte am Tisch, bis zu den Zehenspitzen blond, grinste verständnisvoll. Sie beugte sich vor und präsentierte Garrison einen Ausschnitt, der ihm die Luft nahm. »Warum bittest du nicht deine Kumpels zu uns an den Tisch«, gurrte sie, »und wir machen so richtig einen drauf?«

Minuten später war die Stimmung in ungeahnte Höhen geschnellt.

Einzig Kurt hatte sich an die Ecke der Bar zurückgezogen, nukkelte an seinem Shake und verfolgte von dort das Gebalze der Kameraden. Ihm stand heute nicht der Kopf nach einem Abenteuer; sein Sinnen und Trachten war von einer gewissen Khadja Lelo voll und ganz erfüllt.

»Hast du das gesehen?« fragte Jake Calhoun später, als er auf seinem Weg von der Toilette bei ihm vorbeikam und grinste.

»Was soll ich gesehen haben?«

»Wlad zieht seine Masche ab. Er überzeugt die beiden Schönen an seiner Seite gerade davon, daß er von einem uralten ukrainischen Adelsgeschlecht abstammt. Weißt du, was er damit meint?«

»Ja, dem Geschlecht des Grafen Vlad Drakul – auch besser bekannt als Graf Drakula. Weißt du, das war der, der seine spitzen Augzähne immer in den weißen Hals von Jungfrauen schlug, um von ihrem Blut zu trinken.«

Jake kicherte kopfschüttelnd. »Der arme Wlad.«

»Wieso?«

»Na, von wegen Jungfrauen und so«, meinte der Amerikaner breit grinsend.

»Na ja, zur Not tut's auch irgend ein anderer Hals«, bemerkte Kurt Buck. »So lange er zu einem jungen weiblichen Wesen gehört…«

»Willst du dich nicht doch zu uns setzen?« versuchte Jake den Kameraden zu überreden.

»Nein. Keine Lust«, beschied der.

»Na, dann nicht.«

Mit dem jungen, hünenhaften Deutschen war heute nichts anzufangen. Das erkannte er klar. Ob es wohl mit dieser Wissenschaftlerin zusammenhing, mit der man ihn in letzter Zeit öfter sah?

Jake zuckte mit den Schultern und kehrte zu den Freunden und den Mädchen zurück.

Die kleine Armada von fünf Rahim-Schiffen wurde bereits Lichtjahre vor dem Sol-System von der Systemverteidigungszentrale Cent Field erfaßt.

Die Zentrale war bis in den letzten Winkel bestückt mit Hyperfunkanlagen, Suprasensoren und Bildgebern. Die Überwachungsoffiziere, Techniker und Wissenschaftler verloren sich fast in der weiten Anlage. Das Hauptaugenmerk des Personals galt dem riesigen Holotank in der Mitte, in dem sich ein Gradnetz langsam um einen imaginären Fixpunkt drehte. Die isometrische Perspektive der Gitterebene konnte gezoomt, gedreht, gekippt und von unten betrachtet werden. Sie war von unterschiedlich langen Balkengraphen durchdrungen, an deren Endpunkte der Nexus der Suprasensoren fortwährend Zahlen und Buchstabenkodes generierte – Angaben über Entfernungen und räumliche Lagen von Planetoiden, Asteroiden, Raumschiffen sowie Weltraumtrümmern, die von der Systemverteidigung bis zu einer Größe von wenigen Quadratzoll erfaßt wurden.

Die Darstellung im Tank war in ständiger Bewegung.

Auf korrespondierenden Bildschirmen erschienen in rascher Folge Datenzeilen, flimmerten Zahlenkolonnen. Tief im Untergrund von Cent Field liefen in den Maschinenebenen pausenlos die Konverterbänke im Gefechtsmodus. Gefechtsbereit waren auch die gestaffelten Batterien der Strahlengeschütze in den Flanken der Ast-Stationen, die die Erde als Verteidigungsschild umgaben. Die Taktiksuprasensoren in den Waffenkuppeln mit ihren hyperschnellen Zielerfassungen waren über den Nexus direkt zum Hauptrechner der Zentrale geschaltet. Kein fremdes Raumschiff würde unbemerkt in das System einfliegen können, mochte es noch so schnell oder nahe aus dem Hyperraum auftauchen.

Ein Signal lärmte; einer der Techniker wandte sich an Schichtführer DeMarco.

»Sir! Eine Meldung von der WESTLAKE.«

»Auf den Schirm!«

Die WESTLAKE, ein TF-Aufklärer der 200 Meter-Klasse, gehörte zu jener ausgedehnten Phalanx von Wachschiffen, die weit draußen um das Sol-System postiert den Weltraum überwachten und jedes anfliegende Objekt sofort nach Cent Field meldeten.

Der altgediente Funkspezialist, der bereits den Start der GALAXIS von Cent Field aus miterlebt hatte, wandte sich dem in seine Konsole eingelassenen Bildschirm zu.

»Was liegt an, Eklund?«

Ramos Eklund, der Kapitän der WESTLAKE, blickte vom Schirm. »Soeben haben Schiffe den Hyperraum verlassen und nehmen Kurs auf Sol.«

»Identifizierung?«

»Positiv.«

»Und? Mann, lassen Sie sich nicht jede Einzelheit abpressen!«

»Hammerkonfiguration, Rahim. Im Tarnmodus.«

»Na, da schau her... wie viele?« Nur beiläufig registrierte DeMarco die Bestätigungen seiner Techniker, die den Austritt in den Normalraum ebenfalls auf ihren Schirmen hatten.

»Fünf, Sir.«

»Keine Kommunikation mit etwas Größerem, das noch im Hyperraum versteckt lauert?«

»Negativ.«

»Trotzdem«, entschied DeMarco, der schon Pferde hatte kotzen sehen in seiner langen Dienstzeit. »Lassen Sie den Verband nicht aus den Augen, bis er den inneren Verteidigungsring erreicht hat und von den Ast-Stationen gesichert werden kann. Kontrollieren Sie sämtliche Frequenzen. Wenn sich etwas ergibt, sofortige Meldung.«

»Verstanden, Cent Field. WESTLAKE Ende.«

DeMarco winkte einem Techniker zu.

»Informieren Sie den Commander, Dan Riker oder Marschall Bulton – wer eben gerade greifbar ist. Und ein bißchen dalli!« Er wandte sich der TO-Hyperfunkanlage zu. »Stellen Sie eine Verbindung zum Verband her!« ordnete er an. »Senden wir ihnen doch einen Willkommensgruß. Die Verantwortlichen an Bord werden sich wundern, weshalb wir ihre Schiffe trotz Tarnung registriert haben.«

Im großen Holoschirm entstand ein separates Fenster, das gleichzeitig in erheblich kleinerer Form auch in den Bildgebern der angegliederten Konsolen erschien.

DeMarco blinzelte nicht einmal, als vor seinen Augen das Abbild eines Rahim entstand. Er hatte schon zu viele Fremdlinge gesehen. Der Rahim wirkte riesig, was aber hauptsächlich auf den Aufnahmewinkel zurückzuführen war; die bordeigene Bilderfassung zeigte ihn von schräg unten.

DeMarco konsultierte aus den Augenwinkeln die am unteren Rand des Holofensters mitlaufende Datensequenz. Der Rahim war demzufolge gut 2,20 Meter groß und damit um mehr als einen Kopf größer als ein durchschnittlicher Terraner. Ein perfekt proportionierter Riese. Nur das Gesicht wirkte seltsam, konturlos, wurde von kleinen Augenschlitzen dominiert, einer flachen Nase, einem Mund ohne ausgeprägte Lippen und seitlichen Gehöröffnungen, denen die Ohrmuscheln fehlten.

Der lippenlose Mund öffnete sich, und der Rahim sagte etwas in gutturalem Ton. Aufgrund der großen Entfernung hinkten die Translatoren etwas nach, weshalb die Übersetzung merkwürdig überlagert klang.

»Golaschonn Annkromb ugemplik Rannahaar.« Er hob eine sechsgliedrige Hand, an der DeMarco klar und deutlich zwei Daumen erkennen konnte. Es sollte wohl eine Begrüßungsgeste sein. Aber sicher konnte man sich da nicht sein. »Doch du darfst mich Gola nennen, da ich weiß, daß niedere Völker Schwierigkeiten haben, unsere wahren Namen richtig zu artikulieren.«

»Ich bin DeMarco«, erwiderte DeMarco und hob ebenfalls die Hand.

Sei immer höflich zu Fremden, hatte ihm seine Mutter eingebleut, *zumindest solange, bis du weißt, ob sie dir übel wollen oder freundlich gesinnt sind.*

»Ich bin Gola«, wiederholte der Rahim. Seine ganze Gestik drückte Autorität und Überlegenheit aus. »Ich und die anderen Mitglieder der Rahim-Delegation wünschen eine Einflugerlaubnis in Ihr System, DeMarco-Mensch.«

Holla! dachte DeMarco. *Die Diktion gefällt mir aber überhaupt nicht!* Laut fragte er: »Sind Sie sicher, daß die Erde Ihr Ziel ist – Gola-Rahim?«

Wie du mir, so ich dir…

»Definitiv. Oder sagen Ihre Instrumente etwas anderes, Mensch-DeMarco?«

»Darf ich den Grund Ihrer Mission erfahren?«

»Der ist dem Führer eures Planeten und dessen Stellvertretern bekannt«, sperrte sich Gola und verschränkte die Arme vor der Brust. Er wartete ein paar Sekunden, dann fuhr er eine Spur ungehaltener fort: »Ich sage nicht gern alles zweimal, und ich bitte auch nur einmal.«

»Dann werden Sie wohl unverrichteter Dinge wieder dorthin zurückkehren müssen, woher Sie gekommen sind, Gola«, bedauerte

DeMarco kalt.

Golas mimikarmes Gesicht zeigte keine erkennbare Regung. Aber trotzdem schien es DeMarco, als würde der Rahim einen Moment nachdenken, dann sagte er etwas in seiner gutturalen Sprache, das die Translatoren nicht übersetzten. Offenbar korrespondierte er mit den Führern der anderen Rahim-Schiffe und wollte keine Zuhörer haben.

DeMarco wurde bereits unruhig, als der Übersetzer wieder verständliche Laute produzierte.

»Ob Ihr Oberhaupt wohl damit einverstanden sein wird?«

»Das lassen Sie meine Sorge sein«, begann der Funkspezialist und brach sofort wieder ab, als sich jemand über seine Schulter beugte.

Ren Dhark sagte mit sonorer Stimme: »Entsprechen Sie doch dem Wunsch Golas, Mister DeMarco. Ich bin sehr interessiert daran, mit den Rahim zusammenzuarbeiten.«

DeMarco schien ein Stein vom Herzen zu fallen. Nur für Dharks Ohren vernehmbar, raunte er: »Gut, daß Sie da sind, Sir.«

Ren drückte kurz seine Schulter und murmelte. »Danke, daß Sie ihn so lange hingehalten haben.«

»Wie vereinbart, Sir«, erwiderte DeMarco und räumte seinen Platz für den Commander der Planeten.

»Und nun zu uns, Gola«, sagte Ren Dhark. Das Lächeln auf seinem Gesicht verhieß nichts Gutes; aber das konnte nur jemand erkennen, der mit Ren Dhark vertraut war.

Gola war es nicht.

Neunzig Minuten später hatte die kleine Flotte der Rahim-Schiffe bereits die Oortsche Wolke hinter sich gebracht, die Solare Koordinationsstelle Pluto passiert und von der Raumüberwachung die Freigabe zum Weiterflug zur Erde erhalten. Zirka eine halbe Stunde später hatten die Rahim Terra erreicht. Flankiert von einem S-Kreuzergeschwader der TF hatte der kleine Konvoi außerhalb des erdumspannenden nogkschen Schutzschirmes Position bezogen.

Ren Dhark hatte den Rahim die Landung auf der Erde untersagt. Er verhandelte eine geschlagene Stunde mit Gola und Kalnek, die seinem Verlangen, daß jeder Rahim, der die Oberfläche der Erde betrat, eine Parabombe am Gürtel zu tragen habe, zunächst ablehnend gegenüberstanden. Aber Ren ließ nicht mit sich reden. Zu frisch waren die Erinnerungen an die Vorkommnisse in der Galaxis Drakhon. Offen gesagt, er traute den Rahim nicht. So schnell wurde kein Saulus zum Paulus – und die Verachtung, die die Rahim den »niederen« Rassen, zu denen sie ganz eindeutig auch die Terraner zählten, entgegenbrachten, war nicht dazu angetan, Rens Mißtrauen zu beseitigen. Der Commander wußte, daß es gegen die Parakräfte der Rahim keine wirksame Abschirmung gab. Also mußte ihre Anwendung auf der Erde unter allen Umständen verhindert werden. Chris Shantons Parabombe, in der Mondkolonie Tycho City mit Erfolg getestet, würde dies gewährleisten. Mit der Bombe am Gürtel, so die Überlegungen von Ren Dhark und seinen Beratern, würden die Rahim keinen Moment daran denken, ihre Kräfte zum Nachteil der Terraner einzusetzen, wenn sie nicht wissentlich in Kauf nehmen wollten, selbst mitsamt ihrem Exoskelett vernichtet zu werden.

Gola und Kalnek – dessen vollständige Bezeichnung *Kalnekseldon Haritrantor fordenben Isakamoff* lautete – sowie die anderen Rahim zeigten sich zunächst befremdet über Ren Dharks Ansinnen, stimmten aber dann doch zu. Um jede geistige Manipulation zu unterbinden, veranlaßte Ren Dhark, daß Kegelroboter in kleinen Raumbooten die Parabomben zu den Rahimschiffen brachten, um sie deren Kapitänen auszuhändigen. Shanton hatte sie so konstruiert, daß sie sich selbsttätig auf die Biowellen ihrer jeweiligen Träger einstimmten. Einmal angelegt, aktivierten sie sich automatisch. Sie würden explodieren, sobald die Rahim Parakräfte anwenden sollten, aber auch, wenn sie versuchen sollten, die Bomben abzulegen. Erst nach Verlassen der Erde würden sie von den Terranern per Hyperfunkimpuls deaktiviert und gesichert werden.

Von den Rahim waren nur Gola und Kalnek bereit, die Bomben anzulegen und auf die Erde zu kommen. Der Rest der Rahim blieb im Orbit zurück, unter der mißtrauischen Bewachung durch die TF.

An Bord eines TF-Jetts landeten Dhark, Shodonn, der Weise des Nareidums, die beiden Rahim Gola und Kalnek, Dan Riker, Henner Trawisheim und Chris Shanton mit seinem Robothund Jimmy auf dem Flugfeld des Wallis-Werksgeländes in Pittsburgh.

Es geschah wirklich nicht oft, daß auf dem Werksgelände von Wallis Industries eine Admirals-Gig der Terranischen Flotte mit dem strahlenden Stern im Lorbeerkranz auf den Flanken landete – weshalb der Jett gebührende Aufmerksamkeit erregte. Üblicherweise verzichteten Ren Dhark als Commander der Planeten und Dan Riker als Oberbefehlshaber der TF auf derartige Zurschaustellungen.

Doch diesmal war es ihnen ein Bedürfnis, auf den Putz zu hauen.

Sollten die Rahim ruhig sehen, daß die Terraner ebenfalls mit Pomp umzugehen verstanden.

Noch auf dem weitläufigen Areal vor dem Laborkomplex 33c mit seinen angegliederten Fertigungshallen wurden sie von Terence Wallis in Empfang genommen, der sie umgehend in das große Labor über der Halle führte, in dem Robert Saam und seine Mitarbeiter bereits auf die Besucher warteten.

Es war jener schicksalsträchtige Komplex, in dem vor etwa drei Monaten Robert Saam und Chris Shanton das Antriebsgeheimnis der Mysterious-Ringschiffe geknackt hatten.

Ren erhaschte einen Blick durch die schräg nach außen gestellten Scheiben auf das Innere der Halle.

Im Augenblick stand nur ein einziges rotleuchtendes Iko-Schiff auf seinen A-Gravbettungen. Der Prototyp eines Spezialschiffes, das mit einem enorm starken Massenneutralisator ausgestattet worden war, mit dem man versuchen wollte, das Super Black Hole im Milchstraßenzentrum zu beeinflussen. Dann fiel sein Blick auf einen hageren, jugendlich wirkenden Mann, dessen dichtes Blondhaar auch heute wieder irgendwie ungebändigt und wirr vom Kopf abstand.

Robert Saam.

»Robert«, kam Ren Dhark umgehend auf den Zweck ihres Besuches zu sprechen. »Würden Sie bitte unsere Besucher über Ihre Arbeiten am Massenneutralisator informieren?«

»Wenn Sie es wünschen, Commander...«

Saam führte kurz aus, was er und Chris Shanton vor wenigen Tagen ausgerechnet hatten.

»Meine überschlägigen Berechnungen«, sagte Saam abschließend, »haben ergeben, daß acht Schiffe, die hauptsächlich gigantische Massenneutralisatoren tragen, das Super Black Hole dazu veranlassen müßten, derart viel Masse ›wegzuschleudern‹, daß es sich so weit verkleinern würde, daß es keinen wie auch immer gearteten Einfluß auf Drakhon ausüben würde. Nach meinem Dafürhalten wäre damit die Gefahr einer Kollision unserer beider Galaxien gebannt.«

»Hm. – Nach Ihrem Dafürhalten«, Ren schien nicht zufrieden. »Das ist mir ein wenig zu allgemein. Können Sie nicht anschaulicher präzisieren – vor allem für unsere beiden Besucher aus Drakhon – was geschieht oder geschehen sollte?«

»Wenn Sie darauf bestehen, Commander. – Wir haben eine entsprechende Simulation vorbereitet. Sie erlauben, daß ich sie vorführe?«

Ren Dhark signalisierte mit einem Kopfnicken sein Einverständnis.

Saam drückte einen Schalter.

»Meine Herren«, ließ sich Saam mit einer gewissen Theatralik in der Stimme vernehmen, »hier sehen Sie das Herz der Milchstraße!«

Über dem Tisch erschien ein Holokubus von drei mal drei Metern Kantenlänge.

In seinem Inneren Sterne, Zehntausende, Millionen von Sternen. Eine Scheibe von dicht zusammengedrängten Sonnen in allen Spektralklassen, die, wie man deutlich in der Simulation sehen konnte, in majestätischer Bewegung waren. Im Mittelpunkt der heimischen Galaxis war ein gigantisches Schwarzes Loch dargestellt, das von Sonnensystemen umkreist wurde.

»Die Sterne stehen hier schon so dicht beieinander«, erläuterte Saam unaufgefordert, »daß es ihren Tod bedeutet. Im Augenblick ihres Sterbens brennen sie in einem schrecklichen Licht, lodern wie Magnesiumfackeln auf und werden vom Gezeitenstrom der Materie in Neutronenwolken und Atome zerrissen.«

»Faszinierend, dieser Anblick«, murmelte Henner Trawisheim.

»Das ist er, in der Tat«, bestätigte der Commander.

»Wenn man bedenkt, wie geläufig uns heute das Konzept eines Schwarzen Loches ist, kann man kaum glauben, daß es noch vor hundert Jahren nur als Vorstellung in den Köpfen von Astrophysikern und Astronomen existierte«, bemerkte Terence Wallis.

»Früher galt es als unmöglich, die materielle Existenz Schwarzer Löcher zu beweisen«, ließ sich Dan Riker vernehmen, »da Schwarze Löcher per Definition ja kein Licht emittieren. Außerdem waren Schwarze Löcher stellaren Ursprungs so unglaublich weit von der Erde als einziger damaliger Beobachtungsplattform entfernt, daß sie bestenfalls als winzige dunkle Flecken am Firmament erschienen. Direkt beobachtet werden konnten nur die Röntgenemissionen ihrer Akkretionsscheiben. Wertvolle Erkenntnisse lieferte zur Zeit der Jahrtausendwende das in die Erdumlaufbahn geschossene Röntgenteleskop CHANDRA.«

»Im optischen Bereich werden wir Schwarze Löcher niemals sehen können«, warf Saam ein, »es sei denn, wir würden schnurstracks in eines hineinfliegen. Was wir sehen, sind nur die Auswirkung dessen, was Schwarze Löcher verursachen. Das hat mit der Krümmung der Raumzeit in der Nähe einer fast unendlich großen Masse zu tun. Ein Schwarzes Loch ist eine Art bodenlose Grube in der Raumzeit. Die Schwerkraft in seinem Inneren ist so stark, daß es alle dort befindlichen Objekte dazu zwingt, sich in spiralförmigen Bahnen auf sein Zentrum zuzubewegen. Aber nicht nur im Inneren eines Schwarzen Loches haben wir es mit seltsamen Naturphänomenen zu tun, auch die unmittelbare Umgebung kann genausowenig als normal bezeichnet werden. Ein Schwarzes Loch verändert nämlich auch die Raumzeit in seiner Nachbarschaft; es ist nichts anderes als eine unvorstellbar gigantische Schwerkraftfalle. Alle Materie, die ihren Weg kreuzt, wird unweigerlich von ihr angezogen: Asteroiden, Planetoidenbrocken, Staub aus Dunkelwolken, Trümmer von kollabierenden Sternen, Riesenmengen gasförmigen Materials. Dies alles wirbelt um das Schwarze Loch herum und bildet eine Wolke, die man als Akkretionsscheibe bezeichnet. Wenn sich nun diese Wolke von der Scheibe aus spiralförmig auf das Schwarze Loch zubewegt, erhitzt es sich nach den Gesetzen der Thermodynamik und gibt Strahlung ab – sichtbare Strahlung. Sichtbar so lange, bis die Wolke den Ereignishorizont überschreitet und die Gravitation nicht einmal mehr Licht entweichen läßt. Daß wir das gigantische Schwarze Loch dennoch nicht mit unseren Augen sehen können – es sei denn, wir würden in seiner unmittelbaren Nachbarschaft sein, was absolut tödlich für uns wäre – liegt daran, daß die glühende Akkretionsscheibe alles überstrahlt.«

»Wohin das ganze Zeugs wohl verschwindet...« sinnierte Shanton.

»Darüber streiten sich die Gelehrten«, bemerkte Saam mit vor Eifer geröteten Wangen. »Manche vermuten, daß das Super Black Hole ein Tor in höherdimensionale Kontinuen darstellt. Andere wiederum sind der Auffassung, es handele sich um Passagen in andere Galaxien. Aber das wird so lange ungeklärt bleiben, bis jemand eine Reise durch ein Schwarzes Loch unversehrt übersteht und davon erzählen kann. Nichts und niemand hat bisher sich einem Schwarzen Loch so weit genähert, daß verwertbare Daten erhalten werden konnten.«

»Auch mit unseren Iko-Spezialschiffen wird das nicht gelingen«, warf Chris Shanton ein. »Ich habe es wieder und wieder nachgerechnet, aber die Zahlen ändern sich nicht. Auch die Tofiritkonstruktion könnte sich nicht einmal zwei Sekunden jenseits des Ereignishorizontes halten. Notwendig aber wären knapp dreißig Sekunden – mindestens – damit die Massenneutralisatoren ihre rettende Wirkung entfalten könnten.«

Und damit legte er – wieder einmal – den Finger in eine offene Wunde.

Ein schwarzes Loch konnte man nicht von der Seite anfliegen und so in es eindringen. Jegliche Masse würde bereits weit vor Erreichen des Ereignishorizontes von den gigantischen Mahlströmen der Gezeitenkräfte im Randbereich der Akkretionsscheibe in Atome zerrissen werden. Blieb nur das Eindringen von »oben« oder »unten« – also entlang der Rotationsachse – in den Kernbereich.

Dabei würden jedoch die Gravitationskräfte so stark werden, daß jedes Schiff ins Zentrum gerissen und vernichtet würde. Saams Massenneutralisatoren müßten, um eine Wirkung auf das gigantische Schwarze Loch auszuüben, mindesten 28,471 Sekunden mit der von ihm errechneten Kraft auf das SBH einwirken. Das Schiff aber würde sich spätestens 1,934 Sekunden nach Passieren des Ereignishorizontes ebenfalls in Atome zerlegen.

Ein unauflösbares Dilemma.

Der Plan konnte nicht funktionieren.

Er war zum Scheitern verurteilt.

»Ich habe noch immer keine vernünftige Lösung«, gestand Saam ärgerlich ein, »aber ich verliere das Problem nicht aus den Augen. Es wird eine technische Lösung geben, da bin ich…«

»Nein!«

Saam hob perplex den Kopf. Auch die anderen blickten erstaunt auf den Rahim Gola, der dieses kategorische »Nein« ausgesprochen hatte.

»Nein?« fragte Ren Dhark. »Bist du sicher?«

»Nein«, wiederholte Gola und blickte arrogant auf die Terraner herab. »Es gibt keine technische Lösung, Commander der Planeten. Wir wissen das. Andere wissen das.«

»Du meinst die Mysterious?«

»Andere Völker Drakhons«, war die sybillinische Antwort.

Eine scharfe Falte furchte Rens Nasenwurzel. Überlegend sah er auf die Rahim.

»Haltet ihr den Lösungsweg denn für praktikabel?«

»Das halten wir, er ist nur technisch nicht machbar.«

»Und welchen Weg würdet ihr vorschlagen?«

»Wir könnten mit unseren Parakräften die Gravitationskräfte lange genug neutralisieren, bis die Wirkung der Massenneutralisatoren eintritt.«

»Ha!« machte Chris Shanton, und sein Rauschebart sträubte sich vor Empörung. »Parakräfte gegen ein Super Black Hole. Unmöglich... w-was!« Ihm sträubten sich die wild wuchernden Brauen.

Seine Parabomben am Gürtel der beiden Rahim lösten sich vor den Augen der Terraner auf; die Geräte schrumpften zu Erbsengröße und schwebten frei in der Luft.

»Aber... aber... die Thermobomben?« Shanton war ganz verdattert.

»Sieh her«, forderte Kalnek ihn auf. Die auf Erbsengröße geschrumpften Parabomben begannen so grell zu leuchten, daß die Männer die Augen zusammenkneifen mußten.

Dann machte Gola eine beiläufige Handbewegung. Die von einer unbegreiflichen Kraft miniaturisierten Bomben setzten sich in Bewegung, durchdrangen ohne erkennbare Mühe die Fensterwand des Labors und schwebten nach draußen auf den Vorplatz. Dort verpufften sie in einer harmlosen Reaktion, die keinerlei Schaden anrichtete.

Ren Dhark sah Shanton an. *Soviel zu Ihren Parabomben*, schien der Blick zu sagen.

Der Diplom-Ingenieur wollte vor Verlegenheit schier im Boden versinken.

»Habt ihr nun begriffen«, dröhnte Kalneks Stimme aus dem

Translator, »daß unsere Parakräfte jedem technischen Gerät haushoch überlegen sind? Dabei ist es unerheblich, welche Beschaffenheit es hat.«

»Wir begreifen es«, sagte Ren Dhark, »und wir sind euch dankbar, daß ihr es uns auf diese Weise gezeigt habt.«

»Du siehst, Mensch«, schon wieder kam die alte Rahim-Arroganz durch, »daß wir durchaus bereit sind, eine Koalition auf Zeit mit euch einzugehen. Haben wir doch ein gemeinsames Problem, nämlich die Abwendung der kosmischen Katastrophe, die keines der Völker sowohl in eurer wie in unserer Galaxis überstehen würde. Wir haben seit unserem Abkommen auf Rah freiwillig darauf verzichtet, euch Menschen parapsychologisch zu manipulieren. Uns ist, auch wenn ihr es nicht zu glauben scheint, an einer vertrauensvollen Zusammenarbeit mit euch und den Völkern der Milchstraße, wie ihr eure Galaxis nennt, gelegen. Wir sollten unser Wissen, unsere Kräfte bündeln und gemeinsam mit der Arbeit an den Aggregaten zur Manipulation des schwarzen Herzens eurer Galaxis beginnen.«

Für einen Augenblick herrschte Stille, nachdem der Rahim geendet hatte.

Dann war es das technische Genie Robert Saam, der das Schweigen brach, indem er zu applaudieren begann.

Warum auch nicht, dachte Ren Dhark und nickte Dan Riker zu, der wie er in die Hände klatschte. Die anderen fielen mit ein.

Gola war es, der seine Verwunderung darüber zum Ausdruck brachte.

»Es ist«, erklärte ihm Ren Dhark, »eine menschliche Eigenschaft, solchermaßen einen Vertrag, eine gelungene oder zukünftige Zusammenarbeit zu bekräftigen.«

Die Rahim sahen sich an. Dann sagte Gola – oder war es Kalnek? – »Menschen!«, und brachte damit seine prinzipielle Verachtung deutlich zum Ausdruck. Deutlicher ging es gar nicht.

Nein, dachte Ren Dhark, *dies ist ganz gewiß nicht der Beginn einer wundervollen Freundschaft…*

Am nächsten Morgen nahmen Art Hooker, seine Frau Jane und sämtliche Roboter die Ausgrabungsarbeiten wieder auf – zum letzten Mal am gewohnten Ort. Für die kommenden Tage war ein weiterer Start der SEARCHER vorgesehen, verbunden mit dem längst überfälligen Wechsel zu einem neuen Ausgrabungsort.

Sowohl die Blechmänner als auch die Kegel wurden zu Grabungs- und Sortierarbeiten eingeteilt. Jedes der Maschinenwesen befolgte exakt die erteilten Befehle. Es gab keinen Grund für Beanstandungen, trotzdem warf Art ab und zu mißtrauisch ein Auge auf die Kegelroboter.

Bis zur Mittagszeit hatte es den Anschein, als sei sein Mißtrauen ungerechtfertigt.

Art setzte sich auf einen Felsbrocken, wischte sich den Schweiß von der Stirn und nahm einen Schluck Wasser. Die Sonne blendete ihn. Für einen Moment schloß er die Augen. Eine leichte Müdigkeit befiel ihn…

»Wieso bezeichnet man bestimmte Auffassungen als philosophisch?« vernahm er eine metallisch klingende Stimme. »Warum werden manche Anschauungen als religiös eingestuft, andere wiederum als mythologisch? Dienen nicht Philosophie, Theologie und Mythos gleichermaßen der Erklärung der Welt? Setzen sich nicht alle drei mit Fragen wie denen nach dem Ursprung des Kosmos oder dem Sinn des Lebens auseinander?«

Art öffnete die Lider, schaute sich um. Alles um ihn herum verlief wie gewünscht. Offensichtlich war er eingenickt und hatte geträumt.

Er blickte auf die Zeitanzeige seines Armbandviphos. Gerade mal sechs Minuten hatte er vor sich hingedöst…

»In der Bibel steht, jeder Mensch solle andere Menschen lieben und respektieren wie sich selbst. Ein vortrefflicher Gedanke. Wer seinen Herrn, seine Untergebenen, seine Angehörigen, Freunde und jeden Fremden als gleichwertig betrachtet, für denjenigen werden Feindseligkeit und Gefühlskälte aufhören zu existieren.

Würden alle Menschen nach diesem Prinzip leben, gäbe es keine Verbrecher mehr, die Unheil über andere bringen. Keine korrupten, machtgeilen Politiker mehr, die das Volk aussaugen. Keine Reichen mehr, die Arme ausnutzen und unterdrücken, und keine Armen mehr, die den Reichen ihren Lebensstandard neiden. Die Welt wäre ein Paradies – und somit endlich normal.«

Art Hooker, der beinahe wieder eingeschlummert wäre, horchte auf. Nein, das war kein Traum. Hier sprach die Realität. Im übrigen kam ihm die Stimme mächtig bekannt vor.

Sein Blick fiel auf Wallis' ehemaligen Caddy Carry.

»Andererseits: Wer entscheidet eigentlich, was normal und was unnormal ist?« sprach der Roboter. »Unnormale oder normale Menschen? Über diese Frage lohnt es nachzudenken. Danke fürs Zuhören.«

Danke fürs Zuhören?

Plötzlich wußte Art, woher er die Stimme kannte.

»Danke fürs Zuhören!« rief er völlig außer sich. »Ich fasse es nicht! Nummer Sieben Sieben Sieben H lebt!«

Seine Gedanken gingen zurück zu jenem verhängnisvollen Tag im System NGK 1324/58, wo er auf einem luftleeren Asteroiden im Kampf gegen die Grakos fast ums Leben gekommen wäre. Seine Rettung verdankte er drei verbündeten Tel und drei Kegelrobotern mit kleinen Programmierfehlern. Keiner der sechs hatte die stumme Schlacht auf dem atmosphärelosen Asteroiden überlebt.

Die Energien von Roboter Sechs Neun Sechs U waren von der unheimlichen zerstörerischen Kraft des schwarzen Schattenstrahls, der gefährlichsten Waffe der Grakos, bis zum letzten Rest aufgesogen worden. Bei Zwo Vier Acht G hatte es sich genau umgekehrt verhalten. Er war zeitgleich von vorn und von hinten von einem Schattenstrahl erfaßt worden, woraufhin sich seine Energiespeicher mehr und mehr aufgeladen hatten. Dabei war er so sehr zusammengeschmolzen, daß kurz vor der Überladung seine ursprüngliche Form kaum noch erkennbar war. Es hätte ihn mit einem ohrenbetäubenden Knall zerrissen – hätte es nur Luft auf dem Asteroiden gegeben. Tatsächlich war die totale Zerstörung des Roboters im Vakuum natürlich lautlos vonstatten gegangen.

Sieben Sieben Sieben H hatte sich nicht rechtzeitig in Deckung bringen können. Die Detonation seines Robotkollegen hatte ihn daher völlig ungeschützt erwischt. Seine Extremitäten waren ihm abgerissen, sein stark beschädigter Kegelkörper war von der Explosionswelle weggeschleudert worden. Hart war er aufgeschlagen und reglos liegengeblieben. Einem Grako hatte das noch nicht genügt; er hatte zusätzlich eine volle Strahlensalve auf die »sterbende« Maschine abgefeuert.

Bald darauf hatte Art Hooker aus der defekten Funkanlage seines angeschlagenen (und später explodierten) Flugdozers eine fiepende Stimme vernommen. Sieben Sieben Sieben H hatte ihm einen letzten Abschiedsgruß zukommen lassen – unzusammenhängende Sinnsprüche, die er mit seinem Lieblingssatz »Danke fürs Zuhören« abgeschlossen hatte. Letzte Worte eines auf immer und ewig zerstörten seelenlosen Maschinenwesens.

Exitus.*

Und nun war er plötzlich wieder da! Sieben Sieben Sieben H – ein Schwätzer, wie er im Buche stand. Jetzt philosophierte er sogar!

Jane Hooker hatte nichts davon mitbekommen. Sie arbeitete in einem der benachbarten Krater, außerhalb von Arts Hörweite. Er kontaktierte sie übers Vipho und berichtete ihr, was gerade geschehen war.

Jane konnte sich ein Schmunzeln nicht verkneifen. »Du hast wirklich seine Stimme wiedererkannt? Bist du dir eigentlich darüber im klaren, daß die meisten Kegel über eine metallische Standardstimme verfügen? Einer klingt wie der andere. Meines Wissens ist bisher noch niemand auf den Gedanken gekommen, Robo-

---

* siehe Drakhon-Zyklus Band 4, »Die Herren von Drakhon«

ter serienmäßig mit einer angenehmeren Stimme auszustatten. Aber was nicht ist, kann ja noch werden.«

»Schon möglich, daß ich mir das mit der Stimme nur eingebildet habe«, räumte Art ein. »Aber kein mir bekannter Roboter verwendet am Schluß seiner Ausführungen die Floskel ›Danke fürs Zuhören‹. In dieser Hinsicht ist Sieben Sieben Sieben H einmalig.«

»*War* einmalig«, verbesserte Jane. »Sieben Sieben Sieben H wurde auf dem Asteroiden derart zugerichtet, daß ihn selbst ein Team erfahrener Puzzlespieler nicht wieder hätte zusammensetzen können. Für Carrys Verhalten gibt es sicherlich eine ganz natürliche Erklärung.«

»Und welche?«

»Wie wir in Erfahrung gebracht haben, wurde der Siebenhundertsiebenundsiebziger ursprünglich darauf programmiert, Journalisten und Besuchergruppen über das Gelände von Wallis Industries zu führen. Ich vermute mal, daß er mit dem Satz ›Danke fürs Zuhören‹ das Ende einer jeden Führung verkündete. Selbstverständlich sind die drei Worte nicht auf seinem eigenen Mist gewachsen, sondern dem Hirn des Programmierers entsprungen. Möglicherweise verwendete der Typ die gleiche Idee bei der Erstellung von Carrys Philosophieprogramm noch einmal. Oder Carry verfügt ebenfalls über den kompletten Führungstext, damit man ihn bei Bedarf auch zur Besucherbetreuung einsetzen kann.«

»Klingt völlig logisch«, entgegnete Art und atmete erleichtert auf. »Darauf hätte ich auch selber kommen können, statt an die Wiederauferstehung eines seelenlosen Robotgeschöpfes zu glauben. Wer weiß, wie viele Roboter noch mit diesem oder einem ähnlichen Programm ausgestattet wurden. Allerdings frage ich mich, wozu ein Golftaschenträger philosophische Kenntnisse benötigt.«

»In den Speichern der Kegel ist massenweise Platz. Je mehr Fähigkeiten sie besitzen, um so vielseitiger verwendbar sind sie. Zudem hat Robert Saam die beiden Caddys manipuliert, damit sich Wallis während des Spiels intelligent mit ihnen unterhalten kann –

so hat Terence es uns jedenfalls auf dem Golfplatz erzählt. Wahrscheinlich war die Philosophieprogrammierung eine von Roberts originellen Ideen.«

»Aber ging es Terence nicht in erster Linie um Gespräche über Kultur, Politik und Sport? Im übrigen beschwerte er sich darüber, nicht richtig mit den Robotern diskutieren zu können, weil sie keine eigene Meinung besäßen. Carrys philosophische Anwandlungen sind irgendwie... anders. Es hörte sich nicht an, als würde er nur einen vorprogrammierten Text abspulen. Vielmehr hatte ich den Eindruck, daß er überzeugt war von dem, was er sagte.« Art räusperte sich. »Doch das ist natürlich völlig unmöglich. Ich rede mir da nur was ein. Schluß jetzt.«

»Ganz meine Meinung«, entgegnete Jane. »Daß Carry ein Programm aktivierte, ohne daß er dazu aufgefordert wurde, hängt vielleicht mit seinem kurzfristigen Aussetzer gestern abend zusammen. Ich schlage vor, du schickst ihn zurück ins Raumschiff und befiehlst ihm, sich auf seinem Abstellplatz zu deaktivieren. Nach unserer Rückkehr zur Erde werden ihn Wallis' Techniker einer ausgiebigen Analyse unterziehen. Cash ist übrigens bei mir. Er arbeitet einwandfrei und...«

Sie hielt inne.

»Ist was?« erkundigte sich ihr Mann besorgt.

»Still«, sagte Jane. »Hörst du es auch?«

Art hielt sein Vipho ganz nahe ans Ohr.

Trotz des Arbeitslärms vernahm er einen leisen Gesang, der aus dem kleinen Funklautsprecher kam. Irgendwo schmetterte irgendwer eine Opernarie. Auf italienisch.

Die Art und Weise der Interpretation war allerdings überaus gewöhnungsbedürftig.

Derweil näherte sich Jane dem Kegelroboter Cash. Zweifelsohne ging der Gesang von ihm aus. Seine Arbeit hatte er unterbrochen. Wie ein Kreisel in Zeitlupe drehte er sich auf seinem Prallfeld, mal in die eine, mal in die andere Richtung.

Je näher Jane an die singende Maschine heranging, um so deutlicher konnte Art die Melodie verstehen – und erkennen.

»Ich bin zwar kein Opernexperte«, sprach er ins Vipho, »aber wenn dieser wenig ergötzliche Singsang nicht aus ›Der Barbier von Sevilla‹ stammt, fresse ich einen Besen.«

In der Tat versuchte sich Cash an der wohl glänzendsten und berühmtesten Prachtarie der Rossini-Oper, dem unübertrefflichen Lied des Figaro.

»Ah, che bel vivere, che bel piacere, per un barbiere di qualita!« sang er mit seiner schnarrenden Metallstimme. (Ich bin der Cicero aller Barbiere und gratuliere mir zu dem Glück.)

Jane war nicht nach einer Gratulation zumute. Cashs unerwünschte musikalische Einlage war kein Balsam für ihre Ohren.

»Bravo Figaro! Fortunatissimo per verita!« (Ich bin der Glücklichste durch mein Geschick.)

»Ich fühle mich alles andere als glücklich«, teilte Jane ihrem Mann mit. »Das hört sich ja grausam an!«

»Begreife ich nicht«, erwiderte Art ratlos. »Die klangvolle Wiedergabe von Musik beherrscht jeder Roboter mit äußerster Perfektion. Nebenbei bemerkt: Wieso hast du ausgerechnet das Klassikprogramm aktiviert? Mit Elvis Presley würde dir die Arbeit wesentlich leichter von der Hand gehen.«

»Ich habe überhaupt nichts aktiviert«, antwortete sie. »Genau wie Carry rief Cash das Programm ohne mein Hinzutun auf. Wahrscheinlich hat auch er gestern abend was abbekommen. Im übrigen empfange ich die Figaro-Arie nicht über den üblichen Musikwiedergabekanal. Statt dessen benutzt Cash dafür seine eigene metallische Stimme.«

»Willst du damit andeuten, er singt selbst?«

»So könnte man es ausdrücken.«

»Unmöglich«, sagte Art Hooker. »Das würde ja bedeuten, daß er musikalisch veranlagt ist. So etwas Widernatürliches gibt es nicht.«

»Wirklich nicht?« entgegnete seine Frau. »Noch vor eineinhalb Minuten warst du überzeugt, Carry sei philosophisch begabt.«

»Und du hast mir im Gegenzug eine völlig logische Erklärung für Carrys abnormes Verhalten geliefert. Leider habe ich für dich gerade keine parat. Ich kann nur mit einem Tip dienen: Gib Cash den Befehl, seinen greulichen Gesang gefälligst auf die übliche Weise wiederzugeben, wie es sich für einen Roboter gehört.«

Jane setzte den Rat ihres Mannes sofort in die Tat um. Schlagartig wandelte sich die Interpretation der Arie zu einem wahren Kunstgenuß.

»Figaro qua, Figaro la, Figaro su, Figaro giu! Pronto prontissimo son come il fulmine...!« (Figaro dort, Figaro da, Figaro rauf, Figaro runter! Eiligst auf jeden Wink, bin ja so flink...!)

»Na bitte, geht doch«, murmelte Art.

Er schlug vor, die Arbeiten umgehend abzubrechen.

Jane war einverstanden. »An diesem Platz gibt es eh nichts Neues mehr zu entdecken. Bevor wir die Ausgrabungen woanders fortsetzen, sollten wir uns um unsere Kegelroboter kümmern, insbesondere um Cash und Carry.«

Sie seufzte leise.

»Bin schon gespannt, mit welchen außergewöhnlichen Fähigkeiten uns die drei anderen Kegel beglücken werden.«

16.

Die SEARCHER verfügte über eine gut ausgestattete Werkstatt mit angrenzendem Labortrakt. Dort wurden die Kegelroboter Cash und Carry einer ausgiebigen Untersuchung unterzogen.

Bei den drei übrigen Kegeln war das nicht nötig, sie benahmen sich auch weiterhin völlig normal.

Obwohl kein erkennbares technisches Versagen vorlag, verhielten sich die beiden ehemaligen Caddys nach wie vor merkwürdig. Zwar gehorchten sie allen Befehlen, doch weiterhin gab Carry philosophische Weisheiten von sich, und Cash erfreute seine Umgebung mit diversen Opernarien in verschiedenen Sprachen – wofür er glücklicherweise nicht mehr seine schnarrende Metallstimme, sondern seinen eingebauten, klangtechnisch perfekten Musikwiedergabekanal benutzte.

»Oh, ich lache ihrer Tücken – ihrer Schlauheit sprech ich Hohn! Nimmer soll sie mich berücken. Was ich tue, weiß ich schon.«

»Da muß ich energisch widersprechen, lieber Kollege und Freund. Kaum jemand hat sein Tun zu jedem Zeitpunkt seines Lebens wirklich unter Kontrolle. Alle Lebewesen unterliegen dem kosmischen Ordnungsprinzip. Sobald sie nach Eigennutz streben, gilt das kosmische Ordnungsprinzip nicht mehr, aber sobald die persönlichen Wünsche fürs erste befriedigt sind, tritt es sofort wieder in Kraft.«

»Schnauze, verdammt noch mal!« fluchte Art Hooker. »Der eine singt, der andere sülzt…! Das ist ja nicht zum Aushalten! Könnt ihr nicht wenigstens für die Dauer der Untersuchung still sein?«

»Reg dich nicht auf, sie können doch nichts dafür«, sagte Jane. »Es sind Maschinen, sie folgen nur ihrer Programmierung.«

»Kein Mensch hat sie darauf programmiert, uns fortwährend zu nerven«, erwiderte ihr Mann knurrig. »Wenn man sie nur irgendwie abschalten könnte.«

Cash und Carry waren nicht dauernd »auf Sendung«. Immer

wieder legten sie verschieden lange Pausen ein, mal gemeinsam, mal einer allein, wobei sie keinem bestimmten Rhythmus zu folgen schienen. Während sich ihre sonstigen Funktionen problemlos abschalten ließen, gab es keine Möglichkeit, die Arien und Weisheiten zu stoppen. Nur eine totale Deaktivierung durch den Ausbau der Suprasensoren hätte zum Erfolg geführt, doch dabei wären die Kegelroboter vermutlich irreparabel beschädigt worden.

»Organisch sind sie völlig gesund«, lautete Janes locker formulierte Diagnose, nachdem Art und sie die halbe Nacht durchgearbeitet hatten.

»Aber ihre Psyche ist ganz schön angeschlagen«, fügte ihr Mann hinzu.

»Deine offenbar auch«, entgegnete sie schläfrig, »sonst wüßtest du, daß Roboter gar keine Psyche besitzen.«

»Und keine Organe«, konterte Art, der viel zu müde zum Streiten war. »Komm, wir gehen ins Bett. Morgen ist schließlich auch noch ein Tag.«

Der singende und der philosophierende Roboter wurden aufs Unterdeck verbannt.

An Einschlafen war dennoch nicht zu denken. Auch im ehelichen Schlafzimmer zerbrachen sich die Hookers den Kopf über das unerklärliche Phänomen.

»Wahrscheinlich hat uns Wallis zwei defekte Roboter angedreht«, meinte Art.

»Angedreht? Du wolltest Cash und Carry doch unbedingt haben.«

»Weil er mich glauben gemacht hat, daß ich sie unbedingt haben will. Du weißt ja, wie ausgebufft er ist. Bevor man sich's versieht, dreht er einem das Wort im Mund herum.«

»Und warum sind dann die drei anderen Kegelroboter völlig intakt?« fragte Jane. »Es wäre ihm ein Leichtes gewesen, seine Fabrik anzuweisen, uns ausgesonderte Modelle zu liefern.«

Art ging ein Licht auf. »Ich ahne, wieso nur zwei Kegel von dieser… dieser Robotkrankheit befallen sind. Als Cash und Carry abends plötzlich umfielen, öffnete ich nacheinander ihre Wartungsklappen, um nach einem Schaltfehler zu suchen. Gerade wolltest du das gleiche mit dem dritten umgefallenen Roboter tun, da erhoben sich die beiden wieder. Du warst so überrascht, daß du die Klappe zugelassen hast. Auch die Klappen von Roboter vier und fünf wurden nicht geöffnet.«

Jane verstand, worauf er hinauswollte. »Du denkst, an jenem Abend lag irgend etwas in der Luft, das durch die geöffneten Wartungsklappen in die Suprasensoren der ersten beiden Roboter eingedrungen ist.«

»So ist es. Vielleicht gibt es auf Farside Keime, die für Menschen zwar ungefährlich sind, dafür aber schädlich für Suprasensoren. Sollte das der Fall sein, wäre dieser Planet für eine Besiedelung vollkommen ungeeignet. Sämtliche technischen Errungenschaften der Menschheit wären durch die Keime gefährdet.«

Auch am nächsten Tag ruhten die Ausgrabungsarbeiten.

Jane Hooker analysierte im Bordlabor mehrere Luftproben. Zunächst gab es keine Bestätigung für Arts Verdacht auf schädliche Keime. Lediglich einige fremdartige Sporen mit merkwürdigen Fortsätzen fielen Jane auf.

»Na also, damit hätten wir die Schuldigen ausfindig gemacht«, sagte Art Hooker, nachdem seine Frau ihn über das Ergebnis ihrer stundenlangen Analyse unterrichtet hatte. »Diese kleinen, heimtückischen Biester haben sich in den Schaltungen der Roboter eingenistet.«

Jane legte eine Suprasensorplatine unters Mikroskop und ließ einige der seltsamen Sporen frei. Dann bat sie ihren Mann, durchs Mikroskop zu schauen.

Staunend verfolgte Art mit, was passierte. Besser gesagt, was *nicht* passierte. Die Sporen setzten sich nicht auf die Schaltungen.

»Das ist ja zum Verrücktwerden!« schimpfte Art. »Wie schaffen es die Sporen, unsere Roboter zu beeinflussen, ohne direkt mit ihnen in Berührung zu kommen? Oder sind sie gar nicht verantwortlich für Cash und Carrys komisches Benehmen? Bis nicht tausendprozentig feststeht, daß sie für Mensch und Maschine unschädlich sind, können wir den Planeten jedenfalls nicht zur Besiedelung freigeben.«

Auch in der folgenden Nacht schliefen Art und Jane spät ein.

Nach einer knappen Stunde unruhigen Schlafes wurden beide von der Alarmsirene geweckt. Der Bord-Suprasensor war total ausgefallen. Gleichzeitig mit dem Alarm waren die Notprogramme für die Lebenserhaltungssysteme aktiviert worden.

Art war schneller munter als seine Frau. Er warf sich seinen Morgenmantel über und wollte sich über die Notleiter aufs Zentraldeck begeben.

Und plötzlich war alles wie vorher.

Der Alarm erstarb. Sämtliche Funktionen wurden wieder hochgefahren. In der SEARCHER lief alles so perfekt ab, als hätte es den kleinen Zwischenfall nie gegeben. Das Aussetzen des Rechners hatte wesentlich kürzer gedauert als das der Roboter.

Art kehrte zurück ins Schlafquartier. Jane, die ihm in die Zentrale hatte folgen wollen, hatte sich inzwischen ein Nachthemd angezogen.

»Du weißt, was wir als nächstes tun müßten«, sagte sie zu ihrem Mann.

Er nickte. »Um sicherzugehen, daß tatsächlich alles in bester Ordnung ist, müßten wir mehrere Funktionskontrollen durchführen. Wenn wir es gründlich machen, dauert es ein paar Stunden. Unterlassen wir die Kontrollen, wäre das leichtsinnig und lebensgefährlich.«

»Und führen wir sie durch, kommen wir schon wieder nicht zum Schlafen.«

»Richtig. Wofür entscheiden wir uns?«

Zehn Minuten später schliefen beide tief und fest…

… bis zum darauffolgenden Tag um elf Uhr.

Der Bord-Suprasensor war erneut ausgefallen – und somit auch die automatische Weckeinrichtung der Hookers. Allerdings hatte der Ausfall diesmal keinen Alarm ausgelöst. Die Notprogramme liefen wie gehabt.

Art Hooker streifte sich sein Armbandvipho über und begab sich unverzüglich in die Zentrale. Ungeduscht und unrasiert öffnete er dort die Wartungsklappe für den Suprasensor. Sein Gesicht war so zerknittert wie sein Schlafanzug.

Jane, die ihm assistierte, sah auch nicht viel besser aus. Ihr struppiges Haar schien in alle nur erdenklichen Richtungen von ihrem Kopf flüchten zu wollen. Dank ihres teiltransparenten Nachthemdes machte sie trotzdem eine halbwegs passable Figur.

Obwohl sich beide redlich bemühten, konnten sie auch diesmal keinen Fehler finden. Der zentrale Suprasensor schien völlig intakt – funktionierte aber trotzdem nicht.

»Wenn wir ihn nicht wieder hinkriegen, müssen wir für immer auf diesem rätselhaften Planeten bleiben«, unkte Art. »Nur mit dem Notsystem schaffen wir es niemals zurück zur Erde.«

»Nach einem kräftigen Frühstück sieht die Welt gleich ganz anders aus«, meinte Jane und wollte sich in die Küche begeben.

»Frühstück?« erwiderte der Prospektor und schloß ärgerlich die Wartungsklappe. »Mittagessen wäre die treffendere Bezeichnung. Laut der Zeitanzeige meines Armbandviphos ist es fast dreizehn Uhr. Aber du hast recht, nach einem starken Kaffee und einer eiskalten Dusche…«

Weiter kam er nicht. Von einem Augenblick auf den anderen fuhr sich der Suprasensor wieder hoch.

»Jetzt schlägt's dreizehn!« entfuhr es Art.

Das traf zu. Die am Schaltpult angebrachte digitale Uhr, die um halb Vier in der Frühe stehengeblieben war, hatte sich selbsttätig neu eingestellt und schlug exakt dreizehnmal. Auf Janes Bitte hin hatte man die Uhr bei der letzten Generalüberholung der SEARCHER mit einem klangvollen Glöckchenspiel versehen. Mit fraulicher Hand sorgte die Prospektorin unablässig für mehr Gemütlichkeit und Wohlbefinden im »Haus«, frei nach der Devise:

Wenn man die kleinen Lebensbereiche in Ordnung hält, ordnen sich die großen ganz von selbst.

Die runden Bordbildschirme schalteten sich ein. Sie zeigten die Umgebung draußen. Um das Raumschiff herum hatte jemand zwölf steinerne Giganten aufgestellt, in gleichen Abständen voneinander entfernt. Jeder dritte trug einen hutähnlichen Kopfschmuck.

Art und Jane waren so überrascht, daß sie ihren Kaffeedurst glatt vergaßen.

»Wer – zum Teufel! – hat sich diesen üblen Scherz erlaubt?« fragte Art, mehr verblüfft als verärgert. »Da ich nicht annehme, daß die Figuren über Nacht dort errichtet worden sind, wo sie jetzt stehen, muß sie jemand heimlich hierher geschafft haben. Vorher wurde die Bordzentrale lahmgelegt, damit wir nicht frühzeitig gewarnt werden.«

»Obwohl es kein weiter Weg ist, war der Transport der Riesenstatuen bestimmt mit ungeheurem Aufwand und Lärm verbunden«, entgegnete Jane. »Doch aufgrund der Schallisolierung haben wir in unserem Privatquartier nichts davon mitbekommen.«

»Kein weiter Weg? Woher willst du wissen, von wo die Kolosse weggeholt wurden?«

»Erkennst du sie denn nicht wieder? Das ist ›das dreckige Dutzend‹.«

Art schüttelte den Kopf. »Unsinn, von den im Quadrat aufgestellten ›Langohren‹ hatte keiner einen derart finsteren Gesichtsausdruck.«

Jane sah genauer hin. »Stimmt, diese hier wirken etwas grimmiger. Aber vielleicht bilden wir uns das auch nur ein.«

Die Außenbordkamera wurde auf die quadratische Anlage ausgerichtet. Tatsächlich befand sich dort kein einziger Koloß mehr.

»Offensichtlich liegst du richtig mit deiner Einschätzung«, mußte Art zugeben. »Und ich hätte ein Vermögen darauf verwettet, daß es sich um zwölf andere Steinfiguren handelt. Wie auch immer, sie werden kaum von selbst den Platz gewechselt haben.

Irgendwer zeichnet dafür verantwortlich.«

»Aber außer uns und diversen Insektengattungen gibt es kein Leben auf Farside«, erwiderte seine Ehefrau. »Ich bezweifle, daß wir nachts schlafwandeln und…«

»Die Insekten!« fiel Art ihr ins Wort und schnippte mit dem Finger. »Diese Überlegung sollten wir unbedingt vertiefen. Terranische Ameisen sind in der Lage, ein Vielfaches ihres eigenen Körpergewichts wegzutragen. Mal angenommen, auf Farside existiert irgendein abnormes Krabbelgetier, das noch weitaus mehr Gewicht stemmen kann. Sehr viel mehr! Ein paar Millionen davon wären durchaus in der Lage, unter die Bildsäulen zu kriechen und sie fortzubewegen.«

Jane winkte ab. »Diese alberne Theorie gehört ins Phantasiereich der Fabeln.«

»Fabeln sind eine Erfindung der Menschen«, entgegnete Art. »Du selbst hast mir nahegelegt, auf diesem ungewöhnlichen Planeten menschliche Betrachtungsweisen abzulegen und mein Bewußtsein für das Unmögliche zu öffnen.«

»Damit habe ich in erster Linie deine mathematische Sichtweise gemeint. Von Tiermärchen war niemals die Rede. Warum sollten Käfer, Wanzen oder sonst ein Kleinviehzeug tonnenschwere Statuen durch die Gegend schleppen?«

»Weil sie es so gewohnt sind. Vielleicht ist es den hochbegabten Farsidern seinerzeit gelungen, Insekten gentechnisch zu manipulieren und für Transportarbeiten zu dressieren. Nach dem Aussterben der Bevölkerung vererbten die Insekten ihre unnatürliche Gabe von Generation zu Generation weiter.«

»Du meinst, ihr Urinstinkt zwingt sie dazu, die Kolosse mal nach hierhin, mal nach dorthin zu transportieren?« fragte Jane und fuhr sich mit der Hand durchs ungekämmte Haar.

Art kratzte sich nachdenklich am Stoppelbart. »Sie folgen ihrem Instinkt – das wäre die eine Möglichkeit. Oder aber sie sind im Verlauf der Jahrtausende intelligent geworden und haben den Planeten inzwischen vollständig übernommen. Daß wir hier gelandet sind, empfinden sie als Bedrohung, weshalb sie versuchen, uns zu vertreiben.«

»Indem sie Steinfiguren rund um unser Raumschiff aufstellen? Kinderkram! Wären sie wirklich so stark wie du behauptest, würden sie ins Raumschiff eindringen und kurzen Prozeß mit uns machen.«

»Wahrscheinlich wollen sie uns nichts antun, sondern uns nur erschrecken. Mir kommt gerade eine weitere Variante meiner Theorie in den Sinn: Die Insekten wurden aufgrund ihrer damaligen Genmanipulation intelligent, wollten nicht länger als Transportsklaven schuften und wandten sich gegen ihre Schöpfer. Nach einem planetenweiten Massaker gab es keinen einzigen Farsider...«

Art brach mitten im Satz ab und mußte plötzlich über sich selbst schmunzeln.

»Himmel! Was phantasiere ich mir da nur für einen Stuß zusammen? Brems mich, Jane, bevor ich völlig durchdrehe. Am Ende bilde ich mir noch ein, das Kleingetier kann sprechen.«

In diesem Augenblick hallte eine laute Stimme durch die Zentrale.

»Die Pegasso verlangen die sofortige Beendigung der Ruhestörung!«

Art und Jane schwiegen abrupt, so geschockt waren sie.

Die Aufforderung wurde ein weiteres Mal wiederholt, gefolgt von einer unmißverständlichen Warnung.

»Die Pegasso verlangen die sofortige Beendigung der Ruhestörung! Bitte äußern Sie sich – ansonsten droht Ihnen die totale Vernichtung!«

In der SEARCHER-Zentrale gab es normalerweise keine Verständigungsschwierigkeiten mit außerirdischen Lebewesen. Ein leistungsstarker Translator übertrug die jeweilige Übersetzung auf mehrere Lautsprecher.

Diesmal lag der Fall anders. Die Drohung, das Raumschiff und seine Insassen zu vernichten, wurde nicht von den Fremden selbst, sondern vom Bord-Suprasensor formuliert. Offenbar benutzten ihn die unbekannten Wesen als Sprachrohr, weil sie nicht fähig waren, sich direkt mit den Menschen zu verständigen.

Geistesgegenwärtig fuhr Art Hooker die Schutzschirme hoch, kaum daß die Drohung ausgesprochen worden war.

Die Unbekannten hatten für diese Maßnahme nur Spott übrig.

»Das wird Ihnen nichts nutzen, sagen die Pegasso«, teilte der Suprasensor den Hookers mit. »Ihre Gedanken können jeden Schutzschirm problemlos durchdringen. Die Pegasso sind in der Lage, die Technik an Bord komplett zum Absturz zu bringen, einschließlich der überlebensnotwendigen Programme.«

»Es könnte ein Bluff sein«, flüsterte Art seiner Frau zu. »Vielleicht sind sie gar nicht so mächtig, wie sie vorgeben.«

Der hochempfindliche Rechner fing seine Worte auf und machte sie somit den Fremden zugänglich.

»Die Pegasso raten Ihnen, es nicht darauf ankommen zu lassen, Art Hooker«, erfolgte kurz darauf die Rückantwort, verbunden mit der Warnung des Suprasensors: »Vorsicht, sie hören alles mit, was in der Zentrale besprochen wird. Ich weiß, daß die Pegasso nicht meine Besitzer sind, aber ich kann mich nicht gegen ihre Befehle wehren. Sie zwangen mich, ihnen alle Informationen über das Schiff und seine Insassen zu übermitteln.«

»Dann ist es nur recht und billig, wenn ich umgekehrt alle Informationen über die Pegasso erhalte«, erwiderte Art. »Wer sind sie?«

»Die Pegasso sind die Ureinwohner dieses Planeten, den sie Uriah nennen. Mehr Auskünfte ließen sie mir bisher nicht zukommen.«

»Wie sehen sie aus?« hakte Art nach. »Wo halten sie sich verborgen?«

»Mehr Auskünfte ließen sie mir bisher nicht zukommen«, wiederholte der Rechner maschinenhaft.

»Wo haben sie sich versteckt?« fragte der Prospektor hartnäckig weiter. »Von irgendwoher mußt du ihre Gedankenbefehle schließlich erhalten.«

»Ihre Wünsche, Empfindungen und Anweisungen scheinen von überall her und nirgends zu kommen«, erwiderte der Suprasensor.

»Von überall her und nirgends?« schnaubte Art Hooker. »Hätte ich eine philosophische Antwort gewollt, hätte ich den durchgeknallten Kegelroboter befragt. Von dir erwarte ich eine präzise Auskunft.«

»Ich sehe mich außerstande, den Standort der Pegasso zu präzisieren«, entgegnete der Rechner.

Jane schaltete schneller als ihr Mann. »Von überall her und nirgends – ist doch klar, was das bedeutet.«

Jetzt fiel auch bei Art der Groschen. »Die *Sporen!* Sie sind die Pegasso! Sie sind überall und kommen aus dem Nichts.«

Jane nickte zustimmend. »Wer hätte gedacht, daß die Bewohner von Farside beziehungsweise Uriah mikroskopisch klein sind? Angesichts ihrer gigantischen Anlagen mußten wir von einem Riesenvolk ausgehen.«

»Zuletzt hatte ich auf intelligente Insekten getippt«, widersprach Art, »und war damit schon ziemlich nahe an der Lösung dran. Hoffentlich gelingt es uns, den Pegasso klarzumachen, daß wir friedliche Absichten haben und fälschlicherweise angenommen hatten, der Planet sei unbewohnt. Ich möchte mich nur ungern mit ihnen anlegen. Ein Volk, das fähig ist, hochwertige Maschinen wie die Kegelroboter in den Irrsinn zu treiben, kann vielleicht auch körperliche Lebewesen um den Verstand bringen.«

»Wenn sie es könnten, hätten sie es sicherlich längst getan.«

»Oder sie haben nur noch nicht herausgefunden, wie wir zu manipulieren sind. Ich halte es für das beste, wenn wir so schnell wie möglich durchstarten.«

Art gab dem Suprasensor den Befehl, einen Blitzstart einzuleiten.

Jane war dagegen. »Wir sind Forscher. Es ist unsere Pflicht, hierzubleiben und weitere Informationen über Uriah und seine

Bewohner zu sammeln.«

»In erster Linie sind wir Gesteinssammler«, machte Art ihr klar.

Jane schüttelte den Kopf. »Nicht in diesem Fall. Terence Wallis hat uns klipp und klar einen Forschungsauftrag erteilt.«

»Der hiermit beendet wäre«, entschied ihr Mann. »Mein Verstand ist mir zu kostbar, als daß ich ihn verlieren möchte.«

Er wiederholte seinen Befehl an den Bordrechner.

»Du hast recht, wir sind Gesteinssammler«, machte Jane einen letzten Versuch, die überstürzte Flucht zu verhindern. »Darum sollten wir Farside nicht eher verlassen, bis wir eine Gesteinsprobe der Bildsäulen an Bord genommen haben.«

»Die Pegasso widerrufen jeden Ihrer Befehle und verbieten mir, das Raumschiff zu starten«, beendete der Suprasensor den Disput. »Sie haben die Kommunikation zwischen Ihnen beiden mitverfolgt, glauben aber nicht an Ihre friedlichen Absichten. Man möchte in einen direkten Dialog mit Ihnen treten. Ich soll Ihnen ausrichten, daß vom Ausgang des Gesprächs Ihr Leben abhängt, Art und Jane Hooker.«

»Das gäbe eine tolle Schlagzeile«, merkte Art sarkastisch an. »*Gefangen von Trillionen von Sporen!* Untertitel: *Und das alles ohne Kaffee!*«

NGC 5024/001-9 tauchte die Gegend rund um die SEARCHER in anheimelndes Licht. Strahlend blauer Himmel, sattes Grün an Büschen und Bäumen, bunte Blumen und blühende Zweige – ein über viele tausend Jahre hinweg gewachsenes Paradies in unschuldiger Unberührtheit.

Doch seit der Ankunft von Menschen auf Uriah war nichts mehr wie vorher.

In dieser paradiesischen Umgebung wirkte das von zwölf mächtigen Steinfiguren eingekreiste diskusförmige Raumschiff fehl am Platze – als Gesamtes betrachtet wie ein Kunstwerk zwischen Altertum und Moderne, das man dort vorübergehend abgestellt und dann abzuholen vergessen hatte. Ein Stück weiter dehnten sich

Ausgrabungskrater, Felsanhäufungen und locker aufgeschichtete Erdhügel aus, als wollten sie einem Geschwür gleich die Landschaft auffressen und sie ein für allemal zerstören.

Als »Ruhestörung« betrachteten die Pegasso das Eindringen der beiden Menschen in ihre bis dahin intakte Welt. Ein Frevel, für den die Störenfriede mit ihrem Leben bezahlen sollten...

... es sei denn, sie schafften es, die Planetenbewohner von ihren lauteren Absichten zu überzeugen.

Seit sie auf Farside alias Uriah gelandet waren, hatten Art und Jane viel miteinander diskutiert. Die meisten ihrer Streitgespräche waren durch neue, ungewöhnliche Entdeckungen ausgelöst worden, wobei sie mit ihren Beurteilungen und Meinungen oftmals weit auseinander gelegen hatten.

Jetzt mußten die Eheleute unverbrüchlich zusammenhalten – wollten sie nicht Gefahr laufen, sich im Gespräch mit den Pegasso um Kopf und Kragen zu reden.

Der Bordrechner der SEARCHER setzte die Impressionen der Pegasso in zusammenhängende Sätze und die Worte der Hookers in eine bildhafte Zeichensprache um, so daß zwischen beiden Parteien ein gegenseitiger Dialog entstand.

Zum besseren Kennenlernen erzählte Art zunächst ein wenig über die Menschen. Er stellte sie als ein wißbegieriges, liebenswertes, manchmal etwas streitbares Völkchen dar, das vor noch nicht allzu langer Zeit geglaubt hatte, allein in den Weiten des Universums zu sein.

»Die ersten Kontakte mit anderen im Weltall beheimateten Völkern öffneten unseren geistigen Horizont. Was uns gestern noch unmöglich erschien, war nun in greifbare Nähe gerückt. Leider führten nicht alle Begegnungen zu friedlichen Kultur- und Handelsbeziehungen. Ein gegen uns geführter Großangriff hätte beinahe die Ausrottung der gesamten Menschheit zur Folge gehabt. Inzwischen haben wir uns von dem Schock einigermaßen erholt. Unser Heimatplanet Terra wurde wieder neu aufgebaut. Nun steht uns in absehbarer Zeit eine weitere Katastrophe ins Haus.

Wir werden Terra und die von Menschen besiedelten Planeten vielleicht sogar verlassen müssen und hatten gehofft, hier eine neue Heimat zu finden. Daß dieser Planet bewohnt ist, wußten wir nicht.«

Mit nur wenigen Worten hatte Art viel gesagt. Jane nickte ihm zustimmend zu. Sie zog es vor, sich zunächst aufs Zuhören zu beschränken. Jetzt waren erst einmal die Pegasso an der Reihe.

»Die Entwicklung der Pegasso verlief ähnlich wie die der Menschheit«, dolmetschte der Suprasensor, »allerdings ist unsere Rasse sehr viel älter als eure. Während ihr vermutlich noch nicht einmal das Feuer entdeckt hattet, befand sich unser technischer Fortschritt auf dem absoluten Höhepunkt. Raumflüge und Kontakte zu fremden Völkern waren für uns eine Selbstverständlichkeit. Obwohl wir versuchten, mit allen Rassen in Frieden zu leben, ließen sich gelegentliche Auseinandersetzungen mit kriegerischen Völkern leider nicht vermeiden. Unsere damalige körperliche Existenzform machte uns überaus verletzbar, ein unglückseliger Zustand, den wir anhand von Experimenten ständig zu beseitigen versuchten.«

»Demnach habt ihr damals nicht so ausgesehen wie heute«, warf Art Hooker ein. »Könntet ihr das etwas näher beschreiben?«

»Nichts ist unwichtiger als die Vergangenheit«, kam es nach einer Weile zurück. »Entscheidend ist, wer wir sind – nicht, wie wir waren. Warum holt ihr aus der Erde, was längst vom Sand der Zeit begraben war? Bedeutet euch Menschen das Gestern mehr als das Heute? Wir Pegasso konzentrieren uns voll und ganz auf die Gegenwart.«

Wir Pegasso – diese Formulierung machte es für Art schwierig, herauszufinden, mit wie vielen Sporen er kommunizierte. Hatten sie einen Sprecher gewählt oder ein Kollektiv gebildet?

»Wir Menschen«, formulierte er seine Erwiderung auf die gleiche Weise, »sind ungeheuer wißbegierig. Anfangs beschränkte sich unser Forscherdrang auf den eigenen Planeten, später folgten Ausgrabungen auf jenen Himmelskörpern, die wir besiedelten.

Was wir entdecken, wird stets gründlich analysiert, geprüft, durchleuchtet, abgeklopft... wir Menschen sind nämlich nicht der Ansicht, daß die Vergangenheit sich selbst angehört. Statt dessen versuchen wir, aus dem Vergangenen zu lernen, damit sich Fehler aus grauer Vorzeit niemals wiederholen.«

»Eine verständliche Sichtweise, die auch wir Pegasso einstmals vertraten. Deshalb errichteten wir an vielen Orten auf Uriah öffentlich zugängliche Sammlungsstätten, an denen sich jedes Mitglied der Bevölkerung ausgiebig über unsere vergangenen Zeitepochen informieren konnte. Heute interessiert uns nur noch die Gegenwart, die aufgrund unserer veränderten Zeitabläufe viel spannender geworden ist.«

Sammlungsstätten... veränderte Zeitabläufe... spannende Gegenwart...

Art wußte nicht, wonach er zuerst und zuletzt fragen sollte. Sein menschlicher Forscherdrang platzte aus allen Nähten. Jane hatte völlig recht. Hier und jetzt waren sie nur Forscher – Gesteinssammler hin, Prospektor her. Das eine schloß das andere ja nicht aus. Mit etwas Verhandlungsgeschick würden ihnen die intelligenten Sporen vielleicht sogar Gesteinsproben der Gigantstatuen zur Verfügung stellen.

Art fühlte sich auf sich allein gestellt. Warum griff Jane nicht in die Unterhaltung ein? Mit ihren gefürchteten, auf einfacher weiblicher Logik basierenden Argumenten hatte sie ihn mehr als einmal in Erstaunen versetzt. Genau das war es, was er jetzt brauchte, um die Pegasso von ihren Tötungsabsichten abzuhalten.

Er beschloß, seine Fragen Punkt für Punkt abzuhaken, angefangen bei den »Sammlungsstätten«, womit vermutlich »Versammlungsstätten« gemeint waren, Plätze, an denen man sich austauschte und innerlich sammelte. Vielleicht die gigantischen Statuen-Anlagen? Hatte man sich dort regelmäßig getroffen, um sich in geselliger Runde über Vergangenheit, Gegenwart und Zukunft zu beraten?

Oder hatten zu Füßen der Kolosse geheime rituelle Zusammenkünfte stattgefunden, wie Jane es kurzzeitig vermutet hatte?

»Dienten die einstigen Sammlungsstätten ausschließlich dem Informationsaustausch?« fragte Art die Pegasso. »Oder gab es noch einen anderen Grund für ihre Errichtung? Ich könnte mir vorstellen, daß Teile der Bevölkerung die Anlagen als Kultstätten betrachteten und dort etwas betrieben, was wir Terraner als *Schwarze Kunst* bezeichnen.«

Diesmal dauerte die Rückmeldung etwas länger. Offensichtlich hatten die Pegasso mit dem Begriff »Schwarze Kunst« zu kämpfen und holten sich die benötigten Informationen dazu aus dem Bord-Suprasensor.

»Ihr Menschen habt makabre Phantasien. Glaubt ihr wirklich, daß die Besucher unserer Sammlungsstätten in den kulturellen Ausstellungsräumen Blutopfer darbrachten und dazu dämonische Beschwörungen absolvierten? Unsere Sammlungsstätten dienten einzig und allein der Weiterbildung.«

Weiterbildung? Kulturelle Ausstellungsräume? Allmählich begriff Art, was die Pegasso als Sammlungsstätten bezeichneten. Mit »Versammlungen« hatte das nichts zu tun – sondern mit »Sammeln«. Auch auf Terra gab es Orte, an denen Gegenstände vergangener Epochen gesammelt und ausgestellt wurden. Museen.

Jede Giganten-Anlage war demnach ein Museum, schlußfolgerte Art, und die musealen Räumlichkeiten befanden sich wahrscheinlich im Inneren der Riesenstatuen. Aber wie gelangte man hinein?

»Würden mir die Pegasso erlauben, eine der Sammlungsstätten zu besichtigen?« erkundigte er sich direkt heraus.

»Das haben Sie doch bereits getan«, erwiderten die Gefragten. »Die Überreste einer einstmals planetenweit bekannten Sammlungsstätte befinden sich augenblicklich an Bord Ihres Raumschiffs.«

Art wurde schlagartig klar, daß er sich total auf dem Holzweg befand. Er und die Pegasso hatten blitzsauber aneinander vorbeigeredet.

Ihre ehemaligen Sammlungsstätten, beziehungsweise Museen

waren nicht identisch mit den Kolossen aus Stein (oder was für einem Material auch immer). Dort, wo sich jetzt die beiden Hügel befanden, hatte einst ein großes Museum gestanden, und was davon noch übrig war, hatten die Roboter bei ihren Ausgrabungsarbeiten ans Tageslicht befördert und an Bord der SEARCHER gebracht. Das erklärte die Vielfältigkeit der Fundstücke – vom niedrigsten Entwicklungsstadium bis hin zur technischen Superlative.

Somit blieb das Geheimnis der Statuen weiterhin ungeklärt – noch ein Punkt auf Arts imaginärer Frageliste.

Seine unsichtbaren Gesprächspartner warteten seine nächste Frage erst gar nicht ab.

»Wie schon erwähnt, verschwenden wir Pegasso längst keinen Gedanken mehr an unser früheres Dasein, das ist es nicht wert. Als wir auf dem Höhepunkt unseres technischen Fortschritts und unserer geistigen Entwicklung angelangt waren, fragten wir uns: War das schon alles? Wir dachten über neue, erstrebenswerte Ziele nach, suchten nach dem eigentlichen Sinn des Lebens...

... und fanden ihn. Fortan widmeten wir uns nur noch der Philosophie und der Betrachtung des Universums.«

»Um das Universum zu verstehen, braucht es mehr als nur eine Lebensspanne«, bemerkte Art. »Wir Menschen reichen unser Wissen von Generation zu Generation weiter und haben erst einen Bruchteil der Zusammenhänge begriffen.«

»Auch wir Pegasso konnten bis dahin unser Wissen nur allmählich erweitern. Veränderungen im Universum gehen nun einmal sehr, sehr langsam vonstatten. Aus diesem Grund haben wir damals unsere persönlichen Zeitabläufe verändert. Über die genaue Vorgehensweise geben wir Ihnen keine Auskunft, Art Hooker, das bleibt ein Geheimnis unseres Volkes.«

So leicht ließ sich Art nicht abspeisen. »Ich nehme an, es hängt mit den Experimenten zusammen, die eure Verletzbarkeit beseitigen sollten.«

»Stimmt, jene Experimente spielten dabei eine große Rolle«, gestanden die Pegasso ein. »Unsere enormen Kenntnisse in Naturwissenschaften und Technik waren für den Veränderungsprozeß von großem Nutzen.«

Art ließ jetzt eine Fragensalve auf die Pegasso niederprasseln. »Wie alt wurde ursprünglich ein Pegasso im Durchschnitt? Um wie viele Lebensspannen haben eure Urahnen ihr Dasein verlängert? Wurde das Verfahren von den nachfolgenden Generationen noch verbessert?«

»Es gab keine nachfolgenden Generationen mehr. *Wir* sind diejenigen, die einst ihre technische Zivilisation aufgaben und sich in das verwandelten, was wir heute sind. Seither läuft unsere Lebenszeit so unendlich langsam ab, daß wir voller Staunen den Tanz der Sterne und Galaxien verfolgen können. Wie für jedes andere Lebewesen schien auch für uns das Universum einst scheinbar stillzustehen. Doch indem wir unseren Zeitablauf extrem verlangsamt haben, sind wir nun in der Lage, die lebendige Entwicklung des Weltalls mit eigenen Augen staunend zu verfolgen.«

»Unglaublich!« entfuhr es Art. »Demnach seid ihr urururururalt – wobei ich einige Hundert ›ur‹ ausgelassen habe.«

»Wir sind sehr viel älter als ihr Menschen euch vorstellen könnt«, bestätigten ihm die Pegasso. »Doch die energetischen Emissionen eures Raumschiffs und eurer Roboter störten unser Zeitverzögerungsfeld und brachten es durcheinander. Wir haben versucht, das Schlimmste zu verhüten und mit euch in Kontakt zu treten. Aber als wir es endlich geschafft hatten, hatte es uns schon aus unserer verlangsamten Zeit gerissen. Nun verschwenden wir kostbare Lebenszeit in einem für uns rasanten Tempo. Dafür werdet ihr büßen!«

Art war entsetzt. »Heißt das, wir haben Trillionen von euch durch unsere pure Anwesenheit aus einer Art Tiefschlaf gerissen und damit zum schnelleren Sterben verurteilt? Das… das haben wir nicht gewollt. Ich verstehe euren Zorn auf uns, doch ihr solltet euch nicht zu unüberlegten Handlungen hinreißen lassen.«

Allein die Vorstellung, auf welche Weise sich die lebenden Sporen an ihnen rächen könnten, ließ ihn innerlich erschaudern. Waren sie schon dabei, das Urteil gegen die unerwünschten Eindringlinge zu vollstrecken? Vielleicht drangen sie just in diesem Augenblick über die Atemwege zu aber Tausenden in seinen Körper ein und verseuchten ihn mit unbekannten schmerzvollen Krankheiten.

Dank des Bord-Suprasensors konnten die Pegasso Arts Zahlenangabe auf eigene Werte umrechnen.

»Nach terranischer Zahlenrechnung gibt es Millionen von uns auf Uriah – keine Trillionen«, informierten sie ihn. »Die Anzahl derer, die von euch ›erweckt‹ wurden, beträgt exakt zwölf.«

»Nur zwölf?« staunte Art, und die Furcht fiel von ihm ab. »Ein Dutzend von eurer Sorte würde bequem unters Mikroskop passen. Und da wagt ihr es allen Ernstes, uns mit dem Tod zu bedrohen?«

»Wir sind nicht die Sporen, Dummkopf!« tadelten ihn die Pegasso, wobei der Rechner bei der Umsetzung ein terranisches Schimpfwort verwendete. »Die Sporen dienen lediglich unserer Verständigung untereinander – und momentan der Verständigung mit euch.«

»Aber... aber wer seid ihr dann?« stammelte der Prospektor verblüfft.

»Schauen Sie auf Ihren Bordbildschirm, Art Hooker. Dort können Sie uns sehen.«

Art kam der Anweisung nach, zuckte jedoch nur mit den Schultern. »Ich sehe nur die monströsen knienden Statuen, die ihr rund ums Raumschiff aufgestellt habt. Zwölf an der Zahl...«

Plötzlich wurde sein Hals ganz trocken. Von einer Sekunde zur anderen hatte er begriffen, wer die Pegasso waren.

»Ach du heilige Scheiße!« rutschte ihm unwillkürlich ein unfeiner Fluch heraus, als sich die Kolosse draußen aus ihrer Hockstellung erhoben und zu voller Größe aufrichteten.

»Wir werden euer lächerliches Schiff zertrümmern und zerquetschen!« kündigten sie ihm an. »Mit allem, was sich darin befindet!«

In diesem Moment fiel der Schutzschirm aus.

17.

Die Kerze auf dem kleinen Tischchen war fast niedergebrannt. Ein dünner Rußfaden kräuselte sich zur Decke empor.

Kurt war seit Minuten munter.

Geweckt vom Summen seines Armbandviphos, das neben ihm auf dem Tischchen lag.

In Sekundenbruchteilen war er hellwach gewesen; das pausenlose Training führte dazu, daß seine Sinne selbst im Schlaf auf jeden Reiz augenblicklich reagierten. Das war unabdingbar beim Einsatz auf Fremdwelten oder in Situationen, bei denen es um Leben und Tod ging.

Er warf einen Blick auf das winzige Display und runzelte die Stirn.

Alarm!

Man rief die Gardisten zusammen?

Das bedeutete Einsatz.

Wo auch immer das sein mochte.

Und es bedeutete gleichzeitig, daß sich die schönen Stunden mit Dr. Khadja Lelo ihrem Ende zuneigten.

Er blickte auf die junge Frau, die neben ihm fest schlief. Ihre Decke war heruntergeglitten. Vorsichtig zog er sie über ihre Schultern, streifte ihr eine Strähne von der Stirn. Ihr ungeschminktes Gesicht wirkte mädchenhaft, fast erschreckend jung. Und doch war sie sechs Jahre älter als Kurt. Er beugte sich zu ihr hinunter und berührte mit den Lippen die pulsierende Schlagader neben ihrem Schlüsselbein.

Sie bewegte sich. Ihre Lider flatterten. Dann schlug sie die Augen auf, sah ihn an, gähnte und streckte sich ungeniert.

»Wie spät ist es?«

»Fast fünf Uhr. Ich muß gehen.«

»Schon?« Sie räkelte sich, und Kurts Kehle wurde trocken. »Kannst du nicht doch noch bleiben?«

Er drehte sich von ihr weg, befeuchtete Daumen und Zeigefinger und drückte die rußende Kerze aus. Dann wischte er über die Bedienkonsole am Kopfende des Bettes; bereitwillig hob sich die Jalousie. Morgenlicht flutete durch die Scheiben. Das Standvipho schaltete sich selbsttätig auf einen Nachrichtenkanal.

»Musik. Leise«, sagte der Gardist.

Sanfte Klänge kamen aus den Akustikfeldern.

»Liebes«, sagte er und wandte sich wieder Khadja zu, »aus deinem Mund kommen bemerkenswerte Sachen. Du bist klug. Du hast einen Körper, der eine kleine Sensation ist. Deine Brüste sind faszinierend, deine Hände dafür geschaffen, einen Mann verrückt zu machen. Mit einem Wort: du bist eine wunderbare Frau. Trotzdem muß ich gehen.«

Sie fauchte wie eine Katze. Und wie eine Katze sprang sie ihn an und verschränkte die Hände mit den spitzen Nägeln in seinem Nacken. Ihr Mund ging auf Entdeckungsreise. Zwischen den Küssen sagte sie atemlos: »Bringst du es wirklich fertig, jetzt zu gehen?«

Er faßte sie an den Oberarmen, schob sie sanft, aber unmißverständlich von sich.

»Für alle Dinge im Leben gibt es bestimmte Zeiten. Es geht nur darum, dies genau zu dosieren. Kapiert, holde Venus?«

»Nein...« Sie schmollte gekränkt. »Du bist fade.«

»Mach dir nichts daraus«, meinte er lächelnd und zog sich an.

An der Tür ihres Apartments verabschiedete er sich von ihr.

»Wir werden sicher Gelegenheit haben«, murmelte er und faßte sie am Kinn, »dieses Spiel noch eine ganze Weile zu spielen. Später.«

»Gern«, erwiderte sie ebenso leise, »aber nicht vor übermorgen. Ich werde in Alamo Gordo erwartet. Der Dekan der Astrophysikalischen Fakultät an der Universität feiert seinen Geburtstag. Ich bin dazu eingeladen. Aber vielleicht kann ich mich etwas früher absetzen.«

»Laß dir ruhig Zeit«, sagte er ohne Betonung. »Es wird etwas dauern, bis wir uns wieder treffen können.«

Sie erschrak ein bißchen. »Heißt das, du – ihr geht auf eine Außenmission?«

Keine Antwort.

Nach einigen Sekunden war klar, daß auch keine Antwort kommen würde.

Die Spezialisten der Schwarzen Garde sprachen grundsätzlich nicht über ihre Arbeit, Einsätze oder sonstige Interna.

»Verstehe«, murmelte Khadja. »Was frage ich auch. Interessiert mich doch überhaupt nicht, was mit dir geschieht.« Sie drehte sich zur Seite und vergrub ihr Gesicht im Kissen. »Mach die Tür hinter dir zu, wenn du gehst«, sagte sie mit erstickter Stimme.

Antoku Seiwa erwartete ihn schon voller Ungeduld.

Als Kurt mit leicht verschwollenen Augen im Besprechungsraum der Kaserne erschien, obwohl er fünf Minuten unter der eiskalten Dusche zugebracht hatte, und seinen schweren Packsack zu den anderen warf, frotzelte der Japaner:

»Scheinst schlecht geschlafen zu haben, Freund Kurt! Sind ältere Damen so anspruchsvoll?«

»Ungeheuer geistvoller Witz«, knurrte Kurt bissig. »Dein Sarkasmus läßt zu wünschen übrig.«

»Verdammt noch mal, Ruhe dahinten!« raunzte Feldwebel Jannis Kaunas und warf drohende Blicke über die Versammlung.

Kurt blickte sich um.

Sie waren alle da: André Souaran, Sam Uitveeren, Mick, der Australier, der Texaner Jake Calhoun, Pete Garrison, Nick Gantzler, Tadeusz Ribicki, Philippe Tourneau und die anderen.

Der ganze 14. Zug.

Es fehlte nur Wladimir Jaschin; der Freund hatte durch seinen langen Heilungsprozeß einen derartigen Trainingsrückstand, daß kein Zugführer ernsthaft daran dachte, ihn schon in einen Einsatz zu schicken. An Jaschins Stelle war Fain Danon getreten.

Der ganze 14. Zug.

40 Mann.

41, mit Jannis Kaunas.

Wo waren die anderen Züge des Bataillons?

Jannis stapfte mit auf den Rücken gelegten Händen vor seinen Leuten auf und ab, schien auf etwas zu warten.

Es dauerte nicht lange, bis Bewegung am Eingang entstand.

Kaunas pflanzte sich stramm auf und schnarrte: »Aaach-tung!«

Wie ein Mann sprang der 14. Zug von den Stühlen und nahm Habachtstellung ein.

»Guten Morgen, Männer«, sagte Oberstleutnant Kenneth MacCormack.

»Guten Morgen, Sir!«

»Steht bequem, Männer.«

»Danke, Sir!«

Sie stellten die Beine auseinander und verschränkten die Arme auf ihren Rücken.

Absolut vorschriftsmäßig, wie Oberstleutnant MacCormack in stiller Anerkennung registrierte. In Gedanken fügte er der Beurteilungsakte ihres Zugführers Kaunas ein kleines Sternchen hinzu. Laut sagte er: »Männer, wir haben einen Auftrag zu erfüllen. Eine Spürsonde hat eine Wohnwelt der Grakos entdeckt. Uns obliegt es, dort Erkundungen einzuziehen. Wir gehen in exakt«, er blickte auf sein Chrono, »zehn Minuten an Bord der HAMBURG. Als Begleitschiff hat man uns den S-Kreuzer ROY VEGAS zugeteilt. Die HAMBURG wird uns absetzen, dann fliegt sie zurück. Nach Erfüllung unserer Mission nimmt uns die ROY VEGAS auf und bringt uns auf Heimatkurs. Fragen?«

Nick Gantzler hob die Hand.

Natürlich Gantzler, dachte Kurt im stillen.

»Ja, Soldat?«

»Warum nur ein Zug, Sir?«

»Bis auf die Eigenverteidigung sind keine Kampfhandlungen geplant. Wir probieren ein neues Tarnsystem aus, das in unseren Labors entwickelt wurde, sogenannte Mannabschirmer. Sie werden uns vor den Augen der Grakos verbergen, uns quasi unsichtbar machen. Gleichzeitig werden wir, wenn wir schon mal unsichtbar sind, soviel wie nur möglich an Daten über die verfluchten Schatten sammeln. – Weitere Fragen?«

Es gab keine mehr.

MacCormack wandte sich an Kaunas.

»Lassen Sie die Männer an Bord gehen, Jannis. Wir sehen uns dann dort.«

»Jawoll, Sir.«

Kaunas salutierte und Kenneth MacCormack grüßte lässig zurück.

Kaunas wandte sich seinen Männern zu und stellte eine ernste Miene zur Schau.

»Ihr habt gehört, was der Bataillonskommandeur gesagt hat. Also bewegt eure Hintern, Männer, die HAMBURG wartet nicht ewig.«

Zwei Stunden nach dieser Besprechung durchstieß der Truppentransporter die Lufthülle über Star City. Cent Field schuf eine Strukturlücke im nogkschen Abwehrschirm, und der 400 Meter-Koloß aus ehemaligen Giantbeständen glitt hindurch. Dann beschleunigte er und jagte in knapper Unterlichtfahrt im flachen Winkel über die Ekliptik in den tiefen Weltraum jenseits der Oortschen Wolke. Auf Höhe der TF-Koordinationsstelle Pluto scherte ein S-Kreuzer aus dem dort patrouillierenden Verband aus und schloß zur HAMBURG auf – die ROY VEGAS. Gemeinsam gingen sie in die erste Transition. Zielpunkt war ein System, knapp 38 000 Lichtjahre von der Erde entfernt.

»Alarm Gelb! Alarm Gelb…!«

Erneut drangen die Durchsagen aus allen Lautsprechern des Schiffes. Gleichzeitig wurde die normale Helligkeit vom Gefechtssuprasensor um einen bestimmten Betrag heruntergeregelt, um den Augen der Männer vor den Konsolen und Bildgebern die Umstellung zu erleichtern, falls Alarm Rot kam.

Begleitet von der üblichen Gravitationsschockwelle war die HAMBURG aus dem übergeordneten Medium des Hyperraums in das Normalkontinuum zurückgewechselt. Als die sternengesprenkelte Kulisse des Weltraumes wieder auf allen Sichtschirmen zu sehen war, verlangsamte sie ihre Fahrt und näherte sich, flankiert von der ROY VEGAS, mit einem Viertel Lichtgeschwindigkeit dem Zielsystem.

HAMBURG und ROY VEGAS hatten die Distanz von Sol hierher in zwei Etappen bewältigt. Sie hatten zunächst das Nachbarsystem aufgesucht, von dort aus via Fernerkundung Daten über ihr eigentliches Ziel gesammelt und mit den Datensätzen der vollautomatischen Sonde verglichen, die die Wohnwelt der Grakos aufgespürt hatte.

Daß seit kurzem überall in der Galaxis nach der Heimatwelt der Schatten gesucht werden konnte, verdankte man dem Genie Robert Saams, der einen Sensor für das ganz spezielle Hyperraumfeld entwickelt hatte, das alle Grakos sowie ihre Stationen und Basen umgab. Die Sonden waren auch in der Lage, Energiesignaturen von Schattenschiffen aufzuspüren, die sich mit dem gleichen Hyperraumfeld schützten.

Im Suprasensor der HAMBURG waren die Daten verankert, die die Suchsonde über die Wohnwelt der Schatten gesammelt und an Cent Field weitergeleitet hatte. Sie waren zu einem Suchmuster zusammengestellt worden, nach dem sich die Taster der HAMBURG richteten.

Die Übereinstimmung der Daten war nahezu hundertprozentig, weshalb Hector Elizondo Befehl gab, das System direkt anzufliegen.

Wenige Astronomische Einheiten von dem roten Riesen mit seinen über 40 Planeten entfernt verringerten beide Schiffe die Fahrt und kamen vorübergehend zum relativen Stillstand. Bewegungslos, abgesehen von der langsamen Drift, verursacht durch wechselnde Gravitationsfelder, die immer in der Nähe von Sonnensystem zu finden waren, schwammen HAMBURG und ROY VEGAS im All, verborgen hinter ihren Schutzschirmen.

Auf der Brücke der HAMBURG öffnete Hector Elizondo die Rundsprechphase.

»Status, meine Herren?«

»Alle Systeme klar, Käpt'n«, meldete der Feuerleitoffizier von seinem leicht erhöhten Platz am Rand der Brücke.

»Sehr gut«, nickte der Schiffsführer. Sein hageres Gesicht drückte unterschwellige Zufriedenheit aus. »Mr. Ornelas. Etwas in der Nähe, was uns Sorgen bereiten könnte?«

»Negativ. Keinerlei Fremdaktivitäten, Sir«, antwortete Elizondos Funk- und Ortungsspezialist, der gleichzeitig den Rang des Zweiten Offiziers bekleidete. »Noch hat man uns nicht entdeckt.«

»Hoffen wir, daß es dabei bleibt.«

Kenneth MacCormack, der in seiner tiefschwarzen Uniform schräg neben dem Kapitän auf dem »Besucherstuhl« saß, forschte in Elizondos Gesicht vergeblich nach Anzeichen von Nervosität. Der Kapitän der HAMBURG trug die Insignien eines Kommandanten der Terranischen Flotte an seiner Uniform. Nur die Mütze hatte er abgelegt; das eisgraue Haar war kurz und in die Stirn gekämmt.

Ornelas brachte sich erneut zu Gehör.

»Kommandant! Der Kapitän der ROY VEGAS.«

Ein Holo baute sich auf.

Kapitän Skallon, der Kommandant des S-Kreuzers, blickte vom Schirm; hinter ihm war ein Teil der VEGAS-Brücke zu sehen.

»Wir sollten unser Vorgehen absprechen«, meinte er. »Schon eine Idee, wie die Sache ablaufen soll, Sir?« wandte er sich direkt an MacCormack.

Der Oberstleutnant nickte. »Die habe ich... hören Sie zu!«

In der Schleuse der HAMBURG verfolgte MacCormack, wie Jannis Kaunas den schwarzen Absetzer mit dem 14. Zug bemannen ließ.

Es war der einzige Absetzer, den das Raumschiff mitführte.

MacCormack erinnerte sich noch genau der langen und mitunter mit Vehemenz geführten Debatten im Flottenhauptquartier, als es um die Beschaffung der notwendigen Sonderausrüstung für die Schwarze Garde ging. Darunter waren auch spezielle Absetzer für die Gardisten. Diese Sonderanfertigungen von Raumbooten konnten einen kompletten Zug, also 40 Mann plus Zugführer, und deren Ausrüstung transportieren. Genau betrachtet handelte es sich um batteriebetriebene Wegwerfschiffe von nur beschränkter Reichweite. Um von feindlichen Kräften nicht geortet werden zu können, besaßen sie keine eigenen Energieerzeuger, sondern hatten nur Speicherbänke an Bord, waren also energetisch tot. Ihr schwacher Antrieb erlaubte ihnen auch nur eine einzige Transition über maximal acht Lichtjahre hinweg, dann waren die Speicher leer. Mit ihren Stummelflügeln besaßen die Absetzer annähernd Flugzeugform, weshalb sie auf Welten mit einer Lufthülle ohne energetischen Einsatz der Triebwerke manövrieren und landen konnten. Schwache Antigravaggregate brachten sie auf luftleeren Planeten hinunter.

Und das war's dann auch schon.

Starten konnten sie in keinem Fall mehr.

Und genau dieser Umstand war es, der die Bürokraten im Beschaffungsamt auf die Palme gebracht hatte. Es dauerte, bis sich Farnham und seine Offiziere mit ihren Forderungen durchsetzen und die Absetzer angeschafft werden konnten…

Kenneth MacCormack sah auf sein Chrono: 08.23 Uhr Schiffszeit. Datum: 5. Mai 2058. Dann erinnerte er sich daran, daß er exakt am 30. Januar 2058 um 13.21 Uhr schon einmal an der selben Stelle gestanden hatte und das Einschiffen des letzten Zugs verfolgt hatte. Damals war das ganze Bataillon involviert gewesen.

Und der Einsatzort hieß Spooky.

Diesmal hieß der Einsatzort »Robert«; irgendein Witzbold in der Zentrale der HAMBURG hatte die rote Riesensonne aus einem unerfindlichen Grund heraus »Saams Stern« getauft und den 21. Planeten, auf dem die Schattenaktivitäten entdeckt worden waren, den schönen Namen »Robert« gegeben.

MacCormack verschwendete keinen Gedanken an die Namensgebung, sie konnte ihm egal sein. Er hatte andere Sorgen.

Beim ersten Einsatz auf Spooky waren sie in schwere Gefechte mit den Grakos verwickelt worden. Er hoffte nur, daß es diesmal glimpflicher ablief.

Vielleicht, so dachte er, *bringen ja die Mannabschirmer das gewünschte Ergebnis.*

»Sir. Wir müssen!«

Jannis Kaunas' markiges Organ riß MacCormack aus seinen Gedanken.

Er nickte, sah seinen Zugführer an; der Feldwebel trug bereits volle Kampfmontur. Nur den Spezialhelm hielt er noch unter dem Arm.

»Okay, gehen wir, Mr. Kaunas.«

Nur drei Minuten später fiel die tiefschwarz lackierte Landeeinheit ohne irgendwelche Markierungen auf den stumpf schimmernden Flanken in den Weltraum hinaus.

Und fast unmittelbar danach setzte sich die HAMBURG in Fahrt und tauchte in den Tiefen des Raumes unter.

Die ROY VEGAS setzte sich auch in Fahrt, aber in Richtung auf den Planeten zu; der S-Kreuzer hatte eine genau umrissene Aufgabe.

Auch der Absetzer beschleunigte, erreichte innerhalb weniger Minuten Sprunggeschwindigkeit – und verschwand im Hyperraum.

Der Sprung verlief unspektakulär und problemlos.

Genau am berechneten Austrittspunkt erschien der Absetzer über der Zielwelt, dem 21. Planeten des Riesensystems mit mehr als 40 Welten, wieder im Normalraum.

Für Kurt Buck und seine Kameraden dauerte der ganze Vorgang nicht länger als ein Lidschlag.

Gleichzeitig mit dem Übertritt stellten alle energieintensiven Aggregate ihre Tätigkeiten ein; die Lebenserhaltungssysteme und die interne Bordverständigung kamen mit minimaler Energie aus.

Auch die Schwerkrafterzeuger stellten ihren Dienst ein. Plötzlich waren alle gewichtslos. Hatte diese Schwerelosigkeit den Gardisten zu Beginn ihrer Ausbildung noch manchmal Probleme bereitet, so machten ihnen Null-G-Zustände längst nichts mehr aus. Die gepolsterten Rückhaltekäfige hielten die Männer in ihren Sitzen fest, und sie überprüften, soweit es ihre eingeschränkte Bewegungsfreiheit zuließ, Ausrüstung und Waffen.

Wie eine schwarze Harpyie fiel der Absetzer auf »Robert« hinab.

Vorne im Cockpit beobachtete der Pilot, Korporal Nick Gantzler, seinen Flugweganzeiger; das grünliche Leuchten des Monitors machte sein Gesicht zu einer angespannten Maske mit scharfen Schlagschatten.

MacCormack, der neben ihm im Gurtzeug hing, drehte sich zu Kaunas um, der in seinem Käfig gleich neben dem Durchgang hockte.

»Ob die Schatten unsere Transition mitbekommen haben?«

»Anzunehmen«, erwiderte der Feldwebel. »Unsere Passivortung hat jede Menge Aktivitäten auf dem Planeten gemessen. Es existieren größere Ansiedlungen unter ausgedehnten Hyperraumfeldern. Nach allem, was wir bisher über die Grakos herausgefunden haben, werden ihre Siedlungen oder Städte von Verteidigungsanlagen gesichert. Bestimmt war unsere Transition auf ihren Schirmen zu sehen, bloß sind wir gleich darauf wieder verschwunden, da wir energetisch für ihre Raumüberwachung nicht mehr vorhanden sind. Sie werden ein Suchraster aufstellen und uns am Arsch kriegen wollen. Aber das werden wir zu verhindern wissen, Sir.«

»Genau. Die Schatten werden bald so viel zu tun bekommen, daß sie jeden Gedanken an uns vergessen.«

In einem Fünfundvierziggradwinkel stürzte der Absetzer auf die Oberfläche Roberts hinab und passierte dabei den Terminator in Richtung Nacht.

Gleich darauf flogen sie in völliger Dunkelheit.

Wie geplant.

Sie würden kurz vor dem nächsten Terminator aufsetzen und in den anbrechenden Tag hineinmarschieren.

Ebenfalls wie geplant.

Gantzlers Stimme kam über die Bordverständigung.

»Landegebiet wird in fünf Minuten erreicht.«

Kurt Buck und seine Kameraden überprüften noch einmal die schweren Rückhaltevorrichtungen und deren Arretierungsklammern.

»Alles gesichert«, kamen in schneller Folge die Meldungen.

»Sobald wir unten sind, Männer«, sagte Kaunas, »gehen wir nach Plan vor. Buck, Sie übernehmen die 1. Gruppe und sichern den Landeplatz, Seiwa und Tourneau, Sie übernehmen Gruppen Zwo und Drei und decken die Flanken. Der Rest bringt die Ausrüstung nach draußen. Verstanden?«

Die Bestätigungen erfolgten in gewohnter Präzision.

Dann geriet der Absetzer urplötzlich in starke Turbulenzen. Das Boot stieß und bockte. Und noch während die Männer damit kämpften, ließ sich ein urweltliches Orgeln und Dröhnen hören. Es kam von hinten und überholte den Absetzer wie ein gewaltiger Sturm, entfacht von einem urweltlichen Fabelwesen.

»Da!« rief der Pilot und deutete durch die Kanzelscheiben nach oben. »Die ROY VEGAS, Männer, jippiijee!«

»Mäßigen Sie sich, Soldat«, schnarrte MacCormack, und grinste dann doch bewundernd, als die gewaltige Masse des S-Kreuzers weit über ihnen die Atmosphäre Roberts durchpflügte und auf die Ansiedlungen der Tagseite zuhielt. Aus sämtlichen Waffenantennen zuckten Blitze und entfachten ein Inferno auf der Oberfläche. Die Strahlkanonen des S-Kreuzers rissen klaffende Wunden in die Eingeweide der Stadt, die die ROY VEGAS sich als Ziel ausgesucht hatte. Gewaltige Detonationen wirbelten Wolken von Trümmern weit in die Atmosphäre empor. Von der Nachtseite aus war der hell erleuchtete Horizont zu sehen, der jetzt von grellem Abwehrfeuer durchzuckt wurde. Aber da hatte der S-Kreuzer schon wieder abgedreht. Noch innerhalb des Planetensystems ging er in Transition und verschwand so schnell von den Schirmen der Grakos, wie er aufgetaucht war.

Der Absetzer mit dem 14. Zug der Schwarzen Garde an Bord konnte unbehelligt in der Dunkelheit landen.

»Setzen gleich auf. Macht euch fertig.«

Die 40 Männer im Mannschaftsmodul schlossen die Helmvisiere.

Die Distanz zum Boden betrug nicht einmal mehr fünfhundert Meter, dann nur noch hundert.

Nick Gantzler aktivierte die Luftbremsen, die den Auftrieb des Bodeneffekts vernichteten.

Mit den trübe glimmenden Passivschirmen gestaltete sich die Landung etwas holprig.

Der Absetzer bekam Bodenberührung, sprang wieder hoch und wurde von Gantzler mit den Rudern am Ende der Tragflächen nach unten gedrückt. Es rauschte und knackte, offenbar pflügte der Absetzer durch Unterholz.

Dann kam er endlich zur Ruhe.

Der 14. Zug war auf Robert…

18.

Art Hookers fortwährende Versuche, den Schutzschirm der SEARCHER wieder einzuschalten, liefen ins Leere. Sobald er dem Suprasensor den Befehl erteilt hatte, den Schirm aufzubauen, wurde die Ausführung durch einen Gegenbefehl der Pegasso verhindert. Auf die gleiche Weise verhinderten sie nach wie vor einen Fluchtstart des Raumschiffs.

Obwohl sie die Fähigkeit besaßen, den Bordrechner komplett abstürzen zu lassen, verzichteten sie darauf. Art vermutete, daß sie unter allen Umständen die Sprechverbindung aufrechterhalten wollten.

»Wir werden euch zermahlen, zermalmen, einstampfen...!« ertönte es laufend aus den Lautsprechern. »Von eurem Raumschiff bleibt am Ende nichts übrig als ein zusammengequetschtes Stück Metall!«

»Leere Drohungen, Pegasso! Ihr steinernen Hohlköpfe überschätzt euch gewaltig!«

Mit diesen harschen Worten stoppte Jane Hooker den angekündigten Angriff der Kolosse, die die SEARCHER umstellt hatten, abrupt.

Art atmete auf. Endlich griff seine Frau ins Geschehen ein. Und er hatte schon befürchtet, alles allein machen zu müssen.

»Große Worte, Jane Hooker«, erwiderten die Giganten. »Aber kleiner Verstand.«

»Na und?« entgegnete Jane schnippisch. »Ich bin halt nur ein kleiner Mensch. Stünde euer Verstand in einem gesunden Verhältnis zu eurer gewaltigen Größe, müßtet ihr zigmal klüger sein als mein Mann und ich. Davon merke ich jedoch nicht das geringste.«

»Wollen Sie uns provozieren, Jane Hooker?« fragten die Pegasso. »Das wäre überaus unklug, denn euer erbärmliches Leben hängt nur von unserer Gnade ab!«

Offensichtlich waren sie furchtbar aufgebracht, doch die monotone Übersetzung des Suprasensors übermittelte keinerlei Stimmungsschwankungen.

»Ihr kennt unsere Macht. Wenn wir wollen, können wir die gesamte Versorgung an Bord zusammenbrechen lassen, so wie wir es letzte Nacht getan haben.«

»Wie ist euch das eigentlich gelungen?« mischte sich Art in die streitbare Auseinandersetzung ein, um Schlimmeres zu verhüten. »Erst als wir die Wartungsklappen öffneten, konnten eure merkwürdigen Sporen das Innenleben unserer Maschinen manipulieren. Aber wie habt ihr sie vorab ausgeschaltet?«

»Mit einer simplen Gabe, über die wir seit unserer Umwandlung verfügen.«

»Was ist das für eine Fähigkeit?« fragte Art voller Neugier nach, doch die Pegasso verweigerten ihm nähere Erläuterungen.

Sie waren nur bereit, einzuräumen, daß sie es bei geschlossenen Wartungsklappen niemals geschafft hätten, die Sporen in den Robotern und im Bord-Suprasensor zu plazieren.

»Darum sahen wir uns gezwungen, fünf eurer leistungsstärksten Roboter außer Gefecht zu setzen. Daß nur zwei Klappen geöffnet wurden, konnten wir nicht voraussehen. Allerdings hätten uns auch alle fünf nichts genutzt, denn die Roboterrechner erwiesen sich als zu schwach, um eine wirkliche Kommunikation zu ermöglichen. Die zwei betroffenen Maschinen gaben lediglich die Grundstimmung jener beiden Pegasso wieder, die versuchten, sie über die Sporen zu manipulieren.«

»Grundstimmung? Demnach ist einer der beiden Pegasso ungeheuer musikalisch, und der andere philosophiert gern«, entgegnete Art.

»Kann nicht sein«, sagte Jane, noch bevor die Pegasso antworten konnten. »Cash trällert terranische Arien, und Carrys Philosophie beschäftigt sich ausschließlich mit menschlichen Gegebenheiten. Ihr wollt uns doch nicht weismachen, daß ihr schon mal eine Arie aus Gioacchino Rossinis ›Barbier von Sevilla‹ gehört habt. Und mit Sicherheit wißt ihr nichts über die Bibel, machtgierige terranische Politiker oder unnormale Menschen.«

»Worüber der eine Roboter philosophiert und was der andere singt, darauf haben wir keinen Einfluß«, erklärten ihr die Pegasso. »Sämtliche Formulierungen und Liedtexte entnehmen sie – gemäß ihrer jeweiligen Programmierung – ihren Speichern. Nicht einmal ihr Menschen würdet unsere komplizierten Philosophien und fremdartigen Gesänge begreifen, geschweige denn die von euch programmierten Maschinen.«

»Das leuchtet ein«, erwiderte Art. »Mit der Manipulation unseres Bordrechners hattet ihr offenbar weniger Schwierigkeiten.«

»Logisch, sonst könnten wir uns jetzt nicht verständigen. Anfangs bereitete es uns allerdings Mühe, euren Rechner lautlos abstürzen zu lassen. Erst der zweite Versuch war erfolgreich. Als dann die Wartungsklappe geöffnet wurde, lagerten wir die Sporen an die Chips des Rechners an – ohne in direkten Kontakt mit ihnen zu kommen – und veränderten sein Programm in unserem Sinne. Er ist leistungsstark genug, um unsere Kommunikation sicherzustellen und unsere Befehle auszuführen.«

Mittlerweile hatten sich die Statuen der SEARCHER soweit genähert, daß sie nur noch die Arme auszustrecken brauchten, um die Außenhülle zu berühren. Art aktivierte das Waffensystem, doch die Pegasso befahlen dem Suprasensor, es wieder zu deaktivieren.

Auf den drei runden Bordbildschirmen waren einige der Giganten in Nahaufnahme zu sehen – eine unheimliche Bedrohung, gegen die es an Bord des Diskusraumers keine funktionstüchtige Abwehrwaffe gab.

Jane zeigte sich trotzdem unbeeindruckt.

»Wieso seid ihr eigentlich so versessen darauf, uns umzubringen?« fragte sie den scheinbar übermächtigen Feind. »Daß wir aus Versehen euer Zeitverzögerungsfeld gestört haben, tut uns leid. Aber davon, daß ihr uns tötet, läßt sich der Vorgang auch nicht mehr rückgängig machen. Offenbar ist Rache euer einziges Motiv. Ziemlich primitive Gelüste für ein Volk, das sich mit seiner versunkenen technischen Hochkultur brüstet und zum kosmischen Reigen der Sterne und Galaxien weltvergessen vor sich hin philosophiert.«

»Du redest uns um Kopf und Kragen«, raunte Art ihr zu. »An deiner Stelle würde ich sie nicht noch mehr reizen.«

Jane winkte ab. »Was soll's? Sie können uns nur einmal umbringen. Im übrigen bezweifle ich, daß sie dazu überhaupt fähig sind. Wahrscheinlich wollen sie uns nur Angst machen. Mehr Schein als Sein.«

Die Pegasso, die über den Bordrechner jedes in der Zentrale gesprochene Wort sinngemäß mitbekamen, hatten sich bislang schweigend und ausschließlich über ihre Gedanken mit den Hookers verständigt. Jetzt verstärkten sie ihre Drohgebärden, indem sie kollektiv schaurige tiefstimmige Laute ausstießen, die von den Außenbordmikrophonen aufgefangen wurden.

Der gemeinschaftlich ausgestoßene dumpfe Schrei wurde leiser und erstarb schließlich ganz. Jane war zum Fürchten zumute, was sie sich allerdings nicht anmerken ließ.

»Sie sind eine mutige Person, Jane Hooker«, gestanden ihr die Pegasso zu. »Aber zuviel Mut in einer lebensbedrohlichen Situation kann tödlich sein. Wir raten Ihnen, sich zusammenzunehmen. Wir Pegasso sind nicht rachsüchtig. Wir wollen nur verhindern, daß ihr mit eurem Raumschiff weiterhin auf unserem Planeten herumfliegt und eure Roboter noch an anderen Plätzen Ausgrabungsarbeiten verrichten laßt. Die energetischen Emissionen könnten weitere Zeitverzögerungsfelder irritieren und noch mehr Pegasso aus ihrem verlangsamten Zeitablauf reißen. Bisher ist nur unsere Zwölfergruppe betroffen, aber wenn wir euch nicht stoppen, verändert sich bald das gesamte Leben auf Uriah, und wir fallen alle wieder auf unsere frühere Daseinsebene zurück.«

»Das darf auf keinen Fall geschehen«, stimmte Art ihnen rasch zu. »Wenn Millionen von euch Steinkolossen auf dem Planeten herumstapfen und alles niedertrampeln, ist von der unberührten Natur bald nichts mehr übrig. Daher schlage ich vor, ihr laßt uns einfach gehen. Wir versprechen euch, nie mehr zurückzukehren und eure Existenz für uns zu behalten.«

Zum zweiten Mal ließen sich die Pegasso zu einer akustischen Darbietung hinreißen. Diesmal klang es wie Gelächter, allerdings ließen sich die Töne nur schwer einordnen; sie klangen ungewöhnlich für menschliche Ohren. Ihre wulstigen Lippen bewegten die Giganten nicht.

»Um euer Leben zu retten, würdet ihr alles versprechen«, kam es kurz darauf aus dem Bordrechner. »Wir Pegasso können uns ausmalen, was passiert, wenn wir euch laufenlassen. Ihr kommt wieder – aber nicht allein. Hunderte von Raumschiffen, besetzt mit schwerbewaffneten Soldaten, werden auf Uriah landen und mit Waffengewalt den Boden für eure Besiedelung vorbereiten. Zwar sind wir in unserer allmächtigen Gestalt nahezu unzerstörbar, doch ein Krieg zwischen den Menschen und den erwachten Pegasso würde verheerende Auswirkungen auf diesen Planeten haben.

Unsere gigantischen Körper sind übrigens nicht aus Stein, wie ihr vermutet, sondern aus einem auf biochemischer Basis entwickelten Material, das wie Stein glänzt und auch so ähnlich aussieht. Unsere wissenschaftlichen Experimente und unsere persönliche Vorliebe für Stein flossen damals in die Entwicklung mit ein. Mehr werden wir euch darüber jedoch nicht verraten.«

»Kein Wunder, daß es uns nicht gelang, Proben aus den Statuen herauszubrechen«, sagte Jane zu ihrem Mann und wandte sich dann wieder den Pegasso zu: »Selbstverständlich erstatten wir unseren Auftraggebern nach unserer Rückkehr wahrheitsgemäß Bericht. Wir erzählen ihnen von euch, von eurer untergegangenen Zivilisation, von eurer heutigen Existenzform…«

»Bist du eigentlich noch klar bei Verstand?« unterbrach Art sie schockiert. »Erst provozierst du sie unnötig, und jetzt sabotierst du meine Friedensverhandlungen. Schon mal was von Diplomatie gehört? Noch vor ein paar Minuten hatte ich mir gewünscht, du würdest mir beistehen – jetzt möchte ich nur noch, daß du den Mund hältst. Diese unberechenbaren Riesengeschöpfe stehen kurz davor, mit bloßen Fäusten unser Raumschiff zu zertrümmern.«

»Wir Menschen sind sehr mitteilsam, das habt ihr richtig erkannt«, fuhr Jane Hooker fort, als hätte es die berechtigten Einwände ihres Ehemanns nie gegeben. »Aber was eure Beurteilung unserer Verhaltensweisen angeht, befindet ihr euch auf Irrwegen. Wir werden mit Sicherheit nicht sofort aufrüsten und in einen Krieg gegen die Pegasso ziehen. Dafür hängen wir viel zu sehr an unserem Leben. Kriege sind gleichbedeutend mit Tod. Nichts hassen wir mehr als ein frühzeitiges Ableben – denn im Gegensatz zu euch können wir den Ablauf unserer Lebenszeit nicht künstlich verlängern.

Die Menschen, die sich eventuell in M 53 ansiedeln, würden euren Planeten zur gesperrten Zone für Siedler erklären. Mehr noch! Sie könnten, wenn ihr das wünscht, über die Ruhe der Pegasso wachen und dafür sorgen, daß niemals wieder ein fremdes Raumschiff in eure Atmosphäre eindringt. Dadurch profitiert ihr von unserer Anwesenheit. Ich finde, das ist ein faires Angebot.

Falls ihr uns jedoch lieber töten wollt – nur zu. Die nächste Ruhestörung auf Uriah wird dann nicht lange auf sich warten lassen, weil andere Menschen mit ihren Raumschiffen und Robotern kommen werden, um nach uns zu suchen. Und wenn ihr sie ebenfalls tötet, kommen neue Suchtrupps, immer und immer wieder, mit jedem Mal mehr.«

Lange Zeit kam keine Antwort. Offensichtlich berieten sich die Pegasso.

Jane war nicht zu bremsen. Anschaulich erzählte sie den Pegasso von der bevorstehenden kosmischen Katastrophe, von der Vernichtung der Milchstraße durch das Eindringen einer fremden Galaxis in dasselbe Raumgefüge.

»Menschen, Amphis, Rateken, Galoaner, Nomaden, Rahim, Pegasso… wir sitzen doch alle im selben Boot, wenn beide Galaxien mit Mann und Maus untergehen«, endete sie. »Die Pegasso betrifft das zwar erst in vierzigtausend Jahren – aber die Rede ist von Menschenjahren. Angesichts eures verlangsamten Zeitablaufs steht euch die totale Vernichtung fast unmittelbar bevor. Es sei denn, wir Menschen und all die sonstigen betroffenen Völker unternehmen etwas dagegen. Ein vielversprechender gemeinschaftlicher Plan steht bereits kurz vor der Ausführung. Selbst wenn er scheitert, blieben uns und unseren Nachkommen noch vierzigtausend Jahre, genügend Zeit also, um sich etwas Wirksameres einfallen zu lassen.«

Die Pegasso hüllten sich weiterhin in Schweigen. Geduldig warteten die Hookers auf eine Antwort.

Die Stille, die aus dem Bord-Suprasensor drang, war nahezu beängstigend. Art befürchtete, die Pegasso könnten die Kommunikation gänzlich abgebrochen haben.

»Wahrscheinlich sind sie gekränkt«, meinte er. »Das hast du nun von deinem Mangel an diplomatischem Fingerspitzengefühl.«

»Vielleicht haben sie die Kontrolle über den Bordrechner verloren«, entgegnete Jane und schaltete den Schutzschirm wieder ein. Gleichzeitig betätigte Art die Taste für den Fluchtstart.

Sekundenbruchteile später wurden beide Funktionen wie von Geisterhand wieder ausgeschaltet.

Die Pegasso waren also noch da. Sowohl draußen vor dem Raumschiff als auch drinnen im Suprasensor.

Art und Jane nutzten die stundenlange Wartezeit, um sich ein wenig frischzumachen und endlich einen Happen zu essen.

Geduscht, rasiert, gekämmt, frisiert und sauber gekleidet saßen sich beide in der Eßecke gegenüber. Den Kommunikationsbereich des Suprasensors hatten sie teilweise aufs Privatdeck umgeschaltet, so daß sie jederzeit mitbekamen, wenn sich die Pegasso meldeten. Umkehrt konnten die Pegasso hier oben ihre Privatgespräche nicht abhören.

»Ein elegantes Kleid trägst du«, machte Art seiner Frau ein Kompliment. »Unpraktisch für die Arbeit, aber nett anzusehen.«

»Nobel geht die Welt zugrunde«, erwiderte sie lächelnd. »Wenn ich schon sterben muß, dann wenigstens nicht in Lumpen.«

»Vorhin hast du dich nicht angehört, als würde dir unser eventuelles Ableben Sorgen bereiten«, hielt Art ihr vor. »Wie du mit den Kolossen umgesprungen bist… Respekt! Doch war das nicht ganz schön leichtsinnig? Sie könnten uns zerquetschen wie lästiges Ungeziefer.«

»Genau das bezweifle ich«, erwiderte Jane. »Seit wir auf Farside gelandet sind, machen wir dauernd den Fehler, die hiesigen Gegebenheiten nach menschlichen Maßstäben zu beurteilen. Wir haben darüber diskutiert, aber offenbar nichts dazugelernt. Von folgenden Tatsachen können wir ausgehen: Die SEARCHER ist von nahezu unzerstörbaren Giganten umringt, die über die Fähigkeit verfügen, unserem Bordrechner Befehle zu erteilen, von uns erteilte Befehle zu widerrufen und ihn gänzlich abstürzen zu lassen. Grund genug, sich vor ihnen vorzusehen. Aber ist es auch ein Anlaß zum Fürchten?«

»Ich denke schon. Immerhin besitzen sie übermächtige Körperkräfte. Wenn sie wollten, könnten sie unseren Raumer wie eine Papierschwalbe zusammenfalten.« Einschränkend fügte Art hinzu: »Zumindest behaupten sie das.«

»Eben. Den Beweis dafür sind sie uns bislang schuldig geblieben. Auf unserer guten alten Erde verfügt jedes Wesen über mindestens so viel körperliche Kraft, wie es seiner Größe entspricht. Ein Erwachsener ist stärker als ein Kind, ein Dobermann stärker als ein Zwergpinscher und Elefanten sind stärker als Mäuse – wenn auch nicht unbedingt klüger. Wer aber sagt, daß es sich auf diesem Planeten ebenso verhält? Vielleicht besitzen die Monsterstatuen nicht mehr Kraft als terranische Stubenfliegen und sind nur stark im Ausstoßen von Drohungen. Möglicherweise können sie ohne fremde Hilfe nicht einmal eine Konservenbüchse aus unserem Reisevorrat öffnen, geschweige denn, unser Raumschiff zerstören.«

»Eine nachdenkenswerte Theorie«, gab Art zu. »Doch wer garantiert dir, daß sie zutrifft?«

»Niemand. Deshalb trage ich ja mein schönstes Kleid und bereite mich aufs Sterben vor. In dieser undurchschaubaren Zwangslage möchte ich lieber auf sämtliche Eventualfälle vorbereitet sein.«

»Du bist eine bemerkenswerte Frau.«

»Ich weiß. Schade, daß du das meist nur dann erkennst, wenn wir in der Patsche sitzen und aufeinander angewiesen sind. Im normalen Alltagsleben hältst du dich mit Komplimenten mächtig zurück.«

Art Hooker kam nicht mehr dazu, Besserung zu geloben. Kaum hatte Jane ihr letztes Wort gesprochen, meldeten sich die Pegasso. Die Eheleute beeilten sich, in die Zentrale zu gelangen, um ihnen antworten zu können.

»Wir schonen euer Leben und lassen euch gehen«, erklärten die Pegasso. »Unter drei Bedingungen.«

»Welche?« fragte Art, der als erster in der Zentrale war, atemlos.

»Erstens: Ihr packt schleunigst all eure Sachen zusammen und laßt nichts auf Uriah zurück, das auf eure Anwesenheit hindeutet. Wir wollen, daß ihr aus unserem angestammten Lebensraum verschwindet, nie mehr wiederkommt und daß hier nichts mehr an euch erinnert.«

»Akzeptiert«, entgegnete Art kurz und knapp.

»Zweitens: Ihr nehmt nichts von Uriah mit, was euch nicht gehört. Sämtliche ausgegrabenen Gegenstände bleiben hier. Wir verlangen, daß ihr sie wieder nach dorthin zurücktragt, wo ihr sie hergeholt habt. Werft alles einfach in die Krater, die ihr bei euren rücksichtslosen Ausgrabungen erzeugt habt. Ihr braucht sie hinterher nicht zuzuschütten, das erledigt sich mit den kommenden Jahrzehnten von selbst. Sobald wir uns wieder in unseren gewohnten verlangsamten Zeitablauf zurückversetzt haben, können wir dabei sogar zuschauen.«

»Ihr könnt das Zeitverzögerungsfeld wieder neu errichten?« rief Jane, die inzwischen hinzugekommen war, aufgeregt. »Das ist ja phantastisch! Wie geht das vor sich, wo es doch total durcheinandergeraten ist?«

»Seid ihr mit der zweiten Bedingung einverstanden?« fragten die Pegasso anstelle einer Antwort – ihre wichtigsten Geheimnisse gaben sie offenbar niemals preis.

»Akzeptiert«, sagte Art schnell, bevor sich seine Frau erneut mit ihnen anlegte. »Wie lautet die dritte Bedingung? Ich nehme an, sie betrifft die Dauerbewachung eures Planeten, zur Verhinderung weiterer Raumschifflandungen.«

»Nein, das zählt nicht zu unseren Bedingungen. Selbstverständlich nehmen wir euer Angebot einer immerwährenden Überwachung gern an, doch Dankbarkeit schulden wir euch dafür nicht. Es ist nur gerechtfertigt, daß ihr Menschen uns diesen Gefallen tut, schließlich erweisen wir uns als überaus großzügig, indem wir eure Anwesenheit in unserem Teil des Weltalls dulden.

Nun zur letzten Bedingung: Wie euch sicherlich nicht entgangen ist, stehen wir Pegasso beim Beobachten der Sterne überwiegend in Gruppen zusammen. Die jeweiligen Plätze wählen wir sorgfältig aus. Eine Gruppe hatte vor kurzem leider Pech. Sie stand zu nahe an einem Hang, der unerwartet ins Rutschen geriet. Einige von uns wurden teilweise, andere vollständig verschüttet.«

Art erinnerte sich an den Schräghang mit den bis zu Schultern und Kinn eingesunkenen Statuen. Beim Überflug mit der SEARCHER hatte er bereits vermutet, daß sich unter der Erde noch weitere Giganten befanden. Wahrscheinlich seit einer halben Ewigkeit, gemessen am Zeitempfinden der Menschen – unter »vor kurzem« verstand der Prospektor was anderes.

»Befreien wir Pegasso unsere Verschütteten selbst, verschwenden wir wertvolle Zeit, die man für Wichtigeres aufwenden könnte«, erklärten ihm seine außergewöhnlichen Gesprächspartner. »Im übrigen verfügen wir seit der Aufgabe unserer technischen Zivilisation über keine Geräte und Werkzeuge mehr. Andererseits können wir unsere Freunde nicht auf ewig unter dem Erdreich begraben lassen. Darum werdet ihr uns helfen, sie dort herauszuholen. Eure Roboter haben mit Ausgrabungen ja genügend Erfahrung.«

»Wir fliegen sofort los«, versprach Art ihm. »Allerdings ist zu befürchten, daß die energetischen Ausstrahlungen des Raumschiffs und der Roboter weitere Pegasso auf ihre ursprüngliche Zeitebene zurückholen.«

»Wenn sich die Roboter mit der Rettungsaktion beeilen, wird nichts dergleichen passieren«, waren die Pegasso überzeugt. »Und euer Raumschiff wird nicht einmal in die Nähe des Hangs kommen. Wir gehen nämlich zu Fuß.«

»Das dauert viel zu lange und bringt uns an den Rand der Erschöpfung«, protestierte Jane. »Mit euren Riesenschritten können wir nicht mithalten.«

»Wir tragen euch dorthin«, boten sich die Pegasso an. »Auf unseren breiten Schultern ist reichlich Platz für Mensch und Maschine.«

»Kommt nicht in Frage. Wenn wir das Raumschiff verlassen, sind wir euch wehrlos ausgeliefert.«

»Das seid ihr ohnehin. Oder denkt ihr, euer kümmerlicher Raumer bietet euch ausreichend Schutz vor uns?«

Art und Jane schauten sich wortlos an.

Falls Janes zuletzt geäußerte Theorie zutraf, war die SEARCHER der einzig sichere Ort vor den Kolossen. Glaubten die Pegasso wirklich, sie würden sich mit einem derart leicht zu durchschauenden Trick nach draußen locken lassen?

»Wir müssen komplett wahnsinnig sein!« rief Art seiner Frau zu, die in einiger Entfernung auf einer Pegasso-Schulter saß und sichtlich Mühe hatte, die Balance zu halten. »Deine ›Stubenfliegen‹ hätten uns nach dem Aussteigen mit bloßer Faust erschlagen können!«

»Haben sie aber nicht!« rief Jane zurück. »Im übrigen halte ich sie noch immer nicht für sonderlich stark.«

»Schwach sind sie jedenfalls nicht. Auf ihren Schultern sitzen jeweils zwei unserer Roboter, einer links, einer rechts. Ich könnte nicht mal eine dieser schwergewichtigen Maschinen hochstemmen, ohne mir einen Bruch zu heben.«

»Du bist ja auch kein Dreizehnmeterriese.«

Die Eheleute konnten sich offen miteinander unterhalten. Der Suprasensor der SEARCHER war weit weg, und eine andere Verständigungsmöglichkeit mit den Kolossen gab es nicht.

Obwohl ihnen ein warmer Wind um die Ohren wehte, konnten die Hookers deutlich Cash und Carry vernehmen, die sich direkt hinter ihnen befanden – auf den Schultern eines anderen Giganten. Art hätte die beiden lieber im Frachtraum zurückgelassen, doch die Ausgrabung sollte so schnell wie möglich vonstatten gehen, und die extrem leistungsfähigen Kegelroboter arbeiteten nun mal effektiver als die Blechmänner. Natürlich hätten die Kegel auf ihren Prallfeldern auch mitschweben können, aber aus unerfindlichen Gründen hatten die Pegasso ausdrücklich darauf bestanden, auch die Roboter zu tragen.

»Der Liebe Huld und Frieden beglückt dich, teures Paar!« sang Cash aus voller Kehle, die er genaugenommen gar nicht hatte.

Damit war er – zum wiederholten Male – beim Finaletto II, dem Schlußpart des »Barbier von Sevilla« angelangt. Offenbar handelte es sich dabei um eine seiner Lieblingsopern, denn er fing sogleich wieder von vorn an. Cash musizierte presto (sehr schnell und bewegt), andante (fließend ruhig) und grave (schwerfällig, lastend, äußerst langsam). Die Pegasso merkten den Unterschied kaum, sie empfanden die fremdartigen Klänge eher als Belästigung.

Art Hooker auch, aber ihn fragte ja keiner.

»Leben heißt leiden«, merkte Carry treffend an. »Als Konsequenz aus dieser Erkenntnis erdulden viele Menschen stumm ihr Schicksal, ohne jemals zu klagen. Andere wiederum tun sich selbst unendlich leid. Aber es gibt noch eine dritte, weniger schmerzvolle Variante: carpe diem – nütze den Tag! Denn es steht jedem Menschen frei, auf die ihm zugedachten Leiden und die Vergänglichkeit des Seins mit einer bejahenden Einstellung zu reagieren. Aufgrund der Absurdität der Welt bleibt zwar auch den positiv Denkenden die Leidensprämisse erhalten, doch das Fehlen gegenstandsloser Ängstlichkeiten macht ihnen ihr Dasein erträglicher. Tagnützer ängstigen sich nur, wenn es tatsächlich begründet ist, während die Duldsamen und die Jammervollen bereits aus geringfügigem Anlaß schwarzsehen – weil sie es so wollen. Erst wenn sie sich von diesem Wollen lösen, ist auch für sie der Weg frei für selbstbestimmtes Verhalten und Handeln. Danke fürs Zuhören.«

»Halt die Klappe, Klugschwätzer«, brummelte der Prospektor.

»Das dreckige Dutzend« kam mit seinen Mitreisenden am Zielort an. Vorsichtig hoben die Pegasso die Menschen und ihre Maschinen von den Schultern, und schon konnte die Arbeit beginnen...

Die Giganten halfen nach besten Kräften mit – doch ihre riesigen Hände waren alles andere als Baggerschaufeln. Sie entpuppten sich als ziemlich ungeschickt und standen sich die meiste Zeit nur selbst im Wege. Kein Wunder, daß sie für diese simple Tätigkeit Unterstützung benötigten.

Glücklicherweise wußten die Roboter besser als ihre täppischen Auftraggeber, was zu tun war, und auch die Hookers verfügten mittlerweile über eine gewisse Ausgrabungsroutine.

»Schlapp und unbeholfen«, lästerte Jane über die Pegasso. »Alles was sie können, ist faul in der Gegend herumzustehen und den Himmel anzuglotzen. Und dafür haben sie ihr einstiges Leben aufgegeben? Nein danke, da sterbe ich lieber ein paar tausend Jahre früher.«

»Bin ich froh, daß sie kein Wort verstehen von dem, was du sagst«, entgegnete ihr Mann schmunzelnd. »Sonst würden sie es sich bestimmt noch mal überlegen, ob sie uns in Frieden ziehen lassen.«

Jane winkte ab.

»Und wenn schon, von heute an jagen mir große Kerle keine Angst mehr ein. Schon gar keine so unverschämten Egoisten wie die Pegasso.«

Mit betonter Arroganz zitierte sie aus dem zurückliegenden Verhandlungsdialog.

»Selbstverständlich nehmen wir euer Angebot einer immerwährenden Überwachung gern an, doch Dankbarkeit schulden wir euch dafür nicht. Es ist nur gerechtfertigt, daß ihr Menschen uns diesen Gefallen tut, schließlich erweisen wir uns als überaus großzügig, indem wir eure Anwesenheit in unserem Teil des Weltalls dulden.«

Sie schnaubte verächtlich.

»In unserem Teil des Weltalls... wenn ich das schon höre! Das All steht jedem offen, der es befahren kann. Die Pegasso fühlen sich uns aufgrund ihrer früheren technischen Zivilisation, ihres wissenschaftlichen Könnens und ihrer rätselhaften Befähigungen überlegen, dabei sind sie nichts weiter als egoistische Kleingeister. Daß wir ihnen helfen, ihre verschütteten Freunde zu retten, ist für sie die selbstverständlichste Sache der Welt. Von mir aus, ich helfe gern. Sollen sie sich ihre Dankbarkeit doch sonstwohin stekken.«

Die Pegasso merkten offenbar, daß Jane von ihnen sprach – und das nicht gerade freundlich. Einige von ihnen hielten kurz inne und schauten zu ihr herüber. Ihren ausdruckslosen Gesichtern war allerdings nicht zu entnehmen, was sie gerade empfanden. Weder Haß noch Freude zeichneten sich auf ihren wie aus Stein gehauenen Mienen ab.

»Starrt mich nicht so penetrant an, ihr faulen Klotzköpfe, und arbeitet gefälligst weiter«, sagte Jane mit ihrem freundlichsten Lächeln und winkte ihnen zu wie guten Kameraden. »Vielen Dank übrigens, daß ihr mir keine Zeit mehr zum Umziehen gelassen habt und ich gerade dabei bin, mein schönstes Kleid zu ruinieren.«

Erst als die SEARCHER den Planeten Uriah weit hinter sich gelassen hatte, riskierte Art es, laut aufzuatmen. Bis zuletzt hatte er den Pegasso nicht über den Weg getraut und befürchtet, sie würden die Abmachung brechen.

Die Hookers hatten nichts auf Farside zurückgelassen – und nichts mitgenommen. Alles, was sie mühevoll ausgegraben und eingesammelt hatten, hatten die Pegasso vereinbarungsgemäß einbehalten.

Wirklich alles?

»Mir ist klar, warum wir nichts mitnehmen durften«, sagte Art, während er das Schiff am Rand des Kugelsternhaufens entlangflog, erneut auf der Suche nach einem für Menschen bewohnbaren Planeten. »Die Pegasso sind so stolz auf das, was sie erreicht haben, beziehungsweise was sie erreicht zu haben glauben und was sie für die höchste Stufe des Seins halten, daß sie es keinem anderen gönnen. In den Überresten ihrer ruhmreichen Vergangenheit, die ihnen angeblich nichts mehr bedeutet, könnten wir auf Spuren ihrer Weiterentwicklung stoßen und eines Tages vielleicht das Geheimnis ihres Zeitverzögerungsfeldes und ihrer Umwandlung lüften.«

»Hältst du das wirklich für so erstrebenswert?« fragte ihn seine Frau. »Um diesen Preis möchte ich nicht ewig leben.«

»Ich schon gar nicht, und wahrscheinlich auch sonst kaum jemand auf Terra. Aber du kennst ja unsere Wissenschaftler. Sie doktern so lange an einem Problem herum, bis sie es gelöst haben – selbst wenn sich die Lösung hinterher als völlig nutzlos erweist und sowieso keinen Menschen interessiert. Schade, daß wir ihnen nicht wenigstens eine Kleinigkeit von Farside mitbringen.«

»Wenn's weiter nichts ist…«, bemerkte Jane.

Voller Stolz präsentierte sie ihrem Mann ein Beutestück, das sie nicht zum Ausgrabungsplatz zurückgebracht hatte.

»Erkennst du es wieder?« fragte sie ihn.

»Das Schmuckkästchen!« erwiderte Art erstaunt.

»Die Terrine«, widersprach Jane. »Ich habe sie behalten, quasi als kleine Belohnung für unsere selbstlose Hilfe. Eigentlich wollte ich sie nur als Souvenir, doch jetzt werde ich sie der Wissenschaft übergeben. Schließlich brauchen all die hochbezahlten Eierköpfe, die bei Wallis Industries beschäftigt sind, irgend etwas zum Spielen.«

»Was sollen sie ausgerechnet mit einem ausgehöhlten länglichen

Stein anfangen?« fragte Art.

Jane zuckte mit den Schultern. »Keine Ahnung. Möglicherweise handelt es sich um einen ganz besonderen Stein, ein Abfallprodukt unzähliger Experimente – so eine Art Vorstufe zu dem biologischen Material, aus dem die Pegasso heute geformt sind.«

»Unfug, das ist ein ganz gewöhnlicher Stein.«

»Kann sein oder auch nicht, das werden die Herren und Damen Doktoren und Professoren schon herausfinden. Hauptsache, wir kommen nicht ohne Mitbringsel zurück. Es ist nun mal Sitte, Kindern von einer längeren Reise ein Spielzeug mitzubringen.«

Der Bordrechner arbeitete wieder einwandfrei. Die Pegasso hatten ihn vor dem Abflug wieder in seinen ursprünglichen Zustand zurückgeführt und sämtliche Sporen abgezogen.

Art und Jane führten trotzdem eine gründliche Analyse durch, die ihnen bestätigte, daß sich tatsächlich keine Sporen mehr an Bord befanden. Vertrauen war gut, Kontrolle war besser.

Auch die beiden Kegelroboter wurden nicht mehr von den geheimnisvollen Sporen der Pegasso beeinflußt. Trotzdem sangen und philosophierten sie noch manchmal, wenn auch nicht mehr so oft wie bisher.

»Sobald wir zurück sind, lasse ich die zwei von Wallis' Technikern gründlich durchchecken und ihre Funktionen neu einstellen«, kündigte Art Hooker an.

Jane äußerte sich nicht dazu, war aber fest entschlossen, das zu verhindern. Cash und Carry gefielen ihr so, wie sie jetzt waren.

Ende Juni 2058 kehrte die SEARCHER auf die Erde zurück. Sie landete auf dem Raumhafen, der zum Werksgelände von Wallis Industries in Pittsburgh gehörte.

Terence Wallis befand sich in seinem schlicht eingerichteten Büro. Als er von der Landung der Hookers erfuhr, bat er zwei Mitglieder seines wissenschaftlichen Teams zu sich. Sie sollten bei der nachfolgenden Unterredung anwesend sein und ihm nötigenfalls Einzelheiten erläutern, die er nicht verstand. Zwar war er alles andere als dumm, doch in erster Linie war er Geschäftsmann und kein Gelehrter.

Für den Weg vom Raumhafen zum Bürogebäude benutzten Jane und Art einen Feodora, einen Einpersonenschweber, der nicht höher als drei Meter aufsteigen konnte und überwiegend auf Werks- und Sportgeländen benutzt wurde. Art, ganz Kavalier, begnügte sich mit dem Notsitz auf der Gepäckfläche.

Beim Aussteigen begegnete ihm ein Techniker, der auf der am Bürogebäude vorüberführenden Straße Bewegungstests an einem Billigroboter durchführte. Art kannte den Mann und sprach ihn auf sein Tun an.

»Der Blechmann kommt gerade aus der Reparaturwerkstatt«, erklärte ihm der Techniker. »Es ist Echri Ezbals Butler. Bei einem Sturz im Brana-Tal wurde seine Bewegungsautomatik beschädigt. Ezbal hatte noch Garantie auf die Maschine und ließ sie von uns abholen. Jetzt können wir sie ihm zurückschicken, es ist wieder alles in Ordnung.«

»Der Blechheini stakst wie der Storch im Salat«, spottete Art. »Wahrscheinlich ist er über seine eigenen Füße gestolpert. Diese armseligen Metallgeschöpfe werden nie wie Menschen sein, so sehr sie sich auch bemühen.«

»Eines Tages wird es auch bei uns Roboter geben, die von den Menschen kaum zu unterscheiden sind«, prophezeite ihm der Techniker. »So wie bei den Tel.«

Art tippte sich mit dem Zeigefinger an die Stirn. »Hierauf kommt's an, nicht auf die Äußerlichkeiten. Solange Roboter über kein Bewußtsein verfügen, sind und bleiben sie seelenlose Geräte – und das ist gut so. Wo kämen wir hin, würden die Blechmänner und Kegel plötzlich anfangen, zu denken?«

Er trat ganz nahe an den Roboter heran, der daraufhin stehenblieb.

»Welche Ansprüche würdest du stellen, hättest du einen Verstand?« fragte er den Blechmann amüsiert. »Bezahlte Überstunden? Freies Wahlrecht? Ein Flug zu den Sternen?«

Jane zog ihren Mann sanft vom Roboter weg. »Laß bitte die Albereien. Wir werden erwartet.«

Wenig später unterhielten sich die Hookers mit Terence Wallis und zwei etwa fünfzigjährigen wissenschaftlichen Mitarbeitern im Büro des Multimilliardärs. In aller Ausführlichkeit schilderten sie den dreien ihre Erlebnisse auf Farside alias Uriah und legten ihnen sämtliche Unterlagen vor. Obwohl sie sich bemühten, ihren Expeditionsbericht so anschaulich wie möglich zu gestalten, blieb er insgesamt gesehen recht trocken, so ohne Sammelstücke, Proben und Bildaufnahmen.

»Die Pegasso befahlen unserem Suprasensor, sämtliche Aufzeichnungen und Bilder über ihren Planeten zu löschen«, erklärte Jane und breitete auf dem Tisch einige Zeichnungen aus. »Die habe ich auf dem Rückflug angefertigt, um Ihnen wenigstens eine ungefähre Vorstellung vom Aussehen der Kolosse zu vermitteln. Ansonsten stellen wir Ihnen gern leihweise sämtliche Roboter zur Verfügung, damit Sie prüfen können, ob in deren Speichern irgend etwas Verwertbares vorhanden ist. Aber denken Sie bitte daran: Wiedersehen macht Freude. Wir erwarten unsere Leihgaben unversehrt zurück, ohne daß daran etwas verändert wurde.«

»Bis auf zwei Ausnahmen«, wollte Art auf Cash und Carry zu sprechen kommen.

Ein sanfter, seitlich ausgeführter Fußtritt seiner neben ihm sitzenden Frau brachte ihn zum Schweigen.

Dann eben nicht! dachte er kopfschüttelnd.

Die Zeichnungen fanden großen Anklang bei den beiden wissenschaftlichen Mitarbeitern. Als Jane ihnen zudem den ausgehöhlten Stein überreichte, gerieten sie vor Begeisterung fast aus dem Häuschen.

»Haben Sie so etwas schon mal gesehen, werter Herr Kollege?«

»Nein, lieber Kollege, es ist wirklich unglaublich. Das müssen wir sofort näher untersuchen.«

»Soviel Aufregung wegen eines stinknormalen Steins?« wunderte sich Art.

»Der Stein ist völlig uninteressant«, erwiderte einer der beiden Männer und übergab ihm das Fundstück zur näheren Begutachtung. »Auf den Inhalt kommt es an.«

Art schaute in die Aushöhlung, konnte aber nichts entdecken außer einem winzigen schwarzen Fleck. Erst als man ihm eine Lupe reichte, stellte er fest, daß der Fleck zwei Köpfe (mit jeweils einem Augenpaar) sowie zwölf kleine Beinchen hatte. Er machte Jane darauf aufmerksam.

Sie schüttelte sich. »Igitt! Das Insekt muß in die Terrine gekrabbelt sein, ohne daß ich es bemerkt habe.«

»Terrine?« fragte Terence verwundert. »Was hat es damit auf sich?«

»Nur ein privater Scherz«, klärte Art ihn auf. »Jane behauptet steif und fest, der Stein sei eine vorsintflutliche Suppenschüssel. Das Tierchen darin ist wohl die Fleischeinlage.«

»Das Tierchen, wie Sie es verächtlich nennen, ist eine wichtige wissenschaftliche Entdeckung«, tadelte ihn einer der Gelehrten. »Hoffentlich lebt es lange genug, damit wir an ihm möglichst viele Experimente durchführen können. Schmerzlos, versteht sich, denn wir wollen unseren kleinen Freund so lange wie möglich bei bester Gesundheit erhalten.«

Sein Kollege und er konnten es kaum erwarten, ihr Labor aufzusuchen. Wallis, der das Gespräch als beendet betrachtete, ließ sie gehen.

Aber die Hookers waren noch längst nicht fertig. Sie überreichten Wallis eine Mikrodisk, mit der Bitte, sie in seinen Suprasensor einzulegen. Er kam der Aufforderung nach, ohne Fragen zu stellen.

Der Rechner baute eine Holographie auf, die eine Landschaft zeigte, welche den Vergleich mit terranischen Naturschutzparks nicht zu scheuen brauchte.

»So sieht es auf dem gesamten Planeten aus«, sagte Art. »Grüne Büsche und Bäume, knallbunte blühende Blumen, klare Meere und Seen... und dazwischen immer wieder weite Freiflächen, geradezu prädestiniert zum Besiedeln.«

»Nicht zu vergessen die friedliche Fauna«, ergänzte Jane. »Zumindest sind uns nirgendwo Raubtiere begegnet.«

Wallis machte ein verblüfftes Gesicht. »Habt ihr nicht behauptet, es gäbe keine Aufnahmen von Uriah?«

»Das ist nicht Uriah«, verriet ihm Art und grinste dabei über beide Backen. »Das ist ein anderer Planet, den wir auf der Rückseite des Kugelsternhaufens M 53 ausfindig gemacht haben. Er liegt nur wenige Lichtjahre von Farside entfernt und ist von der Größe und der Gravitation her vergleichbar mit unserer Erde. Sogar die Zusammensetzung der Atmosphäre ist praktisch identisch. Und selbstverständlich gibt es auch einen Mond. Wir wollten diese Welt eigentlich ›Erde zwo‹ taufen, entschieden uns dann aber für ›Eden‹.«

Stunden später fand die nächste Besprechung statt. Diesmal wurde Dharks Stellvertreter Henner Trawisheim hinzugezogen – schließlich gehörten 25 Prozent von Eden der Regierung, entsprechend ihrem Anteil an Wallis Star Mining.

»Ich werde sogleich die Vorbereitungen für die Umsiedelung meiner wichtigsten Mitarbeiter treffen«, informierte Wallis ihn.

Trawisheim hatte nichts dagegen einzuwenden, ordnete aber strengste Geheimhaltung an. »Ein Bekanntwerden von Evakuierungsplänen könnte eine weltweite Panik auslösen.«

Wallis und die Hookers verpflichteten sich zum Schweigen.

Mehrere Luftaufnahmen von Eden zeigten eine große Insel am Rande der Tropen, die etwa zwei Prozent der Gesamtoberfläche einnahm.

»Zusammen mit dem die Insel umgebenden Wasserstreifen ergibt das in etwa 2,5 Prozent«, sagte Art Hooker. »Unser Anteil am Planeten – das Recht der ersten Wahl.«

Der Multimilliardär schluckte. Aber Vertrag war Vertrag. Leider.

Wallis klärte Trawisheim über seine Abmachung mit den Hookers auf.

Der zweite Mann im Staate gratulierte dem Ehepaar zu dem lukrativen Geschäftsabschluß. »Diese Insel dürfte bei der Besiedelung Edens eines der teuersten Fleckchen werden, eine Oase für reichlich zahlende Touristen – ein echtes Sahnestückchen. In ihrer tropischen Schönheit gleicht sie Hawaii.«

»Tatsächlich?« entgegnete Jane lächelnd. »Das ist uns gar nicht aufgefallen, als wir sie ›Aloha‹ tauften.«

Die rote Sonne Roberts würde erst in einer Stunde aufgehen, aber die in die Helme der Gardisten integrierten Nachtsichtgeräte boten genügend Helligkeit, um erkennen zu lassen, daß der Absetzer mitten im Dschungel heruntergekommen war. Sie hatten mehr Glück als Verstand gehabt, daß sie nicht zwischen den riesigen Bäumen, sondern auf einer langgestreckten Lichtung aufgesetzt hatten. Das niedrige Buschwerk bot genügend Deckung gegen Bodensicht, war aber nutzlos, sobald die Grakos begannen, fliegende Patrouillen auszusenden. Als erstes versteckten die Männer den Rumpf des Absetzers unter Lagen von Zweigen und Ästen.

Dann brachten sie die Ausrüstung ins Freie: 42 motorisierte Gleitschirme.

MacCormack befahl als nächsten Schritt die Aktivierung der Tarnvorrichtungen, die in flachen Tornistern auf dem Rücken der ultraleichten Körperpanzer steckten.

»Denkt daran, Männer«, sagte er halblaut zu den Gardisten, die im Halbkreis um ihn Aufstellung genommen hatten. »Ab jetzt läuft die Zeit. Unsere Aktion ist auf 48 Stunden begrenzt. Spätestens dann sollte uns die ROY VEGAS wieder an Bord haben. Also keine Verzettelung, keine Abschweifungen. Geradewegs aufs Ziel zu.« Er wandte sich an Tadeusz Ribicki. »Wie sieht's aus, funktionieren die Tarnvorrichtungen?«

Der Elektronikexperte und Kryptologe des 14. Zuges stand mit einem Hyperraumspürer vor ihm und verfolgte die Anzeigen.

»Meßtechnisch existieren Sie nicht mehr, Sir«, sagte er und

nickte zufrieden. »Zumindest nicht für Grako-Sinne!«

»Na, das ist doch mal eine gute Nachricht«, versetzte der Oberstleutnant leutselig. »Eine bessere Ausgangssituation hatten wir eigentlich noch nie. Wenn wir kein High-Tech-Gerät aus Versehen in Betrieb nehmen, dessen elektronische Emission von den Detektoren der Grakos aufgespürt werden kann, sind wir für sie ebenso nicht vorhanden wie sie für uns, wenn sie sich in ihren Halbraum zurückziehen.«

Zum letzten Mal kontrollierten die Männer pedantisch genau die Körperpanzer, überprüften das Gurtzeug der Huckepackmotoren und die Leinen der Gleitschirme; die Spezialpropeller aus leichten Kohlefaserstoffen liefen in einem Drahtkäfig, um Verletzungen auszuschließen.

Kaunas überblickte seine Truppe ein letztes Mal. »Noch eine Warnung mit auf den Weg: absolute Funkstille! Wer mit den Fingern auch nur in die Nähe seines Funkgerätes kommt, dem kappe ich eigenhändig die Schnüre seines Gleitschirms. Verstanden?«

Sie hatten verstanden.

»Seid ihr bereit?«

Sie nickten, fieberten dem Augenblick des Aufstiegs entgegen. Die Gesichter wirkten angespannt, aber ruhig. Sie schlossen die Helmvisiere.

»Dann los!«

Die benzingetriebenen Motoren sprangen sofort an; ein spezialgedämpftes Auspuffsystem sorgte dafür, daß außer einem dumpfen Brummen keine weiteren Geräusche emittiert wurden. Knallend füllten sich die Schirmbahnen aus extrem dünnem und reißfestem Stoff. Der erste Mann lief an. Jetzt zeigte es sich, daß die lange Schneise, die der Absetzer bei der Landung ins Unterholz geschlagen hatte, als ideale Startbahn fungierte.

Nach wenigen Schritten stand genug Luft unter dem Schirm; der Sog riß den Gardisten regelrecht in die Luft. Er zog, schnell an Höhe gewinnend, davon, auf die Mauer der Bäume zu, die die Lichtung begrenzten.

Binnen weniger Minuten war der gesamte 14. Zug in der Luft. Die Männer zogen noch innerhalb der Lichtung ein paar Kreise, bis sie genügend Überhöhung hatten, um über den Baumkronen der Urwaldriesen davonzuschweben.

Die in den Helmen integrierten Nachtsichtgeräte machten die Nacht zum Tag.

Ruhig zog die weitgefächerte Formation der Terraner über dem Urwald dahin.

Die Motoren summten zuverlässig; das Geräusch der laufenden Propeller war nichts als ein schwaches Singen. Die Gleitsegel rauschten sanft.

Im Dschungel unter ihnen war es ebenfalls ruhig.

In der Luft zeigte sich nichts.

In der Ferne erhob sich aus dem Morgennebel ein Gebirge.

MacCormack, der mit Kaunas inzwischen die Spitze der Formation übernommen hatte, stieß zweimal die Faust in die Höhe und dann in Richtung auf das Gebirge.

Dann schwenkte er in die neue Richtung ein, gefolgt von den anderen. Die Dämmerung machte zögernd dem Morgen Platz, als sie am Fuß des Gebirges ein Dorf ausmachten. Sofort gingen sie tiefer, glitten dicht über den Baumkronen auf das Dorf zu. Der Dschungel wich zurück, als sie die ersten Ausläufer des Dorfes erreichten. Niemand hielt sich im Freien auf, weshalb die Gardisten ungesehen kehrt machen konnten, um am Rande der Lichtung zwischen den Bäumen zu landen. Keinen Augenblick zu früh, denn mit einem Mal schob sich die Kuppe der riesigen roten Sonne ohne Übergang über den nächsten Höhenzug und überschüttete die Landschaft mit einem unheimlichen Purpurlicht, das wie geronnenes Blut wirkte. Sie versteckten ihre Gleitschirme und Motoren und schlichen die letzten paar hundert Meter wieder zum Rand des Dschungels zurück, von wo aus sie einen Blick auf das Dorf hatten.

»Was machen wir?« fragte Jannis Kaunas MacCormack und ließ das Dorf nicht aus den Augen, das langsam zum Leben erwachte.

Noch ehe der Oberstleutnant eine Antwort geben konnte, wurden die Gardisten von den sich anbahnenden Ereignissen regelrecht überrollt.

Eine scharfe Stimme links von den beiden rief unterdrückt: »Sarge, sehen Sie. Fremdkontakt auf zwölf Uhr!«

Jake Calhoun deutete auf den Berghang über dem Dorf.

Alle Aufmerksamkeit richtete sich auf den angegebenen Punkt.

Und dann sahen sie es: Vom Hang löste sich ein gewaltiges Insekt, einer etwa zehn Meter großen Libelle oder Gottesanbeterin nicht unähnlich, mit gewaltigen Mandibeln. Entfernt erinnerte die Form des Kopfes an die der Nogk. Mit dem schrillen Surren hochgespannter Stahlseile schlug das Insekt die wie blauer Stahl schimmernden Flügelpaare und flog auf das Dorf zu. Noch ehe es die ersten Behausungen erreichen konnte, stürzten Grakos daraus hervor und feuerten wie wild auf die Riesenlibelle.

Der insektoide Paarflügler begann zu tanzen, wich den schwarz leuchtenden Strahlbahnen aus den Waffen der Grakos aus, unterflog sie, schlug pittoreske Haken und Figuren in der Luft. Trotzdem hatte die gigantische Libelle keine Chance; der konzentrierte Beschuß trennte erst einen Flügel ab, dann einen zweiten, was sie flugunfähig machte. Sie bäumte sich zwar noch einmal auf und wollte mit einer deutlich erkennbaren letzten Kraftentfaltung fliehen, aber da hatten die Dorfbewohner sich schon auf sie eingeschossen. Noch in der Luft fiel sie auseinander und stürzte rauchend mitten ins Dorf.

Die Gardisten sahen sich verdutzt an, unschlüssig, was sie von dem Geschehnis halten sollten.

Plötzlich krachte es hinter ihnen im Unterholz. Alarmiert fuhren die Gardisten herum. Hände griffen nach den Waffen.

»Nicht schießen!« kam Kaunas' scharfe Stimme und hielt die allzu Eifrigen davon ab, sich zu enttarnen.

Dann war es André Souaran, der in seiner Muttersprache zu fluchen begann, als sich aus dem Dickicht hinter ihnen eine zweite Libelle schob. »Mon dieu, da kommt was auf uns zu...«

»... und das schneller, als uns lieb ist!« zischte Antoku Seiwa.

Das Insekt machte ein, zwei große Sprünge und stand unmittelbar vor der Gruppe der Terraner, die sich auf den Boden kauerten.

Die Zeit hielt den Atem an.

Der gewaltige Libellenkopf mit den riesigen Augen pendelte leicht hin und her, als blicke das Insekt von einem zum anderen.

»*Heavens!*« preßte Jake Calhoun hervor und war sich bewußt, daß jedes seiner Worte von den anderen über den helminternen UKW-Funk registriert wurde. »Es *sieht* uns. Verdammt, das Monster kann uns *sehen!*« Seine Stimme schlug um, wurde von einer leichten Hysterie geprägt. »Was machen wir? Los Leute, sagt schon was!«

»Ruhig, Soldat«, kam MacCormacks besonnene Stimme. »Noch ist nicht bewiesen, daß uns das Monstertier sehen kann. Ich...«

Er kam nicht mehr dazu, auszusprechen, was er sagen wollte.

Die Dorfbewohner hatten ebenfalls entdeckt, daß ein zweites Exemplar von Rieseninsekt am Waldrand aufgetaucht war. Geschlossen stürmten sie herbei und nahmen die Gigant-Libelle unter Feuer.

Überhastet zogen sich die Gardisten tiefer ins Dickicht zurück. Aus Versehen getötet zu werden war das letzte, was sie im Sinn hatten. Und in den ungleichen Kampf eingreifen und den Ausgang dadurch zu verändern hieße ihre Tarnung aufgeben, denn offenbar funktionierten die Mannabschirmer. Die angreifenden Grakos verhielten sich ganz so, als hätten sie es nur mit der Libelle zu tun. Diese wehrte sich zwar gegen ihr Ende, aber sie hatte ebensowenig eine Chance wie ihre Vorgängerin, deren Überreste noch immer rauchend inmitten des Dorfes lagen.

Ihre Bewegungen wurden langsamer und langsamer. Löcher klafften in ihren Flügeln, Glieder waren teilweise abgetrennt oder verschmort.

Schließlich sank sie in sich zusammen.

Ihr Todeskampf dauerte nicht lange. Man konnte förmlich sehen, wie die Lebensenergie sie verließ.

Ein Insekt sterben zu sehen, war eigentlich für Soldaten etwas, das keine großen Emotionen erzeugte. Aber Buck empfand bei dem Todeskampf der Libelle eine tiefgreifende Resignation, die er so noch nie in seinem kurzen Leben erfahren hatte.

Und dann schraubte sich etwas in sein Bewußtsein, das eindeutig nicht aus ihm selbst kam.

Er biß die Zähne so stark aufeinander, daß sich dicke Wülste an seinen Kiefern bildeten.

Abrupt überfiel ihn eine mörderische Angst vor Einsamkeit und Tod, die ihm die Kehle zuschnürte, während er gleichzeitig auf einer anderen Ebene seines Bewußtseins *wußte*, daß diese unendliche Verzweiflung und Todesangst nicht aus ihm selbst kam, sondern ihm vermittelt wurde. Und während er noch stoßartig nach Atem rang, hörte er voller Entsetzen eine Stimme in seinem Kopf, die ihm den Schimmer unvorstellbarer Einsamkeit vermittelte und die sagte:

Warum habt ihr mir nicht geholfen?

Jeder *hörte* diese Stimme.

Auch Kenneth MacCormack.

Und er war der einzige in diesem Augenblick, der registrierte, daß noch andere die Stimme des sterbenden Insekts gehört hatten.

Und als sich die Grakos suchend umblickten, wußte er, daß das Insekt nicht zu den Schatten gesprochen hatte, sondern seine Anklage ganz bewußt an die Menschen gerichtet hatte.

Und dieses Wissen ließ die ersten Sorgenfalten auf MacCormacks Stirn erscheinen.

REN DHARK

Drakhon-Zyklus Band 11

Grako-Alarm

erscheint Mitte April 2002

Ren Dhark-Programm

Kurt Brand schuf von 1966 bis 1969 die Heftserie **Ren Dhark.** Für die HJB-Buchausgabe wurde der SF-Klassiker bearbeitet und im Drakhon-Zyklus und in Sonderbänden fortgeschrieben, denn in den Tiefen des Alls ist das Rätsel der Mysterious noch immer zu lösen...

Bereits erschienen und noch lieferbar:

1. Zyklus (die alte Heftserie)*, Buchausgabe (352 Seiten), € 15,90*
Bände 7 bis 16

Sonderausgaben des 1. Zyklus, *Buchausgabe (352 S.), € 15,90*
(inhaltsgleich mit 1. Zyklus, lediglich anderes Cover)
Bände 4 bis 6

Sonderbände
Buchausgabe (192 Seiten), € 10,50
(1) „Die Legende der Nogk" *Manfred Weinland*
(2) „Gestrandet auf Bittan" *Werner K. Giesa*
(3) „Wächter der Mysterious" *Hubert Haensel*
(4) „Hexenkessel Erde" *Marten Veit*
(5) „Der Todesbefehl" *Ewald Fehlau*
(6) „Countdown zur Apokalypse" *Ewald Fehlau*
(7) „Der Verräter" *Marten Veit*
(8) „Der schwarze Götze" *Conrad Shepherd*
(9) „Erron 2 - Welt im Nichts" *Manfred Weinland*
(10) „Ex" *Werner K. Giesa*
(11) „Türme des Todes" *Conrad Shepherd*
(12) „Die schwarze Garde" *Michael Nagula*
(13) „Dreizehn" *Werner K. Giesa*
(14) „Krisensektor Munros Stern" *Werner K. Giesa*
(15) „Die Kolonie" *diverse Autoren*

Drakhon-Zyklus (die Fortsetzung des 1. Zyklus)
Buchausgabe (352 Seiten), € 15,90
Bd. 1 „Das Geheimnis der Mysterious"
Bd. 2 „Die galaktische Katastrophe"
Bd. 3 „Der letzte seines Volkes"
Bd. 4 „Die Herren von Drakhon"
Bd. 5 „Kampf um IKO 1"
Bd. 6 „Sonne ohne Namen"
Bd. 7 „Schatten über Babylon"
Bd. 8 „Herkunft unbekannt"
Bd. 9 „Das Sternenversteck"
Bd. 10 „Fluchtpunkt M 53"

Ren Dhark Spezial
Buchausgabe (ca. 300 Seiten), € 11,90
Bd. 1 „Sternen-Saga/Dursttod über Terra"

In Vorbereitung:
Weitere Bände aus dem Drakhon-Zyklus erscheinen im Abstand von zwei Monaten, neue Sonderbände werden viermal jährlich veröffentlicht.

SPECIALS FÜR DEN REN DHARK-FAN

- **POINT OF-Anstecknadel**
  HJB, unitallblau, € 5,00
- **GSO-Ausweis von „Jos Aachten van Haag"**
  HJB, Scheckkartenformat und -qualität, € 5,00
- **Ren Dhark Magazin**
  Nr. 1 (HJB), 48 Seiten, A4, € 5,00,
  Nr. 2 (MV), 60 Seiten, A4, € 6,75
- **Ren Dhark „Projekt 99"**
  Nrn. 99-121, Heft, A5, € 5,25
- **Ren Dhark „Xtra"**
  Nr. 1 und Nr. 2, Heft, A5, € 5,25

HJB Verlag, Postfach 22 01 22, 56544 Neuwied
Tel. 0 26 31 – 35 48 32, Fax 0 26 31 – 35 61 02

www.ren-dhark.de